KB156865

가족어 사전

LESSICO FAMIGLIARE

Lessico famigliare by Natalia Ginzburg

가족어 사전

나탈리아 긴츠부르그 지음 | 이현경 옮김

2016년 4월 15일 초판 1쇄 발행

펴낸이 한철희 | 펴낸곳 돌베개 | 등록 1979년 8월 25일 제406-2003-000018호
주소 (10881) 경기도 파주시 회동길 77-20 (문발동)
전화 (031) 955-5020 | 팩스 (031) 955-5050
홈페이지 www.dolbegae.co.kr | 전자우편 book@dolbegae.co.kr
블로그 imdol79.blog.me | 트위터 @Dolbegae79

주간 김수한
책임편집 김진구
표지디자인 김동신 | 본문디자인 이은정 · 이연경
마케팅 심찬식 · 고운성 · 조원형 | 제작 · 관리 윤국중 · 이수민
인쇄 · 제본 상지사 P&B

ISBN 978-89-7199-718-5 (03880)
이 도서의 국립중앙도서관 출판시도서목록(CIP)은 e-CIP 홈페이지
(http://www.nl.go.kr/ecip)에서 이용하실 수 있습니다.(CIP제어번호: CIP2016008094)

책값은 뒤표지에 있습니다.

가족어 사전

LESSICO FAMIGLIARE

나탈리아 긴츠부르그 지음
이현경 옮김

NATALIA
GINZBURG

가계도와 주요 인물

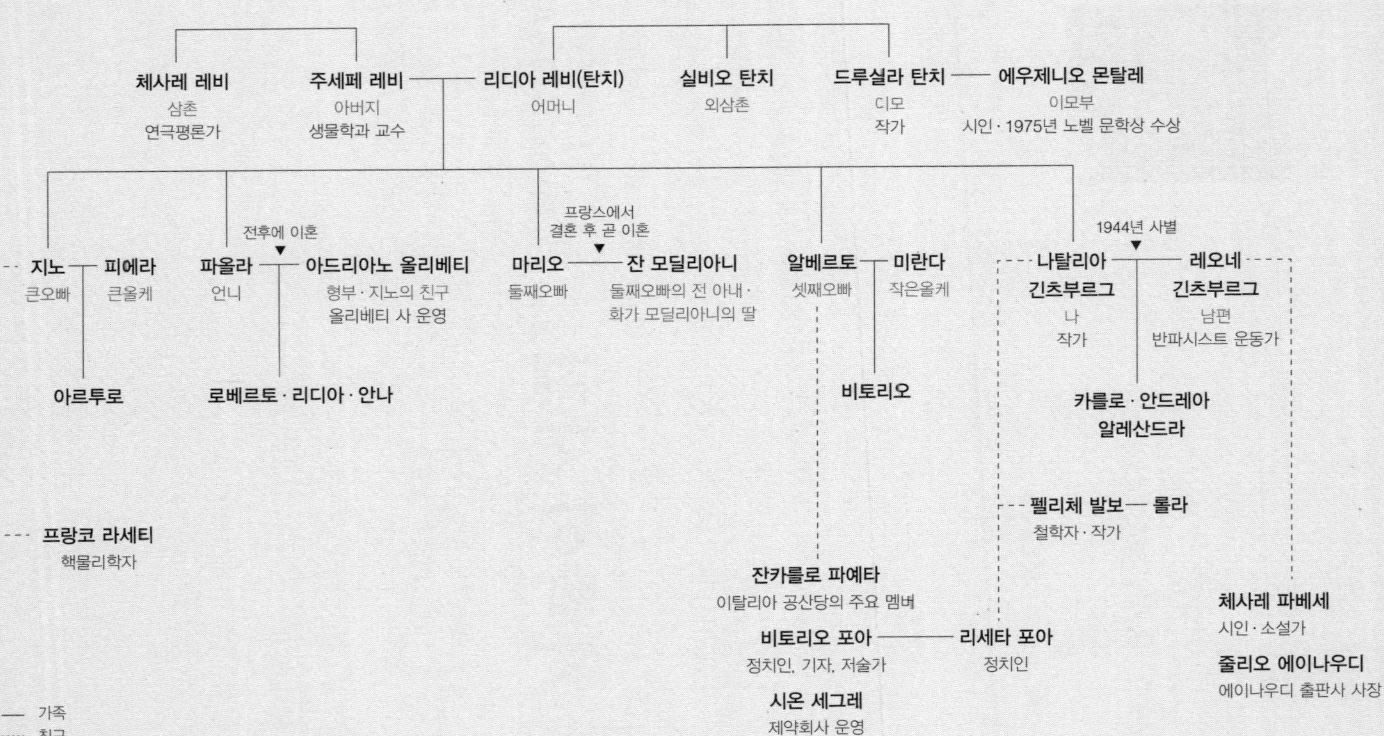

체사레 레비
삼촌
연극평론가
주세페 레비
아버지
생물학과 교수
리디아 레비(탄치)
어머니
실비오 탄치
외삼촌
드루실라 탄치
이모
작가
에우제니오 몬탈레
이모부
시인 · 1975년 노벨 문학상 수상
지노
큰오빠
피에라
큰올케
아르투로
파올라
언니
전후에 이혼
아드리아노 올리베티
형부 · 지노의 친구
올리베티 사 운영
로베르토 · 리디아 · 안나
마리오
둘째오빠
프랑스에서
결혼 후 곧 이혼
잔 모딜리아니
둘째오빠의 전 아내 ·
화가 모딜리아니의 딸
알베르토
셋째오빠
미란다
작은올케
비토리오
나탈리아
긴츠부르그
나
작가
1944년 사별
레오네
긴츠부르그
남편
반파시스트 운동가
카를로 · 안드레아
알레산드라
펠리체 발보
철학자 · 작가
롤라
프랑코 라세티
핵물리학자
잔카를로 파예타
이탈리아 공산당의 주요 멤버
비토리오 포아
정치인, 기자, 저술가
리세타 포아
정치인
시온 세그레
제약회사 운영
체사레 파베세
시인 · 소설가
줄리오 에이나우디
에이나우디 출판사 사장
— 가족
..... 친구

차례

서문

이 책에는 실재하는 장소와 실제로 일어났던 사건, 그리고 실존 인물들이 등장한다. 허구가 아니다. 소설가로서 오랫동안 습관을 버리지 못하고 허구적인 이야기를 쓸 때마다 그 글을 당장 없애버리고 싶은 충동을 느꼈다.

등장인물의 이름도 실제 그대로다. 무심코 가공의 이야기를 쓰게 될 때마다 나 자신이 그걸 용납하기 힘들었기 때문에 실명을 사용했다. 어떤 사람도 이름과 분리할 수 없다고 생각해서다. 이 책에서 자신의 성과 이름을 발견하고 불쾌해할 사람도 있을지 모르겠다. 하지만 난 그들에게 아무 말도 할 수가 없다.

난 내가 기억하고 있는 것만 썼다. 그래서 시대를 기록한 소설을 기대하는 독자는 공백이 너무 많다고 반박할 수도 있다. 실제 이야기를 소재로 삼았지만 이 책을 소설로 읽어야 한다고 생각한다. 그러니까 소설 그 이상도 그 이하도 기대하지 말고 말이다.

기억을 하고 있지만 일부러 빠뜨리고 쓰지 않은 일도 많은데 대부분 나와 직접 관련이 있는 이야기다.

내 이야기를 많이 하고 싶지는 않았다. 사실 이 책은 내 이야기가 아니라 우리 가족의 이야기다. 공백으로 남겨두었거나 빠진 부분이 다소 있기는 하지만. 덧붙여 말하자면 난 어린 시절과 청소년기에 내 주변 사람들의 이야기를 써야겠다는 생각을 늘 했다. 이 책은 부분적으로 보면 내가 쓰려 했던 그 책이다. 다만 부분적으로만 그렇다. 내 기억이 어렴풋하기도 하고 실제 생활을 소재로 삼은 책들이 대개는 우리가 보고 들었던 것의 희미한 그림자이거나 파편에 불과하기 때문이기도 하다.

아버지*가 고함쳤다. “교양 없는 짓 하지 마라.”

우리가 빵을 소스에 적셔 먹으면 이렇게 소리쳤다. “빵으로 접시 닦지 마라! 교양 없는 짓 하지 마라! 추잡스러운 짓 하지 마라!”

아버지는 현대 회화들 역시 교양 없고 추잡스럽다고 생각해서 몹시 싫어했다.

아버지는 말했다. “너희들은 식탁 예절을 몰라! 점잖은 자리에 데려갈 만한 애들이 아니야!”

이렇게 말하기도 했다. “너희들이 이렇게 교양 없이 구니, 영국에서 타블 도트**에 앉았다가는 당장 쫓겨나고 말 거다.”

아버지는 영국을 제일 높이 평가했다. 영국이 세상에서 가장 위대한 문화를 지니고 있다고 생각했다.

아버지는 저녁식사 때면 그날 낮에 보았던 사람들에 대해서 이런저런 평을 했다. 아버지는 평가에 아주 엄격해서 웬만한 사람들을

* 주세페 레비. 1872년 트리에스테에서 태어나서 1965년 토리노에서 죽었다. 생물학 교수로서 해부학과 조직학 연구로 유명하며, 노벨상 수상자 3명을 길러냈다. 이하 본문의 주는 옮긴이가 붙인 것이다.

** 프랑스어로 호텔의 공동 식탁(table d'hôte)을 뜻함.

다 멍청하다고 생각했다. 아버지는 멍청한 사람을 얼간이라고 불렀다. "그 사람 굉장히 얼간이 같아 보이더군." 아버지는 새로 알게 된 사람을 평하면서 그렇게 말했다. 얼간이라는 말 외에도 니그로*가 있었다. 아버지가 말하는 니그로란 자신이 없고 어리바리하며 소심하게 행동하는 사람이나 옷을 자기에게 어울리게 입을 줄 모르는 사람, 산에 갈 줄 모르는 사람, 외국어를 하지 못하는 사람이었다.

아버지는 당신이 적합하지 않다고 평가한 우리들의 모든 행동이나 태도를 '니그로 짓'이라고 정의했다. "너희는 니그로가 아니야. 니그로 짓 하지 마라!" 아버지는 우리에게 계속 호통을 쳤다. 니그로 짓의 범위는 넓었다. 산행을 할 때 일상에서 신는 신발을 신는다거나 기차 안에서 함께 여행하는 친구나 길거리에서 길 가는 사람과 이야기를 나누는 일, 창가에 서서 이웃 사람과 이야기하거나 거실에서 신발을 벗는 것, 발을 녹이려고 난방기 앞에 발을 가까이 갖다대는 것, 산에 갔을 때 목이 마르다든지 피곤하다든지 발에 상처가 났다고 불평하는 것, 등산을 갈 때 조리되거나 기름기 많은 음식을 싸가거나 손 씻을 냅킨을 가져가는 일 등이 모두 아버지가 말하는 니그로 짓이었다.

산에 갈 때 아버지가 가져가도 좋다고 허락한 음식은 폰티나 치즈와 잼, 배, 삶은 달걀 등이었다. 우리는 아버지가 직접 알코올버너로 끓인 차만 마셔야 했다. 아버지는 길쭉한 두상에 스포츠형으로 자른 빨간 머리를 불안하게 버너 위로 숙였다. 그리고 버너의 불이 꺼지지 않도록 윗도리 자락으로 바람막이를 만들었는데, 적갈색인

* 아버지가 남을 흉보고 깎아내리기 위해, 흑인을 비하하는 표현을 쓴 것이다.

그 윗도리는 주머니 부근의 털이 다 빠지고 낡았지만 아버지는 산에서 휴가를 보낼 때면 어김없이 그 옷을 입었다.

아버지는 등산을 갈 때 코냑이나 각설탕을 가져가지 못하게 했다. 그런 것은 '니그로의 물건'이기 때문이다. 그리고 간식을 먹기 위해 샬레**에서 쉬는 것도 니그로 짓이어서 허락하지 않았다. 햇볕을 피하기 위해 손수건이나 밀짚모자를 머리에 쓰거나 방수 천을 뒤집어쓰고 비를 피하는 것도, 목에 스카프를 매는 것도 니그로 짓이었다. 그런 물건들은 어머니가 좋아하던 보호용품이었는데, 등산을 떠나는 날 아침이면 어머니는 우리와 어머니 자신을 위해 배낭에 그런 물건들을 슬며시 밀어넣곤 했다. 아버지는 그것들을 발견하면 화를 내면서 다 내던져버렸다.

등산을 갈 때면 크고 단단하며 납덩이처럼 무거운 징 박힌 등산화에 등산용 양모 양말을 신고, 방한용 모자를 쓰고 스키 안경을 이마에 걸친 우리는 머리 위로 곧장 내리쬐는 햇볕을 받아 땀을 뻘뻘 흘리면서, 테니스화를 신고 가볍게 걸어가거나 샬레의 작은 테이블에 앉아 생크림을 먹는 '니그로'들을 부러운 눈으로 바라보곤 했다.

어머니는 등산을 '자식들에게 악마를 보게 하는 오락'이라고 부르며 어떻게든 집에 남아보려고 애썼다. 특히 밖에서 식사를 하게 될 경우엔 더 그랬는데 어머니가 식사 후에 안락한 소파에서 신문을 읽다가 잠드는 것을 좋아했기 때문이다.

우리는 언제나 산에서 여름을 보냈다. 7월부터 9월까지 집을 한 채 세 얻었다. 대개는 주택가에서 멀리 떨어진 집이었다. 그래서 아

** 산장(châlet).

버지와 오빠들은 매일 등산 배낭을 메고 마을로 장을 보러 내려가곤 했다. 소일거리라든가 오락거리는 없었다. 우리 형제들과 어머니는 저녁이면 탁자에 둘러앉아 시간을 보냈다. 그럴 때 아버지는 우리가 있는 방의 건너편에서 책을 읽었다. 그리고 가끔씩 우리가 모여 앉아 수다를 떨고 장난을 치는 방에 얼굴을 내미셨다. 눈살을 찌푸린 채 의심스러운 얼굴로 우리를 보았다. 그러고는 우리 집에서 일하는 나탈리나가 책들을 어지럽혀놓았다고 어머니에게 불평을 했다. '당신이 사랑하는 나탈리나', 이렇게 아버지는 말했다. 나탈리나가 부엌에서 그 말을 들을 수도 있다는 생각은 하지도 않고 그녀가 '미친 여자'라고도 했다. 그런데 당사자인 나탈리나는 '미친 여자 나탈리나'라는 말에 익숙해져서 조금도 불쾌해하지 않았다.

산에서 휴가를 보낼 때 아버지는 가끔씩 밤에 소풍이나 등산을 준비하곤 했다. 바닥에 무릎을 꿇고 아버지와 오빠의 등산화에 고래 기름을 발랐다. 아버지는 그 기름을 바를 수 있는 사람은 당신뿐이라고 생각했다. 그러고 나면 온 집 안에 고철 소리가 요란하게 울려퍼졌다. 아버지는 직접 스파이크 창과 못과 피켈을 찾았다. "너희들 대체 내 피켈을 어디다 갖다 버린 거냐?" 아버지가 고함을 쳤다. "리디아! 리디아! 내 피켈 어디다 갖다 버린 거야?"

아버지는 때로는 혼자서, 때로는 친구이자 안내자인 누군가와 함께, 또 이따금 오빠들과 함께 새벽 네 시에 등산을 떠났다. 등산을 다녀온 다음 날은 피로 때문에 아주 예민해졌다. 얼음 위로 반사된 햇빛 때문에 아버지의 얼굴은 빨갛게 부어올랐고 입술은 갈라져 피가 났으며 코에는 치즈 같은 노란 연고가 발라져 있었고 이마에는 깊은 주름이 새겨지고 거칠어 보였다. 사소한 일에도 아버지는 무섭게 화를 냈다. 오빠들과 등산에서 돌아오면 아버지는 오빠들이 '살라미 소시지'이며 '니그로'들이고 산에 대한 본인의 정열을 물려받은 자식이 하나도 없다고 했다. 맏이인 지노 오빠만은 예외였는데 오빠는 훌륭한 등산가였고 친구와 함께 아주 힘든 정상까지 올라가기도 했다. 아버지는 자부심과 질투를 동시에 드러내며 지노 오빠와 친구 이야기를 했다. 그러면서 당신은 나이가 들어서 이제 그런 힘을 낼 수 없다고 했다.

게다가 우리 오빠 지노는 아버지가 특히 편애하는 아들이었고 다방면에서 아버지를 기쁘게 했다. 오빠는 박물학에 관심이 많아서 곤충과 수정과 다른 광물들을 수집했다. 오빠는 아주 학구적이었다. 지노 오빠는 후에 공과대학에 입학했다. 시험을 마치고 집에 돌아와서 30점 만점을 받았다고 하자 아버지가 물었다. "왜 30점 만점밖에 못 받았지? 왜 30점 만점에 칭찬 점수를 더 받지 못한 거냐?"

그리고 오빠가 30점 만점에 칭찬 점수를 받아오면 아버지는 이렇게 말했다.

"으흠, 시험이 쉬웠나 보군."

산에서 지낼 때 저녁까지 계속되는 등산이나 소풍을 가지 않을 경우에 아버지는 매일 '산책을 하러' 나섰다. 아침 일찍 등산을 떠날 때와 똑같은 차림새였는데 로프나 스파이크 창, 피켈은 가지고 가지 않았다. 아버지는 혼자 산책을 가는 일이 많았다. 아버지 말에 따르면 어머니와 우리가 '게으름뱅이'에다 '살라미 소시지'에다 '니그로'이기 때문이었다. 아버지는 징이 박힌 등산화를 신고 입에 파이프를 물고 뒷짐을 진 채 무거운 걸음으로 떠났다. 가끔씩 어머니에게 따라오라고 강요하기도 했다. "리디아! 리디아!" 아침에 천둥 치듯 고함을 쳤다. "산보하러 가자고! 그렇지 않으면 게을러져서 허구한 날 풀밭 위에만 앉아 있게 될 거야." 그러면 어머니는 유순하게 아버지를 따라 나섰다. 어머니는 허리에 스웨터를 묶고 작은 지팡이를 들고, 너무 짧게 자른 회색 머리를 흔들며 아버지보다 몇 걸음 뒤에서 따라갔다. 그 당시 유행하던 짧은 머리를 몹시 싫어하던 아버지는 어머니가 머리를 자른 날이면 집이 다 무너져내릴듯이 소리를 지르고 화를 내는데도 어머니는 짧은 머리를 고집했다. "당신 또 머리를 잘랐군! 꼭 당나귀 같아!" 아버지는 어머니가 미용실에 다녀올 때마다 그렇게 말했다. '당나귀'는 우리 아버지의 언어에서 무식하지는 않지만 품위가 없거나 교양이 없는 사람을 의미했다. 아버지의 자식들인 우리는 말을 잘 하지 않거나 대답을 잘 못할 때 '당나귀'가 되었다. "프란체스가 당신을 부추겼지!" 아버지는 또다시 머리를 자른 어머니를 보면서 그렇게 말했다. 사실 아버지는 어머니의 친구인 프란체스 아주머니를 특히 좋아하고 높이 평가했는데, 무엇보다도 그분이 아버지가 어릴 적부터 사귀어온 동창생의 아내이기 때문이었다. 그런데 아버지가 보기에 이 프란체스 아주머니의 유일한 불찰은 짧은 머리 유행을 어머니에게 전한 것이었다. 프란체스 아주머니는 부모님이 사는 파리에 자주 갔는데 어느 해 겨울 파리에서 돌아와서는 이렇게 말했다. "파리에선 짧은 머리가 유행이야. 지금 파리 유행은 스포티한 거야." 겨우 내내 어머니와 언니는 프랑스어식으로 'r' 발음을 하는 프란체스 아주머니를 흉내 내면서 그 말을 되풀이했다. 어머니와 언니는 옷을 모두 짧게 만들었고 어머니는 머리를 잘랐다.

언니는 머리만은 자르지 않았는데 허리까지 닿는 긴 금발이 무척 아름답기도 했고 아버지가 너무 무섭기도 해서였다.

대개 우리가 산에서 휴가를 보낼 때 할머니, 그러니까 아버지의 어머니가 우리에게로 오셨다. 할머니는 우리와 함께 지내지 않고 그 고장의 여관에서 묵었다.

우리가 할머니를 찾아뵈러 가면 할머니는 여관 앞의 작은 광장에 펴놓은 커다란 파라솔 아래에 앉아 계셨다. 할머니는 몸집이 작고 발도 굉장히 작았는데 그 발에 아주 작은 단추가 죽 달린 부츠를 신었다. 할머니는 치마 밑으로 살짝 나오는 그 작은 발과 투구처럼 높이 부풀려 올린 순백의 곱슬머리를 자랑스럽게 생각했다. 아버지는 매일 '산책을 좀 하기' 위해 할머니를 모시러 갔다. 할머니가 너무 연세가 많아서 두 분은 큰길로 산책을 했다. 특히 작은 굽이 달린 할머니의 부츠 때문에 오솔길로는 갈 수 없었다. 뒷짐을 쥐고 입에 파이프를 문 아버지가 성큼성큼 앞서갔고 할머니가 구두 때문에 종종걸음으로 아버지 뒤를 따라 걸었다. 할머니가 걸을 때마다 옷 스치는 소리가 났다. 할머니는 언제나 새로운 길로 가고 싶어했다. "이 길은 어제 갔던 길이로구나." 할머니가 불평을 하면 아버지는 등도 돌리지 않고 말했다. "아니에요. 다른 길이에요." 그러나 할머니는 같은 말을 반복했다. "어제 갔던 길이야, 어제 갔던 길이라니까. 기침이 나와 목이 막힐 것 같구나." 잠시 후 할머니는 계속 앞으로 걸어가면서 뒤 한 번 돌아다보지 않는 아버지에게 말했다. "기침이 나와 목이 막힐 것 같구나." 할머니는 손으로 목을 만지며 다시 말했다. 할머니는 똑같은 말을 두 번씩 하는 버릇이 있었다. "망할 놈의 판테키가 내 옷을 갈색으로 만들어놨어! 난 파란색 옷을 원했는데! 난 파란색 옷을 원했는데!" 그러고는 화가 나서 우산 끝으로 길바닥을 두들겨 댔다. 아버지는 할머니에게 산 위의 석양을 바라보라고 말했지만 할머니는 당신의 양재사인 판테키에 대한 분노에 사로잡혀 화를 내고 우산 끝으로 바닥을 치면서 아버지를 뒤따라갔다. 할머니가 산에 오는 이유는 단 하나, 우리들과 함께 지내기 위해서였다. 할머니는 피렌체에, 우리는 토리노에 살았기 때문에 그렇게 해야만 여름 한 계절 동안만이라도 서로 얼굴을 볼 수 있었다. 하지만 할머니는 산을 몹시 싫어했으며 젊은 시절 여름을 보냈던 피우지*나 살소마조레** 같은 곳에서 휴가를 보내는 게 할머니의 꿈이었다.

할머니는 한때 굉장한 부자였지만 1차 세계대전으로 가난해졌다. 할머니는 이탈리아가 승리한다고 보지 않고 프란츠 요제프***를 맹목적으로 신임해서 오스트리아 제국의 주식을 계속 보유하고 있다가 많은 재산을 잃었다. 민족 통합주의****를 지지했던 아버지는 오스트리아 주식을 팔아버리라고 할머니를 설득했지만 아무런 소용이 없었다. 할머니는 '나의 불행'이라는 말로 그 잃어버린 재산을 은근히 암시하곤 했다. 할머니는 아침마다 방 안을 이리저리 왔다 갔다

* 이탈리아 라치오 주 프로시노네 현에 위치한 코무네다 피우지는 치료 성분이 있는 물, 아콰디 피우지(Acqua di Fiuggi, 피우지 물)로 유명하다.

** 파르마에 있으며, 온천으로 유명하다.

*** 오스트리아의 황제이자 헝가리의 왕.

**** 오스트리아에 속해 있던 이탈리아 영토를 되찾기 위해 1차 세계대전을 전후해 이탈리아에서 벌어진 정치운동.

하고 손을 비틀면서 절망했다. 하지만 할머니는 그다지 가난하지 않았다. 할머니는 피렌체에 인도나 중국산 가구들과 터키산 카펫이 깔린 멋진 집을 소유하고 있었다. 할머니의 할아버지인 파렌테가 값비싼 물건들을 수집했기 때문이었다. 벽에는 여러 조상들의 초상화들과 파렌테 할아버지, 반동주의자였고 반동주의자들과 보수주의자들을 초대했기 때문에 방데*****라고 불렸던 아주머니의 초상화가 걸려 있었다. 그리고 수많은 아주머니들과 사촌들의 초상화가 걸려 있었는데, 그분들의 이름은 대개 마르게리타 아니면 레지나였다. 둘 다 한때 유대인 가정에 유행하던 이름이었다. 하지만 그 초상화들 가운데 할머니의 아버지 초상화는 없었는데 그분에 대해서는 아무도 이야기해서는 안 되었다. 증조할아버지는 증조할머니가 세상을 떠난 뒤, 어느 날 이미 성인이 된 두 딸들과 크게 다투었다. 증조할아버지는 두 딸들을 괴롭히기 위해 길거리에서 처음 만나는 여자와 결혼을 하겠다고 선언했고 정말 그렇게 했다. 아니 적어도 집안에서는 증조할아버지가 그렇게 했다고들 말한다. 증조할아버지가 집을 나서자마자 대문 앞에서 바로 그 여자를 만났는지 어땠는지는 난 모른다. 어쨌든 증조할아버지는 어린 처녀를 새 부인으로 맞았는데 우리 할머니는 새 부인을 절대 인정하려 들지 않았고 그분을 지칭할 때면 불쾌한 듯, '아버지의 어린애'라고 불렀다. 이 '아버지의 어린애'가 성인이 되어 이미 오십 줄에 접어든 교양 있는 부인이 된 후, 우리는 여름 휴가지에서 가끔씩 그녀를 만나기도 했다. 그러면 아버지는 어머

***** 대서양에 면한 프랑스의 한 지방. 프랑스혁명이 일어났을 때 군주제와 보수적인 사상을 지지한 지역.

니에게 말했다. "당신도 봤지? 봤지? 아버지의 어린애야!"

"너희들, 완전히 난장판을 만들었구나. 집이 완전히 난장판이 되었어." 할머니는 우리에게는 신성한 게 아무것도 없다는 이야기를 하려고 항상 이렇게 말했다. 이 문장은 우리 가족들에게 유명한 말로 남았다. 그리고 우리는 죽은 사람이나 장례식을 조롱할 때마다 이 말을 하곤 했다. 할머니는 동물을 끔찍하게 싫어해서 우리가 고양이와 놀고 있으면 몹시 화를 내면서 우리가 병에 걸려 할머니에게까지 전염시킬 거라고 말했다. "그 혐오스러운 짐승." 할머니는 발을 구르고 우산 끝으로 땅을 치면서 말하곤 했다. 할머니는 모든 것을 혐오스러워했고 병에 걸릴까 봐 몹시 두려워했다. 하지만 할머니는 아주 건강했고 의사의 도움 한번 받지 않고, 심지어 치과 의사 한번 만나지 않고 여든이 훨씬 넘도록 장수했다. 할머니는 우리 중의 누군가가 앙심을 품고 당신을 놀릴까 봐 항상 두려워했다. 언젠가 어떤 오빠가 장난으로 할머니를 놀리는 시늉을 한 적이 있었기 때문이기도 했다. 할머니는 매일 히브리어로 된 기도문을 암송했는데 히브리어를 모르기 때문에 그 기도문이 무슨 뜻인지도 몰랐다. 당신 같은 유대인이 아닌 사람을 보면 고양이를 볼 때처럼 몸서리를 쳤다. 할머니가 유일하게 몸서리를 치지 않는 사람이 있었는데 바로 우리 어머니였다. 유대인이 아닌데도 할머니가 애정을 보였던 사람은 할머니 평생에 어머니 단 한 분뿐이었다. 어머니도 할머니를 사랑했다. 그리고 할머니의 이기주의 속에는 갓난아이 같은 순진무구함과 천진스러움이 들어 있다고 어머니는 말하곤 했다.

할머니의 말대로라면 할머니는 젊은 시절 피사에서 두 번째로 아름다운 처녀였다. 제일 아름다운 처녀는 할머니의 친구였던 비르지니아 델 베키오였다. 세그레라는 신사가 피사에 와서 피사에서 가장 아름다운 처녀와 결혼하고 싶다면서 그녀를 만나게 해달라고 청했다. 비르지니아는 그의 청혼을 받아들이지 않았다. 그러고 나서 그녀는 우리 할머니를 그 신사에게 소개해주었다. 하지만 할머니 역시 '비르지니아의 찌꺼기'를 갖기 싫어서 그 신사를 거절했다.

그 후 할머니는 우리 할아버지, 정말 부드럽고 온화한 남자였던 미켈레와 결혼했다. 할머니는 젊은 나이에 혼자되셨다. 언젠가 왜 재혼을 하지 않았냐고 우리가 여쭤본 적이 있었다. 할머니는 귀에 거슬리는 웃음을 터뜨리며 잔인할 정도로 솔직하게 대답했는데 우리는 눈물이 마를 날 없고 불평이 끊이지 않는 할머니 같은 노인이 그런 모습을 보이리라고는 상상조차 해보지 못했다.

"쿡쿡! 내 걸 나 혼자 전부 먹으려고!"

오빠들과 어머니는 오락거리도 없고 친구도 없는 그 산, 그 외딴 집에서 여름휴가를 보내는 것이 지루했기 때문에 자주 불평을 했다. 나는 막내라 아주 조금은 즐거웠다. 그리고 그 당시 난 아직 여름휴가가 따분하게 느껴지지 않았다.

"너희들은 내면 세계가 없어서 지루한 거야." 아버지가 말했다.

어느 해인가 우리가 다른 때보다 경제적으로 더 어려워서 도시에서 여름을 나기로 한 적이 있었다. 그러다가 마지막 순간에 생-자크-다자라고 불리는 고장의 한 마을에 싼값으로 집을 얻게 되었다. 전깃불도 들어오지 않아 석유램프를 켜야 하는 집이었다. 집은 말할 것도 없이 작고 불편해서 어머니는 그해 여름 내내 이런 말을 입에 달고 살았다. "염병할 놈의 집! 지긋지긋한 생-자크-다자!" 우리의 재산은 여덟 권이나 열 권을 하나로 묶어 가죽으로 제본한 책들이었다. 난 그게 단어 퍼즐 맞추기 게임과 퀴즈, 공포소설이 실린 주간지들을 제본한 책이라는 사실밖에 몰랐다. 알베르토 오빠의 친구인 프린코에게 빌린 책들이었다. 여름 내내 우리는 프린코의 책들로 영양을 섭취했다. 그리고 어머니는 옆집에 사는 아주머니와 사귀게 되었다. 아버지가 안 계실 때면 그 아주머니와 이런저런 이야기를 나누었다. 아버지는 이웃들과 이야기 나누는 것을 '니그로'들이 하는 짓이라고 말했다. 하지만 그 아주머니, 그러니까 기란 아주머니가 토리노에서 프란체스 아주머니와 같은 집에 살고 있으며 그녀와 잘 아는 사이라는 걸 알게 되자 어머니는 그녀를 아버지에게 소개할 수 있었고 아버지는 그 기란 아주머니에게 아주 친절해졌다. 사실 아버지는 낯선 사람을 신뢰하지 않고 항상 의심스러워했는데, 그들이 '수상한 사람들'일까 두려웠기 때문이다. 하지만 그들에게서 분명치는 않지만 공통된 의식을 발견하게 되면 곧 안심했다.

어머니는 기란 아주머니 이야기밖에 하지 않았고 우리는 아주머니가 조리법을 일러준 음식들을 먹었다. "떠오르는 샛별이군." 아버지는 기란 아주머니를 언급할 때마다 이렇게 말했다. '떠오르는 샛별' 혹은 그저 '샛별'이라는 말은 우리가 새롭게 열광하는 대상에 대해 아버지가 빈정거리며 던지는 인사말이었다. "프린코의 책과 기란 부인이 없었다면 어떻게 지냈을지 모르겠어." 여름이 끝나갈 무렵 어머니가 말했다. 그해 도시로 돌아갈 때는 이런 일이 벌어졌다. 우리는 역마차로 두 시간을 달려 기차역에 도착해서 기차에 올라 자리를 잡았다. 그러다가 우리는 불현듯 짐을 다 밖에 두고 기차를 탔다는 사실을 깨달았다. 차장이 깃발을 흔들며 소리쳤다. "출발!" "출발 안 되오!" 그때 아버지가 객차 안이 쩌렁쩌렁 울리게 고함을 쳤다. 그래서 우리의 마지막 트렁크가 기차에 실릴 때까지 기차는 꼼짝할 수 없었다.

도시에 돌아오자 프린코가 자기 책들을 돌려달라고 해서 우리는 아쉽게도 그 책들과 헤어져야만 했다. 그리고 기란 부인은 더 이상 만날 수가 없었다. "기란 부인을 초대해야 해! 이게 얼마나 교양 없는 짓이야!" 아버지는 종종 이렇게 말했다. 하지만 어머니가 호감을 느끼는 대상은 매우 변덕스럽게 변했고 좋아하는 사람들과의 관계도 불안정해서 좋아하는 사람을 매일매일 만나거나 아예 만나지 않았다. 어머니는 예의를 갖춰야 한다는 순수한 생각 때문에 만남을 오래 유지하지 못했다. 어머니는 만나는 사람들에게 '싫증이 날까 봐' 지나칠 정도로 두려워했고 혹시 어머니가 산책을 가려 할 때 누가 방문하면 어떡하나 걱정했다.

어머니는 언제나 똑같은 친구들을 만났다. 프란체스 아주머니와 아버지 친구 부인들 몇몇을 제외하고 어머니가 친구로 선택한 사람은 젊은 부인들, 어머니보다 훨씬 더 젊은 친구들이었다. 대개는 결혼한 지 얼마 되지 않은 가난한 새댁들이었다. 어머니는 그녀들에게 조언을 해줄 수 있었고 양재사들에 대해 충고도 해줄 수 있었다. 어머니가 당신 나이 또래의 사람을 넌지시 빗대어 하는 말에 따르면 어머니는 '노인네들'을 극도로 싫어했다. 어머니는 누군가 찾아오는 걸 몹시 두려워했다. 만약 나이 많은 친구 한 분이 어머니를 만나러 와도 좋겠느냐고 사람을 보내 물어오면 어머니는 매우 당황했다. "그러면 오늘은 산책을 갈 수 없겠네!" 어머니가 낙심해서 말했다. 하지만 젊은 친구들 때문이라면 산책이나 영화 구경 등은 언제라도 연기할 수 있었다. 그녀들은 다루기 쉬웠고 자유로웠으며 격식을 차리지 않고 어머니와의 관계를 유지할 준비가 되어 있었다. 그리고 어머니는 아이들을 아주 좋아해서 어린아이가 있으면 더 환영했다. 오후에 이 친구들이 어머니를 만나러 우르르 몰려오기도 했다. 어머니의 친구들은 아버지의 언어로 표현하자면 '수다쟁이들'이었다. 저녁식사 시간이 가까워오면 아버지는 서재에서 큰 소리로 고함을 쳤다. "리디아! 리디아! 그 수다쟁이들은 모두 갔나?" 그러면 마지막까지 남아 있던 수다쟁이가 대경실색해서 복도로 미끄러지듯 달이나 문으로 빠져나갔다. 어머니의 그 젊은 친구들은 하나같이 아버지를 아주 무서워했다. 저녁식사 때 아버지는 어머니에게 이렇게 말하곤 했다. "당신은 수다 떠는 게 싫증나지도 않나? 잡담을 늘어놓는 게 지겹지도 않아?"

저녁이면 가끔씩 아버지 친구들이 방문했다. 모두들 아버지처럼 대학 교수였고 생물학자나 과학자였다. 아버지는 그날 저녁에 모임이 있을 거라고 알리면서 저녁식사 시간에 어머니에게 물었다. "대접할 준비는 좀 했나?" 대접할 것은 차와 비스킷이었다. 우리 집에서는 술 종류는 절대 대접할 거리에 끼지 않았다. 어머니가 대접할 만한 것을 전혀 준비해놓지 못할 때도 가끔 있었는데 그러면 아버지는 몹시 화를 냈다. "왜 대접할 게 아무것도 없는 거지? 대접할 것도 없이 어떻게 손님을 맞을 수 있는 건가! 니그로 짓 좀 하지 말아!"

우리 부모님의 제일 친한 친구로는 로페츠 씨 부부, 그러니까 프란체스 아주머니와 그 남편, 그리고 테르니 씨 부부가 있었다. 프란체스 아주머니 남편의 이름은 아마데오였는데 아버지와 함께 학창 시절을 보내던 때부터 이미 로페츠라는 별명이 붙어 있었다. 학창 시절 아버지의 별명은 토마토를 뜻하는 '폼'*이었는데 아버지의 빨간 머리 때문에 붙여진 별명이었다. 하지만 아버지는 사람들이 그 별명을 부르면 너무나 심하게 화를 냈는데 오로지 어머니에게만은 그 별명을 부르도록 허락해주었다. 그런데도 로페츠 씨 부부는 그들끼리 우리 가족에 관해 이야기를 나눌 때면, 우리가 그 가족들에 대해 이야기할 때 '로페츠네 식구들'이라고 말하는 것처럼, 우리를 '폼네 식구들'이라고 불렀다. 어떤 이유로 아마데오 아저씨가 이런 별명을 갖게 되었는지 아무도 내게 설명해주지 않았는데 내 생각으로는 시간이 흐르면서 그 이유가 잊히고 수수께끼로 남은 듯했다. 아마데오 아저씨는 명주실처럼 가늘고 흰 머리칼을 가진 뚱뚱한 분이었다. 아저씨는 그의 아내처럼, 그리고 우리의 친구인 세 아들들처럼 프랑스어식 'r' 발음으로 말했다. 로페츠네 식구들은 우리보다 훨씬 더 우아하고 세련되었으며 훨씬 더 현대적이었다. 그들은 아주 멋진 집에서 살았고 집 안에 승강기도 있었으며 그 당시 어느 집에도 없던 전화가 있었다. 프란체스 아주머니는 프랑스에 자주 다니러 갔기 때문에 그곳에서 의상이라든가 최신 유행에 관한 소식들을 가져왔다. 어느 해인가 용이 그려진 상자 안에 들어 있는 중국 오락 도구를 가져오셨는데 그 오락의 이름은 마작이라고 했다. 그 집 식구들은 모두

* 토마토를 뜻하는 이탈리아어는 '포모도로'이다.

이 마작 놀이를 배웠고 로페츠네의 막내아들이자 나와 동갑내기인 루치오는 언제나 나에게 이 마작 놀이를 할 줄 안다고 자랑했다. 하지만 절대 나에게 그걸 가르쳐주려 하지 않았다. 그 놀이는 너무 복잡한 데다가 자기 엄마가 그 상자에 손도 대지 못하게 한다고 말했다. 그래서 나는 로페츠네 집에서 그 귀중한 상자, 금지되어 있는 신비로움으로 가득 찬 그 상자를 볼 때면 질투심에 불타올랐다.

우리 부모님이 밤에 로페츠 씨 집에 초대되어 갔다가 돌아오면 아버지는 그 집과 가구들을 칭찬했다. 또 멋진 도자기 찻잔에 차를 담아 왜건을 이용해 손님들에게 차를 대접하는 게 놀랍다고 말했다. 그리고 프란체스는 '여러 가지를 할 줄 안다'고 했다. 그러니까 프란체스 아주머니는 멋진 가구와 멋진 찻잔을 고를 줄 알고 집을 어떻게 꾸며야 하는지, 차를 어떻게 대접해야 하는지 안다는 것이었다.

로페츠네가 우리보다 부자였는지 가난했는지는 잘 몰랐다. 어머니는 그 집이 우리보다 훨씬 부자라고 말했다. 하지만 아버지는 그 집은 부자가 아니며 우리 집처럼 돈도 별로 없지만 프란체스가 '여러 가지를 할 줄 알고', '너희들같이 짜증나는 사람'이 아니어서 우리보다 잘사는 것처럼 보인다고 말했다. 한편으로 아버지는 당신이 아주 가난하다고 생각했는데 특히 아침 일찍 눈을 뜰 때면 그런 생각이 심해졌다. 어머니도 잠에서 깨면 아버지는 이런 말을 하곤 했다. "앞으로 어떻게 살아가야 할지 모르겠어." "당신도 알겠지만 주식이 더 폭락했어." 주식은 계속 하락세였고 한 번도 오를 줄 몰랐다. '그 염병할 주식들'이라고 어머니는 항상 말했고 아버지가 투자 감각이 전혀 없어서 주가가 떨어지면 금방 그걸 사버린다고 한탄했다. 어머니는 증권사 직원에게 도움을 구하라고 아버지에게 간청해보곤 했지만 그럴 때마다 아버지는 성을 냈다. 다른 모든 일에서와 마찬가지로 이번에도 아버지는 당신 방식대로 하고 싶었던 것이다.

테르니 아저씨네는 굉장한 부자였다. 그렇지만 테르니 아저씨의 부인인 메리 아주머니는 검소하게 생활했고 사람들과 별로 사귀지 않았으며 매일 새하얗게 차려입은 유모 아순타와 함께 두 아이들을 바라보면서 시간을 보냈다. 메리 아주머니와 아주머니를 흉내 내는 유모 모두가 아이들을 바라보면서 황홀한 듯이 소곤거렸다. "쉬-잇! 쉬-잇!" 테르니 아저씨도 언제나 아이들을 바라보면서 '쉬-잇, 쉬-잇' 소리를 냈다. 게다가 테르니 아저씨는 모든 것에 대해, 말하자면 전혀 예쁘지도 않은 우리 집 하녀 나탈리나를 보고, 또 우리 언니와 어머니가 입은 낡은 옷을 보고도 '쉬-잇, 쉬-잇' 소리를 냈다. 아저씨는 어떤 여자를 만나든 모두 '흥미로운 얼굴'을 가졌으며 유명한 어떤 그림과 비슷하다고 말했다. 그리고 몇 분 동안 그 여자를 바라보았고 외알 안경을 벗어서 세련된 하얀 손수건으로 닦았다. 테르니 아저씨는 생물학자였는데 아버지는 학문적인 면에서 아저씨를 높이 평가했다. 하지만 '그 얼간이 같은 테르니'라고 말하곤 했는데 실생활에서 아저씨가 '포죄르'*라고 생각해서였다. "테르니가 포즈를 취했어." 아버지는 테르니 아저씨를 만나고 올 때마다 이렇게 말했다. "포즈를 취한 것 같았어." 잠시 후 아버지가 다시 이렇게 말했다. 테르니 아저씨는 우리 집에 올 때마다 대개 우리와 함께 정원에서 소설 이야기를 나누었다. 아저씨는 교양 있는 분이었고 현대 소설을 모두 읽었는데 아저씨가 우리 집에 처음으로 가져온 책은 『잃어버

* '포즈를 취하는 사람'이라는 뜻의 프랑스어.

린 시간을 찾아서』였다. 뿐만 아니라 그 외알 안경이라든가, 우리들 한 사람 한 사람에게서 유명한 그림들과의 공통점을 찾아보려 했던 그 습관을 지금 다시 생각해보면 아저씨는 분명 스완*과 비슷해지려고 애썼던 것 같다. 아저씨가 아버지와 조직세포에 관한 이야기를 나누러 우리 집에 온 것이어서 아버지는 서재에서 큰 소리로 아저씨를 불렀다. "테르니!" 아버지가 고함쳤다. "이리 오게! 그런 얼간이 짓 좀 그만해! 광대 같은 짓 하지 말라고!" 테르니 아저씨가 낡고 먼지투성이인 우리 집 식당 커튼에 얼굴을 들이밀면서 예의 그 황홀한 속삭임과 함께 커튼을 새로 달았냐고 묻고 있을 때 아버지가 이렇게 소리쳤다.

* 마르셀 프루스트의 소설 『잃어버린 시간을 찾아서』의 등장인물로 작가 지망생인 화자의 가족과 친분이 있다. 드레퓌스 사건에 대한 정치적 견해, 매춘부 출신인 오데트와의 결혼으로 인해 상류사회에서 따돌림을 당한다.

아버지는 사회주의, 영국, 에밀 졸라의 소설들, 록펠러 재단, 산, 발다오스타 계곡의 안내인들을 높이 평가하고 존경했다. 어머니는 사회주의, 폴 베를렌, 음악, 그중에서도 특히 저녁 식사 후 우리에게 노래해주시던 〈로엔그린〉을 사랑했다.

어머니는 밀라노 사람이었지만 어머니 역시 원래 고향은 트리에스테였다. 게다가 아버지 덕택에 트리에스테 특유의 표현을 수없이 사용하게 되었다. 어머니가 어린 시절의 추억을 들려줄 때면 밀라노 사투리가 튀어나왔다.

어머니가 어렸을 때 일이다. 어느 날 밀라노 거리를 걸어가다가 미용실의 쇼윈도 앞에서 꼼짝하지 않고 꼿꼿이 서서 마네킹의 머리를 보면서 혼자 중얼거리고 있는 한 신사를 보았다.

"아름다워, 아름다워, 아름다워. 목이 너무 길군."

어머니의 추억들은 그렇게 어머니가 들었던 간단한 문장들과 연결되어 있었다. 어느 날 어머니는 기숙학교 친구들과 여선생님과 함께 경치를 보러 야외로 나갔다. 갑자기 어떤 아이 하나가 열에서 벗어나 지나가는 개에게 달려가더니 그 개를 껴안았다. 그 개를 껴안으면서 이렇게 말했다.

"이 개는, 이 개는, 내 개의 언니야!"

어머니는 오랫동안 기숙학교에서 살았다. 어머니는 아주 즐겁게 생활했다. 어머니는 학예회에서 연극을 하고 노래를 하고 춤을 추었다. 원숭이 분장을 하고 연극에 출연했으며 〈눈 속에 사라진 슬리퍼〉라는 작은 오페라에서 노래를 불렀다.

어머니는 오페라 가사를 쓰고 작곡도 했다. 어머니가 쓴 오페라는 이렇게 시작했다.

> 나는 돈 카를로스 타드리드라오,
> 마드리드의 학생이지요!
> 오늘 아침 베르주엘리나가街를
> 걸어가다가
> 어느 집 창가에 갑자기 나타난
> 젊은 여선생님을 보았다오!

그리고 이런 시도 지었다.

> 오, 안녕 무지無知여,
> 널 생각하니 아프던 배도 다 나았어!
> 네가 있는 곳엔 건강이 지배하지.
> 우리, 공부는 바보들에게 맡겨버리자고!
> 마시고 춤추고 생각하지 말자, 축제를 열자!
> 오, 뮤즈, 내게 영감을 불어넣어줘.
> 마음이 하는 말을 내게 불러줘.

철학자는 따분하다고 말해줘.
무지 속에 사랑이 있어.

메타스타시오*를 이렇게 흉내 내기도 했다.

각자 마음속에 얼마나 많은 근심이 있는지
이마에 쓰여져 읽을 수 있다면
걸어가는 수많은 사람들이
마차를 타고 가리라.

어머니는 열여섯 살까지 기숙학교에서 생활했다. 일요일이면 어머니는 바르비손**이라고 불리던 어머니의 외삼촌 댁에 갔다. 식사에는 칠면조 요리가 나왔다. 식사를 한 후 바르비손 외삼촌은 외숙모에게 먹다 남은 칠면조 찌꺼기를 가리키면서 이렇게 말했다.

"이건 내일 아침에 당신과 내가 먹도록 하지."

바르비손 삼촌의 부인인 첼레스티나 숙모는 '바리테'***라고 불렸다. 도처에 바리테가 들어 있다고 어떤 사람이 어머니에게 설명해주었다. 그리고 그 사람은 그 예로 식탁 위의 빵을 가리키면서 말했다.

"저 빵 보이지? 저것도 모두 바리테야."

바르비손 삼촌은 투박한 양반으로 코가 불그레했다. 어머니는

* 18세기 이탈리아의 시인이며, 이탈리아 멜로드라마의 창시자.
** '콧수염'이라는 뜻의 밀라노 사투리.
*** 중정석을 뜻한다. 식염정제로 쓰인다.

코가 불그레한 사람을 보면 '코가 바르비손 삼촌 같은' 사람이라고 말하곤 했다. 바르비손 삼촌은 칠면조 요리를 먹는 그 식사를 끝내면 어머니에게 말했다.

"리디아, 너와 난 화학을 잘 아니까 말인데 황화수소산 냄새는 어떨 것 같니? 방귀 냄새야. 황화수소산은 방귀 냄새를 풍긴다고."

바르비손 삼촌의 진짜 이름은 페레고였다. 어떤 친구들이 삼촌을 위해 이런 시를 지었다.

> 한밤이고 아침이고 페레고네 집과
> 포도주 창고를 보면 정말 신나지.

바르비손 삼촌의 누이들, 그러니까 엄마의 이모들은 지나칠 정도로 신앙심이 깊어서 사람들이 '행복한 여자들'이라고 불렀다.

어머니에게는 그 이모들 외에도 또 다른 이모, 그러니까 이런 말을 해서 유명해진 체칠리아 이모가 있었다. 언젠가 어머니가 체칠리아 이모에게 우리 외할아버지가 늦은 시간까지 집에 돌아오지 않아 모두 걱정을 하고 있다고 말했다. 다들 할아버지에게 무슨 일이 벌어졌는지도 모른다는 불안에 사로잡혔다. 체칠리아 이모는 갑자기 이렇게 물었다.

"그런데 너희들 저녁에 뭘 먹었니, 밥이야 파스타야?"

"파스타요."

어머니가 대답했다.

"밥을 먹지 않아서 천만다행이야. 밥을 먹었으면 얼마나 더 늦게 돌아오실지 알게 뭐니."

외조부모님은 내가 태어나기 전에 돌아가셨다. 피나 외할머니는 평범한 집안 태생으로 옆집에 살던 외할아버지와 결혼했다. 할아버지는 변호사 생활을 막 시작한, 안경을 낀 세련된 젊은이였다. 할머니는 매일 현관에서 문지기 여자에게 할아버지가 "제 편지 있습니까?" 하고 묻는 소리를 들었다. 할아버지는 편지 létere를 발음할 때 t를 한 번만 발음하고 e를 정확히 발음했다. 할머니는 아주 세련된 발음이라고 생각해서 그분과 결혼했다. 그리고 겨울에 검정 벨벳 외투를 해 입고 싶었기 때문이기도 했다. 행복한 결혼은 아니었다.

피나 할머니는 젊은 시절에 금발의 우아한 분이었다. 언젠가 아마추어 극단에서 연기를 하기도 했다. 막이 오르자마자 화판과 이젤을 들고 무대에 서 있던 피나 할머니는 이렇게 말했다.

"난 그림을 계속 그릴 수가 없어. 내 마음이 작업과 예술에 열중하려 하지 않아. 내 마음은 여기서 아주 멀리 날아가버렸어. 그리고 고통스러운 생각들을 키워가고 있지."

할아버지는 그 후 사회주의 운동에 뛰어들었다. 그분은 비솔라티*와 투라티**와 쿨리쇼프***의 친구였다. 피나 할머니는 남편의 정치

* 레오니다 비솔라티(1857~1920). 언론인, 정치인. 사회주의 개혁당을 만들었다.

** 필리포 투라티(1857~1932). 정치인. 이탈리아 사회주의당을 세웠다.

*** 안나 쿨리쇼프(1857~1925). 러시아의 혁명가. 이탈리아 사회주의 운동에 큰 영향을 끼쳤다.

활동에 언제나 이방인일 뿐이었다. 할아버지 때문에 항상 집 안에 사회주의자들이 들끓어서 피나 할머니는 딸에게 한탄하곤 했다. '저 아이는 가스 수리공하고 결혼하게 될 거야.' 결국 두 분은 헤어져서 살았다. 말년에 할아버지는 정치를 버리고 다시 변호사 생활을 시작했다. 하지만 오후 다섯 시까지 잠을 잤고 의뢰인이 찾아오면 이렇게 말했다. "저 사람들이 뭐 하러 온 거지? 내보내버려!"

피나 할머니는 말년에 피렌체에 살았다. 그리고 그때 결혼해서 역시 피렌체에 살고 있던 어머니를 가끔씩 만나러 오곤 했다. 하지만 피나 할머니는 우리 아버지를 아주 무서워했다. 어느 날 할머니가 갓난아기인 지노 오빠를 보러 왔는데 오빠에게 미열이 있었다. 아주 흥분해 있는 아버지를 진정시키기 위해 할머니는 이가 나려면 열이 날 수도 있다고 말했다. 아버지는 평소 이가 날 때 열이 날 수 없다고 주장해왔기 때문에 화를 냈다. 그래서 피나 할머니는 집을 나서다가 역시 우리 집에 오고 있던 실비오 외삼촌을 만나자 계단에서 이렇게 속삭였다. "이 이야기는 꺼내지도 마."

'이 이야기는 꺼내지도 마', '저 아이는 가스 수리공하고 결혼하게 될 거야', '난 계속 그림을 그릴 수가 없어' 말고는 외할머니에 대해 아는 게 아무것도 없다. 할머니가 했던 다른 말들 중 내게 전해진 것 역시 하나도 없다. 그런데 우리 집에서 계속 들리던 이런 말이 아직도 생각난다.

"매일매일 어떤 여자가 있지, 매일매일 어떤 여자 있지, 오늘은 드루실라 이모가 안경을 부러뜨렸네."

외할머니는 세 명의 자식을 두었는데 실비오 외삼촌, 어머니, 그리고 근시인 데다가 항상 안경을 부러뜨리는 드루실라* 이모였다. 할머니는 아주 고통스러운 삶을 살다가 피렌체에서 고독하게 돌아가셨다. 맏아들인 실비오 외삼촌은 서른 살에 어느 날 밤 밀라노 공원에서 권총으로 관자놀이를 쏘아 자살했다.

어머니는 기숙학교를 마친 후에 밀라노를 떠나 피렌체로 가서 살았다. 의과대학에 입학했지만 아버지를 만나 결혼하는 바람에 대학을 마치지 못했다. 우리 친할머니는 그 결혼을 원하지 않았는데 어머니가 유대인이 아니기 때문이었다. 게다가 어떤 사람에게 우리 어머니가 독실한 가톨릭 신자이며 성당에 갈 때마다 허리를 깊숙이 숙여 인사하고 성호를 긋는다는 말을 들었다. 하지만 그것은 사실과 전혀 달랐다. 우리 외갓집에서는 아무도 성당에 다니지 않았고 성호를 긋지도 않았다. 그래서 할머니의 반대는 잠깐 동안이었을 뿐이었다. 그러다가 할머니는 우리 어머니를 만나보기로 했고 두 분은 어느 날 저녁 극장에서 만나 연극을 함께 보았다. 무어인들 사이에서 인생을 마감하는 백인 여자가 주인공인 연극이었는데 그 백인 여자를 질투하는 무어인 여자가 이를 갈며 무시무시한 눈으로 백인 여자를 바라보다가 이렇게 말했다. "커틀릿 백인 부인! 커틀릿 백인 부인!" '커틀릿 백인 부인'. 어머니는 커틀릿을 먹을 때마다 그 말을 했다. 아버지의 동생인 체사레 삼촌이 연극 평론가여서 할머니와 어머니는 극장 측에서 마련해준 특별석에 앉아서 관람했다. 체사레 삼촌은 아

* 드루실라 탄치(1885~1963). 작가. 노벨문학상을 수상한 시인 에우제니오 몬탈레와 결혼했다.

버지와 아주 달라서 뚱뚱한 체격에 조용하고 언제나 유쾌했다. 그리고 보통의 연극 평론가처럼 평가에 엄격하지 않았고 어떤 연극에 대해서도 나쁘게 이야기하지 않았으며 모든 연극에서 좋은 점을 단 한 가지라도 찾아냈다. 그래서 우리 어머니가 연극을 본 후 바보 같은 연극이라고 평했을 때 화를 내면서 이렇게 말했다. "직접 저런 연극을 한번 써보시죠." 체사레 삼촌은 나중에 여배우와 결혼했다. 이것은 우리 할머니에게는 아주 커다란 비극이었다. 오랫동안 할머니는 체사레 삼촌의 아내를 만나려 하지 않았다. 할머니는 여배우는 성호를 긋는 여자보다도 더 나쁘다고 생각했다.

아버지가 결혼했을 무렵 아버지는 피렌체에 있는 어머니 외삼촌의 병원에서 일을 했다. 어머니의 외삼촌은 정신과 의사였기 때문에 미치광이라는 별명을 가지고 있었다. 사실 미치광이 삼촌 할아버지는 수재이고 교양 있고 빈정대길 잘하는 분이었다. 그래서 집안에서 왜 그런 별명으로 부르는지 알 수가 없었다. 어머니는 우리 친가에서 아버지의 숙모며 사촌인 여러 명의 마르게리타와 레지나, 그리고 그때까지 살아 있던 그 유명한 방데도 만나게 되었다. 파렌테 할아버지로 말하자면 이미 오래전에 돌아가신 뒤였다. 그분의 아내인 돌체타 할머니와 하인이었던 짐꾼 베포 역시 마찬가지였다. 돌체타 할머니에 대해서는 공처럼 작고 뚱뚱했다는 것과 너무 많이 먹어서 늘 소화불량으로 고생했다는 정도만 알려져 있었다. 할머니는 건강이 좋지 않아 구토를 한 뒤 침대에 누워 있곤 했다. 하지만 잠시 후 할머니가 달걀을 먹고 있는 게 눈에 띄었다. "신선한 거야." 할머니는 변명하듯 이렇게 말했다.

파렌테 할아버지와 돌체타 할머니 사이에 로시나라는 딸이 있었다. 로시나의 남편은 어린아이들과 몇 푼 안 되는 돈을 남겨놓은 채 세상을 떠나고 말았다. 그래서 로시나는 부모님 집으로 돌아왔다. 로시나가 돌아온 다음 날 모두 식탁에 둘러앉았을 때 돌체타 할머니는 로시나를 바라보면서 말했다.

"오늘 우리 로시나에게 무슨 일이 있었나, 평상시 기분이 아닌데?"

돌체타 할머니의 달걀 이야기, '우리 로시나' 이야기를 우리에게 자세히 들려주신 분은 바로 어머니였다. 아버지는 이야기를 마구 뒤섞어 들려주다가 항상 크게 폭소를 터뜨렸기 때문에 아버지의 이야기는 재미가 없었다. 하지만 가족들에 대한 기억과 어린 시절의 추억이 아버지를 즐겁게 했다. 이야기 중간에 하도 오래 웃어서 우린 무슨 내용인지 제대로 이해할 수 없었다.

반대로 이야기하기를 좋아했던 어머니는 이야기를 들려주는 것 자체를 즐거워했다. 어머니는 우리들 중 한 사람을 바라보면서 이야기를 시작했다. 그리고 아버지 가족에 대한 이야기를 하든, 당신 가족에 대한 이야기를 하든 즐거워서 생기가 돌았고 똑같은 이야기를 몇 번씩 되풀이하면서도 언제나 우리가 단 한 번도 들어본 적이 없는 이야기를 생전 처음 들려주는 것처럼 이야기했다. "우리 삼촌 중에 바르비손이라 불리던 분이 계셨단다." 이렇게 이야기를 시작했다. 만약 그때 누군가 "그 이야기는 알고 있어요! 벌써 수도 없이 들었는걸요!"라고 말하면 어머니는 다른 사람을 바라보며 조그맣게 말했다. "도대체 그 이야기를 몇 번이나 들었는지 모르겠군!" 몇 마디만 듣고도 벌써 어떤 이야기가 나올지를 알아차리고는 아버지가 크게 말했다. 어머니는 조그맣게 이야기를 했다.

미치광이 삼촌 할아버지의 병원에는 자신이 신이라고 믿는 정신병자가 입원해 있었다. 미치광이 삼촌 할아버지가 매일 아침 그 환자에게 말했다. "안녕하십니까, 친애하는 리프만 씨." 그러면 그 정신병자가 이렇게 대답했다. "아마 '친애하는'은 맞을 것 같은데 리프만 씨는 아니오!" 그는 자신이 신이라고 믿었던 것이다.

또 실비오 외삼촌이 알고 지내던 오케스트라 지휘자에 관한 유명한 말이 있다. 그 지휘자가 순회 연주 때문에 베르가모에 머무르게 되었을 때 산만하고 제멋대로 행동하는 가수들에게 이렇게 말했다. "우린 베르가모에 소풍 온 게 아니라 비제의 걸작 〈카르멘〉을 연주하러 왔소."

우리 형제는 5남매다. 우리는 각기 다른 도시에 살고 있으며 어떤 형제는 외국에 산다. 그리고 편지 왕래도 자주 없다. 만났을 때도 서로에게 무관심하고 신경을 쓰지도 않는다. 하지만 우리들끼리는 단 한마디면 족하다. 단 한마디, 한 문장, 우리의 어린 시절에 수도 없이 듣고 반복했던 그 오래된 말 한마디면 우리들의 옛날 관계를 단숨에 되찾는다. 이렇게 말하기만 하면 된다. '우린 베르가모에 소풍 온 게 아니오'라든지 '황화수소산 냄새는 어떤지.' 우리의 어린 시절과 청소년기는 떼려야 뗄 수도 없게 이런 문장, 이런 말과 연결되어 있다. 이런 문장 하나 혹은 이런 말 중의 하나는 우리 형제들이 어두운 동굴 속이나 수백만의 사람들 틈에 섞여 있어도 서로를 찾을 수 있게 해준다. 이런 문장들은 우리들의 라틴어였고 지나간 날들의 사전이었으며 이집트 혹은 아시리아-바빌로니아의 상형문자, 존재하기를 멈추었지만 난폭한 물살과 시간의 부식 속에서 살아남은 생명세포들과 같은 것이다. 이런 문장들은 우리가 살아 있는 한 존재하게 될 우리 가족 간의 연대감의 토대를 이루면서, 우리 중 누군가가 "친애하는 리프만 씨"라고 말하게 될 때, 그리고 곧 "그 이야기 좀 집어치워! 도대체 몇 번이나 들었는지 모르겠군!"이라고 말하는 성급한 아버지의 목소리가 우리의 귀에 다시 울리게 될 때, 지구상의 이곳저곳에서 이런 말들이 다시 창조되고 살아날 것이다.

아버지와 체사레 삼촌이 어떻게 은행가였던 조상들과 친할아버지에게서 벗어나서 그 어떤 면으로도 보아도 사업과는 전혀 관련이 없는 직업을 갖게 되었는지 나도 모를 일이다. 아버지는 돈을 많이 벌지도 못하는 의학 연구에 한평생을 바쳤다. 아버지는 돈에 대해 아주 막연하고 혼란스러운 개념을 가지고 있었는데 그것은 돈에 대한 본질적인 무관심에서 생겨났다. 이 때문에 돈을 벌 수 있는 기회가 생기면 언제나 놓쳐버리거나 어찌되었든 놓쳐버릴 수밖에 없게 행동했다. 그리고 기회를 놓치지 않고 무난하게 진행시켰을 경우는 그저 우연에 불과했다. 언제 길바닥에 나앉을지도 모른다는 불안이 평생 아버지를 따라다녔다. 그것은 비이성적인 불안으로, 자식들의 성공과 행운에 대해 비관적으로 생각하는 아버지의 비관주의와 다른 불쾌감과 결합되어 아버지의 내부에서 살아갔다. 그런 불안은 요새와 산 위에 음침하게 떠 있는 집채만 한 검은 구름처럼 아버지의 마음을 짓눌렀다. 비록 그 불안이 아버지의 영혼 깊숙이 자리 잡은 돈에 대한 근본적이고 절대적이고 본질적인 무관심을 건드릴 수는 없었지만 말이다. 아버지는 50리라에 대해 말할 때, 아니 아버지의 화폐 단위는 리라가 아니라 프랑이었으니까, 좀 더 정확히 아버지식으로 말하자면, 50프랑에 대해 말할 때 '어마어마하게 큰 액수'라고 했다. 밤이 되면 아버지는 이 방 저 방 돌아다니면서 우리에게 불을 켜놓았다고 호통을 쳤다. 하지만 아버지는 거의 당신도 깨닫지 못하는 사이에, 되는 대로 사고판 주식들이나 출판사에 넘겨줄 때 정당한 대가를 제대로 요구하지 못한 연구물들 때문에 수백만 리라를 손해 보았다.

피렌체에 살던 부모님은 아버지가 사르데냐 섬의 사사리 대학 교수로 임명되자 사르데냐로 이주하셨다. 몇 해 동안 그곳에 살다가 다섯 형제 중의 막내인 내가 태어난 팔레르모로 옮겼다. 아버지는 1차 세계대전 때 군의관으로 카르소 전투에 참전했다. 그리고 우리는 마침내 토리노에 와서 살게 되었다.

토리노에서 보낸 처음 몇 해는 어머니에게 아주 힘겨운 시기였다. 1차 세계대전이 끝나고 얼마 되지 않은 때였다. 전후에 물가가 심하게 올랐고 우리는 돈이 별로 없었다. 토리노의 날씨는 추웠고 어머니는 추위와 습기가 많고 어두운 집에 대해 불평했다. 그 집은 아버지가 누구와 상의하지도 않고 식구들이 토리노에 도착하기 전에 구해놓은 집이었다. 아버지의 말에 따르면 어머니는 팔레르모에서도 불평을 했고 사사리에서도 불평을 했다. 언제나 푸념할 거리를 찾는다는 것이다. 그런데 이제는 팔레르모와 사사리를 지상낙원처럼 이야기했다. 사사리에서도 팔레르모에서도 어머니는 많은 친구를 사귀었지만 결코 그 친구들에게 편지를 쓰지는 않았다. 어머니는 멀리 떨어져 있는 사람들과의 관계를 유지할 수가 없었다. 그곳에서는 햇볕이 가득 드는 멋진 집에서 편리하고 유쾌한 생활을 했고 아주 유능한 가정부들을 거느렸다. 토리노에서 처음에 우리는 가정부를 구할 수가 없었다. 그러다가 어느 날 어떻게 된 일인지는 모르지만 나탈리나가 우리 집에 오게 되었다. 그리고 나탈리나는 30년을 우리 집에서 살았다.

사실 푸념하고 불평하긴 했지만 사사리와 팔레르모에서 어머니는 정말 행복했다. 어머니는 천성적으로 유쾌했고 어느 곳에서든 사랑할 사람들을 찾아내고 그 사람들로부터 사랑을 받았으며 어느 곳에서든 주변 것들을 즐길 수 있는 방법, 행복해질 수 있는 방법을 발견했으니까. 어머니는 토리노에서의 처음 몇 해, 힘겨웠을 뿐만 아니라 불편하기도 했을 그 몇 해 동안에도 행복했다. 그리고 그 몇 해 동안 어머니는 아버지와의 불화 때문에, 추위 때문에, 다른 지역에 대한 향수 때문에, 점점 커가는 아이들에게 책과 외투와 신발들을 사줄 돈이 없어서 자주 눈물을 흘렸다. 그렇지만 어머니는 행복했다. 울음을 멈추자마자 다시 기분이 아주 좋아졌고 집 안에서 〈로엔그린〉, 〈눈 속에 사라진 슬리퍼〉, 〈돈 카를로스 타드리드〉를 목청껏 불렀다. 그리고 세월이 좀 더 흐른 후에 그 시절을 떠올릴 때면, 자식들이 아직 모두 한 집에 살았고 돈도 없는 데다 주가는 계속 하락하고 집은 습기 가득하고 어두침침하던 그 시절을 기억할 때면 어머니는 언제나 아주 아름답고 행복한 시절이었다고 말했다. "파스트렝고가街에서 살 때." 좀 더 세월이 흐른 뒤에 어머니는 그 시절을 정의하기 위해 이렇게 말했다. 파스트렝고가는 그 당시 우리가 살던 토리노의 거리였다.

파스트렌고가에 있던 집은 아주 컸다. 열 개인가 열두 개 정도 방이 있었고 안뜰과 정원 그리고 정원을 바라다볼 수 있는 유리로 된 베란다가 있었다. 하지만 아주 어두웠고 습기가 많았던 게 분명했다. 겨울에 바구니에서 두세 개의 버섯이 자라기도 했으니까. 우리 집에서 그 버섯은 큰 화제가 되었다. 오빠들은 그때 우리 집에 와 계시던 친할머니에게 그 버섯들을 요리해서 먹을 거라고 말했다. 그러자 할머니는 비록 그 말을 믿은 것은 아니었지만, 그래도 깜짝 놀라 불쾌감을 나타내며 이렇게 말했다. "집이 아주 난장판이구나."

그때 나는 아주 어렸다. 그래서 세 살 때 떠난 내 고향 도시인 팔레르모에 대해서는 막연한 기억만 남아 있을 뿐이었다. 하지만 나 역시 언니나 어머니처럼 팔레르모에 대한 향수로 괴로워하고 있다고 생각했다. 그리고 우리가 수영을 하러 가던 몬델로 해변과 어머니의 친구인 메시나라는 아주머니와 이름이 올가여서 내 인형 올가와 구별하기 위해 '살아 있는 올가'라고 부르던 언니 친구를 그리워하고, 해변에서 언니 친구를 볼 때마다 "살아 있는 올가 앞에 있으면 부끄러워"라고 말하던 때를 그리워하고 있다고 생각했다. 그런 사람들이 바로 팔레르모와 몬델로에 살던 사람들이었다. 향수 혹은 꾸며낸 향수에 빠져 난 난생처음으로 단 두 줄짜리 시를 지었다.

사랑스러운 팔레르모, 팔레르모야,
넌 토리노보다 훨씬 아름답구나.

이 시는 일찌감치 시에 대한 재능을 보여줬다고 해서 우리 집에서 갈채를 받았다. 이런 성공에 용기를 얻은 나는 곧 또 다른 두 개의 짧은 시를 지었는데 오빠들에게 들은 산에 관한 시였다.

그리볼라 만세
만일 거기서 미끄러진다면.
몬테 비앙코 만세,
네가 지쳐 있다면.

게다가 우리 집에서는 시를 짓는 게 습관화되어 있었다. 한번은 마리오 오빠가 몬델로에서 오빠와 함께 놀았지만 오빠가 참을 수 없게 싫어했던 토시네 아이들에 대해 시를 썼다.

그때 토시네 아이들이 도착했다,
하나같이 호감이 가지 않고 모두 따분한 아이들.

하지만 가장 유명하고 가장 아름다운 시는 알베르토 오빠가 열 살인가 열한 살 때 쓴 시다. 그 시는 실제 사건과 관련된 것이 아니라 무無에서 창조해낸 순수한 시적 상상력의 산물이었다.

가슴도 없는
노처녀가
한없이 사랑스러운
아기를 낳았네.

우리 집에서는 『요리오의 딸』*을 낭독하곤 했다. 그렇지만 밤이면 특히 식탁에 둘러앉아 어머니가 알고 있는 어떤 시를 낭독했다. 어머니가 어렸을 때, 포 강 유역의 평야를 뒤덮은 홍수에서 살아남은 사람들을 위한 자선 시 낭독회에서 들은 시였다.

모두들 두려움에 떤 지 며칠이던가!
그래서 노인들이 말했다. '오오 세상에, 강물이
시시각각 불어나고 있어!
여러분의 자식들을 구하시오, 물건을 챙겨 떠나시오!'
저런! 그들을 그냥 내버려두세요, 착하고 불쌍한 노인들이여!
아빠는 원하지 않았다. 그런데 아빠는 용감하고 젊다,
그리고 무시무시한
일이 벌어지리라고 생각하지 않았다.
그날 밤 젊은 아빠가 다시 엄마에게 말했다. '로사,
아이들을 재워요, 그리고 당신도 편히 자도록 해요.
하느님이 파놓아주신 커다란 흙침대 위에
누워 있는 거인처럼 포 강은 조용하다오.
가서, 자요. 분명 많은 사람들이 나처럼
밤새 강가를 지킬 테니; 수많은 건장한 어깨들이
이 가련한 계곡을 지키기 위해 거기 있을 거라오!'

어머니는 그다음 부분은 기억하지 못했다. 그리고 내 생각으로는 분명 이 처음 부분도 제대로 정확하게 기억하는 것 같지 않았다. '아

* 이탈리아의 시인, 소설가이자 극작가인 가브리엘레 단눈치오(1863~1938)의 연극.

빠는 용감하고 젊다'라는 부분을 예로 들면 그 시구는 운율을 전혀 고려하지 않고 길게 늘였기 때문이다. 하지만 어머니는 한마디 한마디에 강세를 주면서 불분명한 기억을 메워나갔다.

> 수많은 건장한 어깨들이
> 이 가련한 계곡을 지키기 위해 거기 있을 거라오!

아버지는 이 시를 참을 수 없어했다. 그래서 우리가 어머니와 함께 이 시를 낭독하기라도 하면 화를 내면서 우리가 '광대 짓'을 하고 있으며 우리는 진지한 것에 몰두할 줄 모른다고 했다.

거의 매일 저녁 테르니 아저씨와 그 당시 폴리테크니코*에 다니던 큰오빠 친구들이 우리 집에 왔다. 우리는 식탁에 둘러앉아 시를 낭독하고 노래를 불렀다.

> 나는 돈 카를로스 타드리드라오,
> 마드리드의 학생이지요!

어머니는 노래를 했다. 그러면 서재에서 책을 읽고 있던 아버지는 이따금씩 입에 파이프를 문 채 의심스러운 눈초리에 눈썹을 찌푸리며 우리가 모여 있는 식당에 얼굴을 내밀곤 했다.

"항상 얼간이 같은 말만 한다니까! 항상 광대 같은 짓만 해!"

아버지가 묵인하는 유일한 화제는 과학에 관련되었거나 정치,

* 공과 대학과 건축학 대학.

'학과 내에서' 벌어진 어떤 변화들, 즉 몇몇 교수들이 토리노에 초빙되었는데 아버지의 견해에 따르면 그들이 '얼간이'이기 때문에 이 초빙이 부당하다든가, 토리노에 초빙되지 않은 또 다른 교수는 '큰 가치'를 지닌 사람으로 평가할 수 있어서 이 역시 부당하다는 그런 내용이었다. 과학에 관련된 이야기들이나 '학과 내에서' 벌어진 일에 관해 우리 중 그 누구도 아버지의 말을 제대로 이해할 수 없었다. 하지만 아버지는 식탁에서 매일매일 '학과 내의' 상황이나 당신의 실험실 유리판 밑에 놓아두었던 배양 세포조직에 어떤 일이 벌어졌는지를 어머니에게 알려주었다. 그리고 어머니가 한눈을 팔면 화를 냈다. 아버지는 음식을 굉장히 많이 먹었는데 그 속도가 너무 빨라서 아무것도 먹지 않는 것처럼 보일 정도였다. 아버지의 접시는 금방 비었다. 그래서 아버지는 당신이 아주 조금밖에 먹지 않는다고 확신했고 언제나 조금만 먹으라고 간청하는 어머니에게 그런 확신을 전했다. 오히려 아버지는 어머니가 많이 먹는다고 생각해서 어머니에게 고함을 쳤다.

"너무 많이 먹지 마! 소화 안 돼!"

"손거스러미 뜯지 마!"

아버지는 가끔씩 호통을 쳤다. 사실 어머니는 어린 시절부터 손거스러미를 뜯는 나쁜 버릇이 있었다. 언젠가 기숙학교에서 손톱 옆이 곪아 그 뒤로 손가락 피부가 벗겨졌기 때문이었다.

아버지 말에 따르면 우리는 모두 너무 많이 먹어서 소화불량이 될 수밖에 없었다. 아버지가 좋아하지 않는 요리에 대해서는 그 요리가 몸에 좋지 않으며 소화가 되지 않아 위에 머물러 있을 거라고 말했다. 아버지가 좋아하는 음식은 모두 몸에 아주 좋고 '연동운동을 자극한다'고 했다.

만약 아버지가 좋아하지 않는 요리가 식탁에 올라오면 화를 냈다. "왜 이런 식으로 고기를 요리한 거지! 내가 싫어한다는 걸 잘 알 텐데!" 아버지만을 위해 아버지가 좋아하는 어떤 요리를 해도 똑같이 화를 냈다. "내가 특별한 요리를 원하는 게 아니라고! 특별한 걸 만들어달라는 게 아니야!"

아버지가 말했다. "난 뭐든지 다 먹는다. 너희들처럼 까다롭지 않아. 난 먹는 걸 그리 중요하게 생각지 않아!"

"먹는 이야기만 화제로 삼지 마라! 그건 저속한 짓이야!" 우리끼리 이런저런 요리에 대해 이야기하는 것을 들으면 아버지는 호통을 쳤다.

"난 정말 치즈가 좋아." 어머니는 치즈가 식탁에 올라올 때마다 꼭 이런 말을 했고 그러면 아버지는 또 이렇게 대꾸했다.

"당신은 어찌 그렇게 단조롭지! 항상 똑같은 말만 되풀이하는군!"

아버지는 잘 익은 과일을 좋아했다. 그래서 조금 상한 배가 우리 차지가 되면 그걸 아버지에게 드렸다. "아, 너희들 배가 썩어서 날 주는구나! 예쁜 당나귀 녀석들!" 온 집 안이 다 울릴 정도로 크게 웃으며 이렇게 말한 뒤 단 두 입에 그 배를 먹어버렸다.

"호두는 몸에 좋아. 연동운동을 자극하지." 아버지가 호두를 깨뜨리면서 말했다.

"당신도 단조로워요." 어머니가 아버지에게 말했다. "당신도 언제나 똑같은 말만 하잖아요."

그러면 아버지는 화를 냈다. "당나귀 같으니라고! 나한테 단조롭다고 말하는 거야? 당신은 진짜 당나귀야!"

정치 이야기가 나오면 우리 집에서는 격렬한 토론이 벌어졌고 고함이 터져나오기 일쑤였다. 냅킨을 내동댕이치고 집이 뒤흔들릴 정도로 문을 꽝 닫고 각자 방으로 들어가는 것으로 끝이 났다. 그때는 파시즘 초기였다. 무슨 이유로 아버지와 오빠들이 그렇게 격렬하게 토론하는지 난 이해할 수가 없었다. 지금 생각해보아도 아버지와 오빠들 모두 파시즘에 반대하고 있었는데 말이다. 최근 오빠들에게 그 문제에 대해 물어보았지만 아무도 내게 분명한 대답을 해주지 못했다. 그렇지만 모두들 그 격렬했던 말다툼은 기억하고 있었다. 내가 보기에는 부모님에게 반항심을 가지고 있던 마리오 오빠가 모종의 방식으로 무솔리니를 옹호했던 것 같다. 그리고 분명 그 일로 아버지가 격노했을 것이다. 아버지는 마리오 오빠가 모든 면에서 당신과 정반대되는 생각을 가지고 있다는 것을 알았기 때문에 오빠와 언제나 논쟁을 했다.

아버지는 투라티를 순진한 사람이라고 말했다. 순진함이 결점이 될 수도 있다는 것을 모르는 어머니는 아버지 말에 동의하고 한숨을 쉬며 말했다. "불쌍한 필리페토*." 그 당시 투라티가 토리노에 들렀다가 우리 집을 방문한 적이 있었다. 내가 기억하기로는 곰처럼 뚱뚱하고 회색 수염을 둥글게 자른 투라티가 우리 집 응접실에 있었다. 나는 그를 두 번 보았다. 그러니까 얼마 뒤 그가 이탈리아에서 탈출해야만 했을 때 우리 집에 일주일 동안 숨어 있었다. 그렇지만 난 그날 투라티가 우리 응접실에서 한 말을 단 한마디도 기억하지 못한다. 기억나는 것이라고는 큰 목소리들과 열띤 토론뿐이다.

* 필리포 투라티의 애칭.

아버지는 언제나 화를 내며 집에 돌아왔다. 길거리에서 검은 셔츠단*의 행렬을 만났다거나 학과 회의에서 아버지가 아는 사람들이 새로 파시스트가 되었다는 소식을 들어서였다.

"광대들! 협잡꾼들! 광대들이나 하는 짓거리야!"

아버지는 식탁에 앉으면서 말했다. 아버지는 냅킨과 접시와 유리컵을 내던지고 치욕스러움 때문에 숨을 헐떡거렸다. 지인들과 집까지 함께 오는 경우도 있었는데, 동행하는 사람에게 길거리에서 파시즘에 대한 당신의 생각을 큰 소리로 말하기도 했다. 그러면 상대방은 놀라서 주위를 살폈다. "겁쟁이들! 니그로들!" 아버지는 집에 돌아와서 그 사람들이 두려워하던 모습을 이야기하면서 크게 말했다. 그런데 지금 생각해보면 아버지는 길거리에서 큰 목소리로 그런 이야기를 하면서 상대방이 쩔쩔매는 모습을 즐겼던 것 같기도 하다. 어느 정도는 즐기기도 했겠지만 아버지가 조그맣게 말을 하려 해도 항상 너무 크게 터져나오는 목소리를 조절하지 못한 탓도 있었으리라.

조절할 수 없는 아버지 목소리에 관해 테르니 아저씨와 어머니에게 이런 이야기를 들었다. 하루는 행사가 있어서 대학 홀에 교수들이 모두 모였는데, 그때 어머니가 작은 목소리로 아버지에게 몇 발자국 떨어진 곳에 있는 교수가 누구냐고 물어보았다. "누구냐고?" 아버지는 사람들이 모두 돌아볼 정도로 큰 소리로 대답했다. "누구냐고? 누군지 말해주지! 완전히 바보멍청이야!"

아버지는 대개 어머니와 우리가 주고받는 농담을 참을 수 없게

* 무솔리니가 이끌었던 이탈리아의 파시스트 군대. 검은 셔츠를 제복으로 입었다.

싫어했다. 농담을 우리 집에서는 '우스갯소리'라고 불렀고 우리는 농담을 하거나 들을 때 굉장한 기쁨을 맛보았다. 하지만 아버지는 화를 냈다. 우스갯소리 가운데 반파시스트적인 것만은 용인해주었다. 그리고 아버지와 어머니가 아는 우스갯소리나 종종 밤에 로페츠 씨 부부와 함께 이야기를 나눌 때면 옛날에 알던 사람들을 상기시키는 당신들 시대의 우스갯소리들도 그냥 넘어갔다. 아버지는 그중 몇몇 농담이 아주 음란하다고 생각했다. 대수롭지 않은 농담이 분명했을 텐데 말이다. 그래서 어른들은 우리가 있을 때에 그런 농담을 하려면 소곤소곤 목소리를 낮추려 했다. 아버지가 소곤소곤 말하면 크게 웅얼거리는 소리가 되어 우리는 대부분의 말을 알아들을 수 있었다. 그중에는 '영계'라는 말이 있었는데 이것은 그 19세기풍 농담에 항상 등장했다. 아버지는 그 말을 속삭여보려고 애썼지만 오히려 더 크게, 게다가 유난히 짓궂으면서도 유쾌하게 발음했다.

아버지의 기상 시간은 항상 새벽 네 시였다. 아버지는 자리에서 일어나자마자 맨 먼저 '메초라도'가 잘되었는지 살펴보러 갔다. 메초라도는 유산乳酸이었는데 아버지는 사르데냐에서 목동들에게 만드는 방법을 배웠다. 그것은 초보 단계의 요구르트였다. 그 당시에는 아직 요구르트가 유행하지 않았다. 그래서 지금처럼 우유 가게나 바에서 요구르트를 살 수 없었다. 아버지는 다른 많은 것들과 마찬가지로 요구르트를 받아들이는 일에서도 선구자였다. 그 당시에는 아직 겨울철 스포츠가 보급되지 않았다. 아버지가 아마도 토리노에서 유일하게 겨울철 스포츠를 즐긴 사람이었으리라. 아버지는 눈이 조금 내리기가 무섭게 토요일 저녁에 어깨에 스키를 메고 클라비에레스*로 떠났다. 그 무렵에는 아직 클라비에레스나 체르비니아**에 여관조차 없었다. 아버지는 대개 클라비에레스 위쪽에 있는 '마우티노의 오두막집'이라는 대피소에서 묵었다. 때로는 오빠들이나, 아버지처럼 산을 열성적으로 좋아하는 조교들을 데리고 갔다. 아버지는 쉬를 스키***라고 불렀다. 아버지는 젊은 시절 노르웨이에 체류할 때 스키를 배우러 다녔다. 일요일 저녁에 집에 돌아오면 언제나 눈이 너무 좋지 않았다고 말했다. 아버지가 보기에 눈은 언제나 너무 축축하거나 건조했다. 한 번도 제대로 된 눈을 만난 적이 없었는데 메초라도도 그와 마찬가지였다. 메초라도는 아버지가 보기에 늘 너무 묽거나 너무 되었다.

"리디아! 메초라도가 제대로 '만들어지지' 않았어!" 아버지는 복도를 향해 소리를 질렀다. 아버지는 수프 그릇에 메초라도를 담아 뚜껑을 덮고 한때 어머니가 쓰던 낡은 연어색 숄로 그릇을 감싸 부엌에 놓아두었다. 가끔씩 메초라도가 전혀 '만들어지지' 않아서 버려야만 했다. 그럴 때 메초라도는 초록색 이슬에 불과했고 그릇에는 흰 대리석같이 단단한 덩어리가 몇 개 들어 있었다. 조금만 실수해도 메초라도가 실패할 수 있기 때문에 아주 세심한 주의를 기울여야 했다. 그릇을 감싸고 있는 숄이 살짝 벌어져 공기가 조금만 들어가도 메초라도는 만들어지지 않았다. "오늘도 '만들어지지' 않았어!

* 토리노의 한 지역으로 현재 겨울철 스포츠의 중심지.

** 아오스타의 한 지역으로 역시 현재 겨울철 스포츠의 중심지.

*** 이탈리아어로 스키는 '쉬'(sci)다.

모두 당신의 나탈리나 때문이라고!" 아버지는 아직 잠이 다 깨지 않아 침대에서 횡설수설하는 어머니를 향해 복도에 서서 호통을 쳤다. 우리가 여름휴가를 갈 때 '메초라도의 엄마'를 종이로 잘 싸고 끈으로 묶어 짐 속에 넣는 일을 잊으면 난리가 났다. 우리는 메초라도를 만들 때 쓰는 한 컵 정도의 유산균을 '메초라도의 엄마'라고 불렀다. "엄마가 어디 갔지? 너희들 엄마 가져왔니?" 기차 안에서 아버지가 등산 배낭을 뒤지면서 물어보았다. "없잖아! 여기 없어!" 아버지가 고함을 쳤다. 사실 가끔씩 우리는 '엄마'를 깜박 잊고 안 가져가기도 했는데 그럴 때면 맥주 효모만 가지고 '엄마'를 다시 만들어야 했다.

아버지는 아침에 찬물로 샤워를 했다. 쏟아지는 물 밑에서 포효하듯이 고함을 길게 질렀다. 그런 다음 옷을 입고 설탕을 여러 스푼 넣은 차가운 메초라도를 큰 컵으로 몇 잔 꿀꺽 들이켰다. 아직 거리에 어둠이 깔려 있고 지나다니는 사람도 거의 없을 때 집을 나서곤 했다. 너무 넓어 이마 위로 축 늘어지는 베레모를 쓰고 가죽 단추와 주머니들이 잔뜩 달린 길고 넓은 비옷을 입고 안개 속으로, 새벽 토리노의 추위 속으로 나가셨다. 아버지는 뒷짐을 지고 파이프를 손에 쥐고 휘청휘청 걸었다. 아버지의 한쪽 어깨가 다른 쪽보다 더 높이 올라가 있었다. 길에는 아직 사람이 거의 없었지만 혹시라도 사람이 있을 경우 아버지가 얼굴을 찌푸린 채 고개를 숙이고 걸어서 지나가는 사람들과 부딪칠 수도 있었다.

그 시간에는 아버지의 실험실에 아무도 없었다. 혹시 아버지의 급사인 콘티만 있었을지도 모른다. 그는 조그만 체격에 회색 셔츠를 입은 조용하고 순종적인 남자였는데 아버지를 무척 좋아했으며 아버지도 그를 아주 좋아했다. 그리고 우리가 가구를 정리하거나 전등

퓨즈를 갈아 끼울 때, 혹은 짐을 꾸릴 때 우리 집에 오곤 했다. 콘티는 연구실에서 지낸 덕택에 해부학을 배웠다. 한번은 시험을 보는 학생들에게 힌트를 주어서 아버지의 화를 돋우었다. 하지만 아버지는 집에 와서 어머니에게, 해부학에 대해선 학생들보다도 콘티가 훨씬 낫다며 흐뭇해했다. 실험실에서 아버지는 콘티의 것과 똑같은 회색 셔츠를 입었다. 그리고 학교에서도 우리 집에서처럼 고함을 치며 복도로 나가곤 했다.

"나는 돈 카를로스 타드리디드라오, 마드리드의 학생이지요!"
어머니는 잠자리에서 일어날 때, 그리고 아직 젖어 있는 머리를 빗을 때 크게 노래를 불렀다. 어머니 역시 아버지처럼 찬물로 샤워를 했다. 어머니와 아버지는 까칠한 목욕장갑을 가지고 있었는데 샤워 후에 몸에 열이 나게 하려고 그것으로 몸을 문질렀다. "꽁꽁 얼었어!" 어머니는 이렇게 말했지만 찬물을 아주 좋아했기 때문에 즐거워했다. "난 아직도 꽁꽁 얼어 있어! 물이 얼마나 차가웠는지 알아!" 그리고 목욕 가운을 꼭 여미고 한 손에 커피 잔을 들고 정원으로 산책을 나갔다. 오빠들이 모두 학교에 가서 그때쯤이면 집 안에는 약간의 평화가 찾아들었다. 어머니는 노래를 부르며 아침 공기 속에서 젖은 머리를 흔들었다. 그러고는 나탈리나, 리나와 함께 이야기를 나누기 위해 다림질 방으로 갔다.

다림질 방은 '가구들의 방'이라고도 불렸다. 그곳에는 재봉틀이 있었다. 리나는 그곳에서 재봉틀로 옷을 꿰매는 일을 했다. 리나는 일종의 침모針母인 셈이었다. 하지만 우리의 낡은 외투를 뒤집어 새로 만들고 양말을 깁는 솜씨만 좋았을 뿐이다. 옷은 만들지 않았다. 우리 집에 없을 때에는 로페즈 씨네 집에 있었다. 프란체스 아주머니와 우리 어머니는 서로 그녀를 떠맡겼다. 리나는 아주 작은, 난쟁이처럼 작은 여자였다. 어머니를 마망* 부인이라고 불렀고 복도에서 아버지를 만나면 생쥐처럼 달아났는데 이 때문에 아버지는 리나를 견딜 수가 없었다.

"리나군! 오늘도 리나야!" 아버지가 짜증냈다. "난 리나를 견딜 수가 없어! 그 여자는 수다쟁이야! 그렇게 아무 일도 안 하며 지내는 건 좋지 않아!" "그래도 로페즈네 집에서도 항상 리나를 부르는걸요." 어머니가 변명을 했다.

리나는 변덕스러운 성격이었다. 한동안 뜸하다가 우리 집에 들르게 되면 사근사근하게 행동하면서 수많은 일을 힘껏 해냈다. 우리의 매트리스 덮개와 베개를 다시 만들고 커튼을 빨고 프란체스 아주머니네 집에서 했듯이 커피 찌꺼기로 카펫의 얼룩을 빼겠다는 계획을 세웠다. 하지만 곧 싫증을 냈다. 그녀는 뾰로통해져서 나와 루치오에게 화를 냈다. 우리는 그녀가 처음에 산책을 시켜주고 캐러멜을 주겠다고 약속해서 함께 있었다. 프란체스 아주머니네 막내아들인 루치오는 거의 매일 우리 집에 놀러 왔다. "날 좀 가만 내버려둬! 일해야 한다고!" 리나는 재봉질을 하면서 토라져서 말했다. 그리고 나탈리나와 말다툼을 했다.

"심술궂은 리나 같으니라고!"

어머니는 리나가 아침에 모습을 보이지 않으면 이렇게 말했다.

* '엄마'라는 뜻의 프랑스어.

리나가 예고도 없이 나타나지 않는 데다가 프란체스 아주머니조차도 그녀를 보지 못했기 때문에 어머니는 대체 그녀가 어디로 숨어버렸는지 짐작조차 하지 못했다. '가구들의 방'에는 리나의 계획에 따라 다 뜯어놓은 매트리스 덮개와 베개, 양모 뭉치들이 쌓여 있었다. 카펫 위에는 커피 찌꺼기들이 누르스름한 얼룩을 남긴 채 그대로 있었다.

"심술쟁이 리나! 앞으로는 우리 집에 오지 못하게 하겠어!"

리나는 몇 주 후면 다시 돌아와서 명랑하고 친절하게 새로운 다짐과 약속을 남발했다. 그러면 어머니는 금방 그녀의 잘못을 잊어버렸다. 그러고는 '가구들의 방'에서 난쟁이처럼 작은 그 발에 헝겊 슬리퍼를 신고 재봉틀 발판을 밟으면서 재빠르게 재봉질을 하는 리나의 수다를 듣기 시작했다.

나탈리나는 어머니의 말대로라면 루이 11세를 닮았다. 그녀는 긴 얼굴에 작고 유순한 여자였는데 윤이 나는 머리를 깔끔하게 손질할 때도 있었고 곱슬곱슬하게 파마를 해서 화려하게 꾸미기도 했다. "나의 루이 11세." 어머니는 아침에 눈매가 무서운 나탈리나가 목에 스카프를 매고 솔과 양동이를 손에 들고 침실로 들어오면 이렇게 말하곤 했다. 나탈리나는 여성 대명사와 남성 대명사를 혼동했다. 그녀는 어머니에게 이렇게 말했다. "'그녀'가 오늘 아침에 외투도 입지 않고 나갔어요." "누구? 그녀가 누구야?" "마리오 말이에요. '그분'이 마리오에게 외투를 입으라고 말해주었어야 해요." "누구? 그분이 누구야?" "'그분', 당신, 리디아 사모님 말이에요." 나탈리나는 화가 나서 양동이를 집어던지며 말했다.

어머니가 친구들에게 나탈리나 이야기를 하면서 설명한 바에 따르면 나탈리나는 '번개'였는데 그 정도로 빠르게 집안일을 했다. 그리고 번개처럼 빠르게 하느라 무슨 일을 할 때든 격렬하고 소란스러웠기 때문에 '지진'이기도 했다. 나탈리나는 불행한 어린 시절을 보낸 탓에 두들겨 맞은 강아지같이 풀죽은 분위기였다. 그녀는 고아여서 고아원과 수용소에서 자라다가 무자비한 주인을 만나게 되었다. 그녀의 이야기에 따르면 옛날 주인은 거의 매일 머리가 아플 정도로 따귀를 때렸다고 한다. 하지만 나탈리나는 그 옛날 주인에게 깊은 향수를 느꼈다. 크리스마스 때면 금빛으로 장식된 화려한 카드들을 옛 주인에게 보냈다. 가끔씩 선물을 보내기도 했다. 씀씀이가 크고 헤펐기 때문에 그녀의 주머니에는 단돈 몇 푼 들어 있는 적이 거의 없었다. 그래서 일요일에 함께 외출하는 친구들에게 언제나 돈을 빌리려고 했다. 그녀는 늘 얻어맞은 강아지 같은 그런 분위기였다. 그렇지만 우리에게, 특히 우리 어머니에게는 빈정거리기도 하고 광폭하고 고집 센 성질을 폭발하곤 했다. 그녀는 어머니에게 애정을 가졌고 어머니도 그녀를 좋아했지만, 어머니를 항상 퉁명스럽게 대했고 빈정거리며 조금도 고분고분하게 굴지 않았다. "'그분'이 여자로 태어나서 정말 천만다행이에요, 그렇지 않았으면 빈둥거리기만 하는 '그분'이 어떻게 생활을 꾸려나갔겠어요?" 나탈리나가 어머니에게 말했다. "그분이 누구야?" "'그분', 당신, 당신 말이에요!"

우리는 언제나 아주 사소한 이유 때문에, 그러니까 아버지의 신발이 없어졌다든가, 책이 제자리가 아닌 다른 곳에 있다든가, 전등이 깨졌다든가, 식사 시간에 약간 늦었다든가, 음식이 너무 탔다든가 하는 이유로 갑작스럽게, 그것도 너무 자주 폭발하는 아버지의 분노를 끔찍해하면서 살았다. 그뿐만 아니라 알베르토 오빠와 마리오 오빠의 싸움 역시 끔찍했다. 오빠들의 싸움은 아버지의 분노처럼 갑작스럽게 시작됐다. 갑자기 오빠들의 방에서 의자 부서지는 소리와 벽을 받는 소리, 찢어질 듯한 사나운 고함소리가 터져나왔다. 알베르토와 마리오는 이미 다 자란 상태였고 아주 힘이 셌다. 그래서 오빠들이 주먹질을 시작하면 몸에 상처가 나고 코피가 터지고 입술이 부어터지고 옷은 다 찢어져버렸다. 오빠들은 그런 상태로 방에서 나왔다. "너희들 서로 죽이고 말겠다!" 어머니는 놀라서 '죽이다'*라는 동사에 엠(m)이 하나 빠졌다는 사실도 무시한 채 소리를 질렀다. "베피노,** 이리 좀 와봐요, 얘들이 서로 죽이

* 이탈리아어로 'ammazzare'이다.

** 아버지 주세페의 애칭.

고 말겠어요!" 어머니는 소리쳐서 아버지를 부르며 말했다.

아버지의 다른 행동이 다 그렇듯이 중재 역시 폭력적이었다. 아버지는 달라붙어 상대를 두들겨 패고 있는 두 오빠 사이로 뛰어 들어가서 그들의 따귀를 때렸다. 그때 난 어렸다. 그런데 지금도 사납게 싸우던 그 세 남자를 떠올리면 겁이 난다. 알베르토와 마리오가 그렇게 서로 두들겨 패던 이유도, 아버지의 분노를 폭발하게 한 이유처럼 아주 하찮은 것들이었는데 가령 책이나 넥타이가 제자리에 없다든가, 누가 먼저 씻으러 갈 것인가 따위였다. 한번은 알베르토 오빠가 머리를 붕대로 감고 학교에 나타나자 선생님이 무슨 일이 있었느냐고 물었다. 오빠는 일어나서 대답했다. "저와 제 형은 목욕을 하고 싶었습니다."

마리오가 형이고 힘도 더 셌다. 마리오는 강철 같은 주먹을 가지고 있었고 화를 낼 때에는 신경계통이 흥분을 해서 근육과 힘줄과 턱뼈가 뻣뻣하게 굳었다. 마리오는 어린 시절 조금 몸이 약했다. 아버지는 그런 오빠를 튼튼하게 만들려고 산으로 데려가서 걷게 했다. 그런데 아버지는 오빠뿐만 아니라 우리들 모두에게 그렇게 했다. 마리오는 산이라면 아주 질색을 했고 아버지의 의지에서 자유로워지자마자 산에 가는 것을 완전히 그만두어버렸다. 하지만 그 당시에는 아직 산에 가야만 했다. 마리오는 가끔씩 일상적인 것들을 향해 분노를 터뜨리기도 했다. 때때로 오빠는 알베르토가 아니라 자기 뜻대로 안 되는 그 어떤 것 때문에 분노를 터뜨렸다. 토요일 오후면 자기 스키를 찾기 위해 지하실로 내려갔다. 스키를 찾는 동안 소리 없는 분노에 사로잡히게 되었는데 스키를 금방 찾지 못해서 혹은 스키의 바인딩이 벌어지지 않아서였다. 분노에 사로잡힌 마리오는 자기 손으로 바인딩을 망가뜨려버렸다. 비록 그 순간 아버지와 알베르토가 가까이에 있지는 않았지만 마리오의 분노 속에 그 두 사람이 들어 있었던 게 분명했다. 자기는 산을 끔찍하게 싫어하는데도 계속 산에 가야 한다고 고집하고 낡은 스키와 녹이 슨 바인딩을 가져가게 하는 아버지와 남의 물건을 마음대로 쓰는 알베르토에 대한 분노 말이다. 가끔씩 등산화를 신어보려고 애썼지만 마리오는 등산화를 신을 수가 없었다. 마리오는 혼자 지하실을 엉망진창으로 만들고 있었다. 우당탕하는 요란한 소리가 위에 있는 우리에게까지 들려왔다. 마리오는 집 안에 있는 스키를 죄다 바닥에 내동댕이쳤을 뿐만 아니라 바인딩과 등산화, 표범 가죽들을 집어던지고 그물들을 찢어버리고 서랍들을 뒤지고 의자와 벽과 테이블 다리에 발길질을 해댔다. 언젠가 응접실에서 조용히 신문을 보고 있던 마리오 오빠의 모습이 떠오른다. 갑자기 오빠는 예의 그 소리 없는 분노에 사로잡혀 격렬하게 신문을 집어 찢기 시작했다. 이를 드러내며 발로 땅을 구르며 신문을 갈기갈기 찢어댔다. 그때는 알베르토 탓도 아버지 탓도 아니었다. 그저 근처에 있는 교회에서 종소리가 들려왔는데 끊임없는 그 종소리가 마리오 오빠를 격노하게 했던 것이다.

한번은 식탁에서 아버지가 마리오 오빠에게 화를 낸 적이 있다. 그게 평상시보다 더 심하지 않았는데도 오빠는 그 자리에서 빵 칼로 손등을 그어버렸다. 손등에서 피가 마구 솟아 나왔다. 그때의 공포와 비명 소리, 그리고 어머니의 눈물과 역시 놀라 울부짖으며 살균된 거즈와 요오드로 치료하던 아버지가 생각난다.

알베르토 오빠와 싸우고 서로 주먹질을 한 뒤 마리오 오빠는 며칠 동안, 우리 집에서 말하는 대로라면, '시무룩하게', '달덩이 같은'

모습으로 지내야 했다. 오빠는 창백한 데다가 눈두덩이가 부어올라 대체 눈이 어디 있는지도 제대로 알아볼 수 없는 얼굴로 식사 시간에 나타났다. 오빠는 원래 중국 사람처럼 작고 가늘고 길쭉한 눈을 가지고 있었다. 하지만 '달덩이 같은' 얼굴로 변해버린 그 시기에는 그 작은 눈마저 아무것도 볼 수 없는 두 개의 틈으로 변해버렸다. 오빠는 아무 말도 하지 않았다. 대개 오빠는 시무룩해 있었는데 집안 사람들이 모두 알베르토 오빠 편이라고 생각했기 때문이다. 그리고 자기는 이제 다 자랐으므로 아무리 아버지라도 자기를 때릴 권리가 없다고 생각했다. "마리오가 얼마나 시무룩해하고 있는지 봤어요? 달덩이 같은 그 얼굴 봤어요?" 어머니는 마리오 오빠가 방에서 나가자마자 아버지에게 말했다. "달이 뭐 어쨌다는 거야? 그앤 말 한마디 안 했어! 당나귀 같으니라고!"

그러고 나면 어느 날 아침 달덩이 같던 오빠의 얼굴이 정상으로 돌아와 있었다. 오빠는 응접실에 들어와서 실눈을 뜨고 깊은 미소를 지으며 자기 뺨을 쓰다듬었다. 그리고 이렇게 말하기 시작했다. "일 바코 델 칼로 델 말로."* 이건 오빠의 농담이었는데 오빠는 이 말을 아주 좋아해서 한 번으로 만족할 줄 모르고 되풀이했다. "일 바코 델 칼로 델 말로. 일 베코 델 켈로 델 멜로. 일 비코 델 킬로 델 밀로." "마리오! 그런 거지 같은 말 하지 마라!" 아버지가 고함쳤다.

"일 바코 델 칼로 델 말로." 오빠는 아버지가 방에서 나가자마자 다시 시작했다. 아버지는 응접실에서 절친한 친구인 테르니 아저씨

* '일 부코 델 쿨로 델 물로'(Il buco del culo del mulo, 노새 똥구멍)라는 말이 나올 때까지 모음을 바꿔서 말을 만드는 어린이 게임.

와 어머니와 잡담을 나누었다. "마리오가 착할 때는 얼마나 사랑스러운데요! 정말 마음에 드는 애예요! 실비오를 꼭 닮았어요!" 어머니가 말했다.

실비오는 어머니의 남동생인데 자살로 생을 마감했다. 외삼촌의 죽음은 우리 집에서는 신비에 싸여 있었다. 난 지금도 외삼촌이 자살을 했다는 것만 알지 그 이유는 정확히 모른다. 실비오라는 인물을 둘러싼 그 신비의 분위기는 무엇보다도 아버지가 만들어냈다고 믿고 있다. 아버지는 가족 중에 자살자가 있다는 것을 우리에게 알리고 싶어하지 않았다. 그리고 어쩌면 내가 모르는 다른 이유도 더 있을지 모른다. 어머니의 경우는 언제나 즐겁게 실비오 외삼촌 이야기를 했다. 어머니는 그 어떤 일이든 받아들이고 덮어버릴 줄 알았으며 당신의 유쾌한 성격 덕택에 어떤 상황에서도 사람 속에 숨어 있는 선량함과 유쾌함을 되살려냈다. 때로는 짧은 한숨을 내쉬면서 고통과 불행을 어둠 속으로 던져버리기도 했다.

실비오 외삼촌은 음악가이자 문학가였다. 폴 베를렌의 시 「낙엽들」과 다른 시 몇 편을 곡으로 만들었다. 삼촌은 피아노를 조금 칠 줄 알았는데 그나마도 잘하지 못했다. 그래서 한 손가락으로 피아노 반주를 하면서 자기 곡을 중얼거렸다. 그러는 동안 어머니에게 이렇게 말했다. "들어봐, 바보야, 얼마나 아름다운지 한번 들어봐."

그렇게 엉터리로 연주하고 가느다란 목소리로 노래했지만 어머니는 삼촌의 노래가 정말 아름다웠다고 말했다. 실비오 외삼촌은 아주 세련된 데다 옷을 입는 데 무척 신경을 썼다. 바지가 잘 다려져 곧

게 줄이 서 있지 않으면 난리가 났다. 외삼촌은 상아 손잡이가 달린 멋진 지팡이를 가지고 있었는데 이 지팡이를 들고 밀짚모자를 쓰고 밀라노로 나갔다. 그리고 친구들을 만나 음악 이야기를 나누러 카페로 갔다. 어머니의 이야기를 들어보면 실비오 외삼촌은 언제나 즐거운 사람이었다. 외삼촌에 대해 자세히 알수록 삼촌의 최후를 더 이해할 수가 없었다. 어머니 침대맡의 책상에는 흑백으로 된 외삼촌의 작은 초상화가 있는데 끝이 치켜 올라간 콧수염에 밀짚모자를 쓴 모습이었다. 그 사진 옆에는 어머니와 베일이 달린 깃털 모자를 쓴 안나 쿨리쇼프가 빗속에서 찍은 또 다른 사진도 있었다.

집에는 실비오 외삼촌의 미완성 작품인 『페르 귄트』*가 남아 있었다. 종이를 끈으로 묶어 몇 권으로 두껍게 분책한 그 작품은 옷장 맨 위에 놓여 있었다. "실비오는 정말 재치가 넘쳤어!" 어머니는 항상 이렇게 말했다.

"얼마나 매력적인 사람이었는지 아니! 『페르 귄트』는 훌륭한 작품이야!"

어머니는 우리 형제 중의 누군가가 실비오 외삼촌처럼 음악가가 되길 바랐다. 음악에 관한 한 우리는 모두 귀머거리와 다름없어서 그 희망은 어머니에게 언제나 실망만 안겨주었다. 우리는 노래라도 좀 해보려고 했지만 완전히 음치였다. 그래도 우리는 모두 노래를 불러보고 싶어했다. 파올라 언니는 아침이면 자기 방에서 고양이처럼 구슬픈 목소리로 오페라 아리아와 어머니가 들려준 노래를 다시 부르곤 했다. 언니는 가끔씩 어머니와 함께 연주회에도 갔는데 그렇게

* 노르웨이 작가인 헨리크 입센의 희곡.

어머니에게 음악에 대한 자신의 사랑을 확인시키곤 했다. 하지만 오빠들 말에 따르면 사실 언니의 그런 행동은 모두 가식적인 것으로, 언니는 음악에는 손톱만큼의 관심도 없다고 했다. 나와 오빠들은 어떤 연주회에 시험 삼아 끌려가면 언제나 연주회장에서 잠을 잤다. 그리고 오페라 공연에 끌려가면 '음악 때문에 무슨 이야기인지 하나도 모르겠다'고 불평을 해댔다. 한번은 어머니가 나를 데리고 〈나비부인〉을 보러 갔다. 난 『어린이 코리에레』*를 가지고 갔다. 그리고 오페라가 진행되는 내내, 소음을 듣지 않으려고 두 손으로 귀를 막으면서 무대 앞부분의 희미한 불빛으로 신문 내용을 해독하려고 애썼다.

그렇지만 어머니가 노래할 때 우리는 모두 입을 다물지 못한 채 들었다. 한번은 어떤 사람이 지노 오빠에게 바그너의 오페라 중에 아는 게 있느냐고 물었다.

"그럼요, 물론이죠." 오빠는 대답했다.

"우리 엄마가 〈로엔그린〉을 불러주셔서 들어봤죠."

아버지는 음악을 사랑하지 않았을 뿐만 아니라 증오하기까지 했다. 아버지는 음악을 만들어내는 모든 종류의 악기를 증오했는데 피아노, 아코디언, 탬버린 같은 것도 그에 포함되었다. 2차 세계대전이 끝난 직후에 아버지와 함께 로마의 식당에 간 적이 한번 있었다. 그때 한 여자가 구걸을 하러 식당으로 들어왔다. 종업원이 그녀를 내쫓으려고 하자 아버지는 그 종업원에게 화를 내면서 소리쳤다. "불쌍한 여인을 내쫓지 마시오! 그냥 놔둬요!" 아버지는 여인에게 적선을 했다. 모욕을 당해 몹시 화가 난 종업원은 팔에 냅킨을 걸친 채 구석

* 이탈리아의 주요 일간지인 『코리에레 델라 세라』(*Corriere della sera*)의 어린이용 신문.

으로 물러섰다. 그러자 여인은 외투 안에서 기타를 꺼내 연주를 했다. 잠시 후 아버지는 안절부절못하고 유리컵을 옮기기도 하고 빵이나 포크와 나이프를 옮기다가 냅킨을 무릎 위로 내던졌다. 그 여인은 자기편을 들어준 데에 대한 답례로 아버지 쪽으로 기타를 기울이면서 계속 연주를 했다. 기타에서는 우울하고 비탄에 잠긴 긴 음들이 흘러나왔다. 아버지가 갑자기 폭발했다. "음악은 그만하면 됐소! 나가요! 이런 연주를 참고 들을 수가 없어!" 하지만 그 여인은 연주를 계속했다. 그리고 의기양양해진 종업원은 구석에 꼼짝하지 않고 서서 그 광경을 구경했다.

우리 집에서는 실비오 외삼촌의 자살 말고도 언제나 막연히 신비의 베일에 가려진 사건이 하나 더 있었다. 베일에 가려져 있기는 해도 우리가 항상 이야기하는 사람들과 관련이 있었다. 정식 부부는 아니지만 함께 살았던 투라티와 쿨리쇼프에 관한 일이었다. 이런 종류의 신비 속에서 나는 무엇보다 사려 깊은 아버지의 의도를 읽을 수 있었다. 아마 어머니 혼자 힘으로는 상상도 할 수 없는 일이었으리라. 투라티와 쿨리쇼프가 부부 사이라고 말했다면 우리는 아주 쉽게 속았을 것이다. 우리에게, 아니 어린아이였던 나에게 그들이 함께 산다는 사실은 비밀이었다. 그래서 나는 그들이 언제나 한 쌍으로 언급될 때마다 그 이유를 물어보았다. 그들이 부부 사이거나 형제자매인지 혹은 다른 무엇인지를. 나는 혼란스러운 대답만 들었을 뿐이다. 어머니의 어릴 적 친구이며 쿨리쇼프의 딸인 안드레이나가 갑자기 어디서 나타났는지, 왜 안드레이나 코스타라고 불리는지 이해할 수 없었다. 그리고 오래전에 죽었지만 투라티나 쿨리쇼프 같은 사람들과 함께 자주 언급되는 안드레아 코스타와 안드레이나가 무슨 관련이 있는지 이해할 수 없었다.

투라티와 쿨리쇼프는 어머니의 기억 속에 언제나 함께 존재했다. 그리고 나는 그 두 사람이 그 당시 밀라노에 살았고(함께 살았을 수도 있고, 아닐 수도 있다) 여전히 정치에 전념하고 있었으며 파시즘과 싸우고 있었다는 것을 알았다. 그런데도 나의 상상 속에서는 어머니의 기억 속에 존재하는 다른 인물들, 그러니까 외할머니라든가 외할아버지, 실비오 외삼촌, 미치광이 외삼촌, 바르비손 할아버지와 그들이 항상 뒤섞여 있었다. 그분들 중에는 살아 계신 분도 있고 돌아가신 분도 있었다. 혹은 아직 살아 계시긴 해도 어머니가 아주 어렸을 때, '우리 개의 언니', '황화수소산 냄새는 어떨 것 같니'라는 말을 들었을 때 벌어진 먼 옛날의 사건들이나 그보다 더 까마득한 옛날에 속한 구시대 분들이다. 지금은 만날 수도 없고 손을 잡아볼 수도 없는 분들이다. 비록 서로 만나 손을 만진다 해도 내 기억 속의 바로 그분들은 아닐 것이다. 그리고 살아 있다 해도 내 기억 속에서 고인들과 너무 가까이에 살고 있어 고인들에게 강한 영향을 받았을 수도 있었다. 그분들 역시 고인들처럼 절대 따라잡을 수 없게 가벼운 걸음을 걸었다.

"오, 불쌍한 리디아." 어머니는 가끔씩 한숨을 쉬었다. 어머니는 돈이 없다든가, 아버지가 고함을 친다든가, 알베르토 오빠와 마리오 오빠가 또 서로 치고 박고 싸운다든가, 알베르토 오빠가 공부하길 싫어하고 매일 축구를 하러 간다든가 우리가 또는 나탈리나가 시무룩해 있을 때 불행하다고 느끼며 스스로를 가엾게 여기곤 했다.

나 역시 가끔씩 토라졌고 변덕을 부렸다. 하지만 난 어린아이여서 내가 토라져 있다거나 변덕을 부린다 해도 어머니가 별로 힘들어 하지는 않았다. "따갑단 말이에요! 따가워!" 아침에 어머니가 피부를 따갑게 하는 스웨터를 입히려고 하면 난 투덜대기 시작했다. "그래도 멋진 스웨터야! 노이베르크에서 산 거야! 그걸 갖다버리고 싶은 건 아니겠지!" 어머니가 말했다.

어머니는 우리의 스웨터를 '노이베르크'에서 샀다. 그리고 노이베르크에서 산 스웨터라면 당연히 멋지고 부드러워야만 했고 그걸 입었을 때 피부가 따갑다는 건 있을 수도 없는 일이었다. 스웨터는 노이베르크에서 사야 했다. 외투는 양재사 마케로니에게 맞추었다. 겨울 구두는 아버지가 맡았는데 살루초가에서 가게를 하는 '카스타네리 씨'라는 구두공에게 주문했다.

나는 노이베르크의 스웨터 때문에 여전히 시무룩한 채 식당에 들어갔다. 그러면 어머니는 어두운 얼굴에 입을 삐죽 내밀고 들어오는 나를 보고는 이렇게 말했다.

"태풍 마리아가 몰려오네!"

어머니는 추위를 끔찍이 싫어했다. 노이베르크에서 스웨터란 스웨터를 몽땅 사들인 것은 바로 이 때문이었다. 매일 아침 얼음처럼 찬 물로 샤워를 즐기면서도 추위를 싫어했다. 그러니까 어머니는 한겨울에 계속 몸속으로 파고드는 그런 추위를 싫어한 것이다. "너무 추워!" 어머니는 이미 입고 있는 스웨터에다 또 다른 스웨터를 껴입으며 말했다. "날씨가 왜 이렇게 추운지 모르겠어! 난 정말 추운 건 견딜 수가 없어!" 그러고는 내가 스웨터를 안 입으려고 몸부림을 치는데도 노이베르크의 스웨터를 내 엉덩이 밑으로 잡아당겼다. "순모 같은 리디아!" 어머니는 학창 시절 친구들의 말을 흉내 내서 이렇게 말했다. 또 이런 말도 했다. "이렇게 멋지고 따뜻한 스웨터를 입은 너를 보면 엄마가 정말 마음이 놓여."

그런데 어머니는 더위도 끔찍이 싫어했다. 날씨가 더우면 어머니는 숨을 몰아쉬고 목을 조이는 칼라의 단추를 풀어놓았다. "너무 더워! 난 더운 건 참을 수가 없어!" 어머니가 이렇게 말했다. 그러면 또 아버지는 이렇게 대꾸했다. "당신은 너무 참을성이 없어! 너희들은 왜 이렇게 참을성이 없는 거냐!"

아버지와 함께 여행을 갈 때면 어머니는 여러 개의 스웨터와 다양한 두께의 옷을 잔뜩 가지고 가서 아주 미세한 날씨의 변화에 따라 옷을 벗었다 입었다 하는 일만 했다. "기온이 적당하지 않아요." 어머니가 말했다. 그러면 아버지는 이렇게 말했다. "당신은 조금만 더우면 덥다고 신경질이고, 추우면 춥다고 짜증이군! 항상 불평할 거리만 찾는다고!"

난 아침에는 아무것도 먹고 싶지가 않았다. 특히 우유를 싫어했다. 메조라도는 더더욱 싫었다. 그렇지만 어머니는 내가 프란체스 아주머니네 집에서 간식 시간에 우유를 몇 컵씩 마신다는 것을 알았다. 테르니 아저씨 집에서도 마찬가지였다. 사실 난 테르니 아저씨나 프란체스 아주머니 집에서 정말 마지못해 그 우유를 마셨다. 그런데도 어머니의 머릿속에는 내가 프란체스 아주머니네 우유를 좋아한다고 새겨져 있었다. 그래서 매일 아침에 우유를 가져왔다. 그러면 나는 언제나 우유 잔에 손도 대지 않았다. "이건 프란체스 아주머니네 우유인데!" 어머니는 말했다. "루치오네 우유야! 루치오네 암소에서 짠 우유라니까!"

어머니는 그 우유를 프란체스 아주머니네 집에서 가져왔다고 강조하려 애썼다. 그리고 루치오와 프란체스 아주머니는 개인적으로 암소를 기르고 있으며 그 집의 우유는 우유 가게에서 사오는 것이 아니라 아주머니네가 노르망디에 소유하고 있는 땅, 즉 그루셰라는 시골에서 만들어진다는 사실을 알려주려 했다.

"그루셰 우유야! 루치오네 우유야!" 어머니는 몇 차례 더 말했다. 하지만 내가 단호하게 거부하자 결국 나탈리나가 수프를 만들어 주었다.

난 학교에 갈 나이가 되었는데도 학교에 다니지 않았다. 아버지가 학교에는 세균들이 우글거린다고 말하곤 했기 때문이다. 오빠들도 같은 이유로 집에서 여자 가정교사와 함께 초등학교 과정을 마쳤다. 나는 어머니에게 수업을 받았다. 난 수학을 잘하지 못했고 구구단도 외우지 못했다. 어머니는 정원에서 자갈을 주워다가 테이블 위에 늘어놓았다. 아니면 캐러멜을 사용했다. 아버지가 캐러멜을 먹으면 이가 썩는다고 말했기 때문에 우리 집에서는 캐러멜을 먹을 수 없었다. 그리고 '식사 이외의' 군것질이 금지되어 있어서 초콜릿이라든가 먹을 만한 다른 과자들도 없었다. 우리가 먹을 수 있는 과자는 유일하게 스마렌이라는 튀김과자였는데 그것도 식탁에서만 먹어야 했다. 만드는 법을 가르쳐준 사람은 독일인 여자 요리사였다. 그 과자들은 싸게 만들 수 있었던 것 같다. 그래서 우리는 질릴 정도로 자주 먹었다. 그리고 나탈리나가 만들어주는 그레소네 과자가 있었다. 아마도 우리가 그레소네 산에서 지낼 때 나탈리나가 배워서 만든 과자라 그렇게 불렀던 것 같다.

어머니가 캐러멜을 사는 이유는 오로지 내게 수학을 가르치기 위해서였다. 하지만 난 돌멩이나 캐러멜과 결부된 수학을 더욱더 혐오스러워했다. 어머니는 현대적인 교수 방법을 배우기 위해 『학교의 권리』라는 교육 잡지를 정기 구독했다. 난 어머니가 교육 시스템을 다루는 그 잡지를 통해 어떤 지식을 얻었는지 알 수 없다. 어쩌면 전혀 없었는지도 모른다. 하지만 어머니는 그 책에서 좋아하는 시를 찾아서 오빠들에게 낭송해주곤 했다.

우리들은 모두 소리치리라.
덕을 행하는
어린 숙녀의
부드러운 손 만세.

어머니는 내게 지리를 가르치면서 아버지가 젊은 시절 가보았던 나라들 이야기를 하나도 빼놓지 않고 들려주었다. 아버지는 인도에 간 적이 있는데 그곳에서 콜레라에 걸렸다. 내 생각에는 황열병이었던 것 같다. 그리고 독일과 네덜란드, 그다음에는 스피츠베르겐* 섬에도 갔다. 스피츠베르겐에서는 고래의 뇌척추 신경세포를 찾기 위해 고래의 두개골 속으로 들어갔다. 하지만 신경세포를 찾을 수 없었다. 아버지는 완전히 고래 피로 뒤덮였고 입고 있던 옷은 고래 피가 딱딱하게 말라붙어 더러워졌다. 우리 집에는 아버지가 고래와 찍은 사진이 많았다. 어머니는 내게 그 사진들을 보여주었지만 난 사진들이 너무 지저분한 데다가, 아버지는 배경으로 조그맣게 그림자처럼 찍혀 있을 뿐이어서 다소 실망했다. 고래 주둥이나 꼬리도 보이지 않았다. 그건 일종의, 안개에 싸인 톱니 모양의 회색빛 언덕일 뿐이었다. 그게 고래였다.

봄이면 우리 집 정원에는 장미들이 자랐다. 우리 식구 중 누군가 장미를 심은 것도 아니고 장미에 물을 줘야 한다는 생각은 모두 꿈에서도 하지 않았는데 어떻게 장미들이 자랐는지는 나도 알 수가 없다. 1년에 한 번 정도 정원사가 올 때도 있었고 오지 않을 때도 있었다. 그저 모습을 보이기만 할 뿐이었다.

"장미 같은 리디아! 제비꽃 같은 리디아!" 어머니는 정원을 산책하면서 학창 시절 친구들의 말을 흉내 내어 이렇게 말했다. 봄이면 테르니 아저씨네 아이들이 유모 아순타와 함께 우리 정원에 놀러 왔다. 아순타는 하얀 앞치마에 스코틀랜드산 실로 짠 하얀 양말을 신었는데 잔디밭에 들어가면 신발을 벗어 바로 자기 옆에 놓아두었다. 테르니 아저씨네 아이들인 쿠코와 룰리나도 하얀 옷을 입고 있었다.

* 고래잡이로 유명한 노르웨이의 섬.

그래서 어머니는 놀다가 옷이 더러워질까 봐 내 덧옷을 입혀주었다. "쉬-잇, 쉬-잇! 쿠코 좀 봐!" 테르니 아저씨는 자기 아이들이 땅에서 뒹구는 걸 감탄스럽게 바라보며 이렇게 말했다. 테르니 아저씨도 잔디밭에서 공놀이를 하려고 신발과 상의를 벗었다. 하지만 아버지 소리가 들리면 재빨리 잔디밭에서 나와 옷을 입었다.

우리 정원에는 벚나무 한 그루가 있었다. 알베르토 오빠와 친구들은 버찌를 따먹으러 그 나무에 올라갔다. 오빠 친구들이란 여름휴가 때 우리에게 책을 빌려준 프린코와 루치오의 형들이었다.

루치오는 아침에 와서 저녁이 되어서야 집으로 돌아갔다. 그 애네 집엔 정원이 없었기 때문에 봄, 여름이면 거의 우리 집에 와서 살다시피 했다. 루치오는 예민하고 연약했다. 그리고 배가 고파서 식탁에 앉는 경우는 거의 없었다. 아주 조금밖에 먹지 않았으며 한숨을 쉬다가 포크를 내려놓았다. "씹는 게 힘들어." 그 애는 다른 가족들처럼 프랑스어식 'r' 발음을 사용해서 이렇게 말했다. 루치오는 파시스트였고 오빠들은 루치오를 약 올리기 위해 무솔리니에 대해 나쁘게 이야기했다. "우리 정치 이야기는 하지 않도록 해." 루치오는 오빠들이 나타나기만 하면 이렇게 말했다. 그 애는 어렸을 적부터 숱이 많고 검은 곱슬머리여서 앞머리가 기다란 바나나처럼 이마 위에 가지런히 놓여 있었다. 나중에 머리를 자르자 깔끔해졌는데 거기다 머릿기름을 발라 반들반들하고 윤이 났다. 그리고 언제나 꼬마 신사처럼 정장 상의에 작은 나비넥타이를 매고 다녔다. 루치오는 나와 함께 읽기를 배웠다. 난 책을 많이 읽었지만 그 애는 몇 권 읽지 않았다. 읽는 속도가 너무 느린 데다가 쉽게 지쳐버렸다. 하지만 내가 놀이에 싫증이 나면 책을 가지고 잔디밭에 누워버렸기 때문에 루치오도 우리 집에 있을 때는 책을 읽었다. 그러고 나면 루치오는 자기가 책을 전부 다 읽었다고 오빠들에게 자랑하러 갔다. 오빠들이 항상 책을 안 읽는다고 놀려댔기 때문이다. "오늘 2리라어치 읽었어. 오늘은 5리라어치 읽었어." 책 표지에 적혀 있는 가격을 보여주면서 루치오는 즐겁게 이야기했다. 저녁이면 루치오네 집에서 일하던 마리아 부오닌세니라는 아주머니가 루치오를 데리러 왔다. 주름살이 많은 늙은 아주머니로 털이 다 빠진 여우 목도리를 하고 다녔다. 마리아 부오닌세니 아주머니는 아주 신앙심이 깊어서 나와 루치오를 데리고 성당이나 종교 행렬에 참가했다. 아주머니는 세메리아* 신부님과 친분이 있었고 언제나 그분 이야기를 했다. 무슨 종교 행사였는지 잘 모르겠는데 한번은 어떤 행사에서 세메리아 신부님에게 나와 루치오를 소개했다. 신부님은 우리의 머리를 쓰다듬어주면서 아주머니에게 자식들이냐고 물어보았다. "아니에요, 친구네 아이들이죠." 마리아 부오닌세니가 대답했다.

* 조반니 세메리아(1867~1931). 바르나바회 수도사로 문학가이자 박애주의자.

로페츠 아저씨도 테르니 아저씨도 산을 좋아하지 않았다. 그래서 아버지는 갈레오티라는 다른 친구와 가끔씩 산행을 하거나 등산을 다녔다.

갈레오티 아저씨는 포추올로라는 시골에서 누나와 조카와 함께 살았다. 어머니는 언젠가 한번 그 시골에 다녀왔다. 어머니는 아주 즐거워했고 며칠 동안 계속 포추올로 이야기만 했다. 그곳에는 닭과 칠면조들이 있고 먹을 게 아주 많다고 했다. 갈레오티 아저씨의 누나인 아델레 라세티는 어머니와 아주 오랫동안 산책하면서 들풀이나 식물, 곤충들의 이름을 알려주었다. 이 가족은 모두 곤충학자에다 식물학자였다. 그리고 아델레 아주머니는 직접 그린 알프스의 호수 그림을 어머니에게 선물했다. 우리는 그 그림을 식당에 걸어놓았다. 아델레 아주머니는 아침 일찍 일어나서 농지 관리인들과 처리해야 할 일들을 마무리하거나 그림을 그렸다. 아니면 '약초 채집'을 하러 초원으로 나갔다. 아델레 아주머니는 코가 뾰족하고 체격이 작고 마른 분이었는데 밀짚모자를 쓰고 다녔다. "아델레가 얼마나 멋진 여자인지 아니! 아침 일찍 일어나서 그림을 그린대! 약초 채집을 하러 간대!" 어머니는 언제나 감탄하며 말했다. 어머니는 그림을 그릴

줄 몰랐고 꽃상추와 박하도 구별할 줄 몰랐다. 우리 어머니는 게을렀는데 언제나 마음속으로 활동적인 사람들에게 한없이 감탄했다. 아델레 라세티를 만나고 올 때마다 어머니는 당신도 곤충과 식물에 대해 뭐라도 배워보려고 과학 입문서를 읽기 시작했다. 하지만 곧 싫증을 내고 덮어버렸다.

갈레오티 아저씨는 여름에 우리를 만나러 산으로 왔다. 아델레 아주머니의 아들이며 지노 오빠의 친구이기도 한 조카도 함께 데려왔다. 할머니는 아침이면 어떤 옷을 입어야 할지 혼자 고민하면서 안절부절 방 안을 서성거렸다. "그걸 입으세요." 어머니가 말했다. "작은 단추가 달린 그 회색 옷 말이에요." "안 돼, 그건 갈레오티가 벌써 한번 봤잖니?" 할머니는 결정하지 못하고 손을 비틀면서 말했다.

갈레오티 아저씨는 언제나 아버지와의 대화에 몰두해 있거나 산책이라든가 등산 계획을 세우느라 할머니를 그렇게 오래 쳐다보지도 않았다. 게다가 할머니는 '어제 입었던 옷'을 갈레오티 아저씨가 기억할지도 모른다고 걱정하면서도 아저씨를 좋아하지 않았다. 아저씨가 거칠고 단순해서 아버지를 위험한 장소로 데려갈지도 모른다고 마음속으로 두려워했다.

갈레오티 아저씨가 데려온 조카의 이름은 프랑코 라세티*였다. 그는 물리학을 공부하고 있었다. 하지만 그 역시 곤충을 채집하고 광석을 모으는 일에 열광했다. 이 열광은 지노 오빠에게도 전염되었다. 그들은 산행에서 돌아올 때 손수건에 사향 덩어리를 주워가지

* 물리학자. 노벨 물리학상을 수상한 페르미와 함께 핵물리학 분야에서 많은 업적을 남겼다.

고 오거나 등산 배낭에 죽은 곤충들과 수정들을 담아왔다. 프랑코 라세티는 식탁에서 끊임없이, 그리고 어김없이 항상 물리학이나 지질학 혹은 곤충학 이야기를 했다. 그는 이야기를 하면서 손가락으로 식탁보 위에 빵부스러기로 그림을 그렸다. 그는 도마뱀처럼 약간 푸른빛이 도는 얼굴에 코는 뾰족하고 턱도 날카로웠으며 콧수염이 삐죽삐죽 나 있었다. "아주 똑똑해!" 아버지는 프랑코에 대해 이렇게 말했다. "그런데 감정이 메말랐어! 감정이 너무 메말랐어!" 감정이 메마르긴 했지만 프랑코 라세티는 언젠가 지노 오빠와 함께 산에서 돌아오면서 시를 지었다. 버려진 외딴집에서 비가 그치길 기다리면서 지은 시였다.

느리고 고르게 비가 내린다.
초록빛 풀밭과 검은 바위 위에.
안개에 덮인 희미한
모습들이 대기 속에서 지워진다.

지노 오빠는 시를 짓지 않았다. 시도 소설도 아주 싫어했다. 하지만 이 시를 무척 좋아해서 항상 읊고 다녔다. 긴 시였는데 불행하게도 이 구절밖에 기억나지 않는다.

내가 보기에도 검은 바위에 대한 시는 정말 멋있었다. 나는 그런 시를 못 쓰는데 프랑코 라세티가 그런 아름다운 시를 지었기 때문에 질투심에 불타올랐다. 시는 단순했다. 초록빛 풀밭, 검은 바위, 나 역시 산에서 여러 차례 보았던 것들이다. 그런데 그걸 이용해 무언가 할 수도 있다는 생각이 내 머릿속에는 떠오르지 않았다. 그런 사물들을 바라보고 그것으로 그만이었다. 시란 그런 것이었다. 단순하고 대수롭지 않은 것으로 이루어진다. 우리가 바라보는 사물들로 이루어진다. 난 주의 깊게 주변을 살펴보았다. 그 검은 바위, 그 초록빛 풀밭과 비슷한 것을 찾아서 이번에는 다른 사람이 가져가게 내버려 두지 않을 작정이었다.

"지노와 라세티는 상당히 잘 걷더군!" 아버지가 말했다. "에귀유 누아르 드 페트레에 올라갔다니까! 아주 훌륭해! 라세티가 그렇게 감정이 메마른 게 애석하구먼. 그 앤 정치에 대해선 한마디도 하지 않잖아. 관심이 없다니까. 감정이 메말랐어!"

"아델레는 그렇지 않아요. 아침 일찍 일어나서 그림을 그린대요! 난 아델레처럼 됐으면 좋겠어요!"

갈레오티 아저씨는 언제나 유쾌했다. 약간 키가 작고 뚱뚱한 편이었는데 털이 많은 회색 양모 옷을 입고 다녔다. 구릿빛 얼굴에 짧고 하얀 콧수염을 길렀고 머리는 금발과 흰머리가 뒤섞여 있었다. 우리는 모두 아저씨를 정말 좋아했다. 하지만 난 아저씨에 대해 특별히 기억나는 것이 없다.

어느 날 테르니 아저씨와 어머니가 현관에 서 있었다. 그런데 어머니는 울고 계셨다. 두 분은 갈레오티가 세상을 떠났다는 소식을 이야기하는 중이었다. '갈레오티가 세상을 떠났다'라는 말은 영원히 내 머릿속에 남았다. 내가 태어나서 그때까지 우리와 아주 가깝게 지내던 사람 가운데 세상을 뜬 사람은 아무도 없었다. 죽음은 내 머릿속에서 회색 양모 옷을 입은 모습, 유쾌한 모습, 그리고 종종 여름에 우리를 만나러 산에 오시던 아저씨의 모습과 단단하게 결부되었다. 갈레오티 아저씨는 폐렴으로 갑자기 돌아가셨다.

오랜 세월이 흐른 뒤 페니실린이 발견되었을 때 아버지는 종종 이렇게 말했다.

"불쌍한 갈레오티가 살았을 때 페니실린이 발견되었으면 죽지 않았을 텐데. 세균성 폐렴으로 사망했지. 페니실린으로 치료할 수 있었을 거야."

아버지는 어떤 사람이 죽으면 곧 그의 이름 앞에 '불쌍한'이라는 말을 덧붙였다. 그리고 어머니가 그렇게 하지 않으면 화를 냈다. 아버지 집안에서는 이 '불쌍한'이라는 말을 사용하는 습관을 존중했다. 할머니도 돌아가신 이모할머니에 대해 말할 때는 변함없이 '불쌍한 레지나'라고 말했고 한 번도 다르게 부른 적이 없었다.

갈레오티 아저씨는 돌아가신 지 한 시간 후에 '불쌍한 갈레오티'가 되었다. 아저씨가 돌아가셨다는 소식을 할머니에게는 아주 조심스럽게 알렸다. 죽음에 대해 항상 두려워하던 할머니는 당신이 아는 사람들 속에, 당신 주변에 죽음이 맴돌고 있다는 것을 전혀 달가워하지 않았다.

갈레오티 아저씨가 돌아가신 후 아버지는 등산을 가도 별로 즐겁지 않다고 말했다. 그래도 변함없이 등산을 갔다. 그렇지만 예전처럼 즐거워하지 않았다. 아버지와 어머니는 갈레오티 아저씨가 살아 있을 때가 정말 행복하고 즐거운 시절이었다고 이야기했다. 그때는 두 분이 아직 젊었고 아버지가 보기에 산은 순수한 매력을 간직하고 있었으며 파시즘이 곧 끝장날 듯했다.

"마리오, 어쩌면 이렇게 사랑스럽고 마음에 쏙 들지!"

어머니는 마리오 오빠가 일어나자마자 오빠의 머리를 쓰다듬으면서 말했다. 오빠의 작은 눈은 잠에 취해 거의 보이지도 않을 지경이었다.

"일 바코 델 칼로 델 말로." 오빠는 턱을 어루만지고 생각에 잠긴 듯한 미소를 지으면서 말했다. 이것은 자기 기분이 괜찮으며 어머니와 언니와 나와 수다를 좀 떨 수도 있음을 알리는 오빠만의 방법이었다.

"어쩌면 이렇게 사랑스럽고 예쁘지!" 어머니가 말했다. "실비오를 닮았어! 쥐스 아야 카와를 닮았어!"

쥐스 아야 카와는 그 당시 유명했던 영화배우다. 어머니는 영화관에서 쥐스 아야 카와의 몽골인 같은 눈과 굵은 광대뼈를 보면 소리쳤다. "마리오야! 바로 걔라니까!"

"당신도 마리오가 잘생겼다고 생각하죠?" 아버지에게 물어보았다.

"난 별로 잘생긴 줄 모르겠어. 지노가 훨씬 더 잘생겼지." 아버지가 대답했다.

그러면 어머니가 이렇게 말했다.

"지노도 잘생겼죠. 지노가 얼마나 호감이 가는 앤데요! 나의 사랑스러운 지노! 난 우리 아이들만 좋아요. 우리 아이들과 있을 때에만 즐겁다니까요!"

지노 오빠나 마리오 오빠가 양재사 마케로니가 해준 새 옷을 입으면 어머니는 오빠들을 껴안고 이렇게 말했다.

"우리 아들들은 새 옷을 입으면 훨씬 더 사랑스럽다니까."

우리 집에서는 어떤 사람이 잘생겼는지 못생겼는지에 관해 열띤 논쟁이 벌어지곤 했다. 팔레르모의 우리 친구네 집에서 일하던 질다라는 가정부가 아름다운지 그렇지 않은지 입씨름을 했다. 오빠들은 그 여자가 너무 못생겼고 코가 개코 같다고 주장했다. 하지만 어머니는 그녀가 빼어나게 아름답다고 말했다.

"뭐라고?" 아버지는 온 집 안에 쩌렁쩌렁 울리는 예의 그 큰 웃음을 터뜨리면서 소리쳤다. "뭐라고? 그 집에 살던 여자가 예쁘다고!"

그리고 여름에 산에서 만나 우리 식구들과 친구가 된 콜롬보 가족과 코엔 가족 중 누가 더 못생겼는지 한참 토론을 했다.

"코엔 가족들이 더 못생겼지!" 아버지가 고함을 쳤다. "당신은 콜롬보네 가족이 더 못생겼다고 말하고 싶은 거지! 비교할 게 못 돼. 콜롬보네가 더 나아. 보는 눈도 없군! 너희들은 눈도 없어."

아버지는 마르게리타나 레지나라고 불리던 여러 사촌들이 아주 아름다웠다고 말했다. "젊었을 때 레지나는," 아버지는 이렇게 이야기를 시작했다. "아주 아름다운 여자였어." 그러면 어머니가 이렇게 말했다. "무슨 소리예요, 베피노! 레지나는 주걱턱이었는데!"

어머니는 그 레지나가 아주 심한 주걱턱이라는 것을 보여주기 위해 턱과 아랫입술을 앞으로 쭉 내밀었다. 그러면 아버지는 화를 냈다.

"당신은 아름다운 게 뭔지, 추한 게 뭔지 전혀 이해하지 못한다니까! 당신은 콜롬보네가 코엔네보다 더 못생겼다고 말하잖아."

지노 오빠는 진지했고 학구적이었고 조용했다. 동생들을 단 한 번도 때린 적이 없었다. 산에도 잘 갔다. 아버지는 오빠를 편애했다. 아버지는 지노 오빠에게 '당나귀'라는 말을 절대 하지 않았다. 하지만 '별로 적극적이지 못하다'고 말했다. 우리 집에서는 쾌활하고 자유롭게 행동하는 것을 '적극적이다'라고 했다. 사실 지노 오빠는 항상 독서를 했기 때문에 별로 적극적이지 못했다. 그리고 누군가 오빠에게 말을 걸면 책에서 눈도 떼지 않고 단음절로 대답했다. 알베르토 오빠와 마리오 오빠가 싸울 때에도 꼼짝하지 않고 책을 읽었다. 어머니가 어서 와서 둘을 좀 떼어놓아달라고 오빠를 부르거나 흔들어야 했다. 오빠는 책을 읽으면서 천천히 둥근 빵을 하나하나 먹었다. 그렇게 식사 후에 1킬로그램가량의 빵을 먹어치우곤 했다.

"지노!" 아버지가 고함을 쳤다.

"넌 적극적이지 못해! 아무 말도 하지 않잖아. 그리고 빵을 그렇게 많이 먹지 마라. 소화불량에 걸린다!"

사실 지노 오빠는 자주 소화가 안 돼서 고생했다. 오빠는 얼굴이 빨개져 눈살을 찌푸렸고 당나귀 귀 같은 귀는 불이 난 것처럼 시뻘게졌다. "지노가 왜 그렇게 시무룩하지?" 아버지는 한밤중에 어머니를 깨우며 물었다. "얼굴이 왜 그렇게 달덩이 같아? 무슨 문제가 있는 건 아니겠지?" 아버지는 아들들이 소화불량에 걸려 시무룩해 있다는 것을 눈치 채지 못했다. 진짜 소화불량에 걸린 아들 앞에서 아버지는 여자와 관련된 난삽한 사건이나 아버지 표현대로라면, '영계'와 관련된 사건이 벌어진 게 아닌지 의심했다.

아버지는 밤에 가끔씩 지노 오빠를 로페츠 아저씨네 집에 데려갔다. 지노 오빠가 자식들 가운데 가장 진지하고 교양 있고 자랑할 만한 아들로 보였기 때문이다. 하지만 지노 오빠는 식사를 한 뒤 깊이 잠들어버리는 나쁜 습관이 있었다. 로페츠 아저씨네 집에서도 프란체스 아주머니와 이야기를 나누면서 소파에서 꾸벅꾸벅 졸았다. 오빠의 눈은 점점 작아졌고 고개는 부드럽게 흔들거렸다. 그러다가 무릎에 손을 대고 힘없이 행복한 미소를 지으면서 잠이 들어버렸다.

"지노!" 아버지가 고함쳤다. "자면 안 돼! 너 지금 자고 있잖아!"

"너희들은 아무 데도 데려갈 수 없는 애들이야." 아버지가 말했다.

한쪽에는 산과 '검은 바위'들과 수정과 곤충을 좋아하는 지노 오빠와 라세티가 있었다. 다른 쪽에는 산을 혐오하고 닫혀 있고 싸늘한 방과 희미하고 약한 빛, 커피를 사랑하는 마리오 오빠와 파올라 언니와 테르니 아저씨가 있었다. 이 사람들은 카소라티*의 그림, 피란델로의 연극, 베를렌의 시, 갈리마르 출판사의 책, 프루스트를 사랑했다.

난 아직 어떤 세계를 선택해야 할지 몰랐다. 내게는 둘 다 매력적

* 펠리체 카소라티(1883~1963). 이탈리아의 현대 화가.

이었다. 앞으로 곤충학이라든가 화학이라든가 식물학을 공부할 것인지, 아니면 그림을 그리거나 소설을 쓸지 아직 결정하지 못한 상태였다. 지노 오빠와 라세티의 세계에서 모든 것은 선명했다. 모든 것은 납득이 갔고 신비함이나 비밀 같은 것은 없었다. 하지만 응접실 소파에서 나누는 테르니 아저씨, 파올라 언니, 마리오 오빠의 대화에는 신비로운 어떤 것, 이해할 수 없는 뭔가가 들어 있어 매력과 놀라움의 혼합체로 내게 영향력을 행사했다.

"테르니는 마리오와 파올라와 무슨 이야기를 하는 거지?" 아버지는 어머니에게 물었다. "항상 저 구석에 앉아 이야기를 나누고 있더군. 그 잡담들은 대체 다 뭐야?"

아버지가 보기에 잡담이란 비밀과 일치했다. 아버지는 이야기에 몰두해 있는 사람들에게 너그러울 수 없었고 그들끼리 하는 이야기도 이해하지 못했다.

"아마 프루스트 이야기를 할 거예요." 어머니가 대답했다.

어머니는 프루스트를 읽었고 테르니 아저씨나 파올라 언니처럼 프루스트를 아주 좋아했다. 그래서 아버지에게 프루스트는 자신의 어머니와 할머니를 아주 사랑했던 사람이라고 이야기해주었다. 그리고 그는 천식이 있어서 잠을 잘 수가 없었고, 그래서 소음을 참을 수 없어 자기 방의 벽에 코르크를 붙였다는 이야기도 들려주었다.

"촌뜨기였던 게 분명해!"

어머니는 이 두 세계 가운데 그 어느 세계도 선택하지 않았다. 하지만 이 세계에서 조금, 다른 세계에서 조금 살았다. 그리고 그 어느 곳에서든 즐겁게 지냈다. 어머니의 호기심은 그 어느 것도 절대 거부하지 않고 그 어떤 성질의 음료수나 음식으로도 영양을 섭취할 수 있었기 때문이다.

반면 아버지는 당신이 알지 못하는 새로운 것을 항상 곱지 않은 시선으로 보았고 의심이 가득 담긴 눈길을 던졌다. 그리고 테르니 아저씨가 가져오는 책들이 우리에게 '적당'하지 않을지도 모른다고 항상 염려했다. "파올라에게 적당할까?" 아버지는 『잃어버린 시간을 찾아서』의 책장을 넘기며 여기저기에서 몇 문장씩을 읽으면서 어머니에게 물어보곤 했다. "따분한 책이 틀림없다니까." 아버지는 책을 집어던지면서 말했다. 그리고 '따분한 책'일 거라는 사실이 아버지를 약간은 안심시켰다.

테르니 아저씨는 카소라티 그림의 복제화도 가져왔는데 아버지는 그 그림들을 참을 수 없어했다. "낙서야! 추잡스러워!" 아버지는 이렇게 말했다. 게다가 아버지는 회화에는 전혀 관심이 없었다. 여행 중에는 어머니와 함께 미술관을 방문하곤 했다. 고야나 티치아노 같은 '옛날' 화가들은 이미 전 세계적으로 인정을 받고 환영을 받았기 때문에 일종의 합당함을 인정했다. 하지만 아버지는 몹시 급하게 미술관 관람을 마치려 했다. 어머니가 그림 앞에 잠시 서 있는 것도 허락하지 않았다. "리디아, 그만 가지, 가자고!" 어머니를 잡아끌면서 말했다. 아버지는 여행을 하면서 언제나 서둘렀다.

어머니 역시 회화에는 그다지 관심이 없었다. 하지만 개인적으로 카소라티와 친분이 있어서 그를 호감 가는 사람으로 생각했다. "카소라티가 얼마나 잘생겼는지 아니?" 어머니는 항상 이렇게 말했다. 카소라티의 얼굴이 잘생겼으므로 그의 그림들도 받아들였다.

"카소라티의 화실에 갔다 왔어요." 언니가 집에 들어서면서 말했다.

"굉장히 호감이 가는 사람이지! 정말 잘생겼지!" 어머니가 말했다.

"도대체 파올라는 카소라티의 화실에 가서 뭘 하는 거야?" 아버지는 눈살을 찌푸리고 의심의 눈초리로 물어보았다. 아버지는 항상 우리가 무언가 '잘못된 일'을 할까 봐, 즉 음울한 연애의 함정에 빠질까 봐 두려워했다. 그래서 우리의 순결을 위협하는 것을 도처에서 발견했다.

"하긴 뭘 해요. 테르니 씨랑 같이 갔었어요. 넬라 마르케시니에게 인사하러 갔던 거예요." 어머니가 아버지에게 설명해주었다.

언니의 어린 시절 친구이며 아버지도 잘 알고 신용하고 있던 넬라 마르케시니라는 이름은 아버지를 안심시키기에 충분했다. 넬라 마르케시니는 카소라티와 함께 그림 공부를 하고 있었다. 그녀가 그 화실에 있다는 사실만으로 아버지는 카소라티의 그림을 합당한 것으로 여기게 됐다. 하지만 아버지는 테르니 아저씨가 우리를 보호해줄 신뢰할 만한 인물이라고 여기지 않았기에 그와 함께 다닌다는 게 영 안심이 되지 않았다.

"테르니는 도대체 왜 그렇게 시간을 허비하고 다니는 거지?" 아버지가 말했다. "세포조직 병리학 연구를 끝내는 편이 더 좋을 텐데. 그 이야기 하는 걸 들은 게 1년이나 됐어."

"당신 카소라티가 반파시스트라는 거 알아요?" 어머니가 물었다. 시간이 흐르면서 반파시스트를 점점 더 찾아보기 힘들었다. 그래서 아버지는 그런 사람이 있다는 이야기를 들으면 금방 기분이 아주 좋아졌다.

"그래, 반파시스트라고? 정말이야, 응?" 아버지는 흥미를 보이며 말했다. "그래도 그 그림들이 너무 낙서 같더군! 사람들이 그런 그림을 좋아할 수도 있겠지만!"

테르니 아저씨는 페트롤리니*와 아주 친했다. 그래서 페트롤리니가 장기 공연차 토리노에 오면 테르니 아저씨는 거의 매일 저녁 특별석 초대권을 여러 장 구해 오빠들과 어머니에게 선물했다. "너무 멋져!" 낮에 어머니는 말했다. "오늘 밤에도 페트롤리니의 목소리를 들으러 갈 수 있다니까! 게다가 특별석이잖아요. 극장에 가서 특별석에 앉으면 너무 좋더라고요! 페트롤리니는 아주 호감이 가고 재치가 있는 사람이죠. 실비오도 정말 좋아했을 텐데!" "오, 그러면 오늘 밤에도 나만 버려두겠군." 아버지가 말했다. 이머니는 아버지에게 이렇게 대답했다. "베피노, 당신도 가면 되잖아요." "무슨 소리야!" 아버지가 소리를 질렀다. "내가 페트롤리니를 보러 간다니. 꿈도 꾸지마! 페트롤리니가 뭐 그리 중요한 인물이라고! 광대일 뿐이야!"

"테르니 씨와 함께 페트롤리니의 분장실에 인사하러 갔었어요." 그다음 날 어머니가 이야기했다. "메리도 갔었죠. 그 부부는 페트롤리니와 아주 친하더라고요."

테르니 아저씨의 아내인 메리 아주머니는 아버지의 눈에 믿을 만한 존재로 보였다. 그 때문에 아버지는 메리 아주머니에게 최고의 찬사와 경의를 보냈다. 메리 아주머니의 존재는 그 전날 저녁, 극장 공연의 합당함과 품위를 인정하게 할 만한 가치를 지니고 있었다. 그리고 어쩌면 페트롤리니라는 인물의 합당함과 품위도 약간은 인정할 수 있을지도 모르는 일이었다. 하지만 아버지는 페트롤리니가 공연을 위해 가짜 코를 만들어 붙이고 머리를 염색한다고 상상하면서 계

* 에토레 페트롤리니(1886~1936). 유명한 희극 배우.

속 그를 무시했다. "메리가 어떻게 페트롤리니 같은 사람과 친할 수 있는지 이해할 수가 없군." 아버지는 몹시 놀란 듯 말했다. "어떻게 페트롤리니의 공연을 그렇게 즐길 수 있는지 이해할 수가 없어! 테르니나 그런 얼간이 같은 짓을 좋아하는 너희들은 충분히 이해가 돼. 그런데 테르니 부부가 어떻게 페트롤리니와 친구가 되었을까? 수상한 사람이 분명한데 말이야!"

아버지는 배우, 특히 무대 위에서 사람들을 웃기기 위해 얼굴을 우스꽝스럽게 만드는 희극 배우들은 틀림없이 '수상한 사람'이라고 생각했다. 그렇지만 어머니는 체사레 삼촌이 극단에서 생활을 했고 여배우와 결혼했다는 점을 아버지에게 상기시켜주었다. 아버지의 동생이 교제하는 사람들이 비록 분장을 하고 무대 위에 나오고 머리카락이나 콧수염을 물들인다 해도 모두 '수상한 사람'이라고 할 수는 없을 테니까. "그러면 몰리에르는요?" 어머니가 물었다. "몰리에르 역시 직접 무대에 서지 않았어요? 그래도 몰리에르를 수상한 사람이라고 할 수는 없을 거예요!" "아, 몰리에르!" 몰리에르를 아주 높게 평가하는 아버지가 대답했다. "몰리에르는 아주 멋지지! 불쌍한 체사레는 몰리에르 때문에 연극에 빠지게 되었어! 그런데 당신은 감히 몰리에르와 페트롤리니를 비교하려는 건가?" 마침내 아버지는 예의 그 천둥 치는 듯한 웃음을 터뜨리면서 고함을 쳤다. 그 웃음은 페트롤리니에 대한 경멸을 가장 날카롭게 표시하는 것이었다.

대개 극장에 가는 사람은 어머니와 파올라 언니, 마리오 오빠였다. 보통 테르니 아저씨 가족과 같이 갔는데 아저씨네는 페트롤리니의 경우처럼 특별석 초대권을 얻을 수 없는 경우에도 우리 식구들을 초대했다. 아저씨네는 가족이 이용하는 특별석을 갖고 있었기 때문이었다. 그래서 아버지가 이렇게 말하지는 못했다. "난 극장에다 돈을 버리고 싶지는 않아." 게다가 어머니가 메리 아주머니와 함께 즐거운 시간을 보낸다는 것을 알게 되었다. "항상 당신만 재미를 보러 가는군." 아버지는 어머니에게 이렇게 말했다. "날 만날 혼자 버려두고 말이야." "당신은 저녁마다 서재에 틀어박혀 있잖아요." 어머니가 말했다. "내게 적극적이지 않잖아요. 내 친구가 돼주지도 않잖아요." "당나귀 같으니!" 아버지가 대답했다. "난 할 일이 많다는 걸 당신도 알잖아. 난 당신들처럼 허비할 시간이 없다고! 그리고 당신 친구가 돼주려고 당신하고 결혼한 게 아니야!"

아버지는 저녁이면 서재에서 일을 했다. 그러니까 원고 교정을 보고 거기에 도표를 붙였다. 가끔씩 소설책도 읽었다. "그 소설 재미있어요, 베피노?" 어머니가 물어보았다. "아니! 지겨워! 얼간이 같아!" 아버지는 어깨를 으쓱하면서 대답했다. 하지만 몹시 열중해서 책을 읽었다. 그리고 책을 읽는 동안 파이프 담배를 피웠는데 그 재가 책 위로 날아다녔다. 여행에서 돌아올 때면 역 근처의 노점에서 구입한 탐정소설들을 항상 가지고 왔다. 그리고 밤에 서재에서 끝까지 다 읽었다. 대개 그 책들은 영어나 독일어 책이었다. 어쩌면 아버지는 그런 소설들을 외국어로 읽음으로써 당신이 그다지 시시한 일을 하는 사람은 아니라고 생각했는지도 모른다. "얼간이 같은 책이야." 어깨를 으쓱하면서 이렇게 말했는데 그러면서도 마지막 한 줄까지 다 읽었다. 조금 뒤 심농*의 소설들이 나오기 시작했을 때 아버

* 조르주 심농(1903~1989). 벨기에 작가로 프랑스어로 작품을 썼다. 형사 매그레라는 유명한 인물을 만들어냈다.

지는 그의 부지런한 독자가 되었다. “심농은 나쁘지 않아.” 이렇게 말했다. “프랑스 지방을 아주 잘 묘사했어. 그 지방 환경을 아주 잘 묘사했어!” 하지만 그 당시 파스트렌고가에서 살 때에는 아직 심농의 책이 없었다. 그래서 아버지가 여행에서 사오는 책들은 광택이 나는 표지에 목 없는 여인의 얼굴이 그려진 작은 책들이었다. 어머니는 외투 주머니에서 그 책들을 찾아내면서 이렇게 말했다. “베피노가 이런 얼간이 같은 책을 읽다니, 세상에!”

테르니 아저씨와 파올라 언니와 마리오 오빠 사이는 공모관계 같은 것으로 연결되어 있었는데 아저씨가 없을 때에도 그 관계는 지속되었다. 내가 이해할 수 있는 범위에서 보면 그것은 우울의 깃발 아래 모인 공모관계였다. 파올라 언니와 마리오 오빠는 우울하게 산책을 했다. 혹은 황혼이 질 무렵이면 둘이 함께, 아니면 각자 고독에 잠겼다. 그리고 함께 슬픔에 잠겨 속삭이면서 우울한 시들을 읽었다.

테르니 아저씨의 경우, 내 기억이 옳다면 그분은 그렇게 우울한 사람이 아니었다. 그분은 특히 버려진 고독한 장소들에 매혹되지 않았고 우울하고 고독하게 산책을 하지도 않았다. 테르니 아저씨는 집에서 아내인 메리 아주머니와 유모 아순타, 그리고 아저씨와 아주머니의 눈앞에 나타나기만 하면 두 분 다 황홀해하며 버릇없이 키우는 아이들인 쿠코와 룰리나와 완벽할 정도로 평범하게 살았다. 테르니 아저씨는 『신프랑스 평론』**과 카소라티의 복제화들을 가져오듯이,

** *La Nouvelle Revue Française*(NRF). 1908년부터 발간된 프랑스의 문학 잡지.

우울의 취미, 우울한 태도를 보이는 취미를 우리 집에 가져왔다. 그리고 파올라 언니와 마리오 오빠는 그러한 취향을 받아들였다. 지노 오빠는 거부했는데 오빠는 테르니 아저씨를 좋아하지 않았고 아저씨 역시 마찬가지였다. 시와 그림에 관심이 없는 데다가 「가슴도 없는 노처녀」 이후 시를 짓지 않았던 알베르토 오빠도 지노 오빠와 같았다. 나 역시 마찬가지였는데 난 아저씨에게 별로 관심도 없었고 아저씨에게서는 내가 종종 함께 놀아주던 어린 아기 쿠코 아빠의 모습밖에 발견하지 못했다.

파올라와 마리오는 너무나 참을 수 없는 아버지의 독재성, 극도로 단순하고 엄격한 우리 집의 습관들이 자신들의 우울 속에서 사라져버린다고 생각했다. 언니와 오빠는 우리 집에 유배당해 있다고 생각하면서 우리와는 전혀 다른 어떤 집, 전혀 다른 습관들을 꿈꾸는 듯한 분위기였다. 언니와 오빠는 시무룩해 있는 달덩이 같은 얼굴, 생기 잃은 시선, 이해할 수 없는 표정, 짧은 대답, 집이 다 울릴 정도로 문을 쾅 닫아버리거나 토요일과 일요일 산행을 단호하게 거절함으로써 자신들이 우리 집을 참을 수 없어한다는 것을 표현했다. 아버지가 방에서 나가면 언니 오빠의 기분이 금방 좋아졌는데 참을 수 없어하는 대상에 어머니는 포함되지 않았기 때문이다. 그러니까 참을 수 없어하는 대상은 오로지 아버지 한 분이었다. 언니 오빠는 어머니의 이야기를 듣고 어머니와 함께 홍수 때의 그 시를 낭송했다.

모두들 두려움에 떤 지 며칠이던가!

마리오 오빠는 법학을 공부하고 싶어했다. 하지만 아버지는 강제로 상경 대학에 등록을 시켰다. 이유는 모르지만 아버지는 법학과를 그다지 진지하지 못하고 장래를 보장해주지 않는 학과로 여겼던 것 같다. 마리오 오빠는 몇 년 동안 말없이 원망을 품고 다녔다. 파올라 언니로 말하자면 전체적으로 자신의 생활에 불만이었다. 언니는 더 많은 옷을 갖고 싶어했다. 아버지가 우리 식구 모두가 남자 옷을 만드는 양재사 마케로니의 옷을 입길 원해서 언니 옷도 모두 남자 옷 같은 데다가 치수가 커서 언니 마음에 들지 않았다. 마케로니에게 옷을 맞추면 돈이 많이 들지 않았다. 아니 적어도 마케로니에게는 돈을 많이 주지 않고도 옷을 맞출 수 있다는 생각이 아버지의 머릿속에 박혀 있었다. 어머니도 알리체라는 이름의 단골 양재사가 있었고 가끔씩 그녀에게 옷을 맞추었다. 하지만 어머니는 알리체가 옷을 잘 만들지 못한다고 말했다. "멋진 실크 원피스를 입고 싶어요!" 언니는 응접실에서 수다를 떨 때면 어머니에게 말했다. "나도 그래." 어머니는 패션 잡지를 뒤적이며 대답했다. "나도 실크로 만든 프린세스 원피스를 입어보고 싶어." 그러면 언니가 말했다. "저도 그래요!" 하지만 어머니와 언니는 실크를 살 돈이 없었다. 게다가 샀다 해도 양재사 알리체가 재단을 제대로 할 줄 몰라서 실크를 망쳐놓았을 게 분명했다.

파올라는 머리를 자르고 싶어했으며 카스타네리 씨가 만드는 남자 것 같은 튼튼한 구두가 아니라 하이힐을 신고 싶어했다. 언니는 친구 집에 춤을 추러 가거나 테니스를 치고 싶어했다. 하지만 그 어느 것도 언니에게 허락되지 않았다. 반면 거의 강제적으로 토요일과 일요일에 아버지를 따라 지노 오빠와 함께 산에 가야 했다. 파올라 언니는 지노 오빠를 아주 따분한 사람으로 생각했고 라세티도 마찬가지로 보았다. 일반적으로 지노 오빠의 친구들을 모두 아주 따분한 사람들이라고 여겼으며 참을 수 없어했다. 그리고 산도 몹시 혐오스러워했다. 하지만 주변 사람들의 말대로라면 언니는 힘든 것을 다 참아가며 힘껏 용기를 내어 정석대로 하지 않고도 스키를 아주 잘 탔는데 마치 암사자같이 도전적으로 활강을 했다고 한다. 몸을 던져 활강할 때의 그 공격성과 분노를 보건대 언니는 분명 스키 타는 것을 즐겼고 거기서 가장 생생한 기쁨을 느꼈던 것 같다. 하지만 언니는 산을 깊이 경멸하고 있음을 과시했다. 징이 박힌 등산화, 양모 등산 양말, 햇볕 아래에서 더욱 도드라지는, 조그맣고 날씬한 코 위의 주근깨를 증오한다고 말했다. 그리고 주근깨를 없애기 위해 산에 다녀온 후에는 하얀 가루분을 얼굴에 발랐다. 언니는 건강미가 없고 연약한 외모에 카소라티 그림에 등장하는 여인들같이 달빛처럼 창백한 얼굴을 갖고 싶어했다. 그리고 사람들이 '장미꽃처럼 싱싱하다'고 하면 괴로워했다. 언니가 화장을 했으리라고는 추호도 생각지 않는 아버지는 언니의 하얀 얼굴을 보면 언니에게 빈혈이 있다며 철분을 섭취하게 했다.

아버지는 한밤중에 눈이 떠지면 어머니에게 말했다.

"마리오와 파올라는 왜 그렇게 생기가 없는 거야. 그 애들이 너무 붙어 다니는 것 같아. 내 생각으로는 그 얼간이 같은 테르니가 나에 대한 반항심을 키워주는 것 같거든."

테르니 아저씨와 파올라 언니와 마리오 오빠가 응접실 소파에 앉아 무슨 소리를 소곤거렸는지 난 알 수 없었고 지금까지도 알지 못한다. 하지만 가끔씩 정말 프루스트에 대해 이야기를 나누곤 했다. 그러면 어머니도 그 대화에 끼어들었다. "라 프티 프라즈!"* 어머니가 말했다. "프티 프라즈라고 말할 때 얼마나 멋있니! 실비오도 정말 좋아했을 거야!" 테르니 아저씨는 캐러멜 껍질을 벗기고 스완처럼 손수건으로 그것을 닦았다. '쉬-잇! 쉬-잇!' 소리를 냈다. "위대하다는 게 무언지! 아름답다는 게 무언지!" 테르니 아저씨는 항상 이렇게 말했고 파올라 언니와 어머니는 하루 종일 아저씨 흉내를 냈다. "허튼소리!" 아버지는 지나가다가 몇 마디 알아듣고는 이렇게 말했다. "난 그런 허튼소리에 신물이 난다!" 아버지는 곧장 서재로 가면서 계속 말했다. 그리고 서재에 있을 때는 이렇게 소리쳤다. "테르니! 자네 아직 세포조직 병리학 연구도 끝내지 않았지! 자네는 게을러, 너무 연구를 하지 않는다고. 너무 게으름뱅이야!"

파올라는 대학 친구를 사랑하게 되었다. 그는 작고 섬세하고 친절하며 설득력 있는 목소리를 지닌 청년이었다. 그들은 함께 포 강가와 발렌티노 공원을 산책했다. 그리고 프루스트에 관해 이야기했는데 그 청년은 열렬한 프루스트주의자였다. 뿐만 아니라 그는 이탈리아에서 프루스트에 관한 글을 최초로 쓴 사람이었다. 그 청년은 단편소설과 문학 비평문을 썼다. 난 파올라 언니가 그를 사랑했다고 믿는다. 그는 모든 면에서 아버지와 정반대였으니까. 작은 몸집의 그는 매우 친절했으며 부드럽고 설득력 있는 목소리를 가진 데다가 세포조직의 병리학에 관해서는 아무것도 몰랐고 스키장에는 발도 들여놓지 않았다. 아버지는 이 산책을 알고서는 격노했다. 무엇보다도 제

* 프랑스어로 '짧은 문장'을 뜻한다.

일 먼저 당신 딸들은 남자와 산책을 할 수 없다는 점 때문이었고 그 다음에는 아버지가 문학가나 비평가, 작가는 어딘지 경멸스러운 그 어떤 것, 천박하고 애매모호한 그 어떤 것을 상징한다고 생각했기 때문이다. 그건 아버지의 비위에 맞지 않는 세상이었다. 하지만 파올라 언니는 아버지의 금지 명령에도 불구하고 그 산책을 계속했다. 그리고 가끔씩 로페츠 아저씨네 부부라든가 우리 부모님의 다른 친구들과 마주치기도 했는데 그분들은 아버지가 그 산책을 금지했다는 걸 알았기에 그 사실을 아버지에게 일러주었다. 테르니 아저씨는 혹시 마주쳤다 해도 아버지에게 가서 그 이야기를 하지는 않았을 게 분명하다. 파올라 언니와 아저씨는 소파에 앉아 비밀스러운 속삭임으로 흉금을 터놓는 사이였으니까.

아버지는 어머니에게 고함을 쳤다. "밖에 내보내지 마! 외출을 금지시켜!" 어머니 역시 그 산책을 달가워하지 않았고 그 청년을 신뢰하지 않았다. 아버지가 생물학자나 과학자 혹은 공학도들만 드나들어 우리 집에는 잘 알려져 있지 않은 세계인 문학가들의 세계에 대한 혼란스럽고도 막연한 거부감을 어머니에게 전염시켰기 때문이다. 한편 어머니는 파올라 언니와 아주 가까웠다. 그래서 파올라 언니에게 그 청년과의 사건이 있기 전에는 둘이 함께 오랫동안 시내를 돌아다니고 진열장에서 어머니도 언니도 살 수 없었던 '실크 옷들'을 구경하곤 했다. 이제 언니는 어머니와 외출할 한가로운 시간이 거의 없었다. 그래서 언니가 시간이 있을 때만 어머니와 언니는 팔짱을 끼고 잡담을 하면서 외출을 했는데 결국은 화제가 그 청년 이야기로 돌아가 서로 상대방에게 화를 내며 돌아왔다. 어머니는 그 청년을 인정하지 않았는데 곧 파올라 언니가 그 청년에게 호감을 갖고 다정하게 대해주길 원한다는 걸 알았기 때문이다. 하지만 어머니는 누군가에게 무엇인가를 금지할 만한 능력이 전혀 없는 분이었다. "당신은 권위가 없어!" 아버지는 한밤에 어머니를 깨워 소리쳤다. 그런데 한편으로는 아버지 본인도 그다지 권위가 없음을 증명하게 되었다. 파올라 언니가 몇 년 동안 그 청년과 산책을 계속했으니까. 그리고 촛불이 꺼져 사그라지듯 차츰차츰 저절로 시들해졌을 때 언니는 산책을 그만두었다. 그 일은 아버지의 의사를 따른 게 아니었고 아버지의 고함과 금지는 아무런 효력도 발휘하지 못했다.

아버지의 분노는 파올라 언니와 그 키 작은 청년 외에도 알베르토 오빠의 학업 때문에 폭발하곤 했다. 알베르토는 숙제도 하지 않고 항상 축구를 하러 갔다. 운동 중에 아버지가 해도 좋다고 허락한 건 등산뿐이었다. 다른 운동은 모두 아버지가 보기에 테니스처럼 세속적이고 천박하거나 수영처럼 지루하고 멍청했다. 그래서 아버지는 바다와 해변과 모래를 싫어했다. 축구로 말하자면 아버지는 그건 거의 불량배들이나 하는 놀이로 생각해서 운동으로 쳐주지도 않았다. 지노 오빠는 공부를 잘했고 마리오 오빠 역시 마찬가지였다. 파올라 언니는 공부를 하지 않았는데 아버지는 대수롭지 않게 생각했다. 아버지는 여자애들이란 공부를 하지 않아도 별로 중요할 게 없다고 생각했다. 여자는 시집을 갈 테니까. 그래서 아버지는 내가 수학을 못하는지도 몰랐다. 수학을 가르쳐야 했던 어머니만이 절망했을 뿐이다. 알베르토 오빠는 공부와는 담을 쌓고 지냈다. 그래서 알베르토 오빠가 집에 가져온 성적표의 성적이 나쁘다거나 규율 위반으로 정학을 당하면, 다른 오빠들은 한 번도 그런 적이 없었기 때문에 더욱 무시무시한 분노에 사로잡혔다. 아버지는 아들들의 장래를 걱정했고 밤에 눈이 떠지면 어머니에게 말하곤 했다. "지노는 뭐가 될까? 마리오는 뭐가 될까?" 하지만 아직 중학교에 다니던 알베르토를 생각하면 걱정 대신 곧바로 분노에 휩싸였다. "그 악당 같은 알베르토! 사기꾼 같은 알베르토!" 아버지는 절대 '당나귀 같은 알베르토'라고 하지 않았는데 알베르토 오빠는 당나귀 그 이상이었기 때문이다. 아버지가 보기에 오빠의 비행은 전례가 없고 끔찍했다. 알베르토 오빠는 하루 종일 축구장에서 살다가 흙투성이가 되어 돌아왔으며 때로는 피투성이가 된 무릎이나 머리를 붕대로 싸맨 채 집에 들어오기도 했다. 아니면 친구들과 어울려 다니다가 항상 식사 시간에 늦게 집에 돌아왔다. 식탁에 앉아 있던 아버지는 유리컵과 포크와 빵을 요란하게 움직이기 시작했다. 우리는 아버지가 무솔리니 때문에 화가 났는지, 아니면 아직도 집에 돌아오지 않은 알베르토 오빠 때문에 화가 났는지 알 수가 없었다. "악당! 사기꾼!" 아버지는 나탈리나가 수프를 가져올 때 이렇게 말했다. 아버지의 분노는 식사를 하는 동안 점점 더 커갔다. 과일을 먹을 때쯤이면 생기발랄하고 혈색 좋은 알베르토 오빠가 미소를 지으며 나타났다. 알베르토 오빠는 절대 시무룩한 일이 없었고 항상 유쾌했다. "악당 같은 놈!" 아버지가 호통을 쳤다. "어디 갔다 오는 거냐?" "학교에요." 알베르토 오빠는 해맑은 목소리로 말했다. "그리고 잠깐 친구를 바래다주고 왔어요." "네 친구! 넌 두말할 필요도 없는 악당이야! 토코가 지났는데!" 아버지는 오후 한 시를 '토코'*라고 했다. 알베르토가 토코가 지나서 집에 돌아왔다는 게 아버지에게는 있을 수 없는 일로 생각되었다.

어머니도 알베르토 오빠에 대해 불평을 늘어놓았다. "항상 지저분해!" 어머니가 말했다.

"떠돌이처럼 여기저기 돌아다니기만 해! 나한테 돈 달란 소리밖에 하지 않아! 공부도 안 한다니까!"

"잠깐 내 친구 파예타**에게 갔다 올게요." "잠깐 내 친구 페스텔리네 집에 갔다 올게요." "엄마, 제발 2리라만 주세요." 이게 알베르토 오빠가 집에서 하는 말의 전부였다. 오빠가 다른 말을 하는 걸 본 적이 없다. 그렇다고 오빠가 사교적이지 않았다는 말은 아니다. 오히려 우리 형제 중 가장 사교적이고 감정 표현을 잘하고 유쾌했다. 집에서만 그렇지 않았을 뿐이었다. "항상 파예타구나! 파예타! 파예타뿐이야!" 어머니가 몹시 화가 나서 오빠 친구의 이름을 재빠르게 부르며 말했다. 아마 알베르토가 너무 성급하게 달아나려고 해서 그 점을 지적하려 했던 것 같다. 그때에도 2리라는 작은 액수였다. 하지만 알베르토는 하루에도 몇 번씩 2리라를 달라고 했다. 어머니는 한숨을 쉬면서 열쇠로 장롱 서랍을 열었다. 알베르토에게는 넉넉한 액수가 아니었고, 집 안의 책을 내다 파는 버릇이 생겼다. 그 때문에 우리 집 책장은 서서히 텅 비어갔다. 아버지가 어떤 책을 좀 보려고 찾을 때마다 그 책이 사라지고 없었다. 그래서 어머니는 아버지가 화를 낼까 봐 프란체스 아주머니에게 빌려주었다고 둘러댔지만 어머니는 그 책들이 헌책을 파는 노점상에 놓여 있으리라는 걸 뻔히 알고 있었다. 알베르토 오빠는 가끔씩 집 안의 은제품들을 전당포에 가져

* 이탈리아어로 '종 치는 소리'를 뜻하는데, '오후 1시'를 의미하기도 한다.

** 잔카를로 파예타(1911~1990). 이탈리아 공산당의 주요 멤버.

가곤 했다. 그래서 어머니는 커피 기계가 보이지 않으면 눈물을 흘렸다. "알베르토가 무슨 짓을 했는지 들어보렴." 어머니는 파올라 언니에게 하소연했다. "무슨 짓을 했는지 좀 들어봐! 네 아빠에게는 사실대로 말할 수도 없어. 그랬다가는 난리가 날 거야!" 어머니는 알베르토의 서랍에서 전당포 영수증을 찾아내서는 아버지 몰래 리나를 보내 커피 기계를 찾아오게 할 정도로 아버지의 분노를 두려워했다.

알베르토는 이제 프린코의 친구가 아니었다. 그는 이미 오래전에 그 무시무시하던 책들과 함께 오빠에게서 잊혀버렸다. 프란체스 아주머니네 아들들도 이젠 친구가 아니었다. 알베르토 오빠는 그 당시 학교 친구인 파예타와 페스텔리와 친하게 지냈는데 그들은 공부를 썩 잘했다. 어머니는 항상 알베르토 오빠가 자기보다 나은 사람을 친구로 택한다고 말했다. "페스텔리는," 어머니가 아버지에게 설명했다. "아주 똑똑한 애예요. 아주 좋은 가정 출신이에요. 그 애의 아버지가 『스탐파』*에 글을 싣는 바로 그 페스텔리예요. 그리고 엄마는 카롤라 프로스페리라니까요." 어머니는 이런 말을 하며 흐뭇해했는데, 아버지가 알베르토 오빠를 좋게 생각하게 하려는 뜻도 있었다. 어머니는 여성 작가인 카롤라 프로스페리를 좋아했는데 그녀는 주로 동화를 쓰기 때문에 어머니가 보기에는 불성실한 작가들의 세계에는 포함되지 않을 수도 있을 듯했다. 그리고 성인을 위한 프로스페리의 소설들도 '아주 잘 쓰인' 작품이라고 어머니는 항상 말했다. 카롤라 프로스페리의 작품을 단 한 번도 읽어본 적이 없는 아버지는 그저 어깨를 으쓱할 뿐이었다.

* *Stampa*. 토리노에서 발간되는 이탈리아의 주요 일간지.

파예타로 말하자면, 반바지를 입은 중학생 소년일 때부터 교실에서 파시즘 반대 유인물을 살포해서 체포된 적이 있었다. 파예타의 절친한 친구였던 알베르토 오빠도 경찰서에 불려가서 심문을 받았다. 파예타는 체포되었고 소년원에 수감되었다. 그래서 어머니는 즐겁게 아버지에게 말했다. "베피노, 내가 무슨 말을 할지 알아맞혀봐요. 알베르토가 얼마나 친구를 잘 사귀는지 보라고요. 언제나 그 애보다 똑똑하고 신중하다니까요."

아버지는 어깨를 으쓱했다. 하지만 아버지 역시 알베르토 오빠가 경찰서에서 심문을 받았다는 사실을 흡족해했다. 그리고 그 며칠 동안은 오빠를 악당이라고 부르는 걸 자제했다.

"불한당!" 어머니는 알베르토 오빠가 온통 더러워진 데다가 진흙을 금발에 처바르고 옷이 다 찢어진 채 축구장에서 돌아오면 이렇게 말했다. "불한당!"

"담배를 피우고 담뱃재를 땅에다 버린다니까!" 어머니는 그녀의 친구들에게 불평을 늘어놓았다. "신발을 신은 채 침대 위에 드러누워서 시트를 엉망으로 만든다니까! 돈을 달라고 하는데 그게 끝이 없어!"

"어릴 땐 정말 사랑스러웠는데!" 어머니는 한탄했다. "아주 부드럽고 온순했는데! 어린 양이었어! 내가 레이스 달린 옷을 입혀주었지, 얼마나 멋진 곱슬머리였는데! 지금은 어떻게 됐는지 한번 봐!"

알베르토와 마리오의 친구들은 우리 집에 오는 일이 거의 없었다. 하지만 지노 오빠는 밤마다 친구들을 집으로 데려왔다. 아버지는 오빠 친구들에게 저녁을 먹고 가라고 권했다. 아버지는 언제나 사람들을 저녁이나 점심식사에 초대하려고 했다. 하다못해 먹을 게 별로 없을 때도 그랬다. 그러면서도 아버지는 우리가 다른 집에 갔을 때 '밥을 달라고 조를'까 봐 항상 걱정했다. "너 프란체스네 가서 밥 달라고 졸랐지! 실망이구나!" 만약 우리 형제 중의 하나가 누구네 집에 식사 초대를 받아 다녀온 다음 날 초대한 그 누군가가 짜증나고 혐오스럽다고 말하면 아버지는 곧 이렇게 주장했다. "혐오스럽다고! 그래도 넌 그 사람에게 밥을 달라고 졸랐지 않니!"

우리 집의 저녁식사 메뉴는 대개 리비히* 수프와 오믈렛이었다. 어머니는 리비히 수프를 아주 좋아했는데 나달리나는 항상 수프를 너무 묽게 끓였다. 지노 오빠의 친구들은 언제나 똑같은 저녁식사를 우리와 함께 나누어 먹었다. 그런 다음 식탁에 둘러앉아 어머니의 이야기나 노래를 들었다. 오빠 친구 중에 아드리아노 올리베티**라는 친구가 있었다. 아드리아노가 군복을 입고 우리 집에 처음 오던 날이 생각난다. 그는 당시 군복무 중이었다. 지노 오빠도 그때 군에 가 있었는데 오빠와 아드리아노는 같은 내무반에 속했다. 아드리아노는 수염을 길렀는데 곱슬거리는 황갈색의 그 수염은 제대로 손질되어 있지 않았다. 머리 역시 황갈색으로 길게 길러서 그 머리칼이 목 위에서 찰랑거렸다. 그는 뚱뚱하고 창백했다. 군복을 입고 허리에 권총을 찬 사람 가운데 그렇게 볼품없고 전혀 군인다워 보이지 않는 사

* 고기 수프를 만드는 회사 이름.

** 아드리아노 올리베티(1901~1960). 아버지인 카밀로 올리베티가 설립한 올리베티 타자기 회사를 운영하여 대기업으로 성장시켰다. 반파시스트로서 자유-사회주의 운동을 시작했고 『코무니타』지를 발간했다.

람은 아드리아노 말고는 본 적이 없었다. 그는 몹시 우울해 보였는데 아마 군복무가 마음에 들지 않아서였던 것 같다. 그는 수줍음을 잘 타고 말이 없었다. 하지만 말을 할 때면 아주 작은 목소리로 오래 이야기를 계속했다. 그리고 냉담하면서도 꿈꾸는 듯한 작은 하늘색 눈으로 허공을 뚫어져라 바라보면서 분명치 않고 난해한 이야기를 했다. 그래서 아드리아노는 우리 아버지가 '따분한 사람'이라고 정의하던 바로 그런 인물이 구체적인 모습으로 나타난 듯했다. 그렇지만 아버지는 그를 따분한 사람이라고도, 소시지라고도, 니그로라고도 부르지 않았다. 아버지는 그런 종류의 어떤 말도 아드리아노 앞에서는 하지 않았다. 나는 그 이유가 궁금했다. 아마도 아버지는 우리가 상상했던 것보다 더 정신적으로 뛰어난 통찰력이 있어, 당황스러워하는 그 청년의 외모에서 장래 아드리아노라는 인물이 보여줄 모습을 직감했을 거라는 생각이 든다. 하지만 어쩌면 그가 등산을 할 줄 안다는 이유만으로, 반파시스트라는 말을 지노 오빠에게 들었기 때문에, 그리고 그의 아버지가 투라티의 친구이며 역시 사회주의자였기에 병신이라고 말하지 않았는지도 모른다.

올리베티 집안은 이브레아에 타자기 공장을 가지고 있었다. 그때까지 우리는 아는 기업가가 전혀 없었다. 우리 집에서 이야기하는 유일한 기업가라고는 마우로라고 불리는 로페츠 아저씨의 형님이었다. 그분은 아르헨티나에 살았는데 아주 부자였다. 아버지는 지노 오빠를 바로 그 마우로에게 보내 그 회사에서 일하게 할 생각이었다. 올리베티네 사람들은 우리가 가까이에서 만난 최초의 기업가였다. 그리고 내가 길거리에서 보았던 포스터, 달리는 기차 바퀴로 상징된 타자기 광고 포스터들은 저녁이면 우리와 함께 그 맛없는 수프를 먹던,

군복 입은 아드리아노와 밀접하게 연결된 것 같은 인상을 주었다.

군복무를 마친 후에도 아드리아노는 계속 밤마다 우리 집에 드나들었다. 그는 더욱더 우울해지고 더욱더 수줍음을 타고 더욱더 말이 없어졌는데 그에게는 눈길조차 주지 않던 파올라 언니를 사랑하게 되어서였다. 아드리아노는 자동차를 가지고 있었다. 우리가 아는 사람 가운데 자동차를 가진 이는 아드리아노뿐이었다. 그렇게 부자인 테르니 아저씨조차도 자동차가 없던 시절이었다. 아드리아노는 아버지가 외출하려 할 때마다 즉시 자동차로 모셔다드리겠다고 말했다. 그러면 아버지는 화를 냈는데, 자동차를 견딜 수가 없었고 항상 말했듯이 친절을 견딜 수가 없었기 때문이다.

아드리아노는 형제자매가 많았는데 모두 주근깨가 있었고 빨간 머리였다. 그리고 역시 빨간 머리에 주근깨가 있던 우리 아버지는 아마도 이 때문에 그들에게 호감을 가졌는지도 모른다. 그들이 부자라는 것은 잘 알려져 있었지만 생활습관이 소박했고 옷차림도 검소했다. 그리고 우리처럼 낡은 스키를 가지고 산에 갔다. 그렇지만 그들은 자동차가 여러 대여서 매번 우리에게 이런저런 장소로 데려다주겠다고 제안했다. 자동차를 타고 시내를 지나가다가 다소 지친 듯이 걷는 노인을 보기만 하면 멈춰서서 노인을 차에 태워주었다. 그래서 어머니는 그 형제들 이야기가 나오면 착하고 친절하다는 칭찬만 했다.

우리는 마침내 그들의 아버지와도 인사를 하게 되었다. 그분은 작고 뚱뚱하고 흰 수염이 덥수룩했다. 수염 속의 그 얼굴은 잘생긴 데다 섬세하고 귀족적이었으며 하늘색 눈 때문에 빛이 났다. 그분은 말할 때 수염과 조끼의 작은 단추를 만지작거리는 버릇이 있었다. 목소리는 날카롭고 어린애 같은 가성이었다. 아버지는 그분을 올리베티 노인이라고 불렀는데 아마도 흰 수염 때문이었을 것이다. 사실 그분과 아버지는 거의 같은 연배였다. 두 사람은 사회주의자라는 공통점이 있었고 둘 다 투라티와 우정을 나누었다. 그래서 두 사람은 서로 존중하고 존경했다. 그럼에도 불구하고 두 사람이 만나면 항상 동시에 말을 하려고 했다. 한 사람은 크게, 또 한 사람은 작게, 한 사람은 가성으로 또 한 사람은 천둥 치는 것 같은 소리로 고함을 쳤다. 올리베티 노인의 화제 속에는 『성경』과 정신분석학과 예언자들의 이야기가 뒤섞여 있었다. 아버지의 세계와는 전혀 관련이 없었고 그런 것들에 대해서 아버지는 별달리 특별한 견해를 가지고 있지도 않았다. 아버지는 올리베티 노인이 아주 솔직하지만 사상 면에서는 너무 혼란스럽다고 생각했다.

올리베티네는 이브레아에서 수도원이라고 불리는 집에 살고 있었다. 그 집이 옛날에 수도원이었기 때문에 그렇게 불렸다. 숲과 포도밭과 젖소들과 외양간도 가지고 있었다. 젖소가 있었기 때문에 매일 생크림으로 과자를 만들 수 있었다. 아버지가 산에 갔을 때 샬레에서 잠시 쉬면서 생크림을 먹는 것을 금지한 뒤로 줄곧 우리는 생크림을 먹고 싶다는 소망을 간직하고 있었다. 아버지는 다른 그 무엇보다도 브루셀라병이 걱정되어 생크림을 먹지 못하게 한 것이었다. 올리베티네 집에서는 직접 젖소를 기르기 때문에 브루셀라병에 걸릴 위험이 없었다. 그래서 그 집에서 우리는 마음껏 생크림을 먹을 수 있었다. 하지만 아버지는 우리에게 이렇게 말했다. "언제고 올리베티네 집에 초대받으려고 하면 안 된다! 밥을 달라고 조르면 안 돼!" 그 때문에 우리는 모두 밥을 달라고 조르면 안 된다는 강박관념에 사로잡혀 있어서 어느 날 지노 오빠와 파올라 언니가 이브레아에 초대를 받아 그곳에서 하루를 보내게 되었는데도 저녁을 먹고 가라고 끈질기게 붙잡는 올리베티네 식구들을 뿌리치고, 자동차로 데려다주겠다는 것도 거절하고 주린 배를 안고 한밤에 기차를 기다렸을 정도였다. 언젠가 한번은 내가 올리베티네 식구들과 자동차 여행을 하게 되었다. 우리는 점심식사를 하려고 식당에 들어갔다. 올리베티네 식구들은 모두 스파게티와 비프스테이크를 주문했는데 난 그저 달걀 하나만을 시켰다. 그리고 나중에 언니에게 '올리베티 기사技師님이 돈을 많이 쓰게 하고 싶지 않아' 달걀 하나만 시켰다고 말해주었다. 이 이야기는 노기사에게 알려졌고 그분은 아주 즐거워했나. 그리고 종종 우스개 삼아 그 이야기를 하곤 했다. 모두가 알 정도로 부자이고 자신도 그 사실을 알고 있는 사람이, 아직도 자기가 부자라는 걸 모르는 사람을 발견한 기쁨이 그 웃음 속에 고스란히 들어 있었다.

지노가 폴리테크니코를 졸업했을 때 오빠에게는 두 가지 가능성이 열려 있었다. 아르헨티나에 회사를 가지고 있고 로페츠네 아이들을 따라서 우리도 친숙하게 마우로 삼촌이라고 부르던 그 마우로에게 가서 일을 하는 게 그 하나였다. 아버지는 몇 달 전부터 마우로 삼촌에게 지노 오빠의 장래를 잘 부탁한다는 편지를 부지런히 보냈다. 아니면 올리베티 기사의 회사가 있는 이브레아에 가서 일할 수도 있었다. 지노 오빠는 두 번째 길을 선택했다.

그렇게 해서 지노 오빠는 집을 떠나 이브레아에 가서 살았다. 몇 달 후 오빠는 그곳에서 어떤 아가씨를 알게 되어 결혼을 약속했다고 아버지에게 알려왔다. 아버지는 노발대발했다. 아버지는 우리 중의 누군가가 결혼하겠다고 알릴 때마다 항상 무시무시하게 화를 냈는데 우리가 선택한 사람이 그 누구이든 상관이 없었다. 언제나 화를 낼 핑계거리를 찾았다. 즉 우리가 선택한 사람이 약골이라느니 돈이 너무 없다느니 혹은 너무 많다느니 트집을 잡았다. 아버지는 매번 우리의 결혼을 반대했지만 그래도 우리는 모두 결혼했으므로 소득이 하나도 없었다.

부모님은 지노 오빠에게 독일어 공부도 좀 시키고 그 아가씨도 잊게 하려고 오빠를 독일로 보냈다. 어머니는 오빠에게 프라이부르크의 그라시 아주머니를 찾아가라고 일러주었다. 그라시 아주머니는 어머니의 소꿉친구이고 '순모 같은 리디아!' '오랑캐꽃 같은 리디아!'라고 말했던 바로 그분이었다. 그라시 아주머니는 피렌체에서 만난 프라이부르크의 서적상과 결혼했다. 그 독일 서적상은 아주머니에게 하이네의 시를 읽어주었고 오랑캐꽃을 사랑하게 만들었으며 1차 세계대전 직후 독일에서는 순모를 거의 찾아볼 수 없었는데도 독일에서 '순모'를 아주머니에게 가져다주어 그 직물도 사랑하게 만들었다.

그 서적상은 전쟁이 끝난 후 프라이부르크에 돌아가자 이렇게 소리쳤다.

"이젠 나의 독일 모습은 어디서도 찾아볼 수 없구나!"

이 말은 우리 집에 남아 있는 아주 유명한 문장이었고 어머니는 어떤 사람이나 어떤 사물을 제대로 알아볼 수 없게 되면 이 말을 크게 외치곤 했다.

아버지는 그해 여름 산에서 편지를 쓰면서 많은 시간을 보냈다.

독일에 있는 지노 오빠와 로페츠 아저씨 부부와 테르니 아저씨 부부, 그리고 올리베티 기사에게 보내는 편지들이었는데 한결같이 지노 오빠의 결혼에 관한 내용이었다. 아버지는 테르니 아저씨 부부와 로페츠 아저씨 부부, 올리베티 기사에게 스물다섯 살에 아무런 경력도 쌓지 않고 결혼하려는 지노를 말려야 한다고 편지를 썼다.

"그 애가 그라시를 만날 줄 누가 꿈이나 꿨겠어요?" 그해 여름 어머니는 가끔씩 지노 오빠를 생각하면서 말했다. 그러면 아버지는 화를 냈다.

"그라시! 그라시를 만났든 말든 나하고 무슨 상관이야! 독일에는 그라시 말고는 아무도 살지 않는 것 같군! 난 정말 지노가 결혼하는 걸 원치 않아!"

그렇지만 지노 오빠는 독일에서 돌아와서 이미 밝혔던 대로 결혼을 했다. 물론 부모님은 결혼식에 참석했다. 하지만 아버지는 한밤중에 눈이 떠지면 여전히 이렇게 말했다.

"이브레아로 보내지 말고 아르헨티나의 마우로에게 보낼걸! 누가 알아, 아르헨티나에서는 결혼을 안 했을지!"

우리는 이사를 했다. 파스트렌고가의 집에 대해 항상 불평을 하던 어머니는 이제 새집에 대한 불평을 늘어놓았다. 새집은 팔라말리오가에 있었다. "이름이 이게 뭐냐!" 어머니는 항상 이렇게 말했다. "이 근처 거리들은 또 얼마나 끔찍하니! 난 캄파나가, 살루초가 같은 거리를 참을 수가 없어! 그래도 파스트렌고가에 살 때는 정원이 있었잖아!"

새집은 맨 꼭대기 층이었고 보기 흉한 큰 교회와 페인트 공장과 공중목욕탕이 들어선 광장을 내려다보고 있었다. 어머니에게는 겨드랑이에 수건을 끼고 공중목욕탕으로 들어가는 남자를 보는 것보다 더 비참한 일은 없는 듯했다. 아버지가 손수 그 집을 샀는데 아버지는 값이 싼 데다가 멋은 없지만 여러 가지 이점, 즉 역에서 아주 가깝고 집이 커서 방이 많다는 이점이 있다고 말했다.

어머니는 이렇게 말했다. "역에서 가까운 게 우리하고 무슨 상관이에요. 우린 생전 어디로 떠나지도 않잖아요?"

돈에 대한 이야기를 전보다 덜 했던 것으로 보아 아마도 그 당시 경제 사정이 나아진 게 틀림없었다. 주가가 계속 떨어지고 있다고 아버지는 생각한 듯한데 내 생각으로는 그때 틀림없이 깊은 땅 속으로 침몰해버렸을 것이다. 그렇지만 어머니와 언니는 그전보다 더 많은 옷을 해 입었다. 우리는 이제 로페즈 아저씨네처럼 전화도 갖게 되었다. 생활고니 물가고니 하는 말은 더 이상 입에 오르내리지 않았다. 지노 오빠는 아내와 함께 이브레아에 살았다. 마리오 오빠는 제노바에서 직장을 구해 토요일에만 집에 오곤 했다. 알베르토 오빠는 많은 망설임과 토론 끝에 기숙학교로 보내졌다. 아버지는 알베르토 오빠가 기숙학교에서 힘겨운 생활을 하게 되어 그 가혹한 형벌로 뉘우치고 회개하기를 기대했다. 하지만 어머니는 알베르토 오빠에게 이렇게 말했다. "잘 지낼 테니 두고 보렴! 정말 즐거울 테니 두고 봐! 나는 기숙학교 생활이 얼마나 멋지고 즐거웠는지 모른단다!"

알베르토 오빠는 언제나처럼 아주 즐겁게 기숙학교로 떠났다. 방학 때 집에 돌아오면 기숙학교에서 있었던 이야기를 들려주었다. 기숙학교에서는 식탁에 앉아 오믈렛을 먹을 때면 갑자기 종소리가 들리고 사감이 들어와서 이렇게 말했다. "경고하겠는데 칼로 오믈렛을 잘라 먹으면 안 된다." 그리고 다시 조금 전과 같은 종소리가 울리고 사감은 사라졌다.

아버지는 더 이상 스키를 타러 가지 않았다. 아버지는 이제 너무 늙었다고 말했다. 어머니는 스키를 탈 줄 몰라 늘 집에 남아 있어야 해서 이렇게 푸념하곤 했다. "빌어먹을 그놈의 산!" 하지만 이제는 아버지가 스키를 타러 다니지 않는 것을 유감으로 생각했다.

안나 쿨리쇼프가 죽었다. 어머니가 그녀와 만난 지는 아주 오래되었다. 하지만 어머니는 그분이 살아 있다는 걸 아는 것만으로 만족해했다. 어머니는 장례식에 참석하기 위해 어머니의 친구이자 어린 시절부터 쿨리쇼프의 집에서 계속 살았던 파올라 카라라 아주머니와 함께 밀라노에 갔다. 어머니는 장례식에서 검정 테를 두른 책을 한 권 가져왔는데 그 책에는 쿨리쇼프를 추억하는 글과 그녀의 초상화들이 실려 있었다.

어머니는 아주 오랜만에 밀라노를 다시 방문했다. 하지만 밀라노에는 아는 사람이 아무도 없었다. 어머니가 밀라노에 살 때 알던 분들은 모두 세상을 떠났다. 보기 흉하게 변한 도시를 보자 어머니는 이렇게 말했다.

"이젠 나의 독일 모습은 어디서도 찾아볼 수 없구나!"

테르니 아저씨 가족은 토리노를 떠나야만 했다. 그들은 피렌체로 이사를 갔다. 먼저 메리 아주머니와 아이들이 떠났다. 테르니 아저씨는 토리노에 몇 달 더 머물렀다. "토리노를 떠나야 해서 정말 안타깝습니다!" 아저씨가 어머니에게 말했다. "메리가 떠나버려서 서운해요! 그리고 이젠 아이들을 볼 수 없잖아요. 쿠코하고 메리가 공놀이를 하던 파스트렌고가의 정원 기억나세요? 지노 친구들도 와서 발자국 놀이를 했죠? 정말 재미있었는데!" 발자국 놀이는 이렇게 하는 놀이였다. 술래가 된 사람이 나무에 얼굴을 대고 서 있다가 갑자기 몸을 돌린다. 다른 사람들은 술래가 보지 않을 때 몇 발자국을 움직여야 한다.

"난 이 집이 마음에 안 들어! 팔라말리오가가 마음에 안 들어! 정원이 있으면 좋겠어!" 어머니가 말했다.

하지만 우울한 기분은 금방 사라졌다. 어머니는 아침에 일어나서 노래를 부르며 시장 볼 것을 일러주러 나탈리나에게 갔다. 그런 다음 7번 전차를 탔다. 전차를 타고 종점까지 갔다가 내리지 않고 다시 되돌아왔다.

"전차를 타면 정말 멋지단다!" 어머니는 내게 말했다. "자동차를 타는 것보다 훨씬 더 멋져!"

"너도 가자."

아침이면 어머니가 말했다.

"우리 포초 스트라다에 함께 가보자!"

포초 스트라다는 7번 전차의 종점이었다. 그곳에서는 아이스크림을 파는 노점이 하나 있는 공터와 변두리의 초라한 집들이 보였다. 그리고 멀리 밀과 양귀비들이 보였다.

오후가 되면 어머니는 소파에 누워 신문을 읽었다. 그러다가 내게 말했다. "네가 말을 잘 들으면 영화관에 데려가줄게. 네게 '적당한' 영화가 있으면 함께 보러 가자." 하지만 영화관에 가고 싶은 건 바로 어머니였다. 그리고 실제로 어머니는 내가 공부할 게 있어도 혼자 혹은 친구들과 함께 영화관에 갔다.

집으로 돌아올 때는 항상 달려왔다. 아버지가 일곱 시 반이면 연구실에서 퇴근하는데 그때 어머니가 집에 있길 바랐기 때문이다. 어머니가 집에 없으면 아버지는 발코니에서 어머니를 기다렸다. 어머니는 숨 쉴 겨를도 없이 모자를 손에 들고 집으로 달려왔다.

"대체 어딜 갔다 오는 거야?" 아버지가 고함쳤다. "당신 때문에 걱정했잖아! 내기를 해도 좋은데 당신은 오늘도 영화관에 갔었지! 영화관에서 세월을 다 보내는구먼!"

"당신 메리에게 답장했어?" 아버지가 물었다. 메리 아주머니는 피렌체로 이사 간 후 가끔씩 편지를 보냈다. 그런데 어머니는 답장을 보내지 않았다. 어머니는 메리 아주머니를 아주 좋아했다. 하지만 편지를 쓰고 싶은 생각은 전혀 없었다. 어머니는 자식들에게도 편지를 쓰지 않았다.

"지노에게 편지 썼어?" 아버지가 어머니에게 고함쳤다. "지노에게 편지 써! 안 쓰면 가만 안 놔둘 테야!"

나는 겨울 내내 아팠다. 이염에 걸렸다가 유양돌기염으로 옮겨갔다. 처음 며칠 동안은 아버지가 직접 나를 치료해주었다.

아버지 서재에는 '약국'이라고 불리는 작은 약장이 있었는데 아버지는 그 속에 우리나 아버지 친구들, 그 친구의 자식들을 치료하는 데 필요한 약간의 약과 도구들을 넣어두었다. 예를 들면 찰과상을 치료하는 데 쓰는 옥도정기, 목이 아플 때 쓰는 푸른 메틸렌, 표저에 쓰는 '비르' 같은 것이었다. 비르는 고무줄이었는데 환자의 손가락이 퍼렇게 될 때까지 묶어놓는 데 사용되었다.

하지만 이 비르는 필요할 때 '약국'에 있던 적이 단 한 번도 없었다. 그래서 아버지는 집 안을 돌아다니면서 고래고래 고함을 쳤다.

"비르 어디 간 거야! 너희들 비르 어떻게 했어!"

아버지는 이렇게 말했다. "너희들은 정말 너무 어수선해! 난 너희들처럼 무질서한 사람들을 본 적이 없다니까!"

그런데 비르는 대개 아버지 책상 서랍 속에 들어 있곤 했다.

또 어떤 사람이 자신의 어떤 증상에 대해 아버지에게 물어오면 아버지는 기분이 상해 이렇게 대꾸했다. "난 의사가 아니오!"

아버지는 사람들을 치료하고 싶어했다. 다만 치료해달라고 부탁하지 않은 사람들만 치료해주려 했다.

어느 날 식탁에서 아버지가 말했다. "얼간이 같은 테르니가 감기에 걸렸다는군. 침대에 누워 있대. 쳇, 테르니에겐 치료할 만한 게 아무것도 없을 텐데. 내가 한번 테르니에게 가봐야겠어."

"테르니, 그 엄살이라니!" 저녁에 아버지가 말했다.

"아무것도 아니야! 털스웨터를 입고 침대에 누워 있더라고! 난 절대 털스웨터 같은 건 입지 않는다!"

"테르니 때문에 걱정이군." 며칠 후 아버지가 말했다. "열이 내리질 않아. 늑막염일까 봐 걱정이야. 스트로페니에게 진찰을 받게 해야겠어."

"늑막염이라는군!" 아버지는 저녁에 집에 들어오면서, 그리고 방마다 어머니를 찾아다니면서 소리쳤다. "리디아, 테르니가 늑막염이라는군!"

아버지는 스트로페니 씨 외에도 아는 의사들을 모두 테르니 아저씨 침대로 데려갔다.

"담배를 피우지 말게!" 아버지는 이미 건강을 되찾은 테르니 아저씨네 집 테라스에서 일광욕을 하면서 아저씨에게 소리쳤다. "담배를 피우면 안 된다는 걸 항상 명심해! 자넨 담배를 너무 많이 피워, 너무 많이 피워왔다고! 담배 때문에 건강이 망가졌어!"

아버지도 담배를 많이 피웠지만 다른 사람이 담배 피우는 걸 원치 않았다.

아버지는 친구나 자식들이 아플 때에는 아주 온화하고 친절해졌다. 하지만 병에서 회복되자마자 다시 거칠게 대했다.

내 병은 심각했다. 아버지는 나를 치료하는 걸 그만두고 신뢰하는 의사들을 불렀다. 결국 나는 입원을 하게 되었다. 병원을 싫어하는 나에게 어머니는 병원은 의사의 집이라고 말해주었다. 그리고 병실에 있는 다른 환자들은 모두 의사의 자식이고 사촌이고 소카라고. 나는 어머니 말에 순종했고 그 말을 믿었다. 그러면서도 동시에 병원이 어떤 곳인지도 잘 알았다. 세월이 조금 더 흐른 뒤에도 그랬지만 그때도 진실과 거짓은 나의 내부에서 뒤섞여 있었다.

"네 다리가 이제 루치오보다 더 가늘어졌어. 프란체스가 좋아하겠네!" 어머니가 말했다.

사실 프란체스 아주머니는 내 다리와 루치오 다리를 자주 비교하면서 속상해했다. 검은 벨벳 가터가 달린 하얀 양말 속의 루치오의 다리는 마른 데다가 핏기가 없었기 때문이다.

저녁에 어머니가 현관에서 어떤 사람과 이야기하는 소리가 들렸다. 곧이어 이불장을 여는 소리도 들렸다. 유리문 위로 그림자들이 지나갔다.

한밤에는 내 옆방에서 기침 소리가 들렸다. 그 방은 토요일마다 집에 오는 마리오 오빠의 방이었다. 하지만 그날은 토요일이 아니었으므로 마리오 오빠일 리가 없었다. 늙고 뚱뚱한 남자의 기침 소리 같았다.

어머니는 아침에 내 방에 와서 파올로 페라리라는 신사 분이 그 방에서 잤다고 말했다. 그리고 그분은 지치고 늙고 병이 들어 기침을 하시니까 그분에게 이것저것 물어보지 말라고 당부했다.

파올로 페라리 씨는 식당에서 차를 마시고 있었다. 그분을 보면서 나는 언젠가 파스트렌고가에 왔던 투라티 씨의 모습을 발견했다. 하지만 어머니가 내게 그분의 이름이 파올로 페라리라고 말했기 때문에 난 순종적으로 그분은 투라티 씨이자 페라리 씨일 거라고 믿었다. 그리고 다시 진실과 거짓은 나의 내부에서 뒤섞이게 되었다.

페라리 씨는 곰처럼 덩치가 크고 회색 턱수염을 기른 노인이었다. 칼라가 아주 넓은 셔츠에 넥타이를 끈처럼 매고 있었다. 손은 작고 희었는데 빨간색으로 제본된 카르두치* 시집의 책장을 넘겼다.

잠시 후 페라리 씨가 이상한 행동을 했다. 쿨리쇼프를 기념하는 책을 집어들더니 거기에다 우리 어머니에게 주는 긴 헌사를 썼다. 그리고 '안나와 필리포'라고 서명을 했다. 난 더욱더 혼란스러워졌다. 만약 사람들이 말한 대로 그분의 이름이 파올로 페라리라면 어떻게 그분이 안나가 될 수 있으며 또 필리포가 될 수 있는지 이해할 수가 없었다.

어머니와 아버지는 그분이 우리 집에 와 있는 것이 아주 만족스러워 보였다. 아버지는 화를 내지 않았고 모두에게 낮은 목소리로 말했다.

벨소리가 들리기만 하면 파올로 페라리 씨는 복도를 가로질러 달려가 맨 끝 방에 몸을 숨겼다. 벨소리의 주인공은 대개 루치오이거나 우유 배달원이었다. 그 며칠 동안은 우리 집에 다른 낯선 사람들이 오지 않았으니까.

페라리 씨는 발끝으로 걸으려고 애쓰면서 복도를 가로질러 갔다. 곰처럼 큰 그림자가 복도 벽을 따라 어른거렸다.

파올라 언니는 내게 이렇게 말해주었다. "그분의 이름은 페라리가 아니야. 투라티야. 지금 이탈리아에서 탈출해야 하거든. 피신해 있는 거야. 이런 말 아무에게도 해선 안 돼, 루치오에게도 하지 마."

아무에게도, 루치오에게까지 말하지 않겠다고 맹세를 했지만 난 루치오가 우리 집에 놀러 오면 입이 근질거려서 혼났다.

하지만 루치오는 전혀 호기심이 없었다. 그 애는 내가 자기 집에

* 조수에 카르두치(1835~1907). 이탈리아의 시인. 1906년에 노벨 문학상을 받았다.

관한 질문을 하려고 하면 내가 '호기심이 많다'고 항상 말했다. 로페츠 아저씨네 가족은 모두 비밀이 많아서 자기 가족에 관한 이야기를 하고 싶어하지 않았다. 그래서 우리는 그들이 부유한지 가난한지, 프란체스 아주머니가 몇 살인지, 심지어 점심에 무엇을 먹는지조차 알 수가 없었다.

루치오는 내게 대수롭지 않게 말했다.

"너희 집에 수염을 기른 사람 있지, 내가 오기만 하면 응접실에서 달아나는 사람 말이야."

"응." 내가 그 애에게 대답했다. "파올로 페라리 씨야!"

난 그 애가 더 많은 질문을 해주길 기다렸다. 하지만 루치오는 더 이상 묻지 않았다. 내게 선물한 자신의 작은 그림을 걸기 위해 벽에 망치질을 했다. 기차 그림이었다. 루치오는 어릴 때부터 기차를 아주 좋아했다. 언제나 기관차처럼 콧소리를 내고 숨을 헐떡거리며 방 안을 빙빙 돌곤 했다. 그 애 집에는 커다란 전기 기차가 있었는데 아르헨티나에서 마우로 삼촌이 보내준 선물이었다.

내가 그 애에게 말했다. "그렇게 망치질 하지 마! 그분은 늙고 병이 들어 피신해 계시는 거야! 그분을 귀찮게 하지 마!"

"누구?"

"파올로 페라리 씨!"

"이 탄수차炭水車 좀 봐." 루치오가 말했다. "내가 그린 탄수차도 봤니?"

루치오는 언제나 탄수차에 대해 이야기했다. 나는 이제 그 애의 친구 노릇을 해주는 게 짜증이 났다. 우리는 동갑이었지만 그 애는 나보다 훨씬 더 어려 보였다.

그렇지만 난 루치오가 가버리길 원하지는 않았다. 마리아 부오닌세니가 그 애를 데리러 올 때면 난 실망해서 조금만 더 우리 집에서 놀다 가게 해달라고 그녀에게 간청했다.

어머니는 나탈리나와 함께 나와 루치오를 광장으로 내려보내 마리아 부오닌세니를 기다리게 했다. 어머니는 이렇게 말했다. "그렇게 해야 바람을 좀 쐬지." 하지만 나는 복도에서 마리아 부오닌세니와 파올로 페라리 씨가 마주치지 않게 하려는 것이라고 짐작했다.

광장 한가운데에는 직각으로 된 잔디밭이 있었고 거기에 벤치 몇 개가 놓여 있었다. 나탈리나는 벤치에 앉아 긴 발이 달린 짧은 다리를 흔들거렸다. 루치오는 콧소리를 내고 숨을 헐떡거리며 기차 흉내를 내면서 광장을 이리저리 돌아다녔다.

나탈리나는 마리아 부오닌세니가 예의 그 여우 목도리를 두르고 오는 것을 보면 친절하게 미소를 지었다. 그녀는 마리아 부오닌세니를 가장 숭배하고 있었다. 마리아 부오닌세니는 나탈리나를 잠깐 보고 나서는 세련되고 아주 아름다운 토스카나 방언으로 루치오와 이야기를 했다. 그러다가 루치오가 땀에 젖어 있는 것을 발견하고는 스웨터를 입혀주었다.

내 생각에 파올로 페라리 씨는 우리 집에 여드레인가 열흘 정도 머물렀던 것 같다. 이상할 정도로 고요한 날들이었다. 모터보트에 대한 이야기가 계속 내 귀에 들렸다. 어느 날 저녁 우리는 아주 급하게 저녁식사를 했다. 그러고 난 뒤 파올로 페라리 씨가 떠났다는 사실을 알게 되었다. 그분은 그 며칠 동안은 유쾌하고 평온해 보였는데 그날 저녁식사 때에는 평상시와 달리 불안해 보였고 수염을 손으로 문지르곤 했다.

잠시 후에 비옷을 입은 두세 명의 남자가 왔다. 그들 중 아는 사람이라고는 아드리아노뿐이었다. 아드리아노는 머리카락이 빠지기 시작해서 그 즈음에는 대머리가 되어 있었다. 머리 빠진 부분이 거의 정사각형을 이루고 숱이 많은 금발의 곱슬머리는 그 둘레에만 남아 있었다. 그날 저녁 아드리아노의 얼굴과 얼마 남지 않은 머리카락은 마치 돌풍에 얻어맞기라도 한 형상이었다. 그의 얼굴에는 두려움이 깃들어 있었지만 결단력이 있었고 눈빛은 즐거워 보였다. 그의 일생 동안 그런 눈빛을 두세 번 더 볼 수 있었다. 어떤 사람의 탈출을 도와줄 때, 위험한 상황에서 누군가를 구출해주어야 할 때 그런 눈빛이 되었다.

사람들이 외투를 입혀주는 동안 파올로 페라리 씨는 현관에서 내게 말했다.

"내가 여기서 지냈다는 걸 아무에게도 이야기해서는 안 된다."

그분은 아드리아노와 비옷을 입은 다른 남자들을 따라 밖으로 나갔고 난 다시는 그분을 보지 못했다. 몇 년 후 파리에서 돌아가셨기 때문이다.

다음 날 나탈리나가 어머니에게 물었다.

"지금쯤 그분은 그 배를 타고 코르시카에 도착했을까요?"

아버지가 이 말을 듣고 어머니에게 화를 냈다.

"당신은 나탈리나 같은 미친 여자를 믿고 속내를 터놓았군! 나탈리나는 미친 여자야! 우리 모두 나탈리나 때문에 감옥에 가게 될 거라고!"

"무슨 소리예요, 베피노! 나탈리나도 입을 다물어야 한다는 걸 너무나 잘 알고 있다고요!"

얼마 후 파올로 페라리 씨의 인사말이 담긴 엽서가 코르시카에서 날아왔다.

몇 달 뒤 투라티의 탈출을 도와준 로셀리*와 파리**가 체포되었다는 소식을 들었다. 아드리아노는 아직은 무사하지만 위험하다고 부모님이 말했다. 그래서 어쩌면 우리 집에 와서 피신해야 할지도 몰랐다.

아드리아노는 우리 집에서 몇 달 동안 숨어 지냈다. 파올로 페라리 씨가 주무시던 마리오 오빠의 방에서 잠을 잤다. 파올로 페라리 씨는 무사히 파리에 도착했다. 하지만 이제 집에서는 페라리라고 부르는 일에 싫증이 나서 원래의 이름으로 그분을 불렀다. 어머니는 이렇게 말했다.

"얼마나 호감이 가는 분인지! 그분이 우리 집에 머무셨던 게 너무나 기쁘구나!"

아드리아노는 체포되지 않고 외국으로 나갔다. 아드리아노와 언니는 자기들끼리 결혼을 약속하고 편지를 주고받았다. 올리베티 노인이 아들을 대신하여 언니에게 청혼하러 우리 부모님을 찾아왔다. 그분은 챙이 달린 모자를 쓰고 가슴에 신문지를 여러 장 넣고 이브레아에서부터 오토바이를 타고 왔다. 오토바이를 탈 때에는 바람을 막기 위해 신문으로 가슴을 가리는 습관이 있었다. 그분은 순식간

* 카를로 로셀리(1899~1937). 역사학자, 철학자, 반파시스트로서 자유주의적 사회주의 이론을 창시했다. 파리에서 1929년 결성된 반파시스트 운동 단체 '정의와 자유'를 이끌었다. 1937년 암살당했다.

** 페루치오 파리(1890~1981). 로셀리와 함께 반파시스트 운동을 전개했고, 제2차 세계대전 후 국회의장과 장관 등을 역임했다.

에 언니에게 청혼을 했다. 그러고 나서 수염을 만지작거리고 본인 이야기를 하면서 우리 응접실의 소파에 오랫동안 앉아 있었다. 어떻게 몇 푼 안 되는 돈으로 공장을 일으켜 세웠는지, 자식들을 어떻게 교육시켰는지, 자식들이 잠자리에 들기 전에 매일 밤 『성경』을 어떻게 읽어주었는지를 이야기했다.

아버지는 그 결혼을 원치 않아서 얼마 후에 어머니에게 화를 냈다. 아버지는 아드리아노가 너무 부자라고 말했다. 그리고 아드리아노가 정신분석에 대한 고정관념을 가지고 있고, 그뿐 아니라 올리베티 식구들 모두 그렇다고 했다. 아버지는 올리베티 가족을 모두 좋아했지만 그들이 약간 이상하다고 생각했다. 그리고 올리베티 가족은 우리들이, 특히 아버지와 지노 오빠가 유물론자인 것 같다고 말했다.

시간이 조금 더 흐른 뒤 우리 식구들이 체포되지 않으리라고 확신하게 되었다. 아드리아노도 마찬가지여서 외국에서 돌아와서 파올라 언니와 결혼했다. 언니는 결혼하자마자 머리를 잘랐다. 아버지는 아무런 말도 하지 않았는데 이제 아버지는 언니에게 그 어떤 일을 금지하거나 명령할 수가 없었기 때문이다.

그렇지만 얼마의 시간이 지나자 다시 언니에게 고함을 치기 시작했다. 게다가 이제 아드리아노 형부에게까지 고함을 쳤다. 아버지는 그들이 돈을 물 쓰듯 쓴다는 것을 알게 되었고 자동차를 타고 너무 자주 이브레아와 토리노를 오간다고 생각했다.

언니와 형부가 첫아기를 낳았을 때 아버지는 아기 키우는 법을 비난했고 일광욕을 더 많이 시키지 않으면 구루병에 걸릴 거라고 말했다. "그 애들은 아이를 구루병 환자로 만들고 말 거야!" 아버지는 어머니에게 소리쳤다. "햇볕을 한 번도 안 쬐어주잖아! 햇볕을 쬐어주라고 말해!"

그리고 아버지는 혹시 아기가 아플 때 언니와 형부가 아기를 점쟁이에게 데려가지나 않을까 걱정했다. 아드리아노 형부는 의사를 별로 믿지 않았다. 형부는 언젠가 좌골 신경통을 앓을 때 기氣 마사지로 치료를 하는 불가리아 사람을 찾아갔다. 그 후 형부는 아버지에게 기 마사지에 대해 어떤 의견을 갖고 있는지, 그리고 그 불가리아인을 아는지 물어보았다. 아버지는 그 불가리아인에 대해 아무것도 몰랐지만 기 마사지 때문에 격노했다. "틀림없이 돌팔이일 거야! 점쟁이겠지!" 그래서 아기가 조금만 열이 나도 걱정했다. "점쟁이에게 아기를 데려가는 건 아닐까?"

아기의 이름은 로베르토였는데 아버지는 아기를 무척 예뻐했다. 아기가 정말 잘생겼다고 생각했고 아기를 바라보다가 웃음을 터뜨렸다. 아기가 올리베티 노인을 꼭 닮았다는 걸 발견했기 때문이다. "올리베티 노인을 보는 것 같군!" 어머니에게도 말했다. "틀림없는 노기사야!" 아버지는 파올라 언니가 이브레아에서 오기만 하면 금방 언니에게 이렇게 말했다.

"로베르토 이야기 좀 해보렴!"

"로베르토는 정말 잘생겼어!" 아버지는 항상 이렇게 말했다. 파올라 언니는 곧 딸을 하나 더 낳았는데 이 아기는 예뻐하지 않았다. 아기를 데려와서 아버지에게 보여드리자 잠깐 한번 보기만 했다. 그리고 이렇게 말했다.

"로베르토가 훨씬 더 잘생겼구나!"

파올라 언니는 기분이 상했고 시무룩해졌다. 그래서 언니가 떠난 뒤 아버지는 어머니에게 말했다.

"파올라가 얼마나 당나귀 같은지 봤지?"

파올라 언니가 결혼하고 처음 얼마 동안 어머니는 집 떠난 언니 생각에 자주 눈물을 흘렸다. 어머니와 파올라 언니는 아주 친했고 늘 많은 이야기를 주고받았다. 어머니는 내게는 아무 말도 하지 않았는데 내가 너무 어리다고 생각해서였다. 그리고 내가 '별로 적극적이지 못하기' 때문이기도 했다.

난 그 무렵 중학교에 들어가서 어머니에게 더 이상 수학을 배우지 않았다. 난 여전히 수학을 못했지만 어머니는 이미 중학교 수학은 다 잊어버려서 나를 도와줄 수가 없었다.

"적극적이지 않아! 말을 하지 않아!" 어머니는 나에 대해 이렇게 말했다. 어머니가 나와 함께 할 수 있는 유일한 일은 나를 영화관에 데려가는 것이었다. 하지만 나는 매일 영화관에 가자는 어머니의 부탁을 항상 들어주지는 않았다.

"우리 여주인이 무슨 일을 할지 모른다니까! 이제 우리 여주인이 뭘 하고 싶어하는지 들어봐야지!"

어머니는 전화로 친구들과 이야기를 하며 이렇게 말하곤 했다. 어머니는 나를 항상 '우리 여주인'이라고 불렀다. 실제로 오후를 어떻게 보낼지, 영화관에 어머니와 함께 갈지 안 갈지를 결정하는 것은 나였다.

"지겨워 죽겠어!" 어머니는 말했다. "이제 할 일이 없다니까, 이 집에서는 할 일이 하나도 없어. 다들 떠나버렸어. 지겨워 죽겠어!"

"지겹겠지. 당신은 내면 생활이 없으니까." 아버지가 말했다.

"사랑스러운 마리오!" 어머니가 말했다. "그나마 다행이에요, 오늘이 토요일이니까. 우리 마리오가 올 거예요!"

사실 마리오 오빠는 거의 매주 토요일마다 집에 왔다. 페라리 씨가 자던 방에서, 침대 위에 짐 가방을 열어놓고 세심한 주의를 기울여 실크 파자마, 오빠가 쓰는 비누, 모로코 가죽으로 만든 슬리퍼를 꺼내놓았다. 오빠는 항상 새롭고 아름답고 우아한 물건들, 영국산 옷감으로 만든 옷들을 가지고 있었다. "순모 같은 리디아." 그 옷감들을 만져보면서 어머니는 말했다. "그래, 너도 네 물건을 갖게 되었구나." 어머니는 드루실라 이모의 말투를 흉내 냈다.

마리오 오빠는 잠시 동안 응접실에 앉아 나와 어머니와 이야기를 나누고 턱을 쓰다듬으면서 여전히 '일 바코 넬 갈로 델 말로'라고 했다. 그러고는 금방 전화기로 가서 낮은 목소리로 이상한 약속들을 정하곤 했다. "다녀올게요, 엄마." 현관에서 오빠가 말했다. 그리고 우리는 오빠를 저녁식사 시간까지 볼 수 없었다.

마리오 오빠는 아주 가끔 친구들을 집에 데려왔다. 그런데 응접실로 들어가지 않고 친구들과 함께 자기 방에 틀어박혔다. 오빠의 친구들은 결연하고 늘 바빠 보이는 분위기를 가진 사람들이었다. 마리오 오빠 역시 이젠 항상 바쁘고 결연해 보였다. 사업 면에서 경력을 쌓는 일만 생각해서 그 이외의 것은 전혀 중요하지 않아 보였다. 오빠는 이제 더 이상 테르니 아저씨의 친구가 아니었고 프루스트나 베를렌도 읽지 않았다. 오로지 경제 서적과 재무 관련 서적만 읽었다. 여름에는 비행기나 배로 여행을 하면서 휴가를 보냈다. 이젠 우리와 함께 휴가를 보내러 산에 가지 않았다. 오빠는 자기 생각대로 떠났다. 그래서 가끔씩 아버지는 오빠가 어디에 있는지도 잘 모를 때가 있었다. "마리오가 어디에 있을까?" 마리오 오빠에게서 편지가 오지 않으면 아버지는 이렇게 물어보았다. "아무것도 알 수가 없어, 대체 어떻게 살고 있는지 알 수가 없어! 당나귀 같으니!"

그래도 아버지는 파올라 언니를 통해 마리오 오빠가 스위스에 자주 간다는 사실을 알게 되었다. 하지만 스키를 타러 가는 것은 아니었다. 오빠는 집에서 나간 날부터 단 한 번도 스키화를 신어본 적이 없었다. 스위스에는 빼빼 말라서 35킬로그램도 나가지 않는 오빠의 애인이 살고 있었다. 오빠는 몹시 마르고 아주 우아한 여자를 좋아했다. 파올라 언니의 말에 따르면 그 여자는 하루에 두세 번씩 목욕을 한다고 했다. 게다가 마리오 오빠도 목욕하고 면도하고 라벤더 화장수를 뿌리는 일밖에 하지 않았다. 그리고 오빠는 더럽고 냄새가 날까 봐 항상 신경을 썼다. 오빠는 할머니와 약간 비슷해서 모든 것을 혐오스러워했다. 나탈리나가 오빠에게 커피를 가져다주면 오빠는 커피 잔을 들고 잘 닦였는지 이곳저곳을 꼼꼼하게 살펴보았다.

어머니는 오빠에 대해 가끔씩 이렇게 말했다.

"좋은 처녀와 결혼했으면 좋겠어요!"

그러면 아버지는 벌컥 화를 냈다.

"무슨 결혼이야! 당치도 않아! 난 마리오가 결혼하는 걸 조금도 원치 않아!"

할머니가 돌아가셨다. 우리는 모두 할머니의 장례식에 참석하러 피렌체에 갔다. 할머니는 그곳의 가족 묘지에 묻혔다. 파렌테 할아버지와 '불쌍한 레지나'와 수많은 또 다른 마르게리타와 레지나가 묻힌 곳이었다.

아버지는 이제 할머니에 대해 이야기할 때 '불쌍한 우리 어머니'라고 했고 애정과 연민이 담긴 특별한 억양으로 말했다. 할머니가 살아 계셨을 때 아버지는 할머니를 약간 멍청한 사람 취급을 했다. 게다가 아버지는 할머니에게도 우리를 다루듯 했다. 이제 할머니는 돌아가셨으므로 할머니의 결점들은 순수하고 미숙하고 동정심과 연민을 불러일으킬 만한 것으로 비쳤다.

할머니는 가구를 우리에게 유산으로 남겨주었다. 아버지의 말에 따르면 '큰 가치'가 있는 가구들이었다. 하지만 어머니는 그 가구들을 좋아하지 않았다. 그래도 지노 오빠의 아내인 피에라 역시 그 가구들이 너무 아름답다고 말했다. 어머니는 피에라가 가구를 보는 눈이 있다고 직접 말했고 올케를 신뢰했기 때문에 약간 동요했다. 하지만 어머니는 가구들이 너무 크고 무겁다고 생각했다. 파렌테 할아버지가 인도에서 가져온 안락의자들이 있었는데, 점같이 작은 구멍들이 나 있는 검은 나무 의자의 팔걸이에는 독수리 머리가 새겨져 있었다. 검정과 황금색으로 된 의자들도 있었는데 내 생각으로는 중국산 같았다. 그리고 수많은 장식품과 도자기들이 있었다. 먼 옛날 우리의 사촌인 도르미처 가문에서 쓰던 것으로 문장이 새겨진 은제품들과 접시들도 있었다. 그 사촌들은 프란체스코 주세페에게 돈을 주고 남작이 되었다. 어머니는 알베르토 오빠가 방학 때 집에 오면 전당포에 무엇인가를 가져갈까 봐 걱정했다. 그래서 열쇠로 잠글 수 있는 유리로 된 작은 장을 맞추고서는 거기에 작은 도자기들을 전부 넣어두었다. 하지만 할머니의 가구들은 우리 집에 맞지 않고 공간을 너무 많이 차지하는 데다가 모양도 전혀 나지 않는다고 말했다.

그래서 아버지는 이사를 가기로 결정했다. 우리는 레움베르토 대로 쪽으로 이사 갔다. 나지막하고 낡은 그 집은 거리의 가로수 길을 마주하고 있었다. 우리는 아파트의 일층에서 살았다. 어머니는 다시 일층에 살게 되어 아주 좋아했다. 길과 더 가까워진 기분이었고 계단을 이용하지 않고도 자유롭게 출입할 수 있었으니까. "모자를 안 쓰고도 밖에 나갈 수 있어." 어머니는 이렇게 말했다. 어머니의 꿈은 '모자를 쓰지 않고 외출하는 것'이었는데 아버지는 어머니에게 그 일을 금지했다. "팔레르모에서는 항상 모자를 쓰지 않고 외출했었잖아요!" 어머니가 항변했다. "팔레르모, 팔레르모! 팔레르모에서 산 건 15년 전이야! 프란체스를 좀 봐! 프란체스는 모자를 쓰지 않고는 절대 집 밖으로 나가지 않아!"

알베르토 오빠는 기숙학교를 그만두고 대학 입학 자격시험을 보기 위해 토리노에 왔다. 오빠는 시험을 아주 잘 봐서 좋은 점수로 합격했다. 우리 집 식구들은 모두 깜짝 놀랐다. "봐요, 내가 말한 대로

죠, 베피노." 어머니가 말했다. "그 애가 하고 싶으면 언제든지 공부한다는 걸 이제 알았죠!"

"그럼 지금은? 지금은 무엇 때문에 공부를 하게 된 거야?" 아버지가 물었다.

"그런데 당신들이 알베르토에게 해준 게 뭐 있어요?"

어머니는 드루실라 이모를 흉내 내서 이렇게 말했는데 드루실라 이모는 어머니에게 항상 이 말을 했다. 드루실라 이모에게도 공부 안 하는 아들이 하나 있었다. 그래서 이번에는 어머니가 이모에게 이렇게 말했다.

"그런데 너희들이 안드레아에게 해준 게 뭐 있니?"

이런 말도 드루실라 이모가 한 말이었다. "너도 네 물건을 갖게 되었구나!"

이모는 어느 해 여름휴가 때 우리와 함께 산으로 가서 우리 옆집을 세 얻어 지냈다. 그때 우리 어머니에게 아들의 옷을 보여주면서 이렇게 말했다. "봐, 안드레아도 자기 물건을 갖게 됐어." 드루실라 이모는 산에 도착하자마자 우유를 파는 외양간으로 가서 이렇게 말했다. "난 돈을 조금 더 지불할 용의가 있어요. 그러니까 다른 사람들보다 조금 일찍 내게 우유를 갖다주세요." 결국 이모나 우리에게 우유는 똑같이 배달되었지만 우유 값은 이모가 약간 더 지불했다.

"그런데 당신들이 알베르토에게 해준 게 뭐 있어요?" 어머니는 여름 내내 그 말을 되풀이했다. 그해 드루실라 이모는 우리와 함께 산에서 지내지 않았는데 그때는 이미 우리와 함께 산에 가던 일을 잊은 지 오래였다. 하지만 어머니의 귀에는 이모의 목소리가 메아리쳐 들려왔다. 무슨 전공을 택할 거냐는 질문에 알베르토 오빠는 의학을 공부하고 싶다고 말했다.

오빠는 무관심과 체념이 뒤섞인 분위기로 어깨를 으쓱하면서 그렇게 대답했다. 알베르토는 금발에 키가 크고 마른 데다가 코가 긴 청년이었다. 오빠는 여자들에게 인기가 많았다. 어머니는 전당포 영수증들을 찾으려고 서랍을 뒤지다가 소녀들의 편지와 사진 뭉치를 발견하곤 했다.

오빠는 페스텔리를 만나지 않았는데 그는 벌써 결혼을 한 상태였다. 파에타는 소년원에서 나와 다시 체포되었다가 특별 법정에서 재판을 받고 치비타베키아 교도소에 수감되었기 때문에 더 이상 만날 수 없었다. 이제는 비토리오*라는 친구가 하나 있었다.

"그 비토리오는," 어머니가 이렇게 말했다. "아주 똑똑하고 학구적이에요! 집안도 부유해요! 알베르토 그 애는 게으름뱅이지만 친구들은 항상 잘 사귄다니까요!"

알베르토 오빠는, 어머니 언어식으로 표현하자면, '불한당'에다 '게으름뱅이' 같은 존재로 사는 걸 중단하지 않았다. 난 그 말이 무얼 의미하는지 잘 알 수가 없었다. 오빠가 대학 입학 자격시험에 통과했을 때에도 아버지는 그렇게 말했다.

"악당! 사기꾼!"

아버지는 알베르토 오빠가 한밤중에 집에 들어올 때면 이렇게 고함을 쳤다. 사실 고함을 치는 게 버릇이 돼서 오빠가 어쩌다 일찍

* 비토리오 포아(1910~2008). 정치인, 기자, 저술가. 반파시스트 운동 이후 행동당, 이탈리아 사회당, 이탈리아 공산당 등의 국회의원으로 활동했고 많은 정치 서적을 저술했다. 2003년에는 나탈리아 긴츠부르그의 아들 카를로 긴츠부르그와 『대화』를 공동으로 출간했다.

들어오는 날에도 고함을 칠 정도였다. "그런데 대체 이 시간까지 어딜 돌아다닌 거야?" "잠깐 친구를 바래다주고 왔어요." 알베르토 오빠는 언제나 상쾌하고 유쾌하고 가벼운 목소리로 대답했다.

알베르토는 양재사들을 쫓아다녔다. 하지만 좋은 가문 출신의 여자를 쫓아다니기도 했다. 오빠는 여자라면 모두 쫓아다녔고 어떤 여자든 다 좋아했다. 그리고 오빠가 유쾌하고 친절한 성격에다 유쾌하고 친절하게 구애를 했기 때문에 여자들도 오빠를 싫어하지 않았다. 오빠는 의과대학에 입학했다. 그래서 아버지는 해부학 강의실에서 오빠를 대하게 되었다. 아버지는 오빠를 강의실에서 만난다는 걸 조금도 달가워하지 않았다. 한번은 강의실을 어둡게 하고 아버지가 슬라이드를 돌리다가 어둠 속에서 빛나는 담뱃불을 발견했다.

"누가 담배를 피우나?" 아버지가 호통을 쳤다. "어느 개자식이 담배를 피우는 거야?"

"저예요, 아빠." 오빠가 익히 알려진 경쾌한 목소리로 대답하자 모두들 폭소를 터뜨렸다.

알베르토 오빠가 시험을 치는 날 아버지는 아침부터 기분이 몹시 언짢았다. "날 망신주고 말 거야! 그 녀석 공부 한 자 안 했잖아!" 아버지가 어머니에게 말했다. "기다려봐요, 베피노!" 어머니가 대답했다. "기다려보자고요! 아직 잘 모르잖아요."

"30점 만점을 받았어요." 어머니가 아버지에게 말했다. "30점?" 아버지가 화를 냈다.

"30점이라! 그 애가 내 아들이어서 교수들이 그런 점수를 준 거야. 내 아들이 아니었으면 낙제를 시키고 말았을걸!"

아버지는 이전보다 더 화를 냈다.

알베르토 오빠는 얼마 뒤에 아주 훌륭한 의사가 되었다. 아버지는 그 사실을 절대 믿으려 하지 않았다. 어머니나 우리 형제 중 누군가가 몸이 좋지 않아 알베르토 오빠에게 진찰을 받고 싶다고 하면 아버지는 예의 그 천둥 치는 듯한 웃음을 터뜨렸다.

"무슨 알베르토야! 알베르토가 대체 뭘 안다고!"

알베르토 오빠와 그의 친구 비토리오는 레움베르토 대로를 산책하곤 했다.

비토리오는 검은 머리에 각이 진 어깨, 긴 턱이 툭 튀어나온 청년이었다. 알베르토 오빠는 금발에 긴 코, 안쪽으로 들어간 짧은 턱을 가지고 있었다. 알베르토 오빠와 비토리오는 여자들 이야기를 했다. 그렇지만 비토리오가 반파시스트였기 때문에 정치 이야기도 나누었다. 알베르토 오빠는 정치에는 전혀 관심이 없었다. 오빠는 신문을 읽지 않았고 의견도 없었고, 그때까지도 가끔씩 마리오 오빠와 아버지 사이에 폭발하던 토론에 끼어드는 일도 절대 없었다. 하지만 반파시스트 모의를 하는 사람에게는 매료되어 있었다. 파예타와 친구로 지내던 시절부터, 오빠와 파예타가 반바지를 입던 소년 시절부터 알베르토 오빠는 비록 참여하지는 않았지만 반파시즘 투쟁가에게 매력을 느꼈다. 투쟁가의 친구가 되고 그 사람의 신뢰를 얻는 걸 좋아했다.

아버지는 거리에서 오빠와 비토리오를 만나면 무뚝뚝하게 목례하는 시늉만 했다. 먼 발치에서 봐도, 두 사람 중 하나는 투쟁가이고 또 하나는 그 투쟁가가 신뢰하는 사람일 수도 있다는 생각은 아버지의 머릿속을 스쳐지나가지 않았다. 게다가 아버지와 자주 마주치던 알베르토 오빠의 친구들은 회의적인 경멸감만을 아버지에게 불어넣었다. 아버지는 이탈리아에 아직도 투쟁가가 존재할 거라고 생각하지 않았다. 그리고 자신은 이탈리아에 남아 있는 몇 안 되는 반파시스트 중의 한 사람이라고 생각했다. 몇 안 되는 다른 반파시스트는 파올라 카라라 아주머니, 그러니까 우리 어머니처럼 쿨리쇼프의 친구였던 어머니의 친구 집에서 만나던 사람들이었다. "오늘 밤에는 카라라네 집에 가도록 하지, 살바토렐리*가 올 거야." 아버지가 어머니에게 알렸다. "멋져요!" 어머니가 말했다. "살바토렐리가 무슨 말을 할지 정말 궁금해요!"

인형들이 빼곡한 파올라 카라라 아주머니의 작은 응접실에서 살바토렐리와 함께 저녁을 보낸 뒤, 부모님은 다시 기운을 찾는 것 같았다. 아주머니는 자신이 맡고 있는 자선 단체의 사업을 위해 인형을 만들었다. 사실 새로운 이야기는 하나도 없었다. 부모님의 친구들 대부분이 파시스트가 됐다. 그렇지 않다 해도 우리 부모님이 좋아하듯, 그렇게 공개적으로 분명히 자신들이 반파시스트임을 밝히는 사람은 없었다. 그래서 시간이 지나면 지날수록 부모님은 더욱더 외로움을 느꼈다.

살바토렐리, 카라라 아주머니 부부, 올리베티 기사는 아버지가 보기에 세상에 얼마 남지 않은 반파시스트였다. 그분들은 아버지와 함께 투라티 시절의 기억과 이 땅에서 사라져버린 또 다른 생활 풍

* 루이지 살바토렐리(1886~1974). 역사학자이며 저널리스트. 토리노에서 발행되는 『스탐파』의 편집장을 지냈다. 반파시스트로서 행동당을 만들었다.

속을 간직한 사람들이었다. 아버지에게 이런 분들과의 만남은 신선한 공기를 호흡하는 것과 같았다. 그리고 시대는 다르지만 파시즘에 반대하다 몇 년 전 감옥에 갇힌 빈치게라, 바우에르와 로시 같은 분들이 있었다. 아버지는 그분들이 결코 감옥에서 나올 수 없으리라 생각했기에 존경하는 마음으로 그분들을 떠올리며 비관주의에 빠져들었다. 한편 반파시스트로서 공산주의자들이 있었지만 아버지가 아는 공산주의자라고는 파예타 한 사람뿐이었다. 아버지의 기억 속에 파예타는 반바지를 입은 소년으로 새겨져 있고 알베르토 오빠의 비행들과 결부된 보잘것없고 무모한 모험가로만 비쳤다. 뿐만 아니라 그 당시 아버지는 공산주의에 대해 정확한 의견을 갖고 있지 않았다. 젊은 세대의 새로운 투쟁가라는 생각은 하지 않았다. 설사 그들이 새로운 투쟁가가 될 수도 있다는 상상을 했더라도 아버지는 그들을 미치광이로 보았을 터였다. 아버지의 생각에 따르면 파시즘에 대항할 만한 것은 아무것도, 분명 아무것도 없었다.

어머니의 경우 낙천적인 성격 탓에 갑작스럽게 국면이 바뀌길 기대했다. 누군가가 어느 날 어떤 식으로든 무솔리니를 '때려눕히길' 기대했다. 어머니는 아침에 이렇게 말하면서 외출했다. "파시즘이 아직도 걸어다니는지 보러 가는 거예요. 사람들이 무솔리니를 때려눕혔는지 가서 보고 올게요." 어머니는 상점에서 은밀히 오가는 이야기와 소문을 모아서 거기에서 위안을 얻을 만한 징후를 끌어냈다. 그리고 식사 때 아버지에게 이렇게 말했다. "엄청난 불만의 소리들이 떠돌고 있어요. 사람들이 이제 더는 참을 수가 없대요." "누가 당신에게 그런 말을 했는데?" 아버지가 고함쳤다. "내 단골 채소 장수가 그랬어요." 아버지는 경멸적으로 콧방귀를 뀌었다.

파올라 카라라 아주머니는 매주 『주르날 데 제네브』(아주머니는 그렇게 프랑스어를 발음했다)를 받아 보았다. 아주머니의 동생인 지나와 동생의 남편인 굴리엘모 페레로가 정치적인 이유로 제네바에 가서 살고 있었다. 파올라 카라라 아주머니도 가끔씩 제네바로 여행을 갔다. 하지만 때때로 여권을 빼앗겨서 지나 아주머니네 집에 갈 수가 없었다. "내 여권을, 그놈들이 내 여권을 빼앗아가버렸어! 난 지나에게 갈 수가 없어!" 그 후에 아주머니는 여권을 돌려받아 제네바로 떠났다. 그리고 몇 달 후 희망을 가득 안고 확실한 소식을 잔뜩 가지고 돌아왔다. "들어봐, 굴리엘모가 내게 뭐라고 했는지 한번 들어봐! 지나가 뭐라고 했는지 알아?" 어머니는 당신의 낙관주의를 북돋우고 싶으면 파올라 카라라 아주머니네 집에 갔다. 하지만 때로는 작은 구슬과 엽서와 인형으로 가득 찬 어두컴컴한 비좁은 응접실에서 몹시 화가 나 있는 아주머니를 만나기도 했다. 아주머니는 여권을 빼앗겼거나 『주르날 데 제네브』가 도착하지 않아서 화가 나 있었는데 국경에서 신문을 압수해버렸을 거라고 생각했다.

마리오 오빠는 제네바의 직장을 그만두고 아드리아노 형부의 동의를 얻어 올리베티 사에 채용되었다. 아버지는 결국은 만족해했지만 처음에는 화를 냈다. 혹시 오빠에게 특별한 능력이 있어서가 아니라 아드리아노의 처남이라는 이유로 채용되었을지도 모른다는 걱정 때문이었다.

파올라 언니는 이제 밀라노에 살았다. 언니는 운전을 배워 토리노와 밀라노와 이브레아를 오갔다. 아버지는 언니가 한곳에 머물러 있지 않는 것을 알고는 비난을 했다. 게다가 올리베티가家의 사람들은 모두 한곳에 머물러 있지 못했고 항상 자동차를 타고 다녔다. 그래서 아버지는 비난을 했다.

마리오는 이브레아에 가서 살게 되었다. 거기서 방을 얻었고 공장의 문제들을 의논하면서 지노와 저녁을 보냈다. 마리오는 지노와 언제나 냉담한 관계를 유지하고 있었다. 하지만 이 무렵에는 아주 사이좋게 지냈다. 그래도 마리오는 이브레아에서 권태로워 죽을 지경이었다.

마리오 오빠는 여름에 파리로 여행을 갔다. 로셀리를 만나러 가서 그에게 '정의와 자유' 그룹과 연결해달라고 부탁했다. 오빠는 갑자기 투쟁가가 되기로 결심했다.

오빠는 토요일이면 토리노에 왔다. 옷장에 자기 옷을 걸어놓고 서랍에 실크 파자마와 셔츠들을 넣어둘 때의 모습은 옛날과 변함없이 신비하고 세심했다. 집에 가만히 있는 경우는 거의 없었고 결연하고 바쁜 분위기로 비옷을 입고 외출했는데 우리는 오빠가 뭘 하고 다니는지 전혀 알지 못했다.

아버지는 어느 날 레움베르토 대로에서 아버지와 안면이 있는 긴츠부르그라는 사람과 함께 있는 오빠를 만났다. "그 긴츠부르그가 마리오에게 무슨 볼일이 있는 걸까?" 어머니에게 이렇게 말했다. 어머니는 얼마 전부터 '무료함을 달래려고' 러시아어를 배우기 시작했다. 그리고 프란체스 아주머니와 함께 긴츠부르그의 누나에게 수업을 받았다. "그 사람은," 어머니가 말했다. "아주 교양 있고 지적인 사람이에요. 러시아어 번역을 했는데 정말 멋졌어요." "그런데 너무 못생겼어. 유대인들이 못생겼다는 것은 세상이 다 아는 사실이지."

아버지가 말했다. "그럼 당신은요? 당신은 유대인 아니에요?" 어머니가 물었다.

"사실 나도 못생겼잖아." 아버지가 대답했다.

알베르토 오빠와 마리오 오빠는 언제나 사이가 냉랭했다. 그들은 이제 옛날처럼 격렬하고 야만적인 싸움을 벌이지는 않았다. 하지만 말 한마디 나누지 않았다. 복도에서 마주쳐도 인사도 하지 않았다. 마리오에게 알베르토 이야기를 하면 멸시하는 듯이 오빠의 입술이 일그러졌다. 하지만 이제 마리오는 알베르토의 친구인 비토리오를 알게 되었다. 그래서 거리에서 마리오와 알베르도가 긴츠부르그와 비토리오를 만나 얼굴을 마주하는 일이 벌어졌다. 긴츠부르그와 비토리오도 서로 잘 알고 지내는 사이였다. 마리오가 긴츠부르그와 비토리오 두 사람에게 우리 집에 와서 차를 마시라고 초대하기도 했다.

그들이 집에 차를 마시러 오는 날 어머니는 아주 흡족해했다. 알베르토와 마리오가 함께 있는 모습을 볼 수 있었고 오빠들의 친구를 만날 수 있었기 때문이다. 덕분에 어머니는 마치 지노 오빠의 친구들이 찾아와 항상 집 안에 사람들이 북적거리던 파스트렌고가의 시절로 돌아간 기분이었다.

어머니는 러시아어 수업 이외에도 피아노 교습을 받았다. 어머니와 마찬가지로 나이가 들어 피아노를 배우기 시작한 도나티라는 부인이 소개해준 선생님에게 교습을 받았다. 도나티 부인은 키와 덩치가 크고 머리가 하얗게 센 아름다운 부인이었다. 도나티 부인은 카소라티의 화실에서 그림 공부도 했다. 부인은 피아노보다는 그림 그리는 것을 더 좋아했다. 부인은 그림, 카소라티, 그의 화실, 카소라티의 아내와 아이들 그리고 종종 식사 초대를 받는 카소라티의 집을 우상시했다. 그녀는 우리 어머니를 설득해서 카소라티의 수업을 받게 하고 싶어했다. 하지만 어머니는 그 의견을 따르지 않았다. 도나티 부인은 매일 어머니에게 전화해서 그림 그리기가 얼마나 재미있는지 이야기했다. "그런데 자기, 색감은 있는 것 같아?" 도나티 부인이 어머니에게 물었다. "그럼." 어머니가 대답했다. "색감은 있는 것 같아." "그러면 부피감은 느낄 수 있어?" "아니 부피감은 잘 모르겠어." 어머니가 대답했다. "부피감을 못 느낀다고?" "응." "그런데 무슨 색감이야! 무슨 색감이 있다는 거야!"

어머니는 이제 집에 돈이 풍족해지자 옷을 많이 해 입었다. 피아노와 러시아어 이외에 어머니가 지속적으로 몰두한 일은 바로 옷을 맞추는 일이었다. 결국은 그것도 '무료함을 달래려고' 하는 일이었다. 어머니는 프란체스 아주머니나 파올라 카라라 아주머니처럼 집에서 입던 옷을 입고도 갈 수 있는 지인들의 집을 제외하고 그 어떤 집도 방문하고 싶어하지 않았기 때문에 그 옷들을 입을 기회도 거의 없었다. 어머니는 벨롬 씨에게 옷을 맞춰 입었다. 벨롬 씨는 늙은 양재사로서 젊은 시절, 피사에서 우리 할머니가 남편감을 찾고 있었지만 '비르지니아의 찌꺼기'는 싫다고 하던 그때 할머니에게 구혼했던 사람이었다. 어머니는 벨롬 씨에게 가지 않을 경우에는 테르실라라는 양재사를 집으로 불러 옷을 맞췄다. 옛날에 사라져버린 리나는 이제 우리 집에 오지 않았다. 하지만 아버지는 복도에서 테르실라와 마주치면 옛날에 리나를 보았을 때와 마찬가지로 화를 냈다. 테르실라는 리나보다 훨씬 용기가 있어서 허리에 가위를 매단 채, 피에몬테 출신답게 작고 장밋빛 나는 얼굴에 교양 있는 미소를 지으며 아버지에게 인사를 하고 그 곁을 지나갔다. 아버지는 그녀에게 차갑게 목례하는 시늉만 했다.

"테르실라가 왔군! 그런데 어떻게 테르실라가 오늘도 온 거지?" 아버지가 잠시 후 어머니에게 고함을 쳤다.

"낡은 겨울 외투를 뒤집어서 다시 만들어주러 왔어요. 벨롬 씨가 만든 외투 말이에요." 어머니가 대답했다. 아버지는 벨롬이라는 이름이 나오면 안심을 하고 아무 말도 하지 않았다. 아버지가 할머니의 옛 구혼자였던 벨롬 씨를 존경했기 때문이다. 하지만 벨롬 씨가 토리노에서 비싸기로 유명한 양재사 가운데 하나라는 사실은 몰랐다.

어머니는 벨롬 씨와 테르실라 사이를 왔다 갔다 하면서 한 번은 벨롬 씨에게, 한 번은 테르실라에게 옷을 맞추었다. 벨롬 씨에게 맞춘 옷을 찾고 보면 재단이 제대로 되지 않은 데다가 '어깨선이 제대로 살지 않은' 게 발견되곤 했다. 그러면 테르실라를 불러 옷을 다 뜯어서 처음부터 다시 만들게 했다. "다시는 벨롬 씨에게 가지 말아야겠어! 전부 다 테르실라에게 맞춰야지!" 실밥을 뜯고 다시 만든 옷을 입고 거울을 보면서 어머니는 이렇게 단언했다. 하지만 어머니에게 어울리는 옷은 단 하나도 없었고 언제나 어머니가 보기에는 '결점이 있었다.' 결국 그 옷들을 나탈리나에게 선물했다. 이제 나탈리나도 옷이 아주 많았다. 일요일이면 나탈리나는 벨롬 씨가 만든 긴 코트를 입고 외출했다. 그 코트는 검은색에 완전히 단추를 잠그게 되어 있어 나탈리나는 마치 본당 신부같이 보였다.

파올라 언니 역시 옷을 자주 맞췄다. 하지만 언제나 옷에 관해 어머니와 말다툼을 했다. 언니는 어머니가 옷을 잘못 맞춰 입고 있으며 죄다 똑같은 모양이라고 말했다. 그리고 테르실라는 수백 번씩, 구역질이 날 정도로 벨롬 씨의 옷을 본떠서 만든다고 말했다. 하지만 어머니는 그래도 좋았다. 어머니는 우리가 어릴 때 언제나 모두 똑같은 모양의 스목*을 여러 개 맞추어주었는데 이제 똑같은 모양의 스목을 입던 우리처럼 어머니도 여름이나 겨울이나 여러 개의 스목을 갖고 싶다고 말했다. 파올라 언니는 옷을 스목으로 받아들이는 어머니의 이런 생각을 전혀 납득할 수가 없었다.

파올라 언니가 새 옷을 입고 밀라노에서 오면 어머니는 언니를 포옹하고는 이렇게 말했다. "난 우리 자식들이 새 옷을 입으면 훨씬 더 사랑스러워." 그리고 금방 어머니도 새 옷을 해 입고 싶은 생각이 들었다. 하지만 파올라 언니 옷과 똑같은 옷은 아니었다. 파올라 언니의 옷들은 어머니에게 너무 복잡해 보였다. 어머니는 '훨씬 더 스목 같은 스타일'로 옷을 맞추었다. 내가 새 옷을 입을 때도 똑같은 일이 벌어졌다. 내 옷을 맞추어주면서 어머니는 갑자기 당신도 옷을 한 벌 해 입어야겠다고 생각했다. 하지만 나와 언니가 어머니는 옷이 너무 많다고 말하곤 해서, 내게 그 사실을 숨겼고 파올라 언니에게도 말하지 않았다. 어머니는 옷장 속에 새 옷감을 잘 개켜서 넣어두었다. 어느 날 아침 우리는 그 새 옷감이 테르실라의 손에 들려 있는 것을 발견했다.

어머니는 테르실라를 집으로 부르는 걸 좋아했는데 어머니가 테르실라와 같이 어울리기를 즐겨서였다. "리디아! 리디아! 어디 있나?" 아버지가 집으로 들어오면서 고함을 쳤다. 어머니는 다림질 방에서 나탈리나와 테르실라하고 이야기를 나누는 중이었다.

* 의복 위에 입는 사무용, 노동용, 작업용 덧옷. 여성이나 화가의 작업복, 어린이의 놀이옷 등으로 주로 의복의 오염을 방지하기 위해 입는다.

"당신은 항상 일하는 사람들과 지내는구먼!" 아버지가 호통을 쳤다. "오늘도 테르실라가 왔어?"

"마리오가 대체 그 러시아인과 매일 뭘 하는 거지?" 가끔씩 아버지는 이렇게 말했다.

"떠오르는 샛별이군." 아버지는 거리에서 긴츠부르그와 함께 있는 마리오 오빠를 보면 이렇게 말했다. 그렇지만 아버지는 이제 훨씬 더 좋은 시선으로 긴츠부르그를 바라보았다. 한번은 그가 파올라 카라라 아주머니네 응접실에서 살바토렐리와 함께 있는 것을 보기도 해서 그를 크게 의심하지 않았다. 하지만 마리오 오빠가 긴츠부르그와 함께 할 수 있는 일이 무언지 이해할 수가 없었다. "긴츠부르그와 대체 뭘 하는 걸까? 대체 무슨 소리들을 해대는 걸까?" 아버지가 말했다.

"못생겼어."

아버지는 긴츠부르그에 관해 말하면서 어머니에게 이렇게 이야기했다. "그 사람은 에스파냐계 유대인이고 난 중부 유럽계 유대인이어서 그런 거야. 그래서 내가 그 사람보다 생긴 게 약간 나은 거지."

아버지는 언제나 중부 유럽계 유대인들에 대해 아주 호의적으로 말했다. 그런데 아드리아노 형부는 일반적으로 혼혈인에 대해 좋게 말했다. 훌륭한 사람들 중에는 혼혈인이 많다고 말했다. 형부가 아주 좋아하는 혼혈인들은 대개 형부처럼 유대인 아버지에 신교도 어머니를 두고 있었다.

그때 우리 집에서는 이런 게임을 했다. 파올라 언니가 고안해낸 게임으로 특히 마리오 오빠와 언니가 즐겨했고 가끔씩 어머니도 함께했다. 사람들을 광물성, 동물성, 식물성으로 나누는 게임이었다.

아드리아노 형부는 광-식물성이었다. 파올라 언니는 동-식물성이었다. 지노 오빠는 광-동물성이었다. 오래전부터 만나지 못했지만 라세티는 순수한 광물성이었다. 프란체스 아주머니도 마찬가지였다.

아버지는 동-식물성이었고 어머니도 마찬가지였다.

"허튼소리!" 아버지는 몇 마디를 얼핏 듣다가 이렇게 말했다. "너희들은 어찌 그리 매일 그런 허튼소리만 하는 거냐!"

순수한 식물성은 세상에 얼마 존재하지 않는 순수한 몽상가들이었다. 어쩌면 몇몇 위대한 시인들만이 순수한 식물성일지도 모른다. 찾아보기는 했지만 우리가 아는 사람 중에는 순수한 식물성이 단 한 명도 없었다.

파올라 언니는 이 놀이를 고안해낸 사람은 바로 자기라고 말했지만, 후에 어떤 사람이 이미 단테가 『속어론』에서 이런 종류의 분류를 했다고 언니에게 말해주었다. 그게 진짜인지는 나도 모른다.

알베르토 오빠는 입대를 해서 쿠네오로 갔다. 벌써 병역의 의무를 마친 비토리오는 이제 혼자서 거리를 산책했다.

아버지는 집에 돌아오면 러시아어 읽기에 완전히 빠져 있는 어머니를 발견했다. "쳇, 이 러시아어." 아버지가 말했다. 어머니는 식탁에 앉아 러시아어를 한 자 한 자 읽었고 배운 시를 암송했다. "그놈의 러시아어는 이제 됐어!" 아버지가 호통을 쳤다. "하지만 난 너무 좋아요, 베피노!" 어머니가 말했다. "너무 아름다워요! 프란체스도 공부하는걸요!"

마리오 오빠는 거의 매주 토요일마다 이브레아에서 집으로 왔는데 어느 토요일엔가 오지 않았다. 일요일에도 모습을 보이지 않았다. 하지만 전에도 그런 적이 있었기에 어머니는 그다지 걱정하지 않았다. 아마 스위스의 빼빼 마른 애인을 만나러 갔을 거라고 생각했다.

월요일 아침 지노 오빠와 피에라 올케가 집에 와서 마리오 오빠가 스위스 국경에서 친구와 함께 체포되었다고 알려주었다. 체포된 장소는 트레사 다리였다. 이 사실을 아는 사람은 아무도 없었다. 지노 오빠는 루가노에 있는 올리베티 지사의 어떤 사람에게 이 소식을 듣게 되었다.

아버지는 그날 토리노에 없었고 그다음 날 아침이 되어서야 돌아왔다. 시간적 여유가 없어 어머니는 겨우 아버지에게 간단히 상황을 얘기했다. 금방 형사들이 잔뜩 들이닥쳐 집 안 곳곳을 수색했기 때문이다.

형사들은 아무것도 찾아내지 못했다. 우리는 그 전날 지노 오빠와 함께 태워버릴 게 없는지 마리오 오빠의 서랍들을 다 뒤져보았다. 하지만 드루실라 이모가 말했듯이 '그의 물건'인 오빠의 셔츠를 빼고는 아무것도 발견되지 않았다.

형사들은 떠났고 아버지에게 확인할 게 있으니 경찰서로 따라오라고 말했다. 아버지는 밤이 되어서도 집에 돌아오지 않았다. 우리는 아버지가 감옥에 갇힌 것을 알게 되었다.

이브레아로 돌아간 지노 오빠도 그곳에서 체포되어 나중에 토리노의 감옥으로 이송되었다.

그 후 아드리아노 형부가 와서 이런 소식을 전해주었다. 트레사 다리에서 담배 수색을 하던 세관원들이 친구와 함께 자동차를 타고 그곳을 지나가던 마리오를 멈춰 세웠다. 세관원들은 오빠가 탄 자동차를 수색했다. 그리고 거기에서 반파시스트 책자들이 나왔다. 세관원들은 경찰의 임무를 함께 수행하던 중이었는데, 마리오와 오빠의 친구를 차에서 내리게 했다. 그들은 강을 따라 걷게 되었다. 마리오는 갑자기 경찰의 손을 뿌리치고 옷을 입은 채로 강물로 뛰어들었다. 그리고 스위스 국경을 향해 헤엄쳤다. 마침내 스위스 수비대들이 배를 타고 오빠에게로 왔다. 지금 마리오 오빠는 스위스에 무사히 있었다.

아드리아노는 투라티가 도주할 때와 같이, 위험스러운 상황에 처할 때면 나타나는 행복하면서도 놀란 듯한 그 표정을 짓고 있었다. 그리고 자동차에 올라타서 어머니의 명령대로 운전을 했지만 어디로 가야 할지 몰랐기 때문에 어쩌지도 못했다.

어머니는 매 순간 손을 모아쥐고 행복감과 감탄과 놀라움이 뒤섞인 목소리로 말했다

"물속에, 외투를 입은 채!"

마리오와 함께 트레사 다리에 있었고 자동차를 운전하던 그 친

구는 시온 세그레였다. 마리오는 자동차도 없었고 운전도 할 줄 몰랐다. 시온 세그레는 알베르토 오빠, 비토리오와 함께 가끔 우리 집에 왔었다. 그는 금발의 청년으로 언제나 약간 구부정했고 온화하고 활기 없는 분위기였다. 그는 알베르토와 비토리오의 친구였는데 마리오와도 알고 지낸다는 사실은 몰랐다. 하지만 자동차로 밀라노에서 달려온 파올라 언니는 그를 안다고 우리에게 말했다. 마리오는 언니를 신뢰했다. 마리오는 소책자를 가지고 이탈리아와 스위스를 오가는 여행을 이 세그레라는 친구와 함께 이미 여러 번 했었는데 항상 순조로웠다. 그래서 오빠는 차츰 더 대담해져서 책자와 신문을 자동차에 가득 실었고 신중해야 한다는 규칙을 완전히 무시하게 되었다. 오빠가 강물에 뛰어들었을 때 세관원 하나가 권총을 꺼냈다. 하지만 다른 세관원은 권총을 쏘지 말라고 소리쳤다. 마리오는 그렇게 고함친 세관원 덕택에 목숨을 구할 수 있었다. 강물은 아주 거칠었지만 오빠는 수영을 잘했다. 차가운 물에도 익숙했는데 사실 어머니가 기억하기에, 오빠는 배를 타고 여행을 할 때 한번은 배의 요리사와 함께 북해에서 수영을 하기도 했다. 행인들이 다리에서 그 모습을 바라보다가 박수를 쳤다. 뿐만 아니라 마리오 오빠가 이탈리아인이라는 걸 알고는 다 함께 고함치기 시작했다. "무솔리니 만세!"

그렇지만 오빠는 그 트레사 강에서 거치적거리는 그 옷 때문에, 아니 어쩌면 평정심을 잃어서일 수도 있는데, 마지막 순간에 거의 힘이 빠지고 말았다. 바로 그때 스위스 수비대가 오빠 쪽으로 배를 보냈다.

어머니는 손을 모아쥐면서 말했다.

"스위스에 있다는 여자친구가 그렇게 말랐다는데 먹을 거나 제대로 챙겨줄까?”

시온 세그레는 토리노의 감옥에 수감되었다. 곧이어 그의 형제도 체포되었다. 토리노에서 마리오와 관련된 많은 사람들과 긴츠부르그가 체포되었다.

비토리오는 체포되지 않았다. 그는 체포된 사람들을 자주 만났기 때문에 몹시 충격을 받았다고 어머니에게 말했다. 턱이 툭 튀어나온 그의 얼굴은 파랗게 질렸고 긴장을 해서 어찌할 바를 몰랐다. 며칠 휴가를 내어 집에 온 알베르토 오빠와 비토리오는 레움베르토 대로를 왔다 갔다 했다.

어머니는 감옥에 있는 아버지에게 어떻게 속옷들과 먹을 것을 전해주어야 하는지 전혀 몰랐다. 그리고 무슨 소식이라도 들으려고 안절부절못했다. 내게 전화번호부 책에서 세그레 부모님의 전화번호를 찾아보라고 했지만 세그레는 고아여서 함께 체포된 그 형제 말고는 아무도 없었다. 어머니는 그 세그레 형제가 피티그릴리*의 사촌이라는 걸 알고 있었다. 그래서 내게 피티그릴리에게 전화를 걸어 어떻게 할 건지, 그리고 감옥에 있는 사촌들에게 속옷과 책을 가져다줄 수 있는지 물어보라고 했다. 피티그릴리는 우리 집에 오겠다고 대답했다.

피티그릴리는 소설가였다. 알베르토는 그가 쓴 소설의 열렬한 독자였다. 그런데 아버지는 집 안에서 피티그릴리의 소설을 발견하

* 양차 세계대전 사이에 이탈리아에서 성공을 거둔 작가, 디노 세그레(1893~1975)의 필명. 잡지 『위대한 서명』을 편집했다. 파시즘 비밀경찰의 일원으로, '정의와 자유'에서 활동하던 반파시스트들을 밀고하여 대거 체포하는 데 기여했다.

면 마치 뱀이라도 본 것 같은 태도를 보였다. "리디아! 빨리 그 책 숨겨!" 이렇게 고함을 쳤다. 사실 아버지는 내가 그 책을 읽을까 봐 아주 두려워했다. 피티그릴리의 소설들이 전혀 내게 '적당하지' 않기 때문이었다. 피티그릴리는 또 잡지 『위대한 서명』*을 편집했다. 그 잡지도 항상 알베르토 오빠 방에 있었는데 두껍게 제본한 그 잡지는 의학 서적들과 함께 책장에 꽂혀 있었다.

그렇게 피티그릴리가 우리 집에 왔다. 그는 키가 크고 뚱뚱했으며 검은색과 회색이 뒤섞인 콧수염에 밝은색 외투를 입고 있었다. 심각하게 의자에 앉아 진지한 말투에 침착하면서 비탄에 잠긴 억양으로 어머니와 이야기를 하면서도 외투를 벗지 않았다. 그도 오래전에 감옥에 갇혔던 경험이 있어서 우리에게 자세히 설명해주었다. 수감자들이 며칠 동안 가지고 있어도 될 만한 음식들을 알려주었다. 감옥에서는 칼을 소지하지 못하므로 집에서 호두 껍데기와 개암나무 열매 껍질을 벗기고 사과와 오렌지도 껍질을 벗기고 빵은 얇게 잘라가야 한다고 자세히 알려주었다. 그리고 단추를 채운 큰 외투를 입은 채 다리를 꼬고 숱이 많은 두 눈썹 사이를 찡그리면서 예의 바르게 어머니와 좀 더 이야기를 나누었다. 어머니는 그에게 내가 단편소설을 쓴다고 말했다. 그리고 내가 그에게 습작 노트를 보여주길 원했다. 습작 노트에는 정성스러운 글씨로 옮겨 적은 서너 개 정도의 내 소설들이 들어 있었다. 피티그릴리는 계속 불가사의하고 슬픈 듯한 분위기로 노트를 몇 장 넘겨보았다.

그러는 사이에 알베르토 오빠와 비토리오가 집에 왔다. 어머니는

* 1924~1939년까지 한 달에 두 번 발간된 이탈리아의 문학 잡지.

두 사람을 피티그릴리에게 소개했다. 그러고 나서 피티그릴리는 무거운 걸음걸이와 거만하고 슬픈 듯한 분위기로 크고 긴 코트를 걸친 채 오빠들 사이를 지나 레움베르토 대로로 나갔다.

내 생각으로 아버지는 15일에서 20일 정도 감옥에 있었던 것 같고 지노 오빠는 두 달가량 투옥되었던 것 같다. 어머니는 아침이면 속옷 보따리를 들고 아버지와 오빠를 면회하러 갔다. 그리고 음식물 반입이 허락된 날은 껍질을 벗긴 오렌지와 호두 꾸러미를 가지고 갔다.

그런 다음 경찰서로 갔는데, 어떨 때는 피누치라는 사람을, 어떨 때는 루트리라는 사람을 만났다. 어머니는 이 두 사람이 막강한 힘을 가졌다고 생각했고 우리 가족의 운명을 쥐고 있다고 보았다. "오늘은 피누치가 있더구나!" 어머니는 아주 만족스럽게 집에 돌아와서 이렇게 말했다. 피누치가 어머니를 안심시켜주고 아버지와 지노 오빠는 전혀 잘못이 없기 때문에 곧 석방될 것이라고 말해주었기 때문이다. "오늘은 루트리가 있었어!" 어머니는 이번에도 마찬가지로 만족스럽게 말했다. 루트리는 무례한 태도를 보였지만 어머니는 어쩌면 그가 더 신중한 성격인지도 모른다고 생각했다. 그리고 이 두 사람이 친근하게 우리의 이름을 부르고, 우리를 자세히 알고 있는 듯해서 어머니는 아주 만족스러워했다. 그들은 '지노', '마리오', '피에라', '파올라' 이렇게 불렀다. 우리 아버지를 '교수님'이라고 불렀으며 어머니가 아버지는 과학자이며 정치에는 관여해본 적도 없고 오로지 조직세포들만 생각하며 산다고 말했을 때 그들 역시 동의하면서 모든 일이 잘될 것이라고 안심시켰다. 하지만 아버지가 집에 돌아오지 않고 지노 오빠도 마찬가지이자 어머니는 점점 불안해졌다. 그러다가 갑자기 신문에 '파리의 정치 망명자들과 결탁한 반파시스트 단체 적발'이라는 제목의 기사가 대문짝만하게 실렸다. "결탁!"

어머니는 이 말을 되뇌며 괴로워했다. 그 '결탁'이라는 말이 알 수 없는 불안감을 가득 담고 어머니의 마음속에서 울려퍼졌다. 어머니는 응접실에서 파올라 카라라 아주머니, 프란체스 아주머니, 도나티 부인 같은 친구들과 어머니보다 훨씬 젊은 부인들에게 둘러싸여 눈물을 흘렸다. 어머니는 젊은 부인들이 돈이 없을 때나 남편들이 화를 냈을 때 그녀들을 보호해주고 위로해주곤 했다. 이제는 그녀들이 어머니를 도와주고 위로해주었다. 파올라 카라라 아주머니는 『주르날 데 제네브』에 편지를 보내야 한다고 말했다. "빙금 지나에게 편지를 썼어!" 아주머니가 말했다. "이제 『주르날 데 제네브』에 항의문이 나갈 거야!"

"드레퓌스 사건 같아!" 어머니는 계속 이 말만 했다. "드레퓌스 사건 같아!"

집에는 언제나 사람들이 드나들었다. 그들 중에는 파올라 언니, 아드리아노 형부와 피렌체에서 막 도착한 테르니 아저씨, 프란체스 아주머니, 파올라 카라라 아주머니가 있었다. 그때 친정아버지의 상을 당한 데다가 임신 중인 피에라 올케는 우리 집에 와서 살았다. 나탈리나는 커피 잔을 들고 부엌과 응접실을 분주히 오갔다. 그녀는 집안에 약간의 혼란이 있고 사람들이 들끓어 시끄럽고 극적인 나날이 계속되고 초인종이 소란스럽게 울리고 정리해야 할 침대가 많으면 행복했기 때문에 그 당시 흥분해 있었고 행복해했다.

그 뒤 어머니는 아드리아노 형부와 로마로 갔다. 로마에 무솔리니의 주치의로 반파시스트이며 반파시스트들을 기꺼이 도와주는 베라티 박사가 있다는 것을 아드리아노 형부가 알아냈다. 하지만 그를 만나기가 힘들었다. 그러자 아드리아노 형부는 그 의사와 알고 지내는 암브로시니와 실베스트리라는 사람을 찾아내서 그들을 통해 베라티 박사를 만나려 했다.

집에는 나탈리나와 피에라 올케, 그리고 나만 남아 있었다. 어느 날 밤 우리는 시끄러운 초인종 소리에 잠에서 깼다. 우리는 두려움에 가득 찼다. 초인종을 누른 사람들은 군인이었는데 쿠네오에서 학사 장교로 복무 중이던 알베르토 오빠를 찾으러 온 것이었다. 알베르토 오빠가 막사에 돌아오지 않았고 어디로 갔는지 아무도 몰랐다.

탈영을 했기 때문에 재판을 받을 수도 있다고 피에라 올케가 말했다. 우리는 그날 밤 내내 알베르토 오빠가 가 있을 만한 곳을 곰곰이 생각해보았다. 피에라 올케는 오빠가 겁이 나서 프랑스로 달아나 버렸을지도 모른다고 생각했다. 하지만 그다음 날 비토리오에게 전해들은 바로는 오빠가 단순히 애인을 만나러 산에 갔고 조용히 스키를 타면서 그녀와 시간을 보내다가 막사로 돌아가는 걸 잊어버렸을 뿐이라고 했다. 이제 오빠는 쿠네오로 돌아갔고 체포되었다.

어머니는 더욱 불안감에 휩싸여 로마에서 돌아왔다. 하지만 어머니는 언제나 여행을 좋아했기 때문에 어느 정도는 로마에서 즐거웠다. 어머니와 아드리아노 형부는 아버지의 사촌인 본디라는 부인 집에 머물렀다. 그리고 베라티 박사와 접촉하는 것 말고도 마르게리타와 만나보려고 애썼다. 마르게리타는 아버지의 친척인 그 수많은 마르게리타와 레지나 중의 한 사람이었다. 하지만 이 마르게리타는 무솔리니와의 우정으로 유명했다. 우리 부모님은 오래전부터 그녀를 만나지 않았다. 그리고 그 무렵 그녀가 로마에 없어서 어머니는 그녀를 만날 수가 없었다. 베라티 박사와도 이야기 한번 나누지 못했다. 하지만 실베스트리와 암브로시니는 희망을 주었다. 아드리아노 형부가 항상 '나의 정보 제공자'라고 말하던 또 다른 정보 제공자가 있었는데 그 사람이 아버지와 지노 오빠 모두 곧 석방될 거라고 형부에게 알려주었다. 체포된 사람들 가운데 시온 세그레와 긴츠부르그만 재판을 받을 사람으로 압축되었다고 말해주었다.

어머니는 이런 말만 되풀이할 뿐이었다. "드레퓌스 사건과 똑같아!"

그런데 어느 날 밤 아버지가 집에 돌아왔다. 감옥에서 다 빼앗겨 버렸기 때문에 넥타이도 매지 않았고 구두끈도 없었다. 아버지는 겨드랑이 밑에 신문지로 싼 더러운 속옷 꾸러미를 끼고 있었다. 수염이 길게 자라나 있었는데 아버지는 수감되었다는 사실을 아주 만족스럽게 생각했다.

지노 오빠는 두 달이나 더 교도소에 있었다. 어느 날 어머니와 피에라 올케의 어머니가 오빠에게 속옷과 먹을 것을 갖다 주러 택시를 타고 교도소로 가는데 이 택시가 다른 자동차와 충돌하는 사건이 일어났다. 어머니도 피에라 올케의 어머니도 어떻게 할 수가 없었다. 하지만 두 분은 주위에 몰려든 사람들과 경찰관들에게 완전히 둘러싸여 무릎 위에는 짐 꾸러미를 얹어놓은 채, 욕을 퍼붓는 운전사와 함께 다 망가진 택시 안에 앉아 있는 본인들의 모습을 발견했다. 몇 미터 떨어지지 않은 곳에 교도소가 있었다. 그런데 우리 어머니는 오로지 택시를 에워싼 많은 사람들이 어머니와 사돈 양반이 그 짐 꾸러미를 들고 교도소에 간다는 걸 알아차리고는 당신들을 범죄자의 친지로 여길까 봐 두려워했다. 이 사건을 전해들은 아드리아노 형부는 어머니의 별자리에는 분명 별들이 충돌하는 지점이 있을 것이고 바로 이 때문에 어머니가 그 무렵 그렇게 위험한 모험들을 연달아 겪는 거라고 말했다.

그 후 지노 오빠도 석방됐다. 그러자 어머니가 말했다.

"이제 지루한 생활이 다시 시작됐어!"

아버지는 알베르토 오빠가 체포되었으며 군사재판에 회부될 뻔한 사실을 알고 몹시 화를 냈다. "악당!" 아버지가 말했다. "가족이 감옥에 갇혀 있는데 그놈은 여자들과 스키를 타러 갔단 말이야?"

"알베르토 때문에 걱정이야!" 아버지는 한밤중에 눈이 떠지면 이렇게 말했다. "군사재판에 회부될 정도라면 정말 장난이 아니었을 거야!"

"마리오 때문에 걱정이야!" 아버지가 말했다. "마리오 때문에 정말 걱정이군! 그 앤 어떻게 해야 하지?"

하지만 아버지는 투쟁가 아들이 있다는 사실에 아주 행복해했다. 아버지는 마리오에게 기대도 하지 않았다. 더구나 마리오가 반파시스트일 거라는 생각조차 해보지 않았다. 마리오는 아버지와 토론할 때마다 의견이 충돌했고 그 당시 부모님이 좋아하던 사회주의를 나쁘게 말하곤 했다. 투라티는 아주 순진한 사람이어서 실수에 실수를 거듭했다고 말하곤 했다. 아버지 역시 그렇게 생각했지만 마리오 오빠가 그런 말을 하면 몹시 화를 냈다.

"그 앤 파시스트야!" 가끔씩 어머니에게 말했다. "결국 그 앤 파시스트가 될 거야!"

이제 아버지는 그런 말을 하지 않았다. 이제 마리오 오빠는 유명한 정치 망명객이 되었다. 하지만 아버지는 오빠의 체포와 망명 사건이 올리베티 사에 근무하는 동안 벌어진 것을 유감으로 생각했다.

아버지는 아드리아노 형부와 노기사의 입장이 난처해졌을까 봐 걱정했다.

"올리베티 사에 들어가면 안 된다고 했잖아!" 아버지는 어머니에게 고함을 쳤다. "이제 공장이 위태롭게 됐어!"

"아드리아노는 정말 좋은 녀석이야!" 아버지는 이렇게 말했다. "나를 위해 정말 많은 일을 했지. 아주 좋은 놈이야! 올리베티네 사람들이 모두 그렇다니까!"

파올라 언니는 나는 잘 모르는 올리베티 지사를 통해, 마리오 오빠가 익히 알려진 작고 거의 알아보기 힘든 악필로 몇 자 적은 쪽지를 받았다. 쪽지에는 이렇게 적혀 있었다. "나의 식물-광물성 친구들에게, 난 잘 지내고 있고 아무것도 필요 없어."

시온 세그레와 긴츠부르그는 특별 법정에서 재판을 받았고 세그레에게는 2년이, 긴츠부르그에게는 4년이 언도되었다. 하지만 사면을 받아 감형되었다. 긴츠부르그는 치비타베키아의 교도소로 보내졌다.

알베르토 오빠는 군사재판에 회부되지 않고 병역을 마치고 집으로 돌아왔다. 그리고 다시 비토리오와 함께 거리를 산책하기 시작했다. "악당! 사기꾼!" 오빠가 집에 들어오는 것을 보면 아버지는 그 시간이 언제든 습관적으로 이렇게 고함쳤다.

어머니는 피아노 교습을 다시 받았다. 검은 콧수염이 난 피아노 선생님은 아버지를 아주 무서워해서 악보를 들고 발끝으로 복도를 따라 미끄러지듯 사라졌다.

"난 당신 피아노 선생을 참을 수가 없어!" 아버지가 고함을 쳤다. "수상한 분위기야!"

"아니에요, 그렇지 않아요, 베피노. 얼마나 좋은 사람이라고요! 자기 딸을 얼마나 사랑하는데요. 그 애에게 라틴어를 가르쳐요! 불쌍한 사람이에요!"

어머니는 긴츠부르그의 누나에게 계속 수업을 받을 경우 위험할 수도 있어 러시아어를 그만두었다. 우리 집에서 처음 듣는 말들이 생겨났다. "이제 살바토렐리를 초대하면 안 돼요! 위험할지도 몰라요!" 우리는 이렇게 말했다. "이런 책을 가지고 있으면 안 돼! 위험할 수 있어! 수색을 받을 수도 있어!" 파올라 언니는 우리 집 대문이 '감시당하고' 있으며 그곳에 언제나 비옷을 입은 남자가 서 있고 언니가 걸어갈 때 '뒤쫓아오는' 소리를 들었다고 이야기했다.

1년 후 경찰들이 알베르토 오빠를 체포하러 집에 왔기 때문에 '지루한 생활'은 오래 지속되지 않았다. 그리고 비토리오와 다시 많은 사람들이 체포되었다는 사실이 알려졌다.

그들은 아침 일찍 왔다. 아마도 아침 여섯 시였던 것 같다. 수색이 시작되었다. 알베르토 오빠는 그를 깨운 두 명의 경찰관 사이에 잠옷 차림으로 서 있었고 그 사이 다른 경찰들은 오빠의 의학 서적들과 『위대한 서명』과 탐정소설들을 대충 훑어보았다.

나는 그 경찰관의 허락을 받아 학교에 갔다. 어머니는 현관에서 내 노트들 속에 물품 계산서 봉투를 끼워넣었는데 수색을 하는 도중 아버지가 그 봉투를 보고 왜 그렇게 돈을 많이 썼냐고 고함칠까봐 겁이 났기 때문이다.

"알베르토! 알베르토를 감옥에 가두었어요! 하지만 알베르토는 정치에 전혀 관심이 없어요!" 어머니가 어리둥절해서 말했다. "마리오의 동생이라 가둔 거야! 내 아들이기 때문에 가둔 거라고! 알베르토에게 이유가 있는 게 절대 아니야!"

어머니는 속옷을 챙겨서 다시 교도소에 면회를 다녔다. 그리고 거기서 비토리오의 부모님과 다른 수감자들의 친척을 만났다. "아주 좋은 사람들이에요!" 어머니는 비토리오의 부모님에 대해 이렇게 말했다. "아주 좋은 가정이에요! 비토리오가 굉장히 훌륭한 청년이라고 말하더군요. 그리고 검사檢事 시험을 상당히 잘 보았대요. 알베르토는 언제나 정말 좋은 친구들만 사귀었어요!"

"카를로 레비*도 그 안에 있어요!" 어머니는 두려움과 즐거움과 긍지가 뒤섞인 목소리로 말했다. 그 안에 그렇게 많은 사람들이 있으며 어쩌면 큰 재판이 열릴지도 몰라서 어머니는 몹시 놀라기도 했지만 많은 사람들이 투옥되었다는 게 위안이 되기도 했다. 그리고 알베르토 오빠가 훌륭하고 유명한 어른들과 동료라도 된 듯이 기뻐했다.

"지우아 교수도 그 안에 있대요!"

"난 카를로 레비의 그림은 마음에 들지 않아!" 아버지는 기회를 놓치지 않고 카를로 레비의 그림을 싫어한다는 사실을 그 자리에서 말했다. "오, 아니에요, 베피노! 얼마나 멋진데요!" 어머니가 말했다. "그 어머니의 초상은 훌륭해요! 당신 그 그림 못 봤죠!"

"추잡스러운 것들이야!" 아버지가 말했다. "난 현대 회화를 참을 수가 없어!"

"으흠, 그래도 지우아는 곧 석방될 거야! 위험한 사람이 아니거

* 카를로 레비(1902~1975). 소설가이자 화가.

든!" 아버지가 말했다.

아버지는 진짜 투쟁가가 어떤 사람들인지 전혀 이해하지 못했다. 사실 며칠 뒤 경찰은 지우아의 집에서 은현隱顯 잉크로 쓴 편지들을 발견했고 지우아가 그 누구보다 제일 위험한 인물로 드러났다.

"은현 잉크로!"

아버지가 말했다.

"그래요, 그 사람은 화학자잖아요. 은현 잉크를 어떻게 쓰는지 알고 있다니까요!"

아버지는 정말 놀랐고 어쩌면 막연한 질투심을 느꼈는지도 모른다. 파올라 카라라 아주머니 집에서 만나던 그 지우아는 아버지가 보기에 언제나 침착하고 조용하고 사려 깊은 사람으로 비쳤기 때문이다. 이제 지우아는 갑자기 그 정치 사건의 중심인물이 되었다. 비토리오도 아주 위험한 상황에 처해 있다고 말했다.

"소문이야!" 아버지가 말했다. "전부 다 소문이야! 아무도 제대로 모른다고!"

줄리오 에이나우디**와 파베세***도 체포되었다. 아버지가 잘 모르거나 이름만 알던 사람들이었다. 하지만 아버지 역시 알베르토 오빠가 그런 사람들 틈에 끼어 있다고 믿었다. 아버지는 잡지 『라 쿨투라』****를 만드는 걸로 알고 있는 그 그룹과 오빠를 섞어놓음으로써 갑

** 줄리오 에이나우디(1912~1999). 에이나우디 출판사의 사장. 아버지인 루이지 에이나우디는 이탈리아 공화국의 제2대 대통령이다.

*** 체사레 파베세(1908~1950). 전후 이탈리아의 중요한 시인이자 소설가.

**** 1934~1935년까지 레오네 긴츠부르그가 중심이 되어, '정의와 자유'에 참여한 사람들이 함께 만든 잡지로 에이나우디 출판사에서 발간되었다.

자기 알베르토 오빠가 아주 중요한 단체의 일원이 된 것처럼 느꼈다.

"『라 쿨투라』 그룹 사람들과 그 애를 함께 투옥시켰어! 『위대한 서명』만 읽던 앤데 말이야!" 아버지가 말했다.

"비교생물학 시험을 봤어야 하는데! 이젠 더 이상 시험을 볼 수 없을 거야. 졸업을 하지 못할 거야!" 한밤중에 아버지는 어머니에게 말했다.

그 후 알베르토 오빠와 비토리오는 다른 사람들과 함께 수갑을 찬 채 열차에 실려 로마로 이송되었다. 그들은 레지나 코엘리 교도소에 수감되었다.

어머니는 다시 피누치와 루트리를 만나러 경찰서에 드나들었다. 하지만 피누치와 루트리는 이미 사건이 로마로 넘어가서 자신들은 아무것도 모른다고 대답했다.

아드리아노 형부는 그의 정보 제공자를 통해 알베르토 오빠와 비토리오의 전화 통화 내용이 모두 도청되었다는 사실을 알아냈다. 사실 비토리오와 알베르토 오빠는 거리를 함께 산책하지 않는, 얼마 되지 않는 휴식 시간에는 계속 전화를 해댔다.

"그렇게 멍텅구리같이 전화를 하다니! 전화 통화를 죄다 녹음해 놓았대요!" 어머니가 말했다.

어머니는 오빠가 수화기를 잡고 있을 때는 소곤소곤 이야기해서 전화로 무슨 이야기를 하는지 전혀 몰랐다. 그렇지만 어머니는 오빠가 늘 시답지 않은 이야기를 했을 거라고 믿고 있었고 아버지도 마찬가지였다.

"알베르토는 그렇게 쓸모없는 인물이라니까!" 아버지가 말했다. "그렇게 쓸모없는 녀석을 투옥시켰어!"

베라티 박사와 마르게리타가 다시 거론되기 시작했다. 하지만 아버지는 마르게리타의 이름을 입에 올리기도 싫어했다.

"내가 마르게리타에게 간다고 상상해봐! 난 갈 수 없어! 난 꿈에도 그럴 생각이 없어!" 이 마르게리타는 몇 년 전 무솔리니의 자서전을 집필했다. 사촌 중에 무솔리니의 자서전을 집필한 사람이 있다는 게 아버지에게는 당치도 않은 듯했다. "아마 날 만나려 하지도 않을걸! 내가 마르게리타 집에 가서 도와달라고 애걸한다고 상상해봐!"

아버지는 소식을 들으러 로마의 경찰서에 갔다. 아버지는 사교 감각이 전혀 없는 데다가 항상 크고 깊은 목소리로 호통만 쳤기 때문에 대화에서도, 정보를 얻는 일에서도 크게 기대할 만한 것이 없었을 것이다. 아버지는 자신을 데 스테파니라고 소개한 어떤 사람을 만났다. 그리고 항상 이름을 틀리게 말하는 아버지는 그 후에 어머니에게 그 사람 이야기를 할 때 '디 스테파노'라고 불렀다. 어머니는 이렇게 말했다. "그러면 그 사람은 데 스테파니가 아니에요, 베피노! 그 사람은 안키세예요! 나도 작년에 그 경찰서에 간 적이 있어요." "안키세라니! 그 사람이 내게 자기 이름이 디 스테파노라고 했어! 자기 이름을 잘못 알려주었을 리가 없다니까!" 디 스테파노와 안키세를 놓고 가끔씩 아버지와 어머니는 다투었다. 어머니의 말대로 그가 틀림없는 안키세였을지도 모르지만 아버지는 계속 그를 디 스테파노라고 불렀다.

알베르토 오빠는 로마 시내를 구경할 수 없어 유감이라는 편지를 보내왔다. 사실 오빠는 세 살 때 한 30분 정도 로마에 머물렀던 게 전부였다. 한번은 오빠가 우유로 머리를 감았더니 머리에서 악취가 나고 감방 안에 그 냄새가 배었다는 편지를 썼다. 교도소 소장이 이 편지를 압수했고 너무 바보 같은 편지를 쓰지 말라고 오빠에게 주의를 주었다. 오빠는 루카니아 지방의 페란디나라는 곳의 수용소로 보내졌다. 지우아와 비토리오도 재판을 받아 각각 15년형을 언도받았다.

아버지가 말했다.

"마리오가 이탈리아에 돌아오면 15년형은 받을 거야! 20년일지도 모르지!"

마리오는 이제 파리에서 거의 읽을 수도 없을 정도로 악필에다가 작은 글씨체로 편지를 보내와서 부모님은 그 편지를 해독하느라 애를 먹었다.

부모님은 오빠를 만나러 파리로 갔다. 오빠는 다락방에 살았다. 아직도 트레사 다리에서 강물에 뛰어들 때 입었던 그 옷을 입고 있었다. 옷은 색이 바래고 다 낡아버렸다. 어머니는 옷을 한 벌 사주고 싶었다. 하지만 오빠는 그 색 바랜 옷을 그냥 입게 내버려달라며 거절했다. 그리고 곧 시온 세그레가 아직도 감옥에 있는지 그들의 소식을 물었다. 간츠부르그를 높게 평가하며 이야기했지만 오빠는 딴 사람 같았다. 오빠의 이전 생각이나 감정이 사라지지는 않았지만 다소 한켠으로 밀려나 있었다. 그리고 오빠의 모험과 탈주에 대해서는 모두 잊어버린 듯했다.

오빠는 스스로 의식주를 해결했다. 셔츠는 다 낡은 것 두 벌이 전부였지만 예전에 실크 속옷들을 서랍 안에 넣어두고 사용할 때처럼 세심한 주의와 상당한 정성을 기울여 그 셔츠를 빨았다.

세심한 주의를 기울여 오빠가 직접 다락방을 청소했다. 오빠는 그 낡은 옷을 입고도 여전히 깨끗했고 말끔히 면도해서 말쑥했다.

더 중국인같이 보였다고 어머니는 말했다.

오빠는 고양이 한 마리를 길렀다. 다락방 한구석에 톱밥이 든 작은 상자가 있었다. 고양이는 아주 깨끗한 짐승이고 바닥에다 볼일을 보지 않는다고 마리오 오빠가 말했다. 오빠는 고양이에 대한 강박관념을 가지고 있다고 아버지가 말했다. 오빠는 고양이에게 줄 우유를 사러 가려고 아침 일찍 일어났다. 아버지는 할머니처럼 고양이를 참을 수가 없었다. 어머니 역시 고양이를 별로 좋아하지 않았고 개를 좋아했다.

어머니가 말했다.

"그런데 왜 개를 기르지 않는 걸까?"

"개는 무슨 놈의 개야!"

아버지가 고함을 쳤다.

"개를 키우려면 다른 것이 필요해!"

마리오는 파리에서 '정의와 자유' 그룹과의 관계를 끊었다. 한때는 그들과 어울렸고 그들의 신문을 만드는 일에 협조도 했지만 그 후 오빠는 자신이 그 일을 그다지 좋아하지 않는다는 것을 알게 되었다.

마리오는 어릴 때 함께 놀고 싶지 않던 토시네 아이들에 대해 시를 지은 바로 그런 사람이었다.

> 그때 토시네 아이들이 도착했다,
> 하나같이 호감이 가지 않고 모두 따분한 아이들.

지금 '정의와 자유' 그룹은 오빠에게 예전의 토시네 아이들과 같은 존재였다. 그들이 말하고 생각하고 글로 쓰는 것 전부가 마음에 들지 않았다. 오빠는 그것들을 비난하기만 할 뿐이었다. 그리고 이렇게 말했다.

사람들은 거친 마가목 속에서 달콤한
무화과가 익어가는 이유를 납득하지 못한다.

달콤한 무화과는 오빠였으며 거친 마가목은 '정의와 자유' 그룹의 사람들이었다.

"정말 그래요!" 오빠가 말했다. "정말 그렇다니까요!"

사람들은 거친 마가목 속에서 달콤한
무화과가 익어가는 이유를 납득하지 못한다.

오빠는 '일 바코 델 칼로 델 말로'라고 말하던 그때처럼 웃으면서 그리고 턱을 쓰다듬으면서 그렇게 말했다.

오빠는 단테를 읽기 시작했다. 그리고 단테의 책이 매우 아름답다는 걸 발견했다. 오빠는 그리스어 공부를 시작했고 헤로도토스와 호메로스를 읽기 시작했다.

하지만 파스콜리*나 카르두치 같은 시인을 참을 수가 없었다. 특히 카르두치는 오빠를 화나게 했다.

"그는 왕권주의자예요!" 오빠가 말했다. "그는 처음에는 최초의

* 조반니 파스콜리(1855~1912). 시인. 볼로냐 대학에서 이탈리아 문학을 가르쳤다.

공화주의자였는데 그 후에 왕권주의자가 되었죠. 그 멍텅구리 같은 왕녀 마르게리타를 사랑하게 되어서죠!"

"동시대에 살았던 보들레르를 생각해보세요, 같은 세기에 살았잖아요! 레오파르디*도, 그래, 위대한 시인이죠. 레오파르디와 보들레르만이 현대적인 시인이에요! 이탈리아 학교에서 아직도 카르두치를 배우고 있는 건 웃기는 짓이라니까요!"

아버지와 어머니는 루브르 박물관에 갔다. 마리오 오빠는 푸생을 보았냐고 부모님에게 물었다.

부모님은 푸생의 그림을 보지 않았다. 대신 다른 그림들을 많이 보았다.

"저런!" 마리오 오빠가 말했다. "푸생을 보지 않으셨다고요! 그러면 루브르에 갔다 오신 게 아무 의미도 없어요! 루브르에서 볼 만한 가치가 있는 건 푸생밖에 없어요!"

"난 푸생이라는 이름은 처음 들어보는데." 어머니가 말했다.

마리오 오빠는 파리에서 카피라는 사람과 사귀었다. 오빠는 이 사람하고만 이야기를 했다.

"떠오르는 샛별이군." 아버지가 말했다.

카피는 반은 러시아인이고 반은 이탈리아인으로 오래전에 파리로 이주했는데, 아주 가난했고 건강도 좋지 않았다.

카피는 수없이 많은 글을 써서 친구들에게 읽어보라고 주었지만 그것들을 출판하는 일에는 관심을 기울이지 않았다. 어떤 사람

* 자코모 레오파르디(1798~1837). 19세기 이탈리아의 중요한 서정시인으로 평가받는다.

이 글을 쓴다 해도 꼭 그것을 출판할 필요는 없다고 말했다. 글을 쓰고 친구들에게 읽히는 정도로 충분했다. 후세 사람들이 대수롭게 생각하지 않을 테니 후세에 남길 필요가 전혀 없다고 했다. 그가 종이 위에 써놓은 게 무언지 마리오 오빠도 잘 설명할 수 없었다. 온갖 게 다 적혀 있었다.

카피는 먹지 않았다. 아무것도 먹지 않았고 귤 하나로 연명했다. 옷은 거의 누더기가 되었고 신발은 구멍이 났다. 약간의 돈이 생기면 고급 음식과 샴페인을 샀다.

"마리오 그 녀석을 참을 수가 없어!" 그 후 아버지가 어머니에게 말했다. "모든 걸 다 비난해. 그놈 마음에 드는 사람이 아무도 없어! 그 카피뿐이야!"

"카르두치가 짜증난다고 한 사람도 카피인 것 같아요! 난 조금 전에야 알았어요." 어머니가 말했다.

게다가 마리오 오빠가 이탈리아를 전혀 그리워하지 않는 듯해서 부모님은 기분이 상했다. 마리오는 프랑스를 사랑했고 파리를 사랑했다. 그의 말에는 계속 프랑스어가 뒤섞여 있었다. 이탈리아에 대해 말할 때는 아주 경멸하듯 입술을 삐죽이며 말했다.

아버지와 어머니는 민족주의자는 절대 아니었다. 오히려 그 어떤 형태이든 민족주의를 증오했다. 하지만 이탈리아에 대한 오빠의 멸시는 두 분과 우리 식구 모두, 우리의 습관과 우리의 모든 생활을 경멸하는 것처럼 보였다.

그리고 아버지는 마리오 오빠가 '정의와 자유' 사람들과 관계를 끊은 걸 못마땅하게 생각했다. '정의와 자유' 그룹의 지도자는 카를로 로셀리였다. 로셀리는 마리오 오빠가 파리에 도착했을 때 오빠에게 돈을 주었고 그를 환대했다. 부모님은 오래전부터 로셀리 가족과 알고 지냈다. 부모님은 피렌체에 살고 있는 로셀리의 어머니 아멜리아 부인과 친했다.

"로셀리에게 조금이라도 무례하게 행동하면 가만두지 않을 테야!"

아버지가 마리오 오빠에게 말했다.

마리오에게는 카피 외에도 두 명의 친구가 더 있었다. 한 사람은 감옥에 있는 지우아의 아들 렌초 지우아였다. 그는 강렬한 눈을 가진 창백한 청년으로 항상 앞머리가 이마를 덮고 있었다. 그는 혼자 산을 넘어 이탈리아에서 도망쳤다. 또 다른 사람은 키아로몬테였는데 어머니는 그를 몇 년 전 여름에 포르테 데이 마르미에 있는 파올라 언니 집에서 만난 적이 있었다. 키아로몬테는 몸집이 좋고 건장한 검은 곱슬머리의 남자였다. 마리오의 친구인 이 두 사람 다 '정의와 자유' 그룹과 관계를 끊었고 둘 다 카피의 친구이기도 했다. 그래서 카피가 자신이 쓴 글을 읽어주면 그것을 들으면서 하루하루를 보냈다. 모두 연필로 쓴 글이었는데 카피가 출판된 책을 경멸했기 때문에 절대 출판되어 나올 수 없는 글이었다.

키아로몬테의 아내는 심하게 앓고 있었는데 그 역시 몹시 가난했다. 그런데도 할 수 있으면 카피를 도왔다. 마리오 역시 도와주었다. 그들은 서로 가지고 있는 얼마 안 되는 것을 함께 나누고 그 어떤 그룹에도 가담하지 않았다. 가능성 있는 미래란 그 어디에도 존재하지 않는다고 생각해서 미래에 대한 계획을 세우지 않으며 그렇게 살았다. 만약 전쟁이 터진다면 우둔한 사람들이 승리를 할 것이다. 마리오 오빠가 말한 대로라면 항상 우둔한 사람들이 이기기 때문이다.

"그 카피라는 사람은 틀림없이 무정부주의자일 거야! 마리오도 무정부주의자지! 결국 그 애는 처음부터 무정부주의자였던 거야!" 아버지가 어머니에게 말했다.

아버지와 어머니는 파리에 들렀다가 생물학 학회가 열리는 브뤼셀로 갔다. 그곳에서 부모님은 테르니 아저씨와 아버지의 다른 친구들, 그리고 제자와 조수들을 만났다. 그제야 아버지는 기분이 조금 좋아졌다. 마리오와 함께 지내며 지쳐 있었던 것이다.

"그 앤 내 말을 늘 반박했지! 내가 입을 열기만 하면 항상 반박을 했어!" 아버지는 마리오 오빠에 대해 이렇게 말했다.

아버지는 가끔씩 학회가 있을 때 할 수 있는 그런 여행을 아주 좋아했다. 아버지는 생물학자들과 만나 머리와 등을 긁적이며 토론을 하고, 어머니를 데리고 화랑과 박물관에 들러 어머니에게 잠시 그림 앞에 서 있을 시간도 주지 않으며 허둥지둥 돌아다니는 것을 좋아했다. 또 호텔에 머무는 것도 좋아했다. 다만 아버지가 언제나 아침에 너무 일찍 일어나고 눈을 뜨자마자 배가 고프다는 게 문제였다. 아버지는 아침식사를 할 때까지 기분이 사나워졌다. 아버지는 밖을 내다보고 동이 틀 기색을 살피면서 불안하게 방 안을 서성거렸다. 마침내 다섯 시가 되면 아버지는 전화기를 들고 고함을 치며 식사를 주문했다. "되 테! 되 테 콩플레! 아베크 드 뢰 쇼드!!"*

대개 호텔에서는 아버지에게 뢰 쇼드**를 가져다주는 걸 잊어버리거나 잼을 가져다주지 않았다. 그 시간쯤이면 대개 종업원들이 아직 채 잠에서 깨지 않았기 때문이다. 마침내 모든 것이 다 갖추어지

* 차 두 잔! 빵과 차 두 잔! 따뜻한 물!

** 따뜻한 물.

면 아버지는 잼과 브리오슈*를 곁들인 아침식사를 정신없이 드셨다. 그러고 나면 어머니를 깨웠다. "리디아, 가자고, 늦었어! 시내 구경을 가자고."

"당나귀 같은 마리오 녀석!" 아버지는 가끔씩 이렇게 말했다. "언제나 멍텅구리였어! 참을 수 없는 녀석이었다니까! 로셀리에게 무례하게 굴면 정말 큰일인데!"

"항상 카피뿐이라니까! 카피! 카피!" 어머니는 집에 돌아와서 파올라 언니와 내게 이야기를 들려줄 때 이렇게 말했다. 예전에 알베르토 오빠에 대해 불평을 할 때 '파에타!'라고 말하듯이 '카피!'라고 말했다. 그러고는 파올라 언니에게 푸생에 대해 물었다. "정말 푸생이 그렇게 멋지니?"

파올라도 마리오를 만나러 갔다. 그들은 다투었고 이제 서로를 좋아하지 않았다. 이젠 동물성과 식물성 게임을 하지도 않았다. 그 어떤 문제에도 서로 의견이 일치하지 않았다. 모든 면에서 생각이 달랐다. 파올라는 파리에 가서 옷을 한 벌 샀다. 마리오는 언니가 항상 우아하다고 생각했고 언니의 옷차림과 그녀의 취향을 칭찬하곤 했다. 그 둘 사이에서는 대개 파올라 언니가 의견을 말하면 마리오 오빠가 그 의견을 인정했다. 파올라 언니가 파리에서 산 옷은 마리오 오빠의 마음에 들지 않았다. 오빠는 언니에게 그 옷을 입으니 판사 부인 같다고 말했다. 파올라 언니는 기분이 몹시 상했다. 그리고 옛날에 포

* 버터, 달걀이 든 롤빵.

르테 데이 마르미의 바닷가로 휴가를 갔을 때 만났던 키아로몬테도 언니의 마음에 들지 않았다. 돈도 한 푼 없는 데다가 아내는 병들어 있고 친구라고는 카피 같은 사람밖에 없는 이 신출내기 정치 망명가의 모습에서, 예전에 바닷가로 언니를 찾아와서 노를 젓고 수영을 하고 언니 친구들의 꽁무니를 따라다니고 모든 것을 즐겁게 만들고 저녁이면 카판닌나로 춤을 추러 가던 그 키아로몬테의 모습을 찾아볼 수가 없었다. 마리오 오빠는 파올라 언니에게 부르주아라고 말했다. "그래, 난 부르주아야." 파올라 언니가 대꾸했다. "내게 그건 조금도 중요하지 않아!"

언니는 프루스트의 무덤을 보러 갔다. 마리오 오빠는 가지 않았다. "그 앤 이제 프루스트에 아무 관심이 없어요!" 파올라 언니는 집에 돌아와서 어머니에게 말했다. "그 애는 아무것도 기억하지 않더라고요. 이제 그런 걸 좋아하지 않아요. 그 애가 좋아하는 건 헤로도토스뿐이에요!"

언니는 마리오 오빠에게 비옷이 없는 걸 보고는 아주 멋진 비옷을 사주었다. 그런데 오빠는 금방 그것을 카피에게 선물해버렸다. 카피는 심장이 약하기 때문에 비를 맞으면 안 된다고 하면서 말이다.

"카피! 카피! 카피!" 파올라 언니도 짜증이 나서 이렇게 말했다. 그리고 마리오 오빠가 로셀리 그룹과 멀어진 것은 큰 잘못이라는 아버지의 생각에 동의했고 마리오와 키아로몬테가 파리에서 다른 사람들과 현실적인 그 어떤 관계도 맺지 못하고 고립되어 있다고 말했다.

알베르토 오빠는 수용소에서 돌아와서 학교를 졸업하고 결혼을 했다. 아버지의 예상과 달리 오빠는 의사가 되어 사람들을 치료하기 시작했다.

이제 오빠는 진료실을 하나 갖게 되었다. 오빠는 진료실이 정리되어 있지 않거나 신문이 여기저기 돌아다니면 아내인 미란다에게 화를 냈다. 오빠는 줄담배를 피워댔고 이제는 옛날처럼 바닥에 재를 떨지 않기 때문에 재떨이가 제자리에 없을 때에도 화를 냈다.

환자가 찾아오면 오빠는 진찰을 했다. 환자들은 진찰을 받는 동안 이런저런 사건들을 이야기했다. 오빠는 사람들에게 벌어진 사건들을 좋아했기 때문에 가만히 이야기를 들었다.

그러고 나면 하얀 가운을 입은 채 목에 청진기를 매달고 옆방으로 갔다. 그곳에서 미란다 올케가 뜨거운 물주머니를 안고 체크무늬 순모 담요로 몸을 감싸고 소파에 누워 있었다. 그녀는 추위를 몹시 탔고 게을렀다. 오빠는 그녀에게 커피를 만들게 했다.

오빠는 어릴 때부터 한시도 가만히 있지 못했다. 그래서 계속해서 커피를 마셔댔다. 오빠는 항상 담배를 빨아들이지 않고 한 모금씩 피워서 마치 담배를 마시는 것 같았다.

친구들이 찾아오면 오빠는 친구들의 혈압을 재주고 견본 약품을 선물로 주었다.

오빠는 모든 사람에게서 병을 발견했다. 오로지 아내에게서만 아무런 병도 발견하지 못했다. 올케는 오빠에게 이렇게 말했다. "피로회복제 좀 줘요! 내가 병이 든 게 틀림없어요. 머리가 아파요. 피곤하다고요!" 그러면 오빠는 이렇게 말했다.

"당신은 아프지 않아. 그냥 허약체질일 뿐이라고."

미란다 올케는 작고 마른 체구에 푸른 눈의 금발이었다. 그녀는 오빠의 잠옷을 입고 체크무늬 순모 담요로 몸을 감싸고 대부분의 시간을 집에서 보냈다. 그리고 이렇게 말했다.

"오스페달레티에 있는 엘레나 언니에게 가면 얼마나 좋을까!"

그녀는 항상 언니 엘레나가 겨울을 보내는 오스페달레티로 떠나길 꿈꾸었다. 그녀의 언니는 금발에다 미란다 올케와 아주 닮았지만 약간 더 활력적이었다. 미란다 올케는 오스페달레티에 머물 때는 검은 선글라스를 끼고 긴 의자에 누워 일광욕을 했다. 아니면 브리지 게임을 했을 것이다.

미란다 올케와 그녀의 언니는 브리지 게임을 아주 잘했다. 그 자매는 브리지 시합에서 승리를 했다. 미란다 올케가 그 시합에서 받은 재떨이가 집 안에 잔뜩 있었다.

미란다 올케는 브리지 게임을 할 때에는 나태함에서 깨어났다. 그녀는 작은 매부리코를 카드에 들이대면서 교활하고도 유쾌한 얼굴로 두 눈을 반짝였다.

그렇지만 그녀가 자기 의자와 담요를 떠나는 일은 거의 없었다. 저녁이 되면 부엌으로 가서 냄비 안을 들여다보았다. 그 안에는 닭

고기 요리가 들어 있었다. 알베르토 오빠는 말했다.

"대체 왜 이 집에서는 매일 삶은 닭만 먹어야 하는 거야?"

알베르토 오빠도 브리지 게임을 했다. 다만 오빠는 언제나 잃기만 했다.

미란다 올케는 아버지가 주식 중개인인 덕택에 주식 시장에 대해 모르는 게 없었다. 어머니에게 이렇게 말했다.

"전 인체트 주식을 팔았는데 혹시 알고 계세요?" 또 이렇게 말했다. "어머니도 주식 파세요! 뭘 기다리느라 여태 안 팔고 있어요?"

어머니는 아버지에게 가서 이렇게 말했다.

"주식을 팔아야 한대요! 미란나가 그랬어요!"

아버지가 대꾸했다.

"미란다가! 대체 미란다가 뭘 안다는 거야?"

하지만 아버지는 그 후 미란다 올케를 보면 이렇게 말했다.

"네가 주식 시장에 정통해서 하는 말인데 내 주식을 파는 게 정말 좋을 것 같으냐?"

그리고 어머니에게 이렇게 말했다. "미란다는 진짜 따분한 애야! 항상 머리가 아프대! 그런데 주식 시장엔 정통하다니까! 정말 사업 감각이 발달했어!"

아버지는 알베르토 오빠가 결혼하겠다고 말했을 때 몹시 화를 냈다. 하지만 곧 승낙했다. 그래도 한밤에 일어나 이렇게 말했다.

"돈도 없이 어떻게 살려고 하지? 그리고 미란다는 따분한 애야!"

오빠와 미란다 올케는 돈이 별로 없었다. 하지만 알베르토 오빠가 돈을 벌기 시작했다. 여자들이 오빠의 진료실을 찾았고 오빠의 왕진을 청했다. 그리고 자신들의 괴로움을 오빠에게 이야기했다. 오빠는 예리한 관심을 보이며 그 이야기를 들어주었다. 오빠는 천부적인 호기심과 인내심을 지니고 있었다. 그리고 사람들의 괴로움과 질병을 좋아했다.

이제 오빠는 의학 잡지만 읽었다. 피티그릴리의 소설은 더 이상 읽지 않았다. 그의 소설은 하나도 남김없이 다 읽었고, 피티그릴리는 새 소설을 발표하지 않았다. 피티그릴리는 아무도 모르는 곳으로 사라져버렸다.

알베르토 오빠는 레움베르토 대로를 산책하지도 않았다. 그의 친구인 비토리오는 감옥에 있었고 비토리오의 부모님이 기관지염에 걸려 사람을 보내 오빠를 부르면 그때 가끔씩 소식을 전해들을 뿐이었다.

알베르토 오빠는 비토리오 포아라는 양재사에게 옷을 맞추어 입었다. 양재사가 옷의 치수를 잴 때 오빠는 말했다.

"이름 때문에 당신네를 단골로 삼은 거요!"

그러면 기분이 좋아진 양재사는 감사의 뜻을 표했다.

사실 오빠 친구 비토리오의 성도 그 양재사처럼 포아였다.

알베르토 오빠는 미란다 올케에게 말했다.

"언제나 기관지염 환자야! 아주 특이하고 약간 복잡한 병은 단 한 번도 치료해본 일이 없어! 난 정말 지겨워! 정말 지겹다고! 조금도 즐겁지 않아!"

하지만 오빠는 의사라는 직업을 즐겼다. 다만 그 사실을 고백하고 싶어하지 않았다. 어머니는 이렇게 말했다.

"알베르토는 의학에 대단한 열정을 가지고 있어요!"

이렇게도 말했다. "알베르토에게 가서 진찰을 좀 받아봐야겠어요! 오늘은 속이 좀 안 좋거든요."

그러면 아버지가 말했다.

"대체 무슨 소리야! 그 소시지 같은 알베르토가 뭘 안다는 거야!"

그리고 말했다. "당신이 어제 너무 많이 먹어서 위가 아픈 거야! 알약 하나 먹으면 돼! 내가 한 알 줄게!"

어머니는 매일 집 근처에 사는 알베르토 오빠의 집에 들렀다. 그때마다 항상 안락의자에 앉아 있는 미란다 올케를 보았다. 알베르토 오빠가 흰 가운에 청진기를 목에 걸고 진료실에서 잠깐 나왔다. 그리고 난방기로 집 안을 따뜻하게 했다. 오빠와 어머니는 언제나 난방기에 달라붙어 지내는 버릇이 있었다.

미란다 올케는 담요로 몸을 둘둘 말고 있었다. 어머니가 올케에게 말했다.

"움직이려무나. 찬물로 얼굴을 좀 씻어! 우리 함께 나가자. 내가 영화관에 데려가마!"

미란다 올케가 말했다.

"전 못 나가요. 집에 있어야 해요. 사촌이 온다고 했거든요. 그리고 머리가 너무 아파요."

그러면 알베르토 오빠가 말했다.

"미란다는 활기가 없어요. 게을러요. 원래 몸이 허약하거든요."

미란다 올케는 항상 사촌들을 기다렸다. 그녀에게는 여자 사촌이 아주 많았다. 알베르토 오빠는 말했다.

"난 당신 사촌들 치료하는 게 너무 지겨워!"

그리고 이렇게 말했다. "토리노는 정말 지겨운 도시야! 어쩌면 이렇게 짜증이 날 수 있지? 아무 일도 일어나지 않는다니까! 옛날에는 우리를 체포하기도 했는데! 이젠 체포하는 일도 없다니까. 우리를 다 잊었어. 잊혀서 어둠 속에 버려진 기분이 들어!"

이제 파올라 언니도 토리노에 와서 살았다. 언니는 포 강이 내려다보이는 언덕 위, 둥근 테라스가 있는 크고 하얀 집에서 살았다.

파올라 언니는 포 강과 토리노의 거리와 언덕과 한때 체구가 작은 청년과 산책을 했던 발렌티노의 가로수 길을 사랑했다. 언니는 언제나 그런 것에 향수를 느꼈다. 하지만 이제 언니에게도 토리노는 너무 어둡고 지루하고 슬픈 도시가 되어버렸다. 많은 사람들과 많은 친구들이 멀리 떠났고 감옥에 있었다. 언니는 이제 가진 옷은 별로 없었지만 프루스트를 읽던 젊은 시절의 그 길들을 찾아볼 수 없었다.

이제 언니는 옷이 아주 많았다. 양장점에서 그 옷들을 맞추었다. 언니도 테르실라를 집으로 오게 했다. 어머니와 언니는 테르실라를 놓고 서로 다투었다. 파올라 언니는 테르실라가 신뢰감을 준다고 말했다. 언니는 테르실라에게서 끊임없는 활력을 느낀다고 했다.

언니는 가끔씩 알베르토 오빠와 미란다 올케, 그리고 감옥에서 나온 시온 세그레를 점심식사에 초대했다. 시온 세그레에게는 일다라는 누나가 있었는데 그녀는 대개 팔레스타인에서 남편과 아이들과 함께 지냈다. 가끔 토리노에 오기도 했다.

파올라 언니와 일다는 친구가 되었다. 일다는 키가 큰 금발의 미인이었다. 둘은 성큼성큼 걸어 시내를 산책하곤 했다.

일다의 아이들의 이름은 벤과 아리엘이었다. 그들은 예루살렘에서 학교를 다녔다. 일다는 예루살렘에서 엄격한 생활을 했고 거기서는 유대인과 관련된 문제만 이야기를 했다. 하지만 토리노에 와서 남동생과 잠깐 지낼 때는 옷에 대한 이야기도 즐겨했고 산책도 좋아했다.

어머니는 파올라 언니의 친구들을 약간 질투했다. 그리고 파올라 언니가 새로운 친구를 사귀면 언니와 멀어진 듯해서 서운해했다.

그래서 아침이면 우울한 얼굴에 눈을 껌벅이며 일어나서 이렇게 말했다. "난 우울증에 걸렸어."

대개 소화불량을 동반하는 우울함과 고독감을 모두 합쳐 어머니는 우울증이라고 불렀다. '우울증' 때문에 어머니는 한기를 느껴 응접실에 틀어박혀 지냈다. 어머니는 순모 숄로 몸을 둘둘 말았다. 그리고 파올라 언니가 이제 자기를 좋아하지 않고 만나러 오지도 않을 것이며 친구들과 산책 갔을 거라고 생각했다.

"지겨워!" 어머니가 말했다. "즐거운 일이라고는 하나도 없어! 지겨워! 지겨운 것보다 더 나쁜 건 없어! 차라리 병이라도 걸렸으면 좋겠어!"

가끔씩 어머니는 감기에 걸렸다. 어머니가 생각하기에 감기는 어머니가 자주 걸리는 소화불량보다 훨씬 더 고급스러워 보였기 때문에 만족했다. 어머니는 열을 재보았다. 37.4도였다.

"나 아픈 거 알아요?" 어머니는 기분이 좋아서 아버지에게 말했다. "37.4도라고요!"

"37.4도? 별거 아니군!" 아버지가 대답했다. "난 39도일 때도 연구실에 가거든!"

어머니가 말했다. "오늘 밤에 두고 봅시다." 하지만 저녁이 될 때까지 기다리지 못하고 매 시간 열을 쟀다. "계속 37.4도네! 그래도 난 아프다고요!"

파올라 언니 역시 어머니 친구들에게 질투심을 느꼈다. 물론 그 대상이 프란체스 아주머니나 파올라 카라라 아주머니 같은 분은 아니었다. 언니는 어머니의 젊은 친구들, 그러니까 어머니가 보호해주고 도와주고 산책 갈 때나 영화관에 갈 때 데려가는 그 젊은 부인들에게 질투심을 느꼈다. 파올라 언니가 어머니를 만나러 집에 왔는데 어머니가 어떤 젊은 친구와 함께 외출했다는 걸 알게 되었다. 파올라 언니는 화를 냈다. "항상 돌아다니신다니까! 집에 그냥 계시는 법이 없어!"

어머니가 그 젊은 친구들 중 누군가에게 테르실라가 만든 옷을 주면 파올라 언니는 역시 화를 냈다. "그 여자에게 테르실라 옷을 주지 마세요!" 어머니에게 말했다. "우리 아이들 외투를 고칠 때 그게 필요하단 말이에요." "우리 엄마는 너무 젊어!" 한번은 파올라 언니가 내게 불평을 했다. "난 늙고 뚱뚱하고 머리가 하얀 엄마였으면 좋겠어! 항상 집에 계시고 식탁보에 수를 놓는 그런 엄마 말이야. 아드리아노 엄마처럼. 나이가 아주 많고 조용한 엄마라면 내게 신뢰감 같은 걸 주었을 거야. 내 친구들에게 그렇게 질투심을 느끼지 않는 엄마 말이야. 내가 엄마를 찾아오면 집에서 항상 검은 옷을 입고 차분하게 수를 놓고 계시다가 좋은 충고를 해주었으면!"

언니는 어머니에게 말했다. "엄마가 그렇게 지겨우면 수놓는 걸

배우시면 어때요? 우리 시어머니는 수를 놓아요! 매일 수를 놓으며 시간을 보낸다니까요!"

그러면 어머니가 말했다. "너희 시어머니는 귀가 안 들리잖아! 너희 시어머니처럼 귀가 안 들리는 것도 아닌데 어떻게 수를 놓아? 난 집에 갇혀 지내면 너무 짜증이 나! 난 산책을 하고 싶어!"

또 이렇게 말했다. "내가 수를 놓는다고 상상해봐! 난 수 같은 건 잘 못 놓거든! 난 바느질할 줄도 몰라! 아버지 양말 하나 제대로 꿰매질 못해서 내가 해놓으면 나탈리나가 다시 고쳐야 한다니까!"

어머니는 다시 혼자서 러시아어 공부를 시작했고 의자에 앉아 러시아어를 하나하나 읽었다. 그리고 파올라 언니가 오면 문법에 맞는 문장을 한 자 한 자 힘들여 언니에게 읽어주었다.

파올라 언니가 말했다. "쳇! 이 러시아어 때문에 엄마가 너무 짜증나게 변하셨어!"

파올라 언니는 또 미란다 올케를 질투했다.

"엄만 항상 미란다네 집에 가죠! 우리 집에는 오시지도 않으면서!"

미란다 올케가 사내아이를 낳아서 이름을 비토리오라고 지었다. 파올라 언니도 같은 시기에 딸을 낳았다.

파올라 언니는 미란다 올케의 아기가 못생겼다고 말했다. "얼굴선이 거칠고 못생겼어요." 언니가 말했다. "철도원 자식 같아요!"

이제 어머니는 미란다 올케의 아기를 보러 갈 때 이렇게 말했다.

"철도원이 잘 있는지 가서 보고 오마." 어머니는 어린 아기를 모두 좋아했다. 유모들도 좋아했다.

유모는 어머니가 어린아이들을 키우던 때를 떠올리게 해주었다. 어머니는 젖을 먹이지 않고 우유를 먹여 아기들을 키우는 보모들을 골랐다. 그리고 보모들에게 노래를 가르쳤다. 집 안에서 노래를 부르며 어머니는 말했다. "지금 이 노래는 마리오 보모의 거예요! 이건 지노 보모의 거예요!"

아버지가 감옥에 있던 해에 태어난 지노 오빠의 아들 아르투로는 여름이면 우리와 함께 산으로 휴가를 보내러 갔다. 그 애의 보모도 왔다. 어머니는 아르투로의 보모가 집 안에 있을 때면 항상 그녀와 수다를 떨었다.

아버지가 말했다. "당신은 언제나 일하는 사람들과 함께 있구먼! 아이들을 보살핀다는 핑계를 대고선 일하는 사람들과 수다나 떠는 거야!"

"아주 좋은 여자예요, 베피노! 반파시스트고요! 우리와 같은 생각을 가지고 있어요!"

"일하는 사람들하고 정치 이야기 하지 말라고 했잖아!"

아버지는 손자들 중에서 오로지 로베르토만 좋아했다. 새로 태어난 손자를 보여드릴 때마다 아버지는 이렇게 말했다.

"그래도 로베르토가 훨씬 더 잘생겼다니까!"

어쩌면 로베르토에게 약간의 관심을 보인 단 하나의 이유는 그 애가 당신의 첫손자라는 점에 있는지도 모른다. 여름 휴가철이 오면 아버지는 언제나 똑같은 집을 세 얻었다. 오래전부터 아버지는 다른 곳으로 가고 싶어하지 않았다. 그 집은 초원을 바라보고 있는 커다란 회색 돌집이었는데 그레소네이의 페를로토아 마을에 있었다.

파올라 언니의 아이들과 지노 오빠의 아들이 우리와 함께 갔다. 그러나 알베르토 오빠의 아들인 철도원은 바르도네키아로 갔다. 그곳에 미란다 올케의 언니인 엘레나가 집을 한 채 가지고 있었다.

잘은 모르지만 부모님은 바르도네키아를 무시했다. 그곳은 해도 뜨지 않고 무시무시한 곳이라고 말했다. 그 이야기를 들으면 그곳이 화장실 같았다.

아버지는 말했다. "미란다는 정말 얼간이라니까! 이곳으로 왔어야 해. 아이에게는 바르도네키아보다 여기가 훨씬 더 좋을 거야. 분명해."

그러면 어머니는 말했다. "불쌍한 우리 철도원!"

아이는 아주 건강해져서 바르도네키아에서 돌아왔다. 금발에 건강하고 아주 잘생긴 아이였다. 조금도 철도원처럼 보이지 않았다.

아버지는 말했다.

"그렇게 나빠지지는 않았군. 이상한 일이야. 바르도네키아에서 나쁘지 않았나 보군."

알베르토 오빠에게 좋은 공기가 필요해서 우리는 몇 해 동안 포르테 데이 마르미에 갔다. 하지만 아버지는 마지못해 바닷가에 갔다. 아버지는 도시에서처럼 옷을 입고 파라솔 밑에서 책을 읽었다. 사람들이 수영복을 입고 있는 걸 좋아하지 않아서 화를 냈다. 어머니는 해수욕을 즐겼지만 수영을 할 줄 몰랐기 때문에 해변에 있었다. 그래도 물속에 있는 동안은 즐거워했고 파도를 탔다. 하지만 돌아와서 아버지 옆에 앉으면 어머니도 뾰로통해졌다. 어머니는 배를 타고 깊은 바다로 나가 돌아올 줄 모르는 파올라 언니에게 질투심을 느꼈다. 밤이 되면 파올라 언니는 카판닌나에 춤을 추러 갔다. 그러면 아버지는 말했다.

"밤마다 춤을 추러 가니? 당나귀 같으니!"

하지만 산에서, 페를로토아에 있는 집에서 아버지는 항상 기분이 좋았다. 어머니도 마찬가지였다. 잠깐 와서 얼굴을 비치는 것 말고는 파올라 언니나 피에라 올케는 산에 오지 않았다. 산에는 아이들만 와 있었다. 어머니는 아이들과 나탈리나와 보모들과 있으면 아주 즐거워했다.

나도 산에 갔는데 무료해 죽을 지경이었다. 그리고 우리 옆집에 루치오와 프란체스 아주머니가 묵었다. 두 사람은 모두 하얀 옷을 입고 마을로 테니스를 치러 갔다.

그 고장의 어떤 여관에는 아델레 라세티 아주머니가 머물렀다. 여전히 작고 마른 데다가 바늘 끝처럼 날카로운 눈에 푸르스름한 빛이 도는 얼굴을 찌푸린 모습은 아들과 똑같았다. 아주머니는 손수건으로 곤충들을 잡고서는 창턱에 놓아둔 사향 덩어리 속에 넣었다.

어머니는 말하곤 했다. "난 아델레가 정말 좋아!"

아델레 아주머니의 아들은 페르미*와 함께 로마에서 일하는데 유명한 물리학자가 되어 있었다.

아버지는 말했다. "라세티는 정말 똑똑하다고 내가 항상 말했지. 하지만 너무 무미건조해! 너무 무미건조해!"

프란체스 아주머니가 초원에 와서 어머니가 앉아 있는 벤치에 나란히 앉았다. 아직도 손에는 케이스에 든 라켓을 들고 고무줄로 머리를 묶고 있었다. 아주머니는 아르헨티나에 있는 동서, 그러니까 마우로 삼촌의 아내에 대해 말했다. 그리고 이런 말을 흉내 냈다.

"콤모 노!"**

* 엔리코 페르미(1901~1954). 물리학자. 1938년에 노벨 물리학상을 받았다.
** '물론이에요'라는 뜻의 에스파냐어.

아버지는 프란체스 아주머니에게 말했다.

"파올라 카라라와 소풍 다니던 젊은 시절 생각나요? 파올라 카라라가 갈라진 틈을 보고 '저 구멍 속으로 사람들이 내려갈 수 있어요?'라고 했죠."

그러면 어머니가 말했다.

"루치오 어릴 때를 한번 생각해봐. 우리가 소풍 다닐 때에는 목이 말라도 그런 말을 하면 절대 안 된다고 하니까 그 애가 말했잖아. '목이 마른데 왜 그 말을 하면 안 돼요?'"

그러자 프란체스 아주머니가 말했다.

"콤모 노!"

"리디아, 손거스러미 뜯지 마!" 아버지는 가끔씩 호통을 쳤다. "교양 없는 짓 그만둬!"

"프란체스와 잠깐, 아델레 라세티와 잠깐, 그렇게 있다 보면 하루가 금방 지나가버려!" 어머니가 말했다.

하지만 파올라 언니가 아이들을 만나러 오면 어머니는 안절부절못하다가 곧 실망했다. 어머니는 파올라 언니가 가는 곳마다 쫓아다녔고 언니가 가방에서 화장품들을 꺼내놓는 동안에도 언니를 지켜보았다. 어머니도 언니와 똑같은 화장품을 아주 많이 가지고 있었다. 하지만 그걸 발라야 한다는 생각을 단 한 번도 해본 적이 없었다.

"엄마 피부가 다 갈라졌어요." 파올라 언니가 어머니에게 말했다. "피부를 좀 가꾸세요. 매일 밤 좋은 영양크림을 발라줘야 해요."

어머니는 포근하고 무거운 모직 치마들을 산에 가져왔다. 그래서 언니가 말했다.

"엄만 너무 스위스 여자처럼 옷을 입으세요!"

"산은 정말 우울해!" 파올라 언니는 이렇게 말했다. "난 정말 산을 참을 수가 없어!"

그러다가 언니는 마리오 오빠와 함께 하던 게임을 떠올리면서 말했다.

"모두 광물성이야! 아델레 라세티는 정말 순수한 광물성이야. 난 이제 그런 광물성 사람들과 잘 지낼 수가 없어!"

며칠 후 언니는 다시 떠났다. 그러면 아버지는 말했다. "왜 좀 더 있다 가지 그러니? 넌 정말 당나귀 같구나!"

가을에 어머니와 나는 마리오 오빠를 만나러 갔다. 오빠는 이제 클레르몽-페랑 근처의 작은 마을에서 살았다. 오빠는 그곳의 기숙학교에서 교사 노릇을 했다.

오빠는 그 기숙학교의 교장과 그의 아내와 아주 친하게 지냈다. 그들은 교양 있고 정직한 특별한 사람들로서 그런 사람들은 프랑스에서밖에 찾아볼 수 없다고 오빠가 말했다.

오빠는 석탄 난로가 있는 기숙학교의 작은 방에서 살았다. 창문으로는 눈 덮인 들녘이 보였다. 마리오 오빠는 파리에 있는 키아로몬테와 카피에게 긴 편지를 썼다. 오빠는 헤로도토스를 번역하고 난로와 씨름을 했다. 오빠는 재킷 속에 어두운 색의 폴라 스웨터를 입고 있었는데 교장의 아내가 선물로 짜준 것이었다. 오빠는 그 답례로 바느질 상자를 선물했다.

그 고장 사람들은 모두 오빠를 알았다. 오빠는 길에서 누구를 만나든지 걸음을 멈추고 길에 서서 이야기를 나누었고 그 사람들은 오빠를 집에 데리고 가서 르 뱅 블랑*을 대접했다.

* 백포도주.

어머니는 이렇게 말했다. "어쩌면 저렇게 프랑스 사람이 다 됐을까!"

밤에는 기숙학교 교장과 그의 아내와 카드놀이를 했다. 그들의 이야기를 들어주고 교육 시스템에 대해 의논했다.

또 저녁식사에 나온 수프에 대해서, 수프에 양파가 너무 많이 들어갔다든가 아니면 적게 들어갔다든가 하는 이야기를 오랫동안 나누었다.

"어쩌면 저렇게 참을성 많은 사람이 됐을까!" 어머니는 말했다.

"저 사람들을 대체 어떻게 견뎌내는 거지? 우리를 조금도 참아내지 못했잖아. 집에 있을 때는 우리보고 지루한 사람들이라고 했잖아. 내가 보기엔 저 사람들이 우리보다 더 지루한데!"

이렇게 말하기도 했다. "저 사람들이 프랑스인이라는 사실 하나 때문에 참는 거겠지!"

겨울이 끝날 무렵에 레오네 긴츠부르그는 감형을 받아 치비타베키아의 교도소에서 토리노로 돌아왔다. 그는 너무 짧은 코트에 다 낡아빠진 모자를 쓰고 있었다. 모자는 검은 머리칼 위에 약간 삐뚤어지게 놓여 있었다. 그는 주머니에 손을 집어넣고 천천히 걸었다. 검고 날카로운 눈, 꽉 다문 입술, 찡그린 이마에, 검은 거북이 테 안경을 큰 코 위에 약간 흘러내리게 걸쳐 쓴 그는 주변을 주의 깊게 살폈다.

레오네는 어머니와 누나와 함께 프란치아 대로 쪽에 있는 집에서 살았다. 그는 특별 감시를 받았다. 해가 떨어지자마자 집에 들어가야 했고 그가 집에 있는지 확인하기 위해 경찰들이 찾아왔다.

저녁은 파베세와 함께 보냈다. 두 사람은 오래된 친구였다. 파베세도 얼마 전 유배지에서 돌아온 상태였다. 그 당시 파베세는 실연으로 괴로워하면서 몹시 우울하게 지냈다. 매일 밤 레오네를 찾아왔다. 옷걸이에 라일락색 목도리를 건 뒤 허리띠가 달린 코트를 걸어놓고 식탁에 가서 앉았다. 레오네는 팔꿈치를 벽에 댄 채 소파에 앉아 있었다.

파베세는 자신에겐 용기라고는 조금도 없기 때문에 용기를 내서 여기 온 것은 아니라고 설명했다. 그리고 물론 희생정신 때문도 아니었다. 레오네에게 오지 않으면 저녁 시간에 혼자 할 일이 없어서, 그리고 고독하게 저녁 시간을 보내는 걸 견딜 수가 없어서 레오네를 찾아왔다.

자신은 정치에는 '전혀 관심이 없기' 때문에 정치에 대한 이야기를 들으러 오는 것도 아니라고 설명했다.

그는 때때로 아무 말 없이 저녁 내내 파이프 담배만 피워대기도 했다. 어떨 때는 손가락으로 머리카락을 돌돌 말면서 자기 이야기를 했다.

이야기를 들어주는 레오네의 능력은 무한하고 끝이 없었다. 그는 자기 생각에 몰두해 있을 때에도 깊은 관심을 가지고 다른 사람의 이야기를 들어줄 줄 알았다.

그러고 나면 레오네의 누나가 차를 가지고 왔다. 레오네의 누나와 어머니는 파베세에게 이런 러시아어를 가르쳤다. "난 설탕과 레몬이 들어간 차를 좋아해요."

자정이 되면 파베세는 옷걸이에서 자기 목도리를 꺼내 마치 그걸 집어던지기라도 하듯 재빨리 목에 두르고 코트를 입었다. 그러고는 큰 키의 창백한 그가 코트 깃을 세우고 희고 튼튼한 이로 불이 꺼진 파이프를 물고 어깨를 웅크리고 빠른 걸음걸이로 성큼성큼 프란치아 대로를 따라 사라져갔다.

레오네는 계속 책꽂이 옆에 서 있었다. 책을 꺼내 책장을 넘기기 시작했다. 그는 오랫동안 양미간을 찡그리며 되는 대로 책을 읽었다. 되는 대로 책을 읽으며 그렇게 새벽 세 시까지 서 있었다.

레오네는 출판사 사장*인 친구와 함께 일하기 시작했다. 직원이라고는 레오네와 출판사 사장, 창고 관리 직원, 코파 양이라고 불리는 타이피스트가 전부였다. 출판사 사장은 젊고 낙천석이고 수줍음을 많이 타는 사람으로 종종 얼굴이 빨개지곤 했다. 하지만 타이피스트를 부를 때는 사납게 고함을 쳤다.

"코파!"

그들은 파베세에게 함께 일하자고 설득해보았다. 파베세는 말을 듣지 않았다. 그는 이렇게 대꾸하곤 했다.

"관심 없어!"

또 이렇게 말하기도 했다. "난 월급이 필요 없어. 먹여 살려야 할 사람이 아무도 없으니까. 그냥 수프 한 그릇과 담배 한 갑이면 충분해."

그는 고등학교 임시 교사 생활을 했다. 벌이가 시원치 않았지만 그에게는 충분했다. 그리고 그는 영어 번역을 했다. 『모비 딕』을 번역했다. 그의 말에 따르면 순전히 자기만족을 위해 번역을 했다. 물론 번역료는 받았지만 번역료를 전혀 못 받는다 해도 책을 번역했을 것이며 심지어 그 책을 번역하기 위해 자기 돈을 들일 수도 있다고 말

* 에이나우디 출판사의 줄리오 에이나우디를 말한다.

했다.

그는 시를 썼다. 그의 시들은 길게 질질 끄는 나른한 리듬을 지니고 있어 일종의 씁쓸하고 단조로운 노래 같았다. 그의 시 세계는 토리노, 포 강, 언덕, 안개, 철길가의 선술집들이었다.

마침내 파베세도 설득되어 이 작은 출판사에 들어가서 레오네와 함께 일하기로 했다.

파베세는 정확하고 꼼꼼한 직원이었기 때문에 아침에 늦게 출근하고 세 시나 되어서야 점심을 먹으러 가는 나머지 두 사람에게 불평을 해댔다. 그는 다른 일과표를 권했다. 그는 일찍 출근해서 정각 한 시가 되면 점심을 먹으러 갔다. 함께 사는 누나가 한 시에 수프를 만들어 식탁 위에 올려놓기 때문이다.

레오네와 출판사 사장은 가끔씩 말다툼을 했다. 며칠 동안 서로 말도 하지 않았다. 그러다가 서로 긴 편지를 쓰고 화해를 했다. 파베세, 그이는 그런 일에 '관심이 없었다'.

레오네가 진정으로 열정을 지닌 것은 정치였다. 근본적으로는 정치가 적성에 맞았지만 시와 언어학, 역사 등에도 열정을 보였다.

그는 어릴 때 이탈리아에 왔기 때문에 이탈리아어를 러시아어처럼 잘했다. 그렇지만 집에서 어머니나 누나와 이야기할 때는 러시아어를 사용했다. 레오네의 어머니와 누나는 거의 외출을 하지 않았고 절대 아무도 만나지 않았다. 그래서 레오네는 밖에서 자신이 한 행동이라든가, 그가 만났던 사람들에 대해 빠짐없이, 아주 세세하게 이야기해주었다.

그는 감옥에 가기 전에 사교 모임에 참석하는 것을 좋아했다. 비록 약간 더듬거리기는 했지만 그는 뛰어난 이야기꾼이었다. 그리고 항상 중요한 일을 생각하고 그걸 행동에 옮기는 일에 몰두해 있었지만 별 쓸데없는 잡담도 들어줄 준비가 되어 있었다. 그는 사람들에게 관심이 있었고 아주 하찮은 일도 잊지 않는 천부적으로 뛰어난 기억력을 가지고 있었다.

하지만 그가 감옥에서 돌아왔을 때 그를 초대하는 모임은 하나도 없었다. 뿐만 아니라 사람들은 그를 피했다. 이미 그는 토리노에서 위험한 투쟁가로 알려졌기 때문이다. 하지만 그는 그런 일에 전혀 개의치 않았다. 그는 그 사교 모임들을 완전히 잊어버린 듯했다.

레오네와 나는 결혼했다. 그리고 팔라말리오가에서 신접살림을 차렸다.

아버지는 레오네가 나와 결혼하고 싶어한다는 말을 어머니에게서 전해듣고 다른 형제들이 결혼할 때마다 그랬듯이 몹시 화를 냈다. 이번에는 그가 못생겼다는 말은 하지 않았다. 이렇게 말했다.

"확실한 직장이 없잖아!"

사실 레오네는 확실한 직장이 없었다. 솔직히 말하자면 아주 불안정한 상태였다. 그는 체포될 수도 있었고 다시 옥살이를 할 수도 있었다. 이런저런 구실을 붙여 유형지로 보내질 수도 있었다. 하지만 파시즘이 끝나면 레오네는 아주 훌륭한 정치인이 될 거라고 어머니가 말했다. 게다가 그가 일하고 있는 그 작은 출판사가, 지금은 그렇게 작고 가난하지만 장래가 촉망되는 출판사라고.

어머니는 이렇게 말했다.

"그 출판사에서 살바토렐리의 책들도 나왔어요!"

살바토렐리라는 이름은 어머니와 아버지에게 마술적인 힘을 부여했다. 아버지는 그 이름에 호의적이고 친절했다.

나는 결혼을 했다. 아버지는 즉시 다른 사람들에게 내 얘기를 할 때면 '우리 딸 긴츠부르그'라고 했다. 아버지는 언제나 새로운 상황을 재빠르게 정의할 준비가 되어 있었고 결혼한 여자를 남편 성으로 부르는 습관이 있었다. 올리보라는 남자와 포르타라는 여자가 아버지 조수로 일한 적이 있었다. 올리보 씨와 포르타 양은 그 후 결혼을 했다. 우리는 계속 그들을 '올리보와 포르타'라고 불렀다. 그럴 때마다 아버지는 화를 냈다. "이젠 포르타가 아니야! 올리보라고 불러라!"

지우아의 아들, 그러니까 파리에서 항상 마리오 오빠와 함께 지내던 그 강렬한 눈의 창백한 청년이 에스파냐에서 죽었다. 치비다베키아에 수감되어 있던 그의 아버지는 결막염 때문에 거의 실명 위기에 처해 있었다.

지우아 부인은 어머니를 만나러 우리 집에 자주 왔다. 두 분은 파올라 카라라 아주머니 집에서 알게 되어 친구가 되었다. 두 분은 서로 말을 놓기로 했다. 하지만 어머니는 계속해서 처음처럼 그녀를 '지우아 부인'이라고 불렀다.

"지우아 부인, 너 말이야."

처음에 그렇게 불렀기 때문에 호칭을 바꾼다는 게 쉽지 않았다.

지우아 부인은 리세타라는, 나보다 일곱 살 어린 딸을 데리고 왔다.

강렬한 눈과 짧은 머리에 앞머리를 이마 위로 내린 리세타는 자기 오빠인 렌초와 똑같이 키가 크고 마르고 창백하고 직선적인 소녀였다. 우리는 함께 자전거를 타러 갔다. 그러면 리세타는 자기 오빠와 다젤리오 고등학교를 함께 다닌 오빠의 옛 친구를 가끔씩 만난다고 말해주었다. 그 동창생은 가끔씩 그녀를 찾아와서 크로체*의 책들을 빌려주었는데 그가 아주 똑똑하다고 했다.

그렇게 해서 난 처음으로 발보에 대한 이야기를 듣게 되었다. 그는 백작이라고 리세타가 알려주었다. 한번은 리세타가 레움베르토 대로에서 붉은 코를 가진 작은 남자를 내게 가리켰다. 발보**는 오랜 세월이 흐른 뒤에 나의 가장 좋은 친구가 되었다. 하지만 그때는 그를 전혀 몰랐다. 그리고 리세타에게 크로체의 책을 빌려주는 그 작은 백작을 아무런 관심도 없이 바라보았다.

난 가끔 그가 얄밉게 생긴 아주 아름다운 소녀와 레움베르토 대로를 지나가는 것을 보았다. 그녀의 얼굴은 청동을 조각한 것 같았는데 작은 매부리코로 공기를 가르며 실눈을 뜨고 천천히 거만하게 걸었다. 그 여자가 누구냐고 리세타에게 물어보았다.

"그 애, 다젤리오 고등학교 학생이야. 등산을 좋아하고 잘난 체하는 애야." 리세타가 내게 말했다.

"얄밉게 생겼어." 내가 말했다. "얄밉게 생겼는데 아주 예뻐." 얄밉게 생긴 소녀는 레움베르토 대로에 난 샛길 쪽에 살았는데 그녀의 집은 일층이었다. 나는 여름이면 창가에 서 있는 그녀를 가끔씩 보았다. 구릿빛 뺨 근처에 닿게 자른 갈색 단발머리의 그녀가 실눈을 뜨고 경멸과 불쾌감이 담긴 입술과 권태롭고 신비한 표정으로 나를 바라보았다.

내가 리세타에게 말했다. "정말 건방진 얼굴이야!"

토리노를 오랫동안 떠나 있을 때에도 내 마음속에는 그 건방진

* 베네데토 크로체(1866~1952). 이탈리아의 철학자, 역사가, 비평가.

** 펠리체 발보(1914~1964). 철학자, 작가.

얼굴에 대한 이미지가 남아 있었다. 그러다가 후에 사람들이 '건방진 얼굴'이 출판사에 취직했고 파베세와 출판사 사장과 일한다고 말해주었을 때, 그렇게 오만불손하고 거만한 여자가 그렇게 겸손한 사람들 사이에, 그리고 나와 가까운 사람들과 섞이기로 마음먹었다는 사실에 난 깜짝 놀랐다. 그 후 그녀가 투쟁가의 일원으로 체포된 적이 있다는 것을 알았을 때 더더욱 놀랐다. 그러나 우리가 서로 만나기까지는 아직도 많은 세월이 흘러야 했고 그녀, '건방진 얼굴'이 나의 가장 다정한 친구가 되기 위해서도 더 많은 세월이 흘러야 했다.

리세타는 크로체의 소설 외에도 살가리*의 소실을 읽었다. 그때 그녀의 나이는 열네 살가량이었나. 즉 계속, 끊임없이 어른과 아이 사이를 왔다 갔다 할 나이였다. 난 살가리의 소설들을 읽었지만 잊어버렸다. 리세타는 우리가 자전거를 풀밭 위에 세워놓고 들판에 앉아 쉬고 있을 때면 내게 그 소설들을 이야기해주었다. 그녀의 꿈과 이야기 속에는 인도의 왕들, 독이 발린 화살, 파시스트, 그리고 일요일이면 그녀를 찾아와서 크로체의 책을 가져다주는 발보라는 이름의 작은 백작이 뒤섞여 있었다. 나는 무심하게 귀를 기울여 그녀의 이야기를 즐겁게 들었다. 내 경우, 크로체가 썼다는 『새로운 이탈리아 문학』 말고는 그 어떤 것도 읽지 않았다. 아니 좀 더 정확히 말하자면 『새로운 이탈리아 문학』 중에서도 요약된 소설과 인용문만을 읽었다. 그렇지만 난 열세 살 때 크로체에게 편지를 썼고 내가 쓴 시 몇 편을 보냈다. 그는 아주 친절하게 답장을 해서 내 시가 별로 아름답지 않다는 걸 예의 바르게 설명해주었다.

* 에밀리오 살가리(1862~1911). 소설가로 청소년을 위한 모험소설을 썼다.

난 크로체의 책을 제대로 읽은 게 없다고 리세타에게 실토하지 않도록 조심했다. 그녀가 내게 존경을 표했으므로 실망시키고 싶지 않았다. 그리고 비록 나는 크로체를 읽지 않았지만 레오네가 처음부터 끝까지 다 읽었다는 사실에 위안을 얻었다.

파시즘은 곧 끝날 분위기가 아니었다. 뿐만 아니라 절대 끝날 것 같지도 않았다.

바뇰 드 로른에서 로셀리 형제가 살해되었다.

토리노에는 몇 년 전부터 독일에서 탈출해온 독일계 유대인들이 많이 살았다. 아버지도 그들 중 몇 명을 연구실 조교로 데리고 있었다.

그들은 조국이 없는 신紳들이었다. 어쩌면 우리도 얼마 후 조국이 없는 신이 되어 직장도 뿌리도 없이, 가족도 집도 없이 이 나라 저 나라로, 이 경찰서 저 경찰서로 떠돌아다니게 될지도 몰랐다.

내가 결혼하고 얼마 지나지 않아 알베르토 오빠가 내게 물었다. "옛날보다 결혼생활을 하는 지금이 더 부자 같니, 더 가난한 것 같니?"

"더 부자가 된 것 같아." 내가 말했다.

"나도 그래! 그런데 사실은 우리가 예전보다 훨씬 더 가난한 거야!"

난 장을 보면서 모든 게 다 싸다고 생각했다. 항상 물가가 너무 올랐다는 이야기를 들어왔기 때문에 깜짝 놀랐다. 때로는 겨우 월말이 가까워질 때에야 매번 30첸테시모*를 쓰다 보니 가진 돈을 다 써 버려서 수중에 한 푼도 없다는 걸 알았다.

이제 누군가가 우리를 식사에 초대해주면 아주 기뻤다. 초대한 사람이 별로 좋아하지 않는 사람이라고 해도 마찬가지였다. 예상치 않게 돈을 내지 않고도 음식을 먹을 수 있게 되면 한 번에 많이 먹을 수 있어 좋았고 요리할 걱정을 하지 않아도 되고 물건을 사거나 요리하는 걸 지켜보지 않아서 만족스러웠다.

난 마르티나라는 여자를 집에 데리고 있었다. 그녀는 아주 호감이 가는 여자였다. 하지만 난 이렇게 생각했다.

'청소를 잘하기나 하는 걸까? 먼지를 잘 털기나 하는 걸까?'

집안일에 전혀 경험이 없던 나는 우리 집이 깨끗한 건지 아닌지도 제대로 몰랐다.

파올라 언니나 어머니를 만나러 가면 벤젠으로 얼룩을 빼고 솔질해놓은 옷들이 다림질 방에 걸려 있는 게 보였다. 그러면 난 곧 불안해져서 속으로 생각했다. '마르티나가 우리 옷을 가끔씩 솔질하고 얼룩이나 빼기는 하는 건가?' 우리 부엌에는 솔과, 넝마 조각으로 마개를 막은 작은 벤젠 병이 있기는 했다. 하지만 그 작은 병은 항상 벤젠이 가득 들어 있었고 마르티나가 그걸 사용하는 걸 단 한 번도 본 적이 없었다.

가끔씩 마르티나에게 어머니의 집에서 본 것처럼, 나탈리나가 해적처럼 머리에 수건을 두르고 가구들을 밖으로 내놓고 먼지떨이로 가구들을 털어낼 때처럼 집안 대청소를 하라고 말하고 싶었다. 하지

* 파시즘 시대에 리라 대신 통용되던 화폐의 단위.

만 단 한 번도 마르티나에게 명령할 수 있는 적절한 기회를 잡을 수가 없었다. 난 마르티나에게 수줍음을 탔고 마르티나 역시 수줍음을 많이 타는 온화한 여자였다.

복도에서 그녀를 만나면 우리는 애정이 담긴 긴 미소를 주고받았다. 하지만 대청소를 하라고 그녀에게 말해야겠다는 계획을 하루하루 미루었다. 게다가 난 감히 그녀에게 그 어떤 명령도 할 수가 없었다. 어머니 집에서는 어린 시절부터 무관심하게 명령을 했고 매 순간마다 내 의사를 표시했는데 말이다. 우리가 산으로 여름휴가를 갔을 때, 매일 아침 따뜻한 물이 담긴 양동이와 물주전자를 내 방에 갖다놓게 했던 일이 생각난다. 그곳에는 목욕탕이 없어서 난 방 안에서 통 같은 데 서서 씻어야 했기 때문이다. 아버지는 우리에게 찬물로 씻으라고 권했다. 하지만 어머니 말고는 우리 중의 그 누구도 찬물로 몸을 씻는 습관을 갖지 않았다. 아니 우리 형제들은 모두 반항심 때문에 아주 어린 시절부터 찬물을 끔찍이 싫어했다. 지금은 내가 나탈리나에게 장작불을 피우는 난로에 물을 덥혀서 그 큰 양동이와 주전자에 담아 계단을 올라오라고 시켰다는 사실에 스스로도 놀라고 있다. 마르티나에게는 감히 물 한잔 가져다달라는 명령도 내릴 수가 없었다. 난 결혼과 동시에 갑자기 피곤과 노동을 알게 되었다. 그리고 나태해져서 의지는 약해졌고 나를 둘러싼 사람들에 대한 생각은 마비되어버렸다. 이 때문에 나는 완전한 무력감에 포위되어 있는 내 모습만을 상상했을 뿐이었다. 점심때에는 음식을 서둘러 준비해야 하고 냄비를 너무 많이 더럽혀서는 안 된다고 마르티나에게 명령하는 법을 공부했다. 나는 돈도 알게 되었다. 난 탐욕스러운 사람은 아니었고, 어머니처럼 씀씀이가 헤펐는데 이런저런 일을 통해 돈이란 피곤하고 애매모호한 복잡한 존재라는 결론에 이르렀다. 30첸테시모라는 형상을 한 돈이 대체 어디로 가는지도 알 수 없었고 목적지도 알 수 없었다. 그리고 돈에서 피로와 게으름과 나약함의 의미를 이끌어낼 수 있었다. 그렇지만 수중에 돈이 들어오면 당장 쓰지 않을 수 없었고 돈을 써버린 것을 금방 후회했다.

나는 소녀 시절에 세 명의 여자친구가 있었다. 우리 집에서는 내 친구들을 '새침데기들'이라고 불렀다. 새침데기란, 우리 어머니의 언어로, 얼굴을 찡그리고 장식이 많이 달린 옷을 입는 여자아이를 의미했다. 하지만 내 생각에 친구들은 그렇게 얼굴을 찡그리지도 않았고 장식이 많이 달린 옷을 그다지 자주 입지도 않았다. 하지만 어머니는 내 어린 시절을 언급할 때, 그리고 그 당시 어쩌면 나와 함께 놀았을지도 모르는, 얼굴을 찡그리고 장식이 많이 달린 옷을 입던 여자아이들을 언급할 때면 내 친구들을 그렇게 부르곤 했다.

"나탈리아는 어디 갔지?" "새침데기네 집에 갔겠지!" 우리 가족은 항상 이렇게 말했다. 내 친구들은 고등학생 때 만난 아이들이었다. 결혼 전 난 매일 그 친구들과 함께 시간을 보냈다. 그들은 가난했다. 아니 어쩌면 내가 그 친구들에게 매력을 느낀 이유 중에는, 제대로 알지는 못했지만 좋아했고 알고 싶어했던, 바로 그 가난이라는 요인이 들어 있었는지도 모른다. 결혼 후에도 난 계속 그 친구들을 만났지만 예전처럼 자주 만나지는 않았다. 그 친구들을 찾아가지 않고 하루하루 시간이 가게 내버려두었다. 어쩔 수 없이 그렇게 되고 말리라는 것을 잘 알면서도 친구들은 이 점을 비난했다. 그렇지만 가끔씩 그 친구들을 만나는 건 아주 즐거웠는데 멀리 사라져버린 것 같던 나의 소녀 시절을 잠시나마 되돌려주었기 때문이다.

내 친구 셋은 모두 여러 가지 이유로 사회와 노골적인 대립관계 속에서 살았다. 그들에게 사회란 정돈되어 있는 손쉬운 부르주아적 생활, 규칙적인 시간표와 기운을 북돋아주는 배려와 가족이 통제하는 체계적인 공부로 이루어진 생활을 의미했다. 나는 결혼하기 전에 바로 이런 쉬운 생활을 했고 그 삶에서 많은 특권을 누렸다. 하지만 나는 그 생활을 좋아하지 않았고 오히려 벗어나길 갈망했다. 나는 이 친구들과의 만남을 위해 도시에서 가장 슬픈 장소들을 찾았다. 아주 쓸쓸한 공원, 몹시 황량한 우유 가게, 더러운 극장, 장식이 없는 휑한 카페 같은 곳이었다. 쓸쓸하고 희미한 불빛이 비치는 구석에서, 혹은 차가운 벤치에서 우리는 밧줄이 끊어진 배를 타고 정처 없이 표류하는 기분을 느꼈다.

새침데기 중 두 명은 자매였는데 늙은 아버지와 살았다. 아버지는 한때는 아주 부자였지만 파산했고 소송 때문에 변호사들과 서신을 주고받곤 했다. 그 아버지는 항상 긴 진정서를 쓰기에 여념이 없었고 아직도 사시*에 재산이 조금 남아 있었기 때문에 토리노와 사시, 사시와 토리노를 열심히 오갔다. 그리고 딸들이 전혀 좋아하지 않는 복잡한 유대인 음식을 요리하면서 그 늙은 아버지는 딸들이 어떻게 생활하는지 전혀 모르는 채 살았다. 게다가 딸들은 스스로 생활 규칙을 만들어놓았기 때문에 별달리 특별한 일을 하지도 않았다. 갑작스럽게 고함치거나 한탄해대는 아버지의 권위는 딸들의 생활에서 조금의 무게도 지니고 있지 않았다. 두 딸은 키가 크고 갈색 머리를 가진 아름답고 건강한 처녀들이었다. 하나는 게을러서 항상 침대

* 토리노 외곽 지역.

위에 드러누워 있었다. 다른 하나는 정력적이고 결단력이 있었다. 게으른 딸은 온순하게 아버지를 견딜 수 없어했고, 다른 딸은 결연하고 경멸적으로 아버지를 견딜 수 없어했다.

아랍 여자처럼 길쭉한 눈에 검고 부드러운 고수머리를 가진 게으른 그 딸은 살이 찌는 체질이었고 목걸이와 귀걸이를 아주 좋아했다. 그리고 비만을 증오한다고 주장했지만 절대 그 비만을 퇴치해보려고 하지 않았다. 그녀는 크고 흰 뻐드렁니가 드러나게 미소를 지으며 이렇게 말하곤 했다. "니그라 숨 세드 포르모사."* 다른 딸은 마른 몸매였는데 더 마르고 싶어해서 기둥처럼 튼튼한 자기 다리를 걱정스레 거울에 비춰보곤 했다. 그 마른 몸메는 강한 의지로 얻게 된 것이어서 튼튼한 엉덩이와 단단하고 위압적인 뼈대는 그대로 남아 있었다. 그녀는 조금이라도 마음에 두고 있던 남자와 약속을 하면 단식을 하거나 사과만 하나 먹었다. 그녀는 옷을 직접 만들어 입었는데 식사를 평상시대로 했다가는 혹시 옷이 찢어지지나 않을지 걱정할 정도로 몸에 꽉 맞게 만들었다. 그녀는 이마를 찡그리고 입에 핀을 잔뜩 물고 세심하고 신경질적인 주의를 기울여 옷을 만들었다. 그리고 비만뿐만이 아니라 너무 눈에 띄는 실크 옷을 해 입는 언니의 취향을 혐오했기 때문에 될 수 있는 한 단순하고 차분한 옷을 만들고 싶어했다.

내 친구들의 아버지는 외출할 때마다 한탄조의 긴 편지들을 부엌 식탁 위에 남겨놓았다. 펜촉이 한쪽으로 기울어진 예리한 공증인 만년필로 쓴 편지였다. '오늘 밤 멜론 반쪽이 없어진 것을 확인했

* "나는 검지만 아름답다오." 『구약성경』 중 「아가」에 나오는 말.

는데 그 멜론을 주려고 약혼자를 집으로 부른' 하녀라든가, '작고 예쁜' 토끼들을 돌보지 않아 죽게 만든 사시의 농부 아낙네라든가 내 친구네 집에서 담요를 빌려다가 불에 태워 되돌려주면서 오히려 '담요 탓을 하고 사과 한마디 하지 않아' 기분을 상하게 한 옆집 여자에게 보내는 편지였다.

두 딸은 망명한 독일계 유대인들과 사귀었고 가끔씩 아버지가 넓고 검은 냄비에 만들어 내버려두는 이상야릇한 음식을 그 사람들에게 나누어주었다. 난 가끔 그 집에서 망명한 학생들을 만났는데 그들은 그날그날 근근이 살아갔고 다음 달에는 무슨 일을 해야 할지, 팔레스타인으로 떠날 수 있을지, 이름도 잘 모르는 사촌이 몇 명 살고 있는 미국 땅에 갈 수 있을지 전혀 예측하지 못했다. 항상 모두에게 개방된 좁고 어두운 복도에서는 아버지의 자전거가 발에 걸리고 응접실에는 호화롭지만 닳아버린 가구들과 유대인들의 촛대가 빼곡하게 놓여 있고 사시의 소유지에서 가져온 빨간 작은 사과들이 낡은 카펫 위에 흩어져 있는 이 집은 깊고 변함없는 매력을 내게 발산했다. 가끔씩 계단이나 복도에서 늙은 아버지와 마주치기도 했는데 그 아버지는 언제나 변호사들과의 서신 왕래와 수입인지에 정신이 팔려 있었고, 항상 사과와 고추가 가득 든 장바구니를 계단으로 옮기느라고 정신이 없었다. 그분은 손질하지 않은 회색 수염을 쓰다듬으면서, 그리고 모자 밑의 늙은 예언자같이 품위 있는 이마를 닦으면서 피에몬테 사투리로 소송에 대해 길게 설명하곤 했다. 하지만 참을성 없는 딸들은 빨리 아버지 방으로 들어가버리라고 말했다.

대개 귀신 같고 약간 모자라는 가정부들이 번갈아가며 그 집에 드나들었다. 그 집 아버지가 직접, 그리고 혼자 음식에 관한 일을 도

맡아하려고 해서 가정부가 요리하는 게 허락되지 않았다. 또 유대인들의 촛대를 망가뜨리거나 사과를 훔쳐갈지도 모르므로 응접실 청소를 해서도 안 되었기 때문에 가정부들은 도대체 자기들이 할 일이 뭔지 알 수 없었다. 게다가 몇 주 후면 모두 일을 그만두어버렸고 지난번의 가정부와 똑같이 약간 모자라고 귀신 같은 다른 가정부가 새로 들어왔다.

집은 고베르놀로가에 있었다. 그 집은 2차 세계대전 때 파괴되었다. 나는 전쟁이 끝나고 토리노에 돌아와서 그 집을 보러 갔다. 오래된 안뜰에 폐허 더미만이 남아 있었다. 늙은 아버지가 자전거와 장바구니를 들고 오르내리던 계단은 무너져버려 난간만 남아 있었다. 아버지는 병이 들어 닭 한 마리를 데리고 유대인 병원에 입원했다. 그 닭은 다시 요리를 할 수 있을 거라는 희망을 아버지에게 남겨주었던 것 같다. 딸 하나는 결혼해서 아프리카에 가 있었고 다른 딸, 그러니까 결단력 있는 그 딸은 로마에서 법률을 공부하고 있었기 때문에 아버지는 혼자 죽음을 맞이했다.

또 다른 내 친구의 이름은 마리사였다. 그녀는 레움베르토 대로 쪽에 살았는데 거리의 맨 끝, 그러니까 거리가 끝나면서 풀이 무성한 공터 같은 것이 만들어진 곳, 가로수 길이 끝나고 전차 종점이 있던 그곳이었다. 그녀는 조그맣고 우아하게 생겼는데 담배를 피우고 예쁜 모자를 뜨개질하는 일밖에는 하지 않았다. 나중에는 붉은 곱슬머리 위에다 손수 뜬 모자를 아주 우아하게 쓰고 다녔다. 풀오버도 뜨개질했다. "난 아주 멋진 풀오버를 짤 거야." 그녀는 혀가 잘 돌아가지 않는 발음으로 이렇게 말했다. 그리고 목 부분을 길게 짜서 접을 수 있는 이 풀오버를 정말 다양하게 짜서 낙타색 코트 안에 입고 다녔다. 그녀는 아주 어릴 때에는 이런저런 해수욕장을 옮겨 다니고 휴양지와 호사스러운 호텔에 머물면서 유복한 어린 시절을 보냈다. 그러다가 그녀의 가족은 경제적인 파산을 맞게 되었다. 그녀는 가까이에서 볼 수는 있지만 자기에게는 먼 옛날이야기가 되어버린 풍요로운 삶에 대해 애정과 조소가 뒤섞인 추억을 간직하고 있었는데, 괴로움이나 애석함 등은 전혀 남아 있지 않았다. 그녀는 게으르지만 신뢰할 만하고 밝은 성격을 가지고 있었다.

독일 점령 기간에 마리사는 유격대원이 되어 게으르고 연약하던 소녀의 모습을 상상할 수도 없을 정도로 비상한 용기를 발휘했다. 그 후 공산당 당원이 되어 자신의 삶을 당에 바쳤다. 하지만 그녀에게는 그 어떤 야망도 없었고 겸손하고 공손하며 마음이 넓었기 때문에 그녀의 존재는 언제나 그늘에 가려 있었다. 그녀는 당의 문제만 생각했고 혀가 잘 돌아가지 않는 발음으로 '당'을 이야기했으며, "난 멋진 풀오버를 짤 거야"라고 말할 때와 똑같이 맑고 신뢰감 가는 억양으로 당을 이야기했다. 그녀는 절대 결혼을 하고 싶어하지 않았다. 그녀가 항상 간직하고 있던 이상적인 남성상과 일치하는 남자, 묘사할 수는 없지만 그녀가 상상해왔던 독특한 성격을 가진 남자를 현실에서 만날 수 없을 것 같아서였다.

이 세 친구는 모두 유대인이었다. 이탈리아에 인종차별주의가 확산되었다. 하지만 내 친구들은 외국에서 온 유대인들과 사귀면서 무의식적으로 불확실한 미래를 준비했다. 게다가 공포의 낌새 같은 건 느끼지 못한 채 그런 상황을 아주 태평스럽게 받아들였다. 그들과 나는 대학도 같이 다녔다. 하지만 정력적이고 결단력 있던 그 친구를 제외한 나머지 우리 셋은 별 열의를 보이지 않았고 되는 대로 공부를 했다.

고베르놀로에 사는 내 친구들의 그 늙은 아버지로 말하자면, 그 분은 인종차별주의가 시작되던 초기에 '지위나 특별한 업적을 적으시오'라고 쓰인 서류를 받았다. 그래서 이렇게 기록했다.

'1911년 라리 난테스* 클럽에 들어갔고 한겨울에 포 강에 뛰어듦.' '우리 집에서 어떤 일을 할 때 카셀라 기사技師가 나를 현장 감독이라고 이름 붙임.' 그런 식으로 서류를 작성했다.

어머니는 항상 파올라 언니의 친구들에게 질투심을 느꼈지만 내 친구들에게는 그렇지 않았다. 어머니는 내가 결혼할 때는 파올라 언니가 결혼할 때처럼 눈물을 흘리며 서운해하지 않았다. 어머니는 나와 대등한 관계로 지냈다기보다는 어머니로, 보호자로 그 역할을 했다. 어머니가 언제나 말했듯이 내가 '별로 적극적이지 않기' 때문에, 또 어머니가 늙었고 이미 자식들이 남기고 간 공간을 달게 받아들이고 이별의 충격을 줄일 수 있도록 당신의 삶을 방어하고 안락하게 생활했기 때문에 내가 결혼하고 난 뒤에도 집안에서 나의 빈자리를 느끼지 못했다.

* '뛰어난 수영선수들'. 수영과 보트 애호가들의 모임. 베르길리우스의 『아이네이스』에 나오는 구절.

이 세상에 남아 있는 유일한 낙관주의자는 어머니와 아드리아노 형부뿐인 것 같았다. 파올라 카라라 아주머니는 입을 완전히 부루퉁하게 내밀고 여전히 밤이면 살바토렐리를 초대해서 그에게서 어떤 희망의 말을 듣길 기대하곤 했지만 아무 소용이 없었다. 살바토렐리는 어두워 보였는데 모두가 갈수록 더 어두워지고 침울해졌으며 희망의 말을 하지 않았다. 주변에는 어두운 공포가 떠돌았다.

그렇기는 해도 아드리아노 형부는 '그의 정보 제공자'로부터 파시즘이 머지않아 끝나리라는 것을 알게 되었다. 어머니는 그 이야기를 들으며 즐거워했고 박수를 쳤다. 하지만 어머니는 그 유명한 정보 제공자가 사실은 손금 보는 사람일지도 모른다고 의심하기도 했다. 아드리아노 형부는 몇몇 손금 보는 사람에게 조언을 구하곤 했는데 형부가 가는 도시마다 그런 사람이 한 명씩 있었다. 어떤 사람은 아주 용해서 형부의 과거사까지 알아맞히고, 또 어떤 사람은 '생각을 읽기도 한다'고 말했다. 게다가 아드리아노 형부는 '생각을 읽는다'는 것이 아주 평범한 일이라고 생각했다. 아드리아노 형부는 자기 아버지만 아는 어떤 일을 우리 아버지에게 이야기했다. 그러자 아버지가 그것을 어떻게 알았느냐고 물었다. 형부는 조용하게 이렇게 대답했다. "생각을 읽었어요." 어머니는 언제나 아주 활기차고 즐겁게 형부를 맞았는데 형부를 좋아해서이기도 하고 항상 형부에게서 어머니의 낙관주의를 살찌워줄 만한 소식을 기대하기 때문이기도 했다. 형부는 우리들 모두 뛰어나고 행복한 운명을 가졌다고 예언하곤 했다. 레오네는 정부의 고위 관리가 될 거라고 말했다. "너무 멋지구나! 내각의 총리가 될 거야!" 어머니는 손을 모아쥐면서 말했다. 벌써 그렇게 되기라도 한 듯이. "그런데 마리오는?" 어머니가 물었다. "마리오는 어떻게 될까?"

아드리아노 형부는 마리오 오빠의 미래에 대해선 아주 보잘것없이 말했다. 형부는 마리오 오빠에게 큰 호감을 느끼지 못했고, 오빠가 너무 비판적인 생각을 가지고 있다고 말했다. 형부 역시 마리오 오빠가 로셀리 그룹을 멀리한 게 옳지 못한 행동이었다고 생각했다. 어쩌면 몇 년 전 올리베티 사에 취직하자마자 모의를 하고 체포를 당하고 도주한 일에 대한 원망이 무의식에 숨어 있었는지도 몰랐다. "그러면 지노는? 알베르토는?" 어머니는 계속해서 물어보았고 아드리아노 형부는 참을성 있게 예언을 했다.

어머니는 손금 보는 사람을 믿지 않았다. 그러나 매일 아침 가운 차림에 식당에서 커피를 마실 때는 수없이 솔리테르*를 쳤다. 어머니는 이렇게 말하곤 했다. "레오네가 정부의 고위 관리가 되는지 어디 보자." "알베르토가 훌륭한 의사가 되는지 한번 보자." "누가 나한테 멋진 저택을 선물할지 한번 보자." 멋진 저택을 어머니에게 선물할

* 카드점을 뜻하는 프랑스어.

사람이 누구인지는 분명하지 않았다. 돈에 대해 점점 더 많이 걱정하고, 인종차별주의가 계속되면서 다시 가진 돈이 별로 없어 보이던 아버지는 분명 아니었다. "파시즘이 얼마나 계속될지 한번 보자." 어머니는 카드를 뒤섞으며, 아침이면 항상 젖어 있는 회색의 머리를 흔들며, 다시 커피를 따르며 이렇게 말했다.

인종차별주의가 시작될 무렵 로페츠 아저씨네 가족은 아르헨티나로 떠났다. 우리가 알고 지내던 유대인은 모두 떠났거나 떠날 준비를 하고 있었다. 레오네의 형인 니콜라는 아내와 함께 미국으로 이민 갔다. 그곳에는 칸이라는 삼촌이 살고 있었다. 그 늙은 삼촌은 어릴 때 러시아를 떠났기 때문에 단 한 번도 직접 만나본 적이 없었다. 레오네와 나도 가끔씩 '미국으로, 칸 삼촌에게로' 가자고 말했다. 하지만 레오네와 나는 여권을 압수당한 상태였다. 레오네는 이탈리아 시민권을 잃었고 국적 없는 사람이 되었다. "우리가 난센 여권을 가졌더라면!" 나는 언제나 이렇게 말했다. "난센 여권을 가졌더라면!" 그것은 국적이 없는 중요 인물들에게 허용되는 특별 여권이었다. 한번은 레오네가 그 여권에 대해 암시했다. 난센 여권을 갖는 게 세상에서 가장 멋진 일 같았다. 하지만 결국 우리는, 레오네도 나도 이탈리아를 떠나고 싶은 생각이 조금도 없었다. 아직 떠날 수 있는 가능성이 남아 있을 때, 레오네는 로셀리가 만들었던 그룹에서 일하라는 제의를 받았다. 그는 거절했다. 이민자, 정치 망명가가 되고 싶지 않았던 것이다.

그렇지만 우리는 파리의 망명가들을 놀랍고도 기적적인 존재로 생각했다. 파리에서 어떤 사람이 길을 가다가 망명가를 만나 그들을 만지고 손을 잡을 수 있다는 사실이 보통 일이 아닌 듯했다. 우리는 몇 년 전부터 마리오 오빠를 보지 못했고 언제 다시 만나게 될지도 알 수 없었다. 오빠 역시 놀라운 존재 중의 하나였다. 그리고 가로쉬, 루수,* 키아로몬테, 카피가 있었다. 바닷가에서 파올라 언니 때문에 알게 된 키아로몬테를 제외하고 다른 사람들은 한 번도 만난 적이 없었다. "가로쉬가 어떻게 했죠?" 난 이렇게 레오네에게 물어보곤 했다. 파리는 저기, 그리 멀지 않은 곳에 있어, 난 프란치아 대로를 걸으며 생각했다. 이 프란치아 대로 끝에, 산 저 너머에, 남색의 안개 베일 속에 파리가 있다고 생각했다. 그렇지만 깊은 심연이 파리와 우리를 갈라놓았다.

감옥에 있는 사람들, 그러니까 비 우에르와 모시, 빈치게라, 비토리오 같은 사람들 역시 파리에 있는 사람들과 마찬가지로 만날 수 없는 기적적인 존재로 보였다. 그들은 더더욱 멀리 떨어져 있는 느낌이었다. 그들은 죽은 사람과 우리 사이의 거리와 비슷할 정도로 아주 멀리 떨어진 어둠 속에 잠겨 있는 것 같았다. 불과 얼마 전에 주걱턱의 비토리오가 레움베르토 대로를 걸었던 게 실제 있었던 일인가? 우리가 비토리오와 마리오 오빠와 함께 식물성, 광물성 게임을 했던 게 정말 있었던 일인가?

아버지 역시 대학을 떠나야 했다. 아버지는 리에주의 한 연구소에서 일하도록 초빙을 받았다. 아버지는 떠났고 어머니도 함께 갔다.

* 에밀리오 루수(1890~1975). 작가이자 정치인. '정의와 자유'와 행동당을 만드는 데 기여했다. 전후에는 국회의원과 장관을 수차례 역임했다.

어머니는 벨기에에 몇 달 동안 머물렀다. 하지만 어머니는 아주 우울해서 절망적인 편지들을 썼다. 리에주에는 항상 비가 왔다. "빌어먹을 리에주!" 어머니는 말하곤 했다. "빌어먹을 벨기에!" 파리에 있는 마리오 오빠는 어머니에게 편지로 보들레르도 벨기에를 참을 수 없어했다고 알려주었다. 어머니는 보들레르를 그다지 좋아하지 않았다. 어머니에게 시인은 그저 폴 베를렌 한 사람뿐이었다. 하지만 곧 어머니는 보들레르에게 큰 호감을 갖게 되었다. 한편 아버지는 벨기에에서 많은 일을 했고 셰브르몽이라는 젊은이를 제자로 삼았다.

"셰브르몽과 집주인 여자 말고 벨기에 사람은 하나도 마음에 들지 않았어." 어머니는 이탈리아에 돌아와서 이렇게 말했다.

어머니는 이탈리아에서 예전과 같은 생활을 다시 시작했다. 어머니는 우리 집에 오거나 미란다 올케나 파올라 카라라 아주머니 집에 갔고 영화관에 다녔다. 파올라 언니는 파리에 아파트를 얻었고 그곳에서 겨울을 보냈다.

"베피노도 없고 나 혼자니까 아껴 쓸 거야." 어머니는 가난하다고 느낄 때마다 이렇게 말했다. "조금만 먹어야지. 수프 한 그릇, 고기 한 접시, 과일 하나만 먹어야지."

어머니는 매일 이 메뉴를 암송했다. '과일 하나'라고 말하면 검소하게 사는 듯한 느낌이 들었기 때문에 이 말을 좋아했다는 생각이 든다. 과일에 대해 말하자면 어머니는 토리노에서 카르팡뒤**라고 불리던 사과를 항상 샀다. 어머니는 스웨터를 말할 때 '노이베르크 거야!'라고 하듯, 외투를 말할 때 '벨롬 씨가 만든 거야!'라고 하듯, '이

** 프랑스에서 생산되는 사과.

건 카르팡뒤야!'라고 했다. 식사 때 사과가 맛이 없다고 아버지가 불평하면 어머니는 깜짝 놀라며 이렇게 말했다. "맛이 없다고요? 이건 카르팡뒤인걸요!"

"난 왜 이렇게 돈 쓰길 좋아하는지 모르겠어." 어머니는 가끔씩 한탄했다. 사실 어머니는 미리 정해놓은 예산대로 생활할 수가 없었다. 아침이면 어머니는 솔리테르를 치고 나서 나탈리나와 계산을 했다. 그러다가 나탈리나와 어머니는 다투었다. 나탈리나 역시 돈 쓰는 걸 좋아했고 낭비벽이 있었다. 어머니의 말에 따르면 나탈리나는 식사 준비를 하면서 교구의 가난한 사람들에게 줄 음식까지 만든다고 했다.

"어제 만든 고기 요리를 교구의 가난한 사람들에게도 주려고 했지!" 어머니가 말했다. "요리를 적게 해도 야단치고 조금만 더 많이 해도 야단치는군요. 어제는 테르실라도 집에 올 거라고 '그분'이* 말했잖아요." 나탈리나는 그 큰 입을 움직이며 흥분해서 손짓 몸짓을 해대며 말했다. "가만히 있어! 손 좀 움직이지 마! 그 더러운 앞치마 좀 봐, 왜 앞치마를 갈아입지 않지? 내가 그렇게 많이 사다주었는데, 그 앞치마도 교구의 가난한 사람들에게 갖다줬지."

"오, 불쌍한 리디아." 어머니는 계산서 종이들을 뒤섞고 커피를 다시 따르면서 말했다. "맹물 커피를 만들었군, 커피 좀 더 진하게 내릴 수 없어?" "커피 기계가 좋지 않아요. 다른 기계를 사주면요, '그분'에게 수백 번도 더 말했잖아요. 이 기계는 구멍이 너무 커서 커

* 여성 대명사와 남성 대명사를 혼동하는 나탈리나의 잘못된 표현. '그분'은 어머니를 가리킨다.

피가 너무 빨리 내려간다고요. 천천히 내려가야 하는데 커피를 너무 곱게 갈았어요."

"어떻게 내가 어린 왕이 되길 바라겠어."

어머니가 세상에서 가장 매력적으로 생각하는 것은 권력과 어린 시절이었는데, 이 두 가지가 함께 혼합되어 있는 것을 사랑했기 때문에 미소와 탄식을 뒤섞어가면서 이렇게 말했다. 그러니까 어린 시절은 그 시기만이 갖는 사랑스러움으로 권력을 완화시키고 권력이 지닌 자주성과 신망이 어린 시절을 풍요롭게 만든다는 것이다.

"그런데 내가 얼마나 못생긴 '노파'가 되었는지 좀 봐." 어머니는 거울 앞에서 모자를 쓰면서 말했다. 어머니는 모자를 살짝 머리에 얹기만 했는데 그 모자를 비싸게 샀지만 길에 나가면 첫 번째 모퉁이를 돌자마자 모자를 벗어버리기 때문이었다.

"내가 젊어 보이는 걸 얼마나 좋아하는지 알아? 오늘은 마흔 살 정도로밖에 안 보이는데!" 어머니가 문가에서 나탈리나에게 말했다.

"'그분'은 절대 마흔 살이 아니에요. 나보다 여섯 살이 많으니까 거의 육십은 다 됐을 거예요." 나탈리나는 빗자루를 위협적으로 움직이면서 말했다. 그녀는 항상 흥분한 어조로, 위협적인 태도로 말하곤 했다.

"그 수건 때문에 루이 11세처럼 보이지는 않는군. 마라**처럼 보여." 어머니가 그녀에게 말했다. 그리고 집을 나섰다.

어머니는 미란다 올케네 집에 들렀다. 미란다는 피곤에 지쳐 핏기가 없이 금발을 뺨까지 늘어뜨린 채 집 안을 이리저리 돌아다녔

** 장-폴 마라(1743~1793). 신문기자이자 정치가. 프랑스혁명 당시의 중요 인물.

다. 그녀는 난파선에서 살아 나온 사람 같았다.

"찬물로 얼굴 좀 씻어라! 산책이나 나가자!" 어머니가 미란다에게 말했다.

어머니에게는 찬물이 게으름과 우울과 불쾌함을 치료하는 확실한 방법이었다. 어머니 자신도 하루에도 몇 번씩 '찬물'에 얼굴을 씻었다.

"돈을 아껴 써야 해. 나하고 나탈리나 둘 뿐이니까 아껴 써야 한다고. 수프 한 그릇, 고기 한 접시, 과일 하나." 어머니는 암송을 했다. "어떻게 그렇게 조금 써요! 어머니처럼 낭비벽 있는 분이!" 미란다가 말했다. 그리고 이렇게 말했다. "전 오늘 닭을 한 마리 샀어요. 적당한 닭을 발견했거든요." 미란다는 특별한 억양에 길게 끄는 콧소리로 '닭'이라고 말했다. 이건 자기 친정과 우리 집 생활습관 중 정반대되는 점을 발견했을 때, 우리와 비교해서 우월감을 맛보았을 때 하는 버릇이었다. "어머니처럼 혼자 사는 분이 있다는 게 '그 이외의 점'이고, 절대 만족할 줄 모르는 알베르토 같은 사람이 있다는 게 '그 이외의 점'이죠." 미란다는 두 개의 다른 상황을 비교하고 싶을 때면 항상 '다른 점'이라고 말하지 않고 '그 이외의 점'이라고 말하면서 이야기를 계속해나갔다.

아버지는 2년 동안 벨기에에 머물렀다. 그 2년 동안 많은 일이 벌어졌다.

어머니는 처음에는 가끔씩 아버지를 만나러 갔다. 벨기에에 가면 우울해진다는 사실은 차치하더라도, 어머니는 국제적인 사건들이 벌어져 나와 이탈리아로부터 '단절'될지도 모른다는 점을 항상 불안해했다. 어머니는 다른 자식들에게는 보호해주어야 한다는 책임감을 느끼지 않았지만 나만은 예외였다. 아마도 내가 막내이기 때문이었으리라. 우리 아이들이 태어나자 어머니는 그 아이들에 대해서도 똑같은 보호의 의무를 확대했다. 게다가 레오네가 가끔씩 체포되었기 때문에 어머니는 내가 항상 위험에 처해 있다고 생각했다. 경찰의 중요 인물들이나 국왕이 토리노를 방문하면 예방을 이유로 레오네를 체포해갔다. 감옥에 삼사 일씩 가두어두었다가 중요 인물들이 떠나고 나면 풀어주었다. 레오네는 턱에 수염이 까맣게 난 채 겨드랑이 밑에 속옷 봉지를 끼고 집에 돌아왔다. "빌어먹을 국왕! 집안에 좀 가만히 틀어박혀 있지!" 어머니가 말했다. 보통 때 어머니는 국왕 이야기를 들으면 즐거워했고 국왕을 싫어하지 않았다. 어머니는 국왕의 다리가 짧고 휜 데다가 성질도 급하다는 걸 마음에 들어했다. 하지만 '그 얼간이 때문에' 가끔씩 레오네를 체포해가서 어머니는 화가 났다. 엘레나 왕비로 말하자면, 어머니는 그녀를 참을 수 없었다. "매력적인 여자야!" 어머니는 이렇게 말하곤 했다. 이건 어머니에게는 경멸적인 말이었다. "촌뜨기야! 멍텅구리지!"

아버지가 벨기에에 계실 때 난 연년생으로 두 아들을 낳았다. 어머니는 나탈리나와 함께 친정집을 비워놓고 우리 집에 와서 지냈다.

"다시 팔라말리오가에 사는 것 같아!" 어머니는 말했다. "그런데 이제 팔라말리오가가 그렇게 끔찍하게 생각되지는 않는구나. 아마 벨기에와 비교해서 그럴 거야! 리에주는 팔라말리오가보다 훨씬 더 나쁘다니까!"

어머니는 나의 두 아기를 아주 예뻐했다. "난 둘 다 마음에 들어. 누가 더 예쁜지 모르겠다니까." 마치 한 아기를 선택하기라도 해야 할 것처럼 이렇게 말하곤 했다. "오늘은 이놈이 너무 잘생겨 보이네!" 어머니가 이렇게 말하면 내가 물었다. "누구요?" "누구긴? 내 손자놈 말이다!" 어머니가 대답했다. 그래도 난 누구를 말하는 건지 알 수가 없었다. 순간순간마다 어머니의 편애가 이 아기에서 저 아기로 옮겨갔으니까. 나탈리나로 말하면, 둘 다 사내아기인데도 아기들에 대해 이야기할 때 대명사 '그녀'를 사용했다. "'그녀'를 깨우면 안 돼요, 깨우면 이상해진다니까요. '그녀'가 이상하니까 한두 시간 정도 산책을 데려가야 해요."

내가 갓난아기들 때문에 지쳐 있고 나탈리나가 너무 부주의하게 너무 흥분해서 아기들을 돌보았기 때문에 보모를 고용하는 게 좋겠다고 어머니가 충고해주었다. 옛날에 어머니가 데리고 있던 사람들로 지금은 토스카나에 살고 있으며 어머니와 계속 연락을 하는 보모들에게 어머니가 직접 편지를 썼다. 그래서 보모가 왔다. 그런데 바로 그 무렵 독일군이 벨기에를 침공했다. 이 때문에 우리는 모두 불안에 사로잡혀 있어서 수놓은 앞치마와 플레어스커트를 필요로 하는 보모에게 별로 신경 쓰지 못했다. 하지만 어머니는 아버지 소식이 없어 걱정하면서도 앞치마를 구할 수 있는 방법을 궁리했다. 폭넓은 치마를 입은 키 큰 토스카나 출신의 보모가 치마 스치는 소리를 내며 집 안을 돌아다니고, 우리가 그 모습을 보며 즐거워할 수 있는 방법도. 하지만 나는 그 보모가 아주 불편해서, 나탈리나와 의견이 맞지 않아 자기 고향 리구리아로 돌아가버린 예전의 마르티나를 아쉬워했다. 난 계속 보모를 놓쳐버릴까 봐 걱정했고 그녀와 어울리지 않게 보잘것없이 사는 우리 집을 보고 우리를 평가할까 봐 걱정이 돼서 그녀가 아주 불편했다. 그 외에도 수가 가득 놓인 앞치마를 입고 부풀린 소매 옷을 입은 키 큰 그 보모는 나의 불안정한 상황을, 가난한 내 처지와 어머니의 도움 없이는 보모 하나 쓸 수 없다는 사실을 상기시켰다. 그래서 나는 스스로를, 창가에 서서 자기 딸이 화려한 보모의 손을 잡고 가로수 길을 걸어가는 모습을 바라보면서 카지노에서 재산을 몽땅 잃어버린 자신의 신세를 생각하는 『대식가들』*의 낸시 같다고 여겼다.

독일군이 벨기에를 침공했을 때 우리는 놀랐지만 독일이 계속 진격하지 못할 거라고 믿었다. 밤이 되면 우리는 어떤 확실한 소식이 들려오길 기대하면서 프랑스 라디오 방송을 들었다. 우리의 불안은 독일군이 전진하는 만큼씩 커져갔다. 그 당시 우리가 자주 만나

* 이탈리아의 여성 작가 안니에 비반티(1868~1942)의 소설.

던 친구인 파베세와 로네타가 밤이면 우리 집에 왔다. 로네타는 키가 크고 혈색이 좋은 젊은이로 'r'을 프랑스어식으로 발음했다. 난 잘 모르는 어떤 사업을 하던 그는 사업 때문에 토리노와 루마니아를 자주 여행했다. 폐쇄적이고 별다른 활동 없이 생활하던 우리는 항상 막 기차에 오르려는 듯한 분위기, 혹은 금방 기차에서 내리려는 듯한 그의 분위기에 탄복했다. 우리의 이런 감탄을 의식해서인지는 몰라도 그는 우리에게 그런 분위기를 강조했고 사업상의 중요한 인물, 중요한 여행가로 행세하는 걸 약간 즐겼다. 로네타는 여행하면서 정보들을 모았다. 독일의 벨기에 침공이 있을 때까지 그의 정보들은 언제나 낙관적인 분위기를 지니고 있었다. 침공 이후 그 소식들은 시커먼 비관주의로 물들었다.

로네타는 독일이 프랑스와 이탈리아는 말할 것도 없고 전 세계를 침략할 것이라고 말했다. 이 때문에 전 세계에 침략을 피할 만한 땅은 단 한 뼘도 없을 것이라고 했다. 그는 떠나기 전에 내게 아이들은 잘 있는지 물었다. 나는 잘 있다고 말해주었다. 한번은 어머니가 그에게 말했다. "조금 있으면 히틀러가 쳐들어와서 우리를 다 죽여버릴 텐데 잘 있는 게 뭐 그리 중요한가?" 로네타는 아주 예의 바른 청년이어서 떠날 때 어머니의 손에 입을 맞추었다. 그날 밤은 어머니의 손에 입을 맞추면서 어쩌면 마다가스카르에는 언제든지 갈 수 있을지도 모른다고 어머니에게 말했다. "왜 마다가스카르지?" 어머니가 물었다. 로네타는 다른 때 같으면 어머니에게 설명해주었을 텐데 그때는 기차를 타야 해서 시간이 없었다. 그래서 그에 대한 신뢰감을 키워갔고, 게다가 그 무렵에는 불안 때문에 다른 사람들의 말을 곧이곧대로 믿어버렸던 어머니는 그날 밤과 그다음 날 내내 계속 이런 말만 되풀이했다. "그런데 대체 왜 마다가스카르냐고?"

로네타는 그 이유를 우리에게 설명해줄 기회를 다시는 가질 수 없었다. 난 아주 오랜 세월이 흐른 뒤에야 그를 다시 만났다. 그리고 레오네는 틀림없이 그를 다시 만나지 못했을 것이다. 얼마 전 우리가 예상했던 대로 무솔리니는 전쟁을 선포했다. 바로 그날 저녁 보모는 떠났다. 나는 이제는 보모의 옷을 벗고 검은 무명옷으로 갈아입은 보모의 그 넓은 등이 계단 밑으로 사라져가는 것을 바라보며 깊은 안도감을 느꼈다.

파베세가 우리를 만나러 왔다. 얼마 동안 그를 다시 만날 수 없으리라는 생각을 하며 파베세에게 인사를 했다. 파베세는 작별 인사를 아주 싫어해서 떠날 때에도 항상 하던 대로 까다로워 보이는 손으로 손가락 두 개를 내밀며 인사했다. 파베세는 그해 봄 늘 버찌를 먹으면서 우리 집에 왔다. 그는 아직 작고 물기가 많은 첫물 버찌를 좋아했다. 그의 말에 따르면 그 버찌는 '하늘의 맛'을 지녔다고 했다. 우리는 빠른 걸음으로 길 끝으로 사라져가는 키 큰 그의 모습을 창가에 서서 바라보았다. 그는 버찌를 먹으면서 그 씨를 분명하고 재빠르게 벽 쪽으로 던졌다. 내게는 프랑스의 패전이 언제나, 우리 집에 오면 절박하고 까다로워 보이는 그 손으로 주머니에서 하나하나 꺼내 우리에게 맛을 보게 하던 파베세의 그 버찌와 연결되어 있었다.

전쟁이 모든 사람의 삶을 즉각 뒤엎고 변화시키리라 우리는 생각했다. 하지만 오랫동안 많은 사람들은 자기 집에서 항상 해오던 일을 계속해나가면서 아무런 방해도 받지 않고 살았다. 이제 모든 사람들이 결국엔 위험을 그럭저럭 무사히 넘길 수 있을 것이며 혼란스러운 상태는 벌어지지 않을 테고 집도 파괴되지 않고 탈출이나 고문 같은 것도 없으리라 생각하고 있을 때, 갑자기 도처에서 폭탄과 지뢰가 터지고 집이 무너지고 폐허 더미와 군인과 피난민들이 길을 뒤덮었다. 이제 아무렇지도 않은 척 행동할 수 있는 사람, 눈을 감고 귀를 막고 베개 밑으로 머리를 밀어넣을 수 있는 사람은 단 한 명도 없었다. 이탈리아에서 전쟁은 그렇게 벌어졌다.

마리오 오빠는 1945년에 이달리아에 돌아왔다. 오빠는 약간은 흥분되기도 하고 우울하기도 했을 테지만 그런 모습을 밖으로 드러내지 않았다. 비꼬는 듯이 보이는 오빠의 턱을 쓰다듬는 어머니에게 햇볕에 그을고 비꼬는 듯한 주름이 깊게 팬 이마를 내밀었다. 오빠는 완전히 대머리가 되어 머리카락 한 올 없는 구릿빛 머리가 반짝였다. 그리고 안감 같은 회색 면으로 된 낡아빠진 깨끗한 외투를 입고 있었는데 마치 영화에서 본 중국 상인의 옷 같았다.

이제 오빠는 신중해 보이는 어떤 사람을 칭찬하거나 중요한 사건을 이야기할 때, 혹은 신예 작가나 시인들을 평가할 때, 얼굴에 주름을 지으며 심각한 표정을 지었다. 오빠는 어떤 소설에 대해 이렇게 말했다. "좋아! 나쁘지 않아! 아주 좋아!" (오빠는 항상 마치 프랑스어를 통역하듯 말했다.) 오빠는 이제 헤로도토스와 그리스 고전들을 포기했다. 아니 적어도 그에 대해 말하지는 않았다. 오빠가 높이 평가하는 새 소설들은 대개 레지스탕스에 관한 프랑스 소설이었다. 하지만 자신의 평가에 좀 더 신중해진 것 같았다. 아니 적어도 자신이 호감을 느끼는 일에 좀 더 신중해져서 옛날처럼 갑작스럽게 열광에 빠져들지는 않았다. 하지만 비난하고 부정하는 일에서는 그다지 신중하지 않았고 증오를 통해 옛날의 그 억제되지 않던 사나움을 드러냈다.

오빠는 이탈리아를 좋아하지 않았다. 이탈리아에 있는 거의 모든 것이 우스꽝스럽고 어리석어 보였으며 제대로 계획되거나 구성되지 못한 것처럼 보였다. "이탈리아 학교는 형편없어! 프랑스가 좀 낫다니까! 프랑스도 완벽하지는 않지만 좀 나아! 잘 알겠지만 이탈리아엔 신부가 너무 많아. 모두 신부 손에 달렸다니까!" "신부가 왜 이렇게 많은지!" 오빠는 외출할 때마다 말했다. "너희 이탈리아엔 왜 이렇게 신부가 많은 거야! 우리 프랑스에선 몇 킬로미터를 가도 신부는 한 명도 못 만나는데 말이야!"

어머니는 오빠에게 아주 오래전, 전쟁이 일어나지 않고 인종차별도 시작되기 전에 어머니 친구 아들이 겪은 일을 이야기해주었다. 그 아이는 유대인이었고 그의 부모는 아들을 공립학교에 보냈다. 하지만 여자 담임선생님에게 종교 수업을 받지 않게 해달라고 부탁했다. 어느 날 담임선생님 대신 임시로 여교사가 교실에 들어왔는데 이 교사는 그 사실을 몰랐다. 그래서 종교 시간이 되자 공책을 챙겨 나갈 준비를 하는 이 아이를 보고는 깜짝 놀랐다. "넌 어디 가는 거니?" 교사가 물었다. "집에 가는 거예요." 아이가 대답했다. "종교 시간에 전 항상 집에 갔어요." "왜?" 임시 교사가 물었다. "왜냐하면 전 성모 마리아를 사랑하지 않으니까요." 그 아이가 대답했다. "성모 마리아를 사랑하지 않는다고!" 여교사는 충격을 받아 고함쳤다. "얘들아, 너희도 들었지? 저 앤 성모 마리아를 사랑하지 않는단다!"

"넌 성모 마리아를 사랑하지 않아! 성모 마리아를 사랑하지 않아!" 이제 교실의 아이들이 소리를 질러댔다. 그 부모는 어쩔 수 없이 아이를 다른 학교로 전학시켜야 했다.

마리오 오빠는 이 이야기를 너무 좋아했다. 그 이야기에 끝없이 황홀해했고 이 이야기가 진짜인지 물었다. "당치도 않아!" 오빠는 무릎을 치며 말했다. "당치도 않은 사건이야!"

어머니는 오빠가 이 이야기를 그렇게 좋아하자 기뻐했다. 하지만 프랑스에는 그런 여교사는 존재하지 않으며 그런 여교사를 생각조차 할 수 없다는 오빠의 이야기를 지겨울 정도로 여러 번 들어야 했다. 어머니는 '프랑스에서, 우리는'이라는 말을 오빠에게 하도 들어서 짜증이 났다. 신부에 대한 이야기도 마찬가지였다. "파시즘보다는 그래도 성직자들이 통치하는 게 더 나아." 어머니가 말했다. "똑같아요! 어머니는 똑같다는 걸 이해하지 못하시는군요! 똑같은 거예요!"

마리오 오빠를 만날 수 없었던 전쟁 기간 중에 오빠는 결혼을 했다. 부모님은 전쟁이 끝나기 전에 그 소식을 들었다. 오빠가 화가인 아메데오 모딜리아니*의 딸과 결혼했다고 누군가가 말했다. 아버지는 나머지 4남매의 결혼 소식을 들었을 때와 달리 처음으로 조용했다. 어머니나 우리 모두 너무나 이상하게 생각했고 납득할 수 없었지만 아버지는 영원히 아무런 설명도 하지 않았다. 아마도 아버지는 그 당시 마리오 오빠가 독일군의 감옥에 갇혔거나 죽었을 거라고 생각하면서 마리오 오빠를 몹시 걱정했던 것 같다. 그러므로 결혼했다

* 아메데오 모딜리아니(1884~1920). 이탈리아 출신으로 프랑스에서 활동한 화가이자 조각가.

는 사실이 아버지에게는 별로 중요하지 않았으리라. 어머니는 아주 기뻐했다. 그리고 그 결혼에 대해, 한 번도 만난 적이 없지만 모딜리아니 그림의 여자같이 생겼고 그 그림의 여자들처럼 머리를 빗어 올렸다고 사람들이 말해준 잔**에 대해 공상했다. 아버지는 모딜리아니의 그림이 혐오스럽다는 점만을 지적했다. "낙서야! 추잡해!" 아버지는 다른 말은 하지 않았다. 하지만 그 결혼을 막연하게 동의하는 것 같았다.

전쟁이 끝나자 마리오 오빠의 짧은 편지가 도착했다. 오빠는 프랑스에서의 체류와 관련된 문제 때문에 벌써 이혼했다고 말했다. "저런!" 어머니가 말했다. "정말 유감이야!" 아버지는 아무 말도 하지 않았다.

부모님이 오빠를 다시 만났을 때 마리오 오빠는 그 결혼과 이혼에 대해 말할 마음의 준비가 되어 있지 않은 듯했다. 다른 사람들이 오빠가 이탈리아를 떠날 때 이미 이런 결혼과 이혼을 예측했다고 생각하든 말든 신경 쓰지 않았다. 결혼과 이혼은 세상에서 가장 간단하고 자연스러운 일이라고 주장하고 싶어하는 분위기였다. 게다가 그 몇 년 동안 오빠에게 무슨 일이 일어났는지도 이야기하려 하지 않았다. 상실감이나 공포, 절망이나 굴욕감 같은 것을 느끼기도 했겠지만 오빠는 아무 말도 하지 않았다. 하지만 이미 습관이 되어버린 듯한 태도로 두 손을 모아 무릎을 움켜쥐고 구릿빛 머리를 소파의 등에 기댄 채, 절망적으로 일그러진 입술에 씁쓸하고 부드러운 미소를 지으며 휴식을 할 때면 가끔씩 오빠의 냉정한 얼굴 위에 우

** 잔 모딜리아니(1918~1984). 아메데오 모딜리아니와 잔 에뷔테른의 딸.

울한 그림자가 드리워졌다.

"시온 세그레를 만나러 가지 않니?" 아버지가 물었다. 아버지는 오빠가 이탈리아에 오자마자 옛 모험의 동료인 시온 세그레를 찾아 달려갈 거라고 생각했다. "가지 않을래요. 이젠 서로 할 이야기도 별로 없는데요." 마리오 오빠가 말했다.

우리 형제들은 여러 도시에 흩어져 살고 있었는데 오빠는 오랫동안 보지 못한 형제들을 만나러 가고 싶어하지도 않았다. 시온 세그레에 대해 이야기할 때와 똑같이 말했다. "이젠 서로 할 이야기도 별로 없는데요!"

하지만 전쟁이 끝난 후 토리노에 다시 돌아온 알베르토 오빠를 만나자 기뻐하는 기색이었다. 이젠 더 이상 알베르토 오빠를 무시하지 않았다. "틀림없이 훌륭한 의사일 거야!" 마리오 오빠가 말했다. "나쁘지 않아. 의사로서 아주 훌륭할 거야!"

마리오 오빠는 카피의 증상을 자세히 설명하고 그를 돌보는 의사들의 의견을 이야기하면서 알베르토 오빠에게 카피의 병에 관해 몇 가지 물었다. 카피는 보르도에 살았다. 그리고 이젠 침대에서밖에 생활할 수 없었고 기력을 완전히 잃어버렸으며 거의 말도 하지 않았다.

어깨를 으쓱하며 왜 화가 났는지 알 수 없지만 화가 나서 가끔씩 참지 못하고 마리오 오빠가 내던지는 짧은 문장을 통해 우리는 그 몇 년 동안 오빠가 어떻게 살았는지 띄엄띄엄, 차츰차츰 알아가기 시작했다. 독일군이 침공했을 때 오빠는 교사 생활을 하던 시골의 기숙학교를 떠나 파리에서 살고 있었다. 오빠는 다시 고양이와 그 다락방에서 살았다. 하루하루 독일군이 진격해 들어왔다. 그래서 마리오 오빠는 떠나는 게 좋겠다고 카피에게 말했다. 하지만 카피는 한쪽 다리가 아팠기 때문에 움직이고 싶어하지 않았다. 키아로몬테는 그 무렵 병원에서 아내를 잃고 미국으로 가기로 결정했다. 그는 마르세유에서 배를 탔다. 그 배는 그때 닻을 올릴 수 있던 마지막 민간인 배였다.

마리오는 마지막으로 카피에게 떠나자고 설득해보았다. 오빠와 카피는 걸어서 파리를 떠났다. 그때 이미 1킬로미터마다 독일군이 서 있었고 교통수단을 찾는 건 불가능했다. 카피는 다리를 절면서 마리오 오빠에게 의지해 걸었다. 둘은 답답할 정도로 느리게 앞으로 나갔다. 가끔씩 카피가 길가에 앉아 쉬었고 마리오 오빠는 카피의 다리에 붕대를 다시 묶어주었다. 그러고 나서 다시 걷기 시작했고 카피는 빨간 실로 꿰맨 짧은 양말에 슬리퍼를 신고 아픈 다리를 끌고 흙먼지 속을 걸어갔다.

마침내 그들은 보르도 근방의 한 마을에 당도했다. 마리오 오빠는 외국인 난민 수용소에 억류되었다. 석방되고 나서는 마키*에 들어갔다. 전쟁이 끝날 무렵에는 마르세유에 있었고 추방위원회**에 참여했다. 키아로몬테는 미국을 떠나 다시 파리로 왔다. 그는 마리오 오빠와 카피와 계속 우정을 나누었다. 마리오 오빠는 이탈리아에 와서 정착하겠다는 생각은 눈곱만큼도 없었다. 게다가 프랑스 시민권

* 독일 점령군에 대항한 프랑스 레지스탕스 운동단체.

** 대독 협력자를 추방하기 위해 만들어진 위원회.

을 신청해놓은 상태였다.

오빠는 한 프랑스 기업가의 경제 자문이었다. 오빠는 그 프랑스인과 함께 자동차를 타고 이탈리아에 왔다. 프랑스인을 데리고 다니며 박물관과 공장들을 보여주었다. 하지만 마리오 오빠는 여전히 운전을 할 줄 몰랐기 때문에 프랑스인이 직접 운전했다. 아버지와 어머니는 그 직장이 안정된 곳인지 혹은 그저 일시적이고 불안정한 직장인지 불안스럽게 서로 물어보았다. "난 정말 그 애가 건달이 될까 봐 걱정이에요." 어머니가 말했다. "속상해요! 그 앤 정말 똑똑한데!" "그 프랑스인은 어떤 사람일까?" 아버지가 말했다. "미심쩍어 보이는 데가 있어!"

마리오 오빠는 일주일 정도 이탈리아에 머물렀다. 그리고 다시 그 프랑스인과 함께 떠났고 우리는 아주 오랫동안 오빠를 만나지 못했다.

예전의 작은 출판사는 유력한 큰 출판사가 되었다. 이제 일하는 직원도 많았다. 예전 출판사 건물이 폭격으로 무너져버렸기 때문에 레움베르트 대로에 새 건물을 갖게 되었다. 파베세는 혼자 방을 썼고 그 방문에는 '편집국'이라고 쓰인 명패가 붙어 있었다. 파베세는 파이프를 물고 책상에 앉아서 번개처럼 재빠르게 교정을 보았다. 휴식 시간에는 그리스어로 쓰인 『일리아드』를 큰 목소리로 구슬픈 구절을 노래하듯 낭송했다. 아니면 글을 썼는데 몹시 빠르고도 거칠게 이미 쓴 소설을 지워버리기도 했다. 그는 유명한 소설가가 되었다.

그 옆방은 목이 길고 관자놀이 위의 머리가 산비둘기 날개처럼 약간 회색으로 물든 잘생기고 혈색 좋은 출판사 사장의 방이었다. 그의 책상 위에는 여러 개의 벨과 전화기가 놓여 있어서 이젠 "코파!"라고 고함치지 않았다. 게다가 코파 양은 이제 출판사에 없었다. 예전 창고 관리 직원도 없었다. 출판사 사장이 누군가를 부르고 싶으면 구내전화 버튼을 누르고 작은 목소리로 말해도 됐다. 구내에는 많은 타이피스트와 창고 관리 직원들이 있었다. 가끔씩 출판사 사장은 뒷짐을 지고 머리를 한쪽으로 약간 기울이고 복도를 왔다 갔다 했다. 그러다가 직원들의 방에 얼굴을 내밀고 예의 그 콧소리로 무엇인가를 말했다. 출판사 사장은 더는 수줍음을 타지 않았다. 아니 좀 더 정확히 말하자면 그의 수줍음은 외부 사람들과 대화해야 할 때에만 가끔 되살아났는데 그럴 때는 수줍음을 타는 게 아니라 차갑고 조용하고 신비에 싸인 사람처럼 보였다. 이 때문에 그의 수줍음은 외부 사람들을 위협해서, 외부 사람들은 커다란 유리 테이블 맞은편에서 명료하고 냉철한 남빛 시선이 자신들을 에워싸며 얼음같이 차갑게, 분명한 거리를 유지하고 자신들을 탐색하고 저울질하는 듯한 기분을 느꼈다. 그래서 그 수줍음은 직업상 큰 무기가 되었다. 그 수줍음은 힘이 되었고 나비가 불빛에 현혹되어 달려들듯이 외부 사람들이 달려들어 그 힘에 부딪혔다. 어떤 제안과 계획을 한 보따리 들고 의기양양하게 사장실을 찾아온 사람은 조용히 그를 주의 깊게 살펴보고 식별하는 냉철한 눈빛 때문에 대화가 끝날 즈음이면 자신이 약간은 어리석고 순진한지도 모른다고 생각했다. 그리고 자신이 들고 온 계획도 전혀 근거도 없이 공상을 통해 만들어진 것인지도 모른다는 개운치 않은 의구심에 사로잡혔고 이상하게 피곤하고 당황스러워하는 자신을 발견하기도 했다.

파베세가 외부인을 만나겠다고 수락하는 경우는 아주 드물었다. 그는 이렇게 말했다. “난 할 일이 있어! 난 아무도 만나고 싶지 않아! 빌어먹을! 난 관심 없어!”

하지만 신입사원이나 젊은이들은 외부인과 대화하는 데 호의적이었다. 외부인들은 아이디어를 가져올 수 있었다. 파베세는 이렇게 말했다.

“여기선 아이디어 따윈 필요 없어! 우린 이미 아이디어가 너무 많다고!"

파베세의 책상 위에 있는 구내전화가 날카롭게 울렸고 수화기에서 너무나 익숙한 코맹맹이 소리가 들려왔다.

"밑에 어떤 사람이 와 있다는군. 그 사람을 만나봐. 뭔가 제안할 게 있는 모양이야."

파베세가 말했다. "제안이 무슨 필요가 있어? 우리가 가지고 있는 제안만 해도 목까지 꽉 찼어. 난 제안과는 아무런 상관 없어! 난 아이디어를 원치 않아!"

"그러면 발보에게 그 사람을 보내." 그 목소리가 말했다.

발보, 그는 모든 사람들에게 주의를 기울였다. 그는 절대 새로운 만남을 거절하는 경우가 없었다. 발보는 제안이나 아이디어들을 막지 않았다. 그는 어떤 제안이나 아이디어든 다 좋아했고 그로 인해 자극받았으며 흥분했다. 그래서 그것들을 늘어놓기 위해 파베세에게 갔다. 작은 몸집에 붉은 코를 가진 그는 보여주어야 할 제안이 있을 때, 새로운 인간의 상황에 눈을 돌려야 한다고 믿을 때면 늘 그렇듯이 심각해지고, 그의 시야에 새로운 유형의 인간이 어렴풋이 나타나기만 하면 언제나 그렇듯이 잔뜩 흥분해서 파베세에게로 갔다. 그는 파베세에게로 달려갈 때면 늘, 언제 어디서든지 지성을 발견할 준비 태세를 갖춘 듯한 분위기, 작고 날카롭고 솔직하고 무방비 상태에다 깊이가 있는 그의 시선이 닿는 곳이면 그 어느 모퉁이에서든, 대규모로 출현하는 지성을 만날 것 같은 분위기였다. 발보는 쉬지 않고 떠들어댔고 파베세는 파이프 담배를 피우면서 한 손가락으로 머리칼을 말았다.

파베세가 말했다. "내가 보기엔 바보 같은 제안인데! 그런 바보들로부터 자네 몸을 좀 보호하게."

그러면 발보는 사실 부분적으로는 바보 같은 제안이라는 것을 시인하면서도 바보 같지 않은 점도 있으며 그 핵심은 훌륭하고 생명력 있고 창조력이 풍부하다고 대답했다. 발보는 항상 말을 했고 한 마디가 끝나기 무섭게 다른 말을 했기 때문에 단 한 번도 입을 다물고 조용히 있어본 적이 없었다. 파베세와의 이야기가 끝나면 사장실로 갔다. 몸집이 크지 않고 진지하며 작고 붉은 코를 가진 발보는 사장과도 이야기를 했다. 사장은 입에 불이 꺼진 담배를 물고 다리를 꼬고 앉아서 의자에서 몸을 흔들면서 때때로 발보에게 맑고 차가운 시선을 던지다가 종이 위에 기하학적인 그림을 여기저기 그렸다.

발보는 절대 교정을 보지 않았다. "난 교정 볼 능력이 없어! 속도가 너무 느리거든. 내 탓이 아니야!"

그는 끝까지 읽은 책이 단 한 권도 없었다. 책을 여기저기 몇 문장씩 읽었고 누군가에게 읽던 책 이야기를 하러 금방 일어나서 나갔다. 아주 사소한 것으로도 그는 자극받고 동요되어서, 끝없이 달려가는 그의 생각이 금방 방향을 바꿀 수 있었기 때문이다. 그는 밤 아홉 시까지 출판사에 머물며 이 책상 저 책상을 오갔다. 그는 식사하러 갈 시간도 제대로 기억하지 못했다. 그동안 책상이 비어갔고 사무실이 썰렁해졌다. 그러면 그는 시계를 보고 화들짝 놀라 외투를 입고 초록색 모자를 이마 위까지 눌러썼다. 그는 작은 몸을 꼿꼿이 세우고 겨드랑이에 서류철을 끼운 채 레움베르토 대로를 따라 아래로 걸어 내려갔다. 하지만 주차장에서 오토바이와 스쿠터를 구경하기 위해 걸음을 멈추었다. 그는 모든 종류의 기계에 호기심을 가졌고 오토바이에는 특별한 애정을 느꼈다.

파베세는 발보에 대해 이렇게 불평했다. "대체 왜 다른 사람들이 일할 때 항상 그렇게 떠들어대는 거야?"

그러면 출판사 사장이 말했다. "그냥 내버려둬!"

출판사 사장은 그의 방 벽에 레오네의 작은 초상화를 걸어놓았다. 뺨에 보조개가 깊이 파이고 숱이 많은 검은 머리에 여성스러운 손을 가진 초상화 속의 레오네는 코 위에 안경을 낮게 걸친 채 고개를 살짝 숙이고 있다. 레오네는 독일군의 점령 기간 중, 한창 추운 1월에 로마의 레지나 코엘리 감옥에서 독일군의 손에 목숨을 잃었다.

나는 독일군이 프랑스를 점령한 그 봄 이후, 레오네와 출판사 사장과 파베세가 함께 모인 것을 딱 한 번밖에 보지 못했다. 그 만남은 이탈리아가 참전하자마자 유형지로 보내졌던 레오네와 내가 딱 한 차례 토리노로 돌아왔을 때 이루어졌다. 우리는 유형지에서 며칠 허락을 받아 토리노를 방문했는데 그때 우리는 파베세와 출판사 사장 그리고 출판사에서 중요한 인물이 되기 시작한 어떤 사람들과 아이디어와 계획들을 가지고 밀라노와 로마에서 온 사람들과 함께 저녁 식사를 자주 했다. 그 당시 발보는 알바니아 전선에서 싸우고 있었기 때문에 그 자리에 없었다.

파베세는 레오네 이야기를 거의 하지 않았다. 그는 없는 사람, 죽은 사람에 대해 이야기하는 걸 좋아하지 않았다. 파베세 본인이 그렇게 말했다.

"어떤 사람이 떠나버렸거나 죽었으면 난 그 사람 생각은 하지 않으려고 해. 고통스러운 것은 싫으니까."

그렇지만 아마도 때때로 그는 레오네를 잃었다는 사실을 괴로워했을 것이다. 레오네는 그의 가장 좋은 친구였다. 어쩌면 그가 열거

한 그를 괴롭히는 일 중에 레오네의 죽음이 들어 있을지도 몰랐다. 그리고 그는 사랑에 빠질 때마다 더 가혹하고 잔인한 고통에 빠져들었기 때문에 고통으로부터 자기 몸을 사릴 수는 없었음이 분명했다.

사랑은 열병과도 같은 고통으로 그를 사로잡았다. 그 고통은 1~2년 동안 지속되었다. 그러고 나면 치유가 되었지만 중병을 앓고 일어난 사람처럼 눈이 퀭하고 쇠약해져 있었다.

독일군이 프랑스를 점령하고 이탈리아에 전쟁이 예상되던 그해 봄, 레오네가 출판사에서 안정적으로 일하던 그해 봄, 그 봄은 너무나 멀게만 느껴졌다. 전쟁도 차츰차츰 멀어져갔다. 출판사에는 오래된 벽난로들이 있었는데 그때는 전시여서 난방 기능을 제대로 하지 못했다. 후에 보일러를 설치했지만 그 벽난로들은 오랫동안 그대로 남아 있었다. 나중에 출판사 사장이 벽난로들을 철거시켰다. 방마다 책장이 충분하지 않았기 때문에 산더미 같은 원고들이 무질서하게 쌓여 있었다. 마침내 선반을 조절할 수 있는 스웨덴식 책장을 천장에 닿을 정도로 높이 짜넣었다. 복도 끝의 벽을 검은색으로 칠하고 압정으로 인쇄물과 복제된 그림들을 그곳에 붙여놓았다. 나중에는 압정을 빼버리고 윤이 나는 액자에 진짜 그림들을 걸어놓았다.

아버지는 독일 침공 기간에 벨기에에 머물러 있었다. 아버지는 독일군이 그렇게 빨리 진군하리라고는 생각하지 못하고 마지막 순간까지 리에주에 머물며 연구소에서 일했다. 독일군이 15일 동안이나 리에주의 성문 밖에 머물러 있던 1차 세계대전 때를 생각했기 때문이다. 하지만 이번에는 독일군이 막 도시로 들어오려고 했다. 그래서 아버지는 이미 텅 비어버린 연구소 문을 닫고 떠나기로 결정했다. 아버지는 길을 뒤덮은 군중 틈에서 걷기도 하고, 운이 좋으면 차를 얻어 타기도 하면서 오스텐트로 갔다. 오스텐트에서 적십자의 앰뷸런스를 타게 되었고 앰뷸런스에서 어떤 사람이 아버지를 알아보았다. 사람들이 아버지에게 가운을 입혔다. 그래서 아버지는 그 앰뷸런스를 타고 불로뉴까지 갔다. 여기서 앰뷸런스가 독일군에게 포위당하고 말았다. 아버지는 독일군에게 직접 가서 이름을 말했다. 독일군은 유대인 이름이라고는 전혀 생각할 수 없는 아버지의 이름에 별다른 관심을 보이지 않으면서 아버지에게 무엇을 할 생각이냐고 물었다. 아버지는 리에주로 돌아가려 한다고 대답했다. 독일군이 아버지를 그곳으로 데려다주었다.

리에주에서 아버지는 1년을 더 머물렀다. 그해 연구소에는 아무도 없어서, 제자이자 친구인 셰브르몽마저도 없었기 때문에 아버지는 혼자 지내야 했다. 후에 이탈리아로 돌아가라는 권유를 받고 아버지는 이탈리아로, 어머니가 계시는 토리노로 돌아왔다.

아버지와 어머니는 폭격으로 집이 파괴될 때까지 토리노에 머물렀다. 토리노에 폭격이 있을 때에도 아버지는 절대 지하실로 내려가지 않으려 했다. 어머니는 그때마다 아버지에게 내려가자고 애원하면서 아버지가 내려가지 않으면 자기도 내려가지 않겠다고 말했다. "얼간이 같으니!" 아버지는 계단에서 말했다. "집이 무너질 정도면 지하실도 틀림없이 무너진다고! 지하실도 절대 안진하지 않아! 얼간이 같아!"

그 후 아버지는 이브레아로 피난 갔다. 휴전이 되었다. 그 무렵 어머니는 피렌체에 있었기 때문에 아버지는 어머니에게 사람을 보내 꼼짝하지 말라는 말을 전했다. 아버지는 이브레아에서, 다른 곳으로 피난 간 피에라의 숙모 집에 머물렀다. 독일군이 유대인을 찾아 잡아가고 있으니까 몸을 숨겨야 한다고 사람들이 아버지에게 알려주었다. 아버지는 친구들이 마련해준 시골의 빈집에 몸을 숨겼다. 아버지는 마침내 주세페 로비사토라는 이름이 적힌 가짜 신분증을 만드는 일에 동의했다. 아버지가 아는 사람을 방문하러 가서 가정부가 문을 열어주며 주인에게 누가 왔다고 알려야 하는지 물으면 아버지는 진짜 이름을 말하고는 이렇게 말했다. "레비요, 아니, 저, 그러니까 로비사토요." 그 후 로비사토로 인정한다는 통보를 받아서 아버지는 피렌체로 갔다.

부모님은 북쪽이 해방될 때까지 피렌체에 살았다. 피렌체에는 먹을 게 귀했다. 그래서 어머니는 식사가 끝날 때면 우리 아이들에게 사과 하나씩을 주면서 이렇게 말했다. "작은 아이에게는 사과 하나, 큰 아이에게는 거지 같은 배 하나." 그러면서 1차 세계대전 때는 매일 밤 호두 하나를 가지고 넷이 나누어 먹었다는 그라시 아주머니 이야기를 들려주었다. "호두 하나야, 리디아!" 그라시 아주머니가 어머니에게 말했다. 그라시 아주머니는 그 호두를 네 명의 아이들인 에리카, 디나, 클라라, 프란츠에게 각각 한 쪽씩 주었다고 한다.

나와 레오네가 아브루초의 유형지에서 살 때 어머니는 우리를 만나러 오는 것을 아주 좋아했다. 멀리 떨어지지 않은 로카 디 메초에 사는 알베르토 오빠를 찾아가기도 했다. 그리고 두 고장을 서로 비교했고 두 고장에서 어머니의 머릿속에 떠오르는 〈요리오의 딸〉을 낭송했다.

우리 집에 어머니가 지낼 방이 없어서 어머니가 오시면 여관에 묵어야 했다. 그 마을에는 부엌을 중심으로 방 몇 개가 모여 있고 정자와 채소밭과 테라스가 있는 여관이 하나 있었다. 그 뒤로는 밭과, 바람이 스쳐지나가는 황량하고 낮은 언덕이 있었다. 그 여관의 주인은 모녀였는데 우리는 그 모녀와 친구가 되었다. 우리 어머니가 계시든, 그렇지 않든 우리는 그 부엌이나 테라스에서 하루를 보내곤 했다. 겨울 저녁이면 부엌에서, 여름이면 테라스에서 이 고장 사람들에 대해, 우리처럼 전쟁 때문에 이곳으로 와서 이 지역 생활에 뒤섞여 이 고장의 운명과 문제를 함께 나누는 강제 수용자들에 대해 이야기했다. 어머니는 우리처럼 이 고장에서 강제 수용자와 시골 사람을 부르는 별명을 배웠다. 강제 수용자는 그 수가 아주 많았고 그들 중에는 부유한 사람과 아주 가난한 사람들이 있었다. 부자는 한결 나은 식사를 했다. 그들은 암시장에서 밀가루와 빵을 샀다. 하지만 그것은 따로 먹었고 여관의 부엌이나 테라스, 혹은 잡화점인 치안칼리니의 가게에 앉아서 가난한 사람들과 똑같은 생활을 했다.

베오그라드의 부유한 양말 상인인 아모다이 가족이 있었다. 피우메의 구두 수선공도 있었고 자라*의 신부, 치과 의사도 있었다. 독일계 유대인 형제가 있었는데 한 사람은 발레 교사였고 다른 한 사람은 우표 수집가였는데, 이름이 베르나르도와 빌리였다. 그리고 네덜란드 여자로 정신이 나간 노파가 있었는데 발목이 가늘었기 때문에 그 고장에서는 '가는 발목'이라고 불렸다.

가는 발목은 전쟁이 일어나기 전에 무솔리니를 찬양하는 시집을 출판했다.

"무솔리니를 위해 시를 썼지! 이 무슨 실수였는지!" 그녀는 길에서 만난 우리 어머니에게 말했다. 그러고는 팔꿈치까지 오는 흰 야회용 장갑을 낀 긴 손을 하늘로 쳐들었다. 난 잘 모르는 유대인 난민을 위한 협회에서 선물로 받은 장갑이었다. 가는 발목은 하루 종일 길거리를 왔다 갔다 했는데 무엇인가에 홀려 걸어가다가 걸음을 멈추고 사람들과 이야기를 하곤 했다. 길에서 만난 사람에게 장갑을 낀 그 손을 하늘로 쳐들면서 자신의 불행을 이야기했다. 모든 강제 수용자들은 그렇게 거리를 왔다 갔다 했고 똑같은 길을 하루에 수백 번도 더 오갔다. 들녘으로 나가는 게 금지되었기 때문이다.

* 유고슬라비아의 도시로 1920년부터 1945년까지 이탈리아에 합병되었다가 2차 세계대전 후 다시 유고슬라비아 영토가 되었다.

"가는 발목 생각나니? 어떻게 되었을까?" 어머니는 아주 오랜 세월이 흐른 뒤 내게 물었다.

어머니는 아브루초에 우리를 만나러 올 때 항상 고무통을 가지고 왔다. 아브루초에는 욕조가 없어서 아침에 어떤 식으로 목욕을 해야 할지 늘 걱정했기 때문이다. 우리에게도 그 통을 하나 가져다주면서 하루에도 몇 번씩 아이들을 씻기게 했다. 아버지가 보내는 편지마다, 우리가 원시적인 고장에 보건 규정도 없이 살고 있으므로 아이들을 아주 깨끗이 씻겨야 한다고 썼기 때문이다. 그래서 어머니는 아이들을 씻기는 것을 볼 때면 우리가 데리고 있던 여자에게 불쾌한 분위기로 말했다.

"황금을 닦듯이 씻겨놓았군. 항상 때가 그대로 있다니까."

그 여자는 뚱뚱한 체격에 검은 옷을 입었고 나이가 오십 줄에 접어들었는데도 아버지와 어머니를 모시고 있었다. 그래서 자기 부모를 '그 노인네', '그 노파'라고 불렀다. 밤이 되어 집으로 돌아가기 전에 그녀는 설탕과 커피 봉투들을 보따리에 싸넣고 겨드랑이에 포도주 병을 끼었다. "가도 되겠어요? 그 노파에게 뭐라도 좀 갖다줘야죠! 그 노인네에게 포도주를 좀 갖다줘야겠어요. 포도주를 좋아하거든요!"

알베르토 오빠는 좀 더 북쪽에 있는 유형지로 옮겨가게 되었다. 북쪽으로 이주하는 것은 좋은 징조로 받아들여졌다. 북쪽으로 옮겨가는 사람은 십중팔구 곧 자유의 몸이 될 수 있었다. 우리도 북쪽으로 이주할 수 있도록 가끔씩 이런저런 신청을 해보았다. 그러나 미란다 올케와 알베르토 오빠가 자신들의 새 유형지가 어이없게도 피에몬테 주의 카나베세에 있다는 것을 알고 마지못해 아브루초를 떠났듯이 우리도 아브루초를 떠날 때 아쉬워했을 것이다. 어쨌든 우리의 이주 신청은 받아들여지지 않았다.

아버지도 가끔씩 우리를 만나러 왔다. 아버지는 그 고장이 불결하다고 생각했다. 아버지는 그 고장을 보고 인도를 떠올렸다. "인도 같구나!" 아버지가 말했다. "인도가 얼마나 더러운지 사람들은 상상도 하지 못할 거야! 캘커타와 봄베이에서 그 더러운 모습을 내 눈으로 똑똑히 봤다니까!"

아버지는 인도 이야기를 할 때 아주 흡족해했다. 즐겁고 활기차게 캘커타라는 이름을 말하면서 아버지는 밝게 빛났다.

내가 그곳에서 알레산드라를 낳았을 때 어머니는 오랫동안 우리와 함께 지냈다. 다시 떠나고 싶지 않았던 것이다. 1943년 여름이었다. 사람들은 전쟁이 조만간 끝나길 기대하고 있었다. 조용한 시간이었고 내가 레오네와 함께 보낸 마지막 몇 달이었다. 어머니는 마침내 떠났고 나는 어머니를 아퀼라까지 배웅했다. 광장에서 어머니와 함께 역마차를 기다리는 동안 긴 이별을 준비하는 기분이 들었다. 게다가 난 다시는 어머니를 만날 수 없을지 모른다는 막연한 예감에 휩싸여 있었다.

7월 25일이 되었다. 레오네는 유형지를 떠나 로마로 갔다. 나는 계속 유형지에 머물렀다. 그곳에는 어머니가 '죽은 해골'이라고 부르던 초원이 하나 있었다. 그곳에서 우리가 어느 날 아침 죽은 사람의 해골을 발견했기 때문에 그렇게 불렀다. 난 매일 아이들을 데리고 그 초원으로 나가곤 했다. 난 레오네와 어머니가 그리웠다. 그래서 그 두 사람과 수없이 함께 찾았던 그 초원은 나를 한없이 우울하게 했다. '가는 발목'은 밀짚모자를 쓰고 여름의 태양에 불타오르는 언덕들 사이로 난 먼지 가득한 길을 삐뚤삐뚤하지만 재빠른 걸음걸이로 왔다 갔다 했다. 유대인 협회에서 선물한 허리띠가 달린 긴 외투를 입고 있던 베르나르도와 빌리 형제는 한여름에도 그 외투를 입고 있었는데 옷은 다 낡아 해져버렸다. 레오네를 제외한 나머지 강제 수용자들은 어디로 가야 할지 몰라서 그곳에 남아 있었다.

그 후 휴전이 성립되었다. 휴전의 기쁨과 열광은 잠시였다. 이틀 후 독일군이 밀려왔다. 길은 독일군의 트럭으로 꽉 찼고 그 고장과 주변의 언덕들에도 군인들이 가득 찼다. 여관에도, 테라스에도, 정자 밑에도, 부엌에도 군인들이 있었다. 마을은 공포로 얼어붙었다. 난 계속 아이들을 데리고 죽은 해골 초원으로 갔다. 그리고 비행기가 지나갈 때는 풀 위에 몸을 던졌다. 우리는 여전히 길가에서 다른 강제 수용자들을 만났고 서로 조용히 눈짓으로 어디로 가야 하는지, 어떻게 해야 하는지 물어보았다.

어머니의 편지를 받았다. 어머니 역시 불안해했고 어떻게 나를 도와야 할지 몰라 애를 태웠다. 그래서 난 내 인생에서 처음으로 아무도, 그 무엇도 날 보호해주지 못하고 나 혼자서 그 곤경을 벗어나야 한다고 생각했다. 언제나 내 안에는, 어머니에 대한 나의 애정 속에는, 어머니가 어떤 불행 속에서도 나를 보호해주고 지켜주리라는 믿음이 들어 있었다는 것을 알게 되었다. 하지만 이제 남은 것은 애정뿐이었고 보호에 대한 요구와 기다림은 사라져버리고 없었다. 게다가 어쩌면 앞으로는 어머니를 보호하고 지켜주어야 할 사람은 바로 나일지도 모른다고 생각했다. 어머니는 늙고 기운이 없고 무방비 상태였으니까.

11월 1일, 난 그 고장을 떠났다. 레오네로부터 편지 한 통을 받았는데 로마에서 온 어떤 사람이 직접 그 편지를 내게 갖다주었다. 그 사람은 내게 빨리 그 고장을 떠나라고 말했는데 그 고장은 몸을 숨기기가 어렵고 독일군이 우리를 알아보고 잡아갈지도 모르기 때문이라고 했다. 이제 다른 강제 수용자들도 시골이나 가까운 도시 여기저기에 몸을 숨겼다.

마을 사람들이 도와주러 왔다. 마을 사람들은 모두 합심해서 나를 도와주었다. 몇 개 안 되는 방에 독일군을 묵게 하고, 예전에 우리가 수도 없이 조용히 앉아 있던 바로 그 부엌과 난로 주위에 독일군들을 앉힌 여관의 주인이 군인들에게 내가 자신의 친척인데 나폴리에서 피난을 왔으며 폭격 때 신분증을 다 잃어버렸고 로마에 가야 한다고 말해주었다. 독일군의 트럭은 매일 로마로 갔다. 그렇게 해서 난 어느 날 아침 독일군의 트럭에 올라탈 수 있었다. 우리를 배웅 나온 마을 사람들은 그동안 성장하는 모습을 지켜보았던 우리 아이들에게 입을 맞추어주었고 우리는 작별 인사를 나누었다.

로마에 도착한 뒤 나는 안도의 한숨을 내쉴 수 있었고 우리에게도 이제 행복한 시간이 시작되었다고 믿었다. 그렇게 믿을 만한 근거는 별로 없었지만 난 그렇게 믿었다. 우리는 볼로냐 광장 근처에 거처를 마련했다. 레오네는 비밀 신문을 편집했고 항상 집 밖에서 살았다. 우리가 도착하고 20일이 지나 레오네가 체포되었다. 그리고 난 다시는 그를 볼 수 없었다.

나는 다시 피렌체에서 어머니와 함께 지냈다. 그 불행 속에서도 어머니는 몹시 추위를 탔고 숄로 몸을 감쌌다. 우리는 레오네의 죽음에 대해 그다지 많은 이야기를 나누지 않았다. 어머니는 레오네를 무척 사랑했다. 하지만 어머니는 죽은 사람에 대해 이야기하는 것을 좋아하지 않았다. 그리고 어머니의 지속적인 걱정은 여전히 아이들을 씻기고 머리를 빗기고 따뜻하게 데리고 있는 것이었다.

"넌 가는 발목 생각나니? 빌리는?" 어머니가 말했다. "어떻게 되었을까?"

얼마 뒤에 알게 되었는데 '가는 발목'은 어느 농부의 농가에서 폐렴으로 죽었다. 아모다이 가족, 베르나르도와 빌리는 아퀼라에 몸을 숨겼다. 하지만 다른 강제 수용자들은 체포되어 수갑이 채워진 채 트럭에 실렸고 먼지 나는 길 속으로 사라졌다.

전쟁이 끝났을 때 부모님 모두 나이보다 훨씬 늙어 보였다. 두려움과 불행이 어머니를 하루아침에 늙게 했다. 그 당시 어머니는 파리시니에서 구입한 보라색 앙고라 양모 숄을 항상 가지고 다녔고 그 숄로 몸을 감쌌다. 두려움과 불행의 시기에 어머니는 추위를 더 탔고 얼굴이 창백해져서 눈 밑이 시커멓게 움푹 들어가 보였다. 불행한 일들이 어머니를 강타했고 어머니를 낙담하게 했으며 당당하던 어머니의 걸음걸이에서 힘을 빼앗아가버려 어머니는 천천히 걸었고 두 뺨은 푹 꺼져버렸다.

부모님은 이제 모르가리가라고 부르는 예전의 팔라말리오가의 집으로 돌아갔다. 광장에 있던 페인트 공장은 폭격으로 불타버리고 없었다. 공중목욕탕 건물도 마찬가지였다. 하지만 성당은 약간 피해만 입고 여전히 그곳에 서 있었고 이제는 철근으로 지탱되었다.

"유감이야!" 어머니가 말했다. "무너질 수 있었는데! 저렇게 보기 흉하게 되다니! 하느님 맙소사, 여전히 서 계시는군요!"

집을 수리하고 다시 정리했다. 유리가 깨진 자리에는 합판을 붙였다. 난방장치도 작동하지 않아서 아버지는 각 방에 난로를 설치하게 했다. 어머니는 곧 테르실라를 불렀다. 그리고 테르실라가 다림질 방의 재봉틀 앞에 앉자 어머니는 숨을 내쉬었다. 이제 생활이 옛날 리듬을 되찾은 것 같았다. 어머니는 지하실에 놓아두어 어떤 곳에는 곰팡이가 핀 소파를 덮기 위해 꽃무늬 천을 사왔다. 마지막으로 식당 의자 위에 레지나 숙모의 초상화를 걸어놓았다. 이제 장갑을 끼고 부채를 든, 이중 턱에 둥글고 맑은 눈을 가진 레지나 숙모가 다시 우리를 높은 곳에서 내려다보았다.

"작은 아이에게는 사과 하나, 큰 아이에게는 거지 같은 배 하나!"

어머니는 식사가 끝날 때면 항상 이렇게 말했다. 그러다가 다시 모든 사람이 먹어도 좋을 만큼의 사과가 있었기 때문에 그런 말을 하지 않았다.

"이 사과는 아무 맛도 없군!" 그러면 어머니는 말했다. "무슨 소리예요, 베피노, 이건 카르팡뒤예요!"

아버지는 리에주에 두고 온 책들을 대학에 기증하고 싶다는 의사를 셰브르몽에게 알렸다. 이탈리아에 인종차별주의가 극성을 떠는 동안 아버지를 초빙해준 데에 대한 감사의 표시였다.

아버지는 계속 셰브르몽과 서신을 주고받았다. 셰브르몽은 아버지에게 자신의 출판물을 보내주었다. 어머니는 어떤 곳을 생각할 때 언제나 당신이 아는 그 지방 사람에 의존해서 생각하는 버릇이 있었다. 벨기에 전체를 통틀어 어머니가 아는 벨기에 사람이라고는 셰브르몽 한 사람뿐이었다. 벨기에에 무슨 일이 벌어지거나 홍수가 나거나 정권이 교체되면 이렇게 말했다. "셰브르몽은 어떻게 됐을까!"

마리오 오빠가 프랑스에 가기 전에 프랑스에 어머니가 아는 사람이라고는, 어떤 세미나에서 어머니와 아버지가 함께 만났던 폴리카라는 부인밖에 없었다. 어머니는 항상 이렇게 말했다. "폴리카는 어떻게 됐을까!"

에스파냐에서는 디 카스트로라는 사람을 알고 있었다. 에스파냐에 폭풍이 분다거나 큰 파도가 일고 있다는 기사를 읽으면 이렇게 말했다. "디 카스트로는 어떻게 됐을까!"

디 카스트로라는 사람이 언젠가 토리노에 머물던 중 병이 들었는데 무슨 병인지 알 수가 없었다. 아버지는 그를 병원에 입원시키고 수많은 의사들을 불러 그를 진찰해보게 했다. 그 의사들 중 누군가가 어쩌면 심장에 이상이 있을지도 모른다고 말했다. 디 카스트로는 고열에 헛소리를 했고 사람을 전혀 알아보지 못했다. 마드리드에서 온 그의 아내는 계속 이 말만 되풀이했다. "코라손*이 아니에요! 카베사**예요!"

완치가 된 디 카스트로는 에스파냐로 돌아갔고 프랑코 정부가 들어서고 세계대전이 터지자 어머니는 이제 그 사람 소식을 전혀 들을 수 없었다. "코라손이 아니에요, 카베사예요!" 어머니는 에스파냐와 디 카스트로 부인을 생각할 때면 항상 이렇게 말했다. 전쟁은 폴리카 부인도 데려가버렸다. 독일 프라이부르크에 살던 그라시 아주머니 소식도 전혀 몰랐다. 어머니는 종종 그 아주머니를 생각했다. 그리고 이렇게 말했다. "지금 그라시는 대체 뭘 하고 있을까?"

"아마 죽었을 거야!" 가끔씩 이렇게 말하기도 했다. "아아, 그라

* 에스파냐어로 심장을 뜻한다.
** 에스파냐어로 머리를 뜻한다.

시가 죽었으면 어쩌지!"

전쟁이 끝난 후 어머니의 지도는 완전히 뒤집어져버렸다. 어머니는 더 이상 조용히 그라시 아주머니와 폴리카 부인을 회상할 수가 없었다. 그들은 한때 어머니가 알지 못하는 멀리 떨어진 나라를 친근하고 일상적이고 즐거운 그 어떤 것으로 어머니의 눈앞에 옮겨다 주었고, 어머니는 흔하면서도 확실한 그 사람들의 이름에 의지해 머릿속에서 그 나라들을 금방이라도 달려갈 수 있는 마을과 거리로 되살려낼 수 있었다.

하지만 전쟁이 끝난 뒤의 세상은 거대하고 이해할 수 없으며 경계도 없는 것처럼 보였다. 그래도 어머니는 할 수 있는 대로 세상을 다시 살아갔다. 어머니는 천성이 유쾌한 분이어서 유쾌하게 세상을 다시 살아갈 수 있었다. 어머니의 영혼은 나이를 먹어갈 줄을 몰랐고 절대 노년을 인정하지 않았으며 과거의 몰락을 애석해하면서도 한편으로 접어놓았다. 어머니는 과거의 몰락을 눈물 없이 바라보았고 애도를 표하지도 않았다. 게다가 어머니는 상복 입는 것을 좋아하지 않았다. 외할머니가 돌아가셨을 때 어머니는 팔레르모에 있었다. 어머니는 피렌체에서 갑자기 홀로 돌아가신 할머니에게로 왔다. 어머니는 돌아가신 할머니를 보자 너무나 고통스러웠다. 그러고 나서 어머니는 상복을 사러 나갔다. 하지만 검은색 옷을 사지 않고 빨간색 옷을 샀고 그 빨간색 옷을 가방에 넣어가지고 팔레르모로 돌아왔다. 그리고 파올라 언니에게 이렇게 말했다. "어떠니? 우리 어머니는 검은색 옷을 정말 싫어하셨지. 어머니도 이렇게 예쁜 빨간색 옷을 입은 나를 보면 아주 좋아하실 거야."

치아의 한쪽 다리가 아파,
밤이면 가끔씩 고름이 흘러나왔다.
공제 조합이 치아를 베르첼리로 보냈다.

젊은 시인들은 이런 종류의 시를 써서 검토해달라며 출판사에 가져왔다. 특히 '치아'라는 여자에 관한 삼연시는 모 심는 여자들을 묘사한 긴 시의 일부였다. 전쟁이 끝난 후 사람들은 모두 자신이 시인이라고, 정치가라고 생각했다. 세상은 침묵하는 듯하고 현실은 유리창 저 너머로 보듯이 무표정하고 투명하고 소리가 나지 않는 부동의 물체로 여겨졌던 긴 세월을 보내고 난 뒤, 모두들 자신은 무엇이든 시로 쓸 수 있고 써야 한다고 믿었다. 파시즘 시대에 소설가들과 시인들은 사용할 수 있는 언어가 그리 많지 않았기 때문에 펜을 놓아버렸다. 그리고 계속 글을 쓰던 몇 안 되는 사람들은 아직 남아 있던 빈약한 유산 속에서 온갖 주의를 기울여 언어를 선택해야 했다. 파시즘의 시기에 시인들은 무미건조하고 폐쇄적이며 꿈과 같이 불가사의한 세계만을 표현했다. 이제 다시 주변에는 수많은 말들이 떠돌았다. 현실은 다시 손에 닿을 것 같았다. 과거에 절필을 했던 사람들이 즐겁게 수확을 거두었다. 그리고 모두가 수확에 참여하려는 생각을 가지고 있었기에 수확은 일반적인 것이 되었다. 그렇게 해서 시의 언어와 정치의 언어가 혼란에 빠졌고 시와 정치는 함께 뒤섞였다. 하지만 그 후의 현실은 복잡하고 비밀스럽고, 꿈의 세계와 마찬가지로 판독할 수 없으며 불명료한 것으로 밝혀졌다. 여전히 유리창 저 너머에 존재했고 그 유리창을 깨부술 수 있다는 환상은 하루살이에 불과하다는 게 드러났다. 그렇게 해서 많은 사람들은 곧 의기소침해지고 실의에 빠진 채 몸을 숨겼다. 그리고 씁쓸하게 절필을 하고 깊은 침묵 속에 다시 빠져들었다. 그렇게 해서 전쟁 직후의 기쁘고 즐거웠던 수확 이후 슬픔과 절망에 완전히 빠져들었다. 모두들 떠나갔고 다시 자신들의 꿈의 세계나 생활에 도움을 줄 수 있는 그 어떤 직업을 되는 대로 빨리 찾아냈다. 그리고 너무나 떠들썩했던 수확을 경험했기에 사소하고 우울해 보이는 일 속에서 고립되어갔다. 어찌되었든 모두들 짧게 그리고 환상적으로 동참했던 그 수확의 기억을 잊어버렸다. 물론 오랜 세월 동안 진짜 자기 일을 한 사람은 아무도 없었다. 그보다는 다른 사람들과 함께 수많은 일들을 할 수 있고, 해야만 한다고 모두 생각했다. 그렇게 세월이 흘러 이제 다들 각자 다시 자기 일을 어깨에 지고 가야 했고 그 일의 무게와 일상의 피로와 고독을 받아들이게 되었다. 그 무게와 피로, 고독만이 똑같은 고독 속에서 절망하고 궁핍하게 사는 이웃의 삶에 참여할 수 있게 해주는 유일한 수단이었다.

한쪽 다리가 아픈 치아에 대한 시 같은 것들은 그 당시 아름다워 보이지 않았다. 아니 다른 시들과 마찬가지로 그 시도 볼품이 없었다. 하지만 오늘날에는 그런 시가 아주 감동적으로 느껴지는데 그건 그 당시 언어로 우리에게 이야기하기 때문이다. 그 당시의 글쓰기에는 두 가지 방법이 있었다. 하나는 유쾌하지 않은 장식 없는 풍경을 배경으로 음울하고 축축하고 가혹한 현실의 흔적들 위에 단순히 사건을 나열하는 것이었다. 다른 하나는 폭력과 흥분된 눈물과 격한 탄식과 흐느낌을 사건들과 뒤섞는 것이었다. 두 경우 모두 단어를 신중하게 골라 사용하지 않았다. 처음의 경우 말들은 어둠과 뒤섞였고 다음의 경우에서는 탄식과 흐느낌 속으로 사라져 들어가버렸으니까. 하지만 두 경우 모두 시와 언어로 세상을 다 변화시킬 수 있다고 여전히 믿는 실수를 범했다. 그로 인해 시와 언어에 대한 반감이 뒤따랐는데 그 반감이 너무 커서 진정한 시와 언어들을 배제시킬 정도였다. 이로 인해 마침내 모든 사람들이 혐오감과 구토로 무감각해져 침묵하게 되었다. 사용된 언어들이 거짓인지 진짜인지, 우리의 내부에 진정한 뿌리를 내리고 있는지 아닌지, 혹은 단지 하루살이 같은 일반적인 환상일 뿐인지 알아보기 위해 단어들을 주의 깊게 관찰하고 다시 언어를 골라 사용할 필요가 있었다. 그러므로 누군가 글을 쓰려면 다른 사람과 똑같이 취해서 잊고 있던 자신의 일로 되돌아갈 필요가 있었다. 그렇게 해서 혼란 이후의 시간은 술에서 깬 다음 날, 구토와 무기력과 피로가 찾아드는 다음 날과 같은 시간이었다. 모두들 이런저런 식으로 자신이 속았으며 배신을 당했다고 느꼈다. 현실에 뿌리내리고 살던 사람이든, 그 현실을 이야기할 수단을 갖고 있거나 갖고 있다고 믿고 있던 사람이든 다 마찬가지였다. 그렇게 사람들은 불만에 가득 차서 홀로 자신의 길을 다시 갔다.

아드리아노 형부는 가끔씩 출판사에 들렀다. 출판사 직원들은 아드리아노를 좋아했고 형부 역시 출판사의 일원이 되고 싶어했다. 그러나 형부가 머릿속에 그린 출판사는 현실의 출판사와는 달랐다. 형부는 시도 소설도 출판하려 하지 않았기 때문이다. 그가 젊은 시절에 좋아했던 책은 이스라엘 쟁윌*의 『유대인 거리의 공상가들』이라는

* 이스라엘 쟁윌(1864~1926). 유대계 영국인 소설가, 사상가. 유대인들의 조국을 건

소설 단 한 권이었다. 그 후에 읽은 책은 그 어떤 것도 그를 흔들어놓지 못했다. 그는 소설가와 시인들에게 커다란 존경심을 표했지만 그들의 작품을 읽지는 않았다. 아드리아노가 이 세상에서 매력을 느꼈던 건 도시 공학, 정신분석학, 철학과 종교뿐이다.

아드리아노는 이미 중요하고 유명한 기업인이 되어 있었다. 그렇지만 외모에서는 군복무를 하던 청년 시절과 같이 방황하는 듯한 분위기가 풍겼다. 그는 항상 질질 끄는 듯하고 방랑자처럼 고독해 보이는 걸음걸이로 걸었다. 여전히 수줍음을 탔다. 그는 출판사 사장처럼 자신의 수줍음을 이용할 줄 몰랐다. 그래서 처음 만나는 사람들, 정치적으로 중요한 인물일 수도 있고 공장에 일자리를 부탁하러 온 가난한 청년일 수도 있었는데, 그들 앞에서는 수줍음을 떨쳐버리려 애쓰곤 했다. 어깨를 펴고 목을 꼿꼿이 세우고 움직임이 없는 차갑고 순수한 눈에 불을 켰다.

독일군 점령 기간에 어느 날 우연히 로마 거리에서 아드리아노를 만났다. 그는 걷고 있었다. 방황하는 듯한 그 걸음걸이로 혼자 걸었다. 영원한 꿈에 잠긴 그의 눈은 남빛 안개에 가려 있었다. 다른 사람 같은 차림이었지만 군중 속에서 아드리아노는 거지 같아 보였다. 그와 동시에 추방당한 왕처럼 보이기도 했다.

레오네는 비밀 출판활동으로 체포되었다. 우리는 볼로냐 광장 근처의 아파트에 살고 있었다. 난 혼자 아이들과 그 집에서 레오네를 기다렸다. 시간은 자꾸 흘렀다. 나는 서서히 레오네가 집으로 돌아오지 못하리라는 걸, 체포된 게 틀림없다는 걸 직감했다. 그렇게 그

설하는 일에 온 힘을 쏟았다.

날 낮과 밤을 보냈다. 다음 날 아침 아드리아노 형부가 우리 집에 왔다. 그는 레오네가 체포되었고 갑자기 경찰들이 들이닥칠 수 있으니 빨리 집을 떠나야 한다고 말했다. 그는 짐을 챙기고 아이들에게 옷 입히는 일을 도와주었다. 그렇게 우리는 그 집을 빠져나왔고 아드리아노는 우리를 받아주겠다고 한 자신의 친구 집으로 우리를 데리고 갔다.

그날 아침, 멀리 북쪽에 떨어져 있는 내 부모 형제들을 생각하며 다시는 그들을 볼 수 없을지도 모른다는 불안에 떨며 보낸 그 많은 고독과 공포의 시간 이후에 만난, 어린 시절부터 알고 있던 아드리아노의 친숙한 모습 앞에서 내가 느꼈던 그 큰 안도감을 영원히 잊지 못하리라. 그리고 겸손하고 친절하고 인내심 있는 선량한 태도로 허리를 구부려 방에 흩어진 우리 옷들과 아이들의 신발들을 모으던 모습을 영원히 잊지 못할 것이다. 우리가 집에서 빠져나올 때 아드리아노는 그 옛날 투라티를 데리러 우리 집에 왔을 때의 그 얼굴, 누군가를 구해낼 때의 숨이 차는 것 같기도 하고 놀란 것 같기도 하고 행복해 보이기도 하는 그 얼굴을 하고 있었다.

출판사에 오면 아드리아노는 주로 발보와 대화를 나누었다. 발보가 철학자였고 아드리아노는 철학자에게 깊은 매력을 느꼈기 때문이다. 그리고 발보는 기업가나 엔지니어, 공장과 공장의 문제들, 기계와 모터에 관심이 많았다. 발보는 파베세와 나는 지식인이고 자신은 그렇지 않다고 말하면서 그런 것들이 지닌 매력과 그에 대한 열정을 과시했다. 그 매력과 열정은 집으로 돌아갈 때 주차장에서 오토바이들을 관조하는 것으로 귀결되었다.

아드리아노와 파올라 언니는 전쟁이 끝난 뒤 이혼했다. 언니는 피렌체의 피에솔레 언덕에, 아드리아노는 이브레아에 살았다. 그렇지만 형부는 지노 오빠의 친구로 남았고 계속 만났다. 지노 오빠가 전쟁이 끝난 뒤 이브레아와 공장을 떠나 밀라노에서 일을 하게 되었어도 마찬가지였다. 게다가 어쩌면 지노 오빠는 몇 안 되는 아드리아노의 친구 중 하나였을지도 모른다. 아드리아노는 내면 깊숙이에 이스라엘 쟁월 소설에 대한 신뢰를 간직하고 있듯이 젊은 시절 눈에 띄어 사귀게 된 친구들이나 사물들을 신뢰했다. 하지만 그의 신뢰는 순수하게 감정적인 것이었고 현실 세계로 확장되지는 않았다. 현실 세계에서 그는 항상 자신의 행동을 분석하고 언제나 새롭고 현대적인 길과 기술을 찾을 준비가 되어 있었다. 기존에 실행된 것들이 그의 손에 들어오면 이미 낡은 것처럼 보였기 때문이다. 이런 면에서는 출판사 사장과 아주 비슷했다. 출판사 사장 역시 겨우 어제 선택해서 만들어놓은 것을 먼지로 날려버릴 준비가 되어 있었다. 그리고 항상 불안하고 초조하게 새로운 것을 찾으려 했고 전력을 다해 적극적으로 찾았다. 그런 탐색 앞에서는 그 무엇도 그를 멈춰 세울 수 없었다. 예전에 창안해낸 것들에서 나올 수 있는 이득도 안중에 없었고 그를 둘러싼 사람들의 실망이나 항의도 개의하지 않았다. 주변 사람들은 예전의 것들에 애착을 가졌고 왜 먼지로 날려버려야 하는지 전혀 이해할 수가 없었다.

이제 나도 출판사에서 일했다. 아버지는 출판사에 대해, 그리고 내가 그곳에서 일한다는 사실에 대해 호의적으로 찬성 의사를 표했고, 어머니는 불신과 의심의 눈으로 바라보았다. 어머니는 사실 출판사가 너무 좌파 성향을 띠고 있다고 생각했다. 전쟁이 끝나자 어머니는 그 이전까지 한 번도 생각해본 적 없던 공산주의를 두려워했다. 어머니는 넨니*의 사회주의마저도 아주 싫어했는데, 그게 공산주의와 너무 닮았다고 생각했기 때문이다. 어머니는 사라가트주의자**을 좋아했지만 그렇다고 어머니의 성격에 완전히 맞지는 않았다. 그리고 사라가트는 '아무것도 모르는 듯한 얼굴'을 하고 있다고 생각했다. "투라티! 비솔라티!" 어머니가 말했다. "쿨리쇼프! 그들은 정말 호감 가는 사람들이었지! 요즘 정치는 마음에 안 들어!"

어머니는 파올라 카라라 아주머니를 만나러 갔는데 아주머니는 여전히 가짜 새들과 엽서들과 인형들로 빼곡한 어두운 응접실에 있었다. 그리고 늘 얼굴을 찌푸리고 있었는데 아주머니 역시 공산주의자들에게 화가 나 있었고 그들이 이탈리아를 지배할까 봐 두려워했다. 제네바에 살던 아주머니의 동생과 동생 남편이 사망했기 때문에 이젠 제네바에 갈 이유도 없었고 『주르날 데 제네브』를 읽지도 않았다. 오래전에 무솔리니와 파시즘이 사라져버려서 더 이상 파시즘의 종말이나 무솔리니의 죽음을 기다릴 필요가 없었다. 이제 아주머니에게 남은 건 공산주의자에 대한 생생한 혐오감과, 파시즘이 끝난 뒤 동생의 남편인 굴리엘모 페레로의 작품들이 이탈리아에서 제대로 평가받지 못한 것에 대한 섭섭함만 남아 있었다. 아주머니는 이젠 밤에 사람들을 응접실로 초대하지 않았다. 아주머니의 응접실을 습관적으로 드나들던 사람들은 지금은 정치적 책임을 맡아 로마로 이사를 가버렸다. 아주머니가 가끔씩 밤에 초대하는 사람들은 우리

* 피에트로 넨니(1891~1980). 이탈리아 사회당의 서기.

** 주세페 사라가트(1898~1988) 지지자를 말한다. 사라가트는 1952년부터 1963년까지 사회민주당의 서기였으며, 1964년부터 1971년까지 이탈리아 대통령으로 재임했다.

부모님과 다른 사람 몇몇뿐이었다. 하지만 이젠 옛날과 같이 즐겁지는 않았다. 아주머니가 보기에 우리 어머니 빼고는 모두들 지나치게 '좌파 성향'을 가지고 있었다. 그래서 결국은 회색 실크 옷을 입고 코바늘로 뜬 회색 숄을 여며쥐고 얼굴을 찡그린 채 잠이 들어버렸다.
"당신은 파올라 카라라 때문에 공산주의자들을 반대하는 거지!" 아버지가 어머니에게 말했다.

"난 공산주의자들이 싫어요!" 어머니가 말했다. "파올라 카라라하고는 아무 상관도 없어요! 난 자유를 사랑해요! 러시아에는 자유가 없다고요!"

아버지는 어쩌면 러시아에 많은 자유가 없을지도 모른다는 사실을 인정했다. 하지만 좌파를 매력적으로 생각했다. 아버지의 옛 조교로 이제는 모데나 대학의 강단에 서는 올리보는 좌파였다. "올리보도 좌파라고!" 아버지가 어머니에게 말했다. 그러면 어머니는 이렇게 말했다. "봐요, 당신도 올리보 때문에 공산주의에 찬성하는 거잖아요!"

아버지와 어머니는 전쟁이 끝난 뒤 이제 모르가리가라고 불리는 팔라말리오가에 돌아와서 그렇게 살았다. 나도 아이들과 함께 부모님 곁에서 살았다. 이제 나탈리나는 없었다. 전쟁이 끝나자마자 나탈리나는 어머니가 준 가구 몇 개를 가지고 다락방으로 자리를 잡았고 정해진 시간에만 집에 와서 일을 했다. "난 이제 더 이상 노예로 살고 싶지 않아요." 나탈리나가 말했다. "난 자유를 원한다고요!"

"정말 바보 같군!" 어머니가 말했다. "내가 언제 널 노예로 부렸는지 한번 생각해보라고! 나보다 더 자유롭게 살았잖아!"

"난 노예예요! 난 노예예요!" 나탈리나가 흥분해서 빗자루를 흔들면서 위협적인 어조로 말했다. 그러면 어머니는 이렇게 말하면서 외출했다.

"널 참고 봐줄 수가 없어서 내가 나가는 거야! 정말 내 비위에 맞지 않는 사람이 됐어!"

그러고는 채소 가게나 정육점에 가서 분통을 터뜨렸다.

"우리 집에서 얼마나 잘 지냈는데, 부족한 게 하나도 없었다고요!" 어머니가 하소연했다.

"정말 바보 멍텅구리라니까!"

어머니는 집에서 멀리 떨어지지 않은 발렌티노 대로에 사는 알베르토와 미란다에게 갔다. 그리고 그들에게도 언짢은 기분을 털어놓았다.

"내가 자기한테 자유를 조금도 주지 않았단 말이야? 난 아무도 노예로 부리지 않았어!" 어머니가 말했다.

그러다가 이렇게 말했다. "나탈리나 없이 난 어떻게 하지?"

나탈리나는 다락방으로 이사 갔다. 그렇지만 매일 어머니를 만나러 왔다. 어머니는 처음에는 그녀가 후회하고 다시 돌아오길 기다렸다. 그러다가 단념했다. 이제 다른 여자를 고용했다.

"잘 가, 루이 11세."

어머니는 나탈리나가, 그녀의 말대로라면, 밤에 테르실라와 그의 남편을 초대해 차를 마시는 그 '멋진' 다락방으로 돌아가려고 우리 집을 나설 때면 이렇게 말했다. "잘 가, 루이 11세! 잘 가, 마라!"

부모님의 친구들 중 많은 분들이 세상을 떠났다. 파올라 카라라 아주머니의 남편인 카라라 씨는 전쟁이 일어나기 전에 이미 죽었다. 카라라 씨는 흰 콧수염을 기른 키가 크고 마른 분으로, 검은 망토를 휘날리면서 항상 자전거를 타고 다녔다. 어머니는 그분을 정직한 사람이라고 항상 말했는데 '카라라 씨처럼 정직하게'라고 예를 들 정도였다. 청렴결백의 극치를 가리키고 싶을 때도 그렇게 말했다. 그리고 그분이 돌아가신 후에도 계속 그렇게 말했다. 아드리아노의 부모님도 세상을 떴다. 노기사인 올리베티 씨와 그의 부인은 휴전이 성립되어갈 바로 그 무렵에 피신해 있던 이브레아 근처의 시골에서, 노기사가 먼저 세상을 떠나고 얼마 되지 않아 그 부인마저 유명을 달리했다. 로페츠 아저씨도 전쟁이 끝나 아르헨티나에서 이탈리아에 돌아오자마자 세상을 떴다. 테르니 아저씨도 피렌체에서 숨을 거두었다. 아버지는 계속 테르니 아저씨의 부인인 메리 아주머니와 서신을 주고받았지만 아주머니를 만나본 지는 아주 오래되었다.

"당신 메리에게 편지 썼나?" 어머니에게 말했다. "메리에게 편지를 써야 해! 메리에게 편지 쓰는 걸 잊지 말라고!"

"프란체스를 만나고 왔어?" 아버지가 어머니에게 채근했다. "프란체스를 만나러 가보라고! 오늘은 프란체스를 만나러 가봐!"

"마리오에게 편지 써! 오늘 마리오에게 편지 쓰지 않으면 가만두지 않을 거야!"

마리오는 이제 그 프랑스인과 일하지 않았다. 오빠는 라디오 방송국 직원이 되었고 다시 결혼했다. 재혼 소식을 들었을 때 아버지가 이번에는 화를 냈다. 하지만 그렇게 심하지는 않았다. 아버지와 어머니는 오빠의 새 아내를 만나보러 파리에 갔다. 마리오 오빠는 센 강 근처의 집에서 살았다. 집이 약간 어두워서 아버지는 마리오 오빠의 아내를 제대로 볼 수가 없었다. 그저 자그마한 몸집과 눈언저리만이 보였다. 그녀가 잠깐 자리를 비운 틈을 타서 아버지는 오빠에게 물었다.

"왜 저렇게 너보다 더 늙은 여자와 결혼한 거냐?"

사실 마리오 오빠의 아내는 스무 살도 채 안 되는 나이였다. 마리오는 어느새 마흔 살이었다.

오빠 내외는 딸을 낳았다. 부모님은 손녀가 태어나자 다시 파리를 방문했다. 마리오 오빠는 딸에게 거의 미쳐 있었다. 아기를 팔에 안고 흔들며 방 안을 이리저리 왔다 갔다 했다. "엘르 플뢰르, 일 포뤼 도네 사 테테!"* 오빠는 흥분해서 아내에게 말했다. 그러면 어머니가 말했다. "어쩌면 저렇게 프랑스인이 다 됐을까!"

이번에 아버지는 마리오 오빠의 집에서 돌아오면서 손녀딸과 며느리와 마리오의 전처 잔 때문에 화를 냈다. 둘은 이혼했는데도 친구로 지내고 있었다.

아버지는 센 강 근처에 있는 그 집이 마음에 들지 않았다. 집이 어두워서 틀림없이 습기가 많을 거라고 말했다. 마리오 오빠의 아내로 말하자면 아버지가 보기에 너무 작았다. "너무 작아!" 계속 이렇게 말했다. 어머니가 대답했다. "작지만 우아하잖아요! 그런데 발이 너무 작아요. 나도 작은 발은 마음에 들지 않더라고요."

아버지는 이 점에 대해서는 동의하지 않았다. 할머니가 아주 발이 작았던 것이다.

"당신이 틀린 거야! 여자는 발이 작으면 정말 아름답다고! 불쌍한 우리 엄마는 항상 발이 작은 것을 자랑하셨지!"

"그 애들은 먹는 이야기를 너무 많이 하더군!" 아버지가 마리오

* "아기가 울어, 젖을 먹여야 해."

와 그의 아내에 대해 말했다.

"집에 습기가 너무 많아! 이사하라고 당신이 좀 말해봐!"

"아니 당신 미쳤어요, 베피노! 그 애들이 거기 사는 걸 얼마나 좋아하는데!"

"그 라디오 방송국도 그래요, 난 건달이 될까 봐 걱정이에요!" 어머니가 말하곤 했다. 그러면 아버지는 이렇게 대꾸했다. "안타깝군! 그 애의 머리라면 정말 멋지게 성공할 수 있었을 텐데!"

카피는 보르도에서 죽었다. 마리오 오빠와 키아로몬테는 여기저기 흩어져 있던 연필로 쓴 그의 습작들을 모아서 해석해보려고 애썼다. 키아로몬테는 미국에서 재혼했다. 그는 파리를 떠나 아내와 함께 이탈리아에 와서 살았다. 마리오 오빠는 그가 어리석다고 생각했다. 그보다 더 어리석은 행동을 할 수는 없을 거라고 생각했다. 그렇지만 두 사람은 여전히 가장 친한 친구여서 여름마다 보카 디 마그라에서 만났다. 그들은 체스 게임을 했다. 마리오 오빠는 이제 두 아이의 아버지가 되었고 유네스코에서 일했다. 아버지는 키아로몬테에게 편지를 보내 마리오가 어떤 종류의 일을 하고 있는지, 안정된 직장인지 물어보았다.

"어쩌면 이번엔 건달이 안 될지도 모르겠어요! 좋은 직장일지도 몰라요!" 어머니가 말했다. 키아로몬테에게서 마음을 놓을 만한 소식을 들었음에도 불구하고 아버지는 절망적으로 고개를 저었다. 그건 아버지가 아주 완고했기 때문에, 그리고 처음 받은 인상이 변함없이 머릿속에 새겨져 있었기 때문이다. 마리오 오빠가 화려하고 성공적인 경력을 가질 수 없다는 생각이 아버지의 뇌리에서 떠난 적이 없었다.

아버지는 마리오 오빠가 비밀 책자들을 가지고 국경을 수없이 넘나들던 투쟁가 아들이라는 사실을 언제나 자랑스럽게 여겼고, 체포되었다가 극적으로 탈출한 오빠를 여전히 자랑스럽게 생각했지만 그때 오빠가 올리베티가를 위험에 빠뜨리고 공장을 위태롭게 했다는 점을 항상 유감스럽게 생각했다. 이 때문에 몇 년 뒤 아드리아노가 세상을 떴을 때, 마리오 오빠가 파리에서 "제가 아드리아노의 장례식에 참석하는 게 좋을지 말씀해주세요"라고 전보를 치자 아버지는 곧 거친 말투로 이런 전보를 보냈다. "네가 장례식에 참석하는 건 옳지 않다."

게다가 아버지는 항상 당신 자식 중의 누군가를 몹시 걱정했다. 한밤중에 일어나서 지노 오빠에 대해 이런저런 생각을 했다. 올리베티를 떠난 지노 오빠는 밀라노에 살았고 큰 회사의 사장과 자문 역을 동시에 맡고 있었다. "지난번에 왔을 때 어두워 보였어." 아버지는 지노 오빠에 대해 말했다. "그 애에게 걱정거리가 없었으면 좋겠군! 당신도 그 애가 아주 책임 있는 직책을 맡고 있다는 건 알고 있지!"

지노는 우리 중의 그 누구보다도 우리 가족의 예전 습관을 충실하게 지켰다. 오빠는 겨울과 여름이면 일요일마다 산에 다녔다. 가끔씩, 이제는 미국에 살지만 이탈리아에 자주 오는 오빠의 친구 프랑코 라세티와 함께 가기도 했다. "지노가 산을 얼마나 좋아하는데!" 아버지가 말했다. "산을 정말 좋아하지! 스키도 아주 잘 탄다고!"

"아니에요." 지노 오빠가 말했다. "전 정말 스키는 잘 못 타요. 전 구식으로 타죠. 요새 젊은 아이들은 정말 잘 타요!"

"넌 항상 겸손하구나!" 아버지가 말했다. 그리고 오빠가 간 뒤에 이렇게 말하곤 했다.

"지노는 정말 겸손해!"

"난 그 마리오 놈을 참을 수가 없어!" 아버지는 마리오가 파리에서 올 때마다 말했다.

"그 앨 좋아하는 사람은 한 명도 없을 거야! 키아로몬테 하나만 그 앨 좋아할걸!"

"유네스코에서 쫓겨나지나 않았으면 좋겠군!" 아버지가 말하곤 했다. "프랑스 정치 상황이 너무 불안정해! 마음이 놓이지 않아! 멍텅구리같이 프랑스 시민권을 받다니! 키아로몬테는 시민권을 받지 않았잖아! 마리오는 정말 멍텅구리였다니까!"

그렇지만 어머니는 마리오 오빠가 아이들을 데리고 오면 그 아이들에게 감동했다. "아이들과 함께 있을 때 마리오는 정말 사랑스러워요!" 어머니는 이렇게 말했다. "사 테테! 일 포 뤼 도네 사 테테!* 그 애들은 정말 프랑스인이라니까!"

어머니가 말했다.

"딸아이는 정말 예뻐요. 그런데 어찌나 사나운지! 정말 꼬마 악당 같다니까!"

"그 애들은 자식들을 교육시킬 줄 몰라." 아버지가 말했다. "너무 버릇이 없어."

"버릇없는 아이들을 길러 무엇에 쓰겠어요?" 어머니가 말했다. "마리오가 나보고 부르주아라고 하더라고요!" 마리오 오빠가 떠나자 어머니가 말했다. "내가 가구들을 깔끔하게 정리했기 때문에 부르주아처럼 보였던 거예요. 그 애들 집안은 엉망진창이잖아요. 마리

* "젖! 젖을 먹여야 해!"

오는 그렇게 세심하고 그렇게 정확한데 말이에요! 예전엔 정말 실비오 같았는데! 이젠 정말 완전히 달라졌어요. 그래도 행복하니까."

"멍텅구리! 나보고 너무 우익이라고 말하더군요! 내가 마치 기독교민주당원이나 되는 것처럼 나를 대하더라고요!"

"사실 당신 우익이잖아!" 아버지가 말했다. "당신은 공산주의를 두려워하고 있어. 파올라 카라라 때문에 그런 생각을 갖게 되었지!"

"난 정말 공산주의자들은 마음에 들지 않아요." 어머니가 말했다. "난 옛날의 사회주의자들이 좋아요. 투라티! 비솔라티! 비솔라티가 얼마나 멋졌는지! 일요일이면 아버지하고 비솔라티에게 가곤 했죠!"

"사라가트도 그렇게 나쁘지는 않을지 모르겠네요. 아무것도 모르는 얼굴을 하고 있는 게 조금 안타깝지만요!" 다시 어머니가 말했고 아버지는 호통을 쳤다.

"얼간이 같은 소리 하지 마! 당신은 사라가트가 사회주의자라고 믿으면 절대 안 돼! 사라가트는 우익이야! 진정한 사회주의자는 사라가트가 아니라 넨니야!"

"난 넨니는 싫어! 넨니는 공산주의자 같아요! 항상 톨리아티*가 옳다고 하거든요! 난 톨리아티는 참을 수가 없어요!"

"당신이 우익이니까 그렇지!"

"난 우익도 좌익도 아니에요. 난 평화를 원한다고요!"

어머니는 다시 생기 있고 리드미컬하고 당당한 발걸음으로 이미 백발이 된 머리칼을 바람에 날리며 손에 모자를 들고 외출을 했다.

* 팔미로 톨리아티(1893~1964). 이탈리아 공산당의 창설 멤버.

어머니는 아침에 물건을 주문하러 갈 때나 오후에 영화관에 갈 때 항상 미란다 올케네 집에 잠깐 들렀다.

"어머니는 공산주의자들을 두려워하시죠?" 미란다가 어머니에게 말했다. "어머니는 가정부를 빼앗아갈까 봐 두려워하시는 거예요."

"만약 스탈린이 와서 내게서 가정부를 빼앗아가면 난 꼭 스탈린을 죽여버릴 거야." 어머니가 말했다. "내가 제대로 할 줄 아는 게 아무것도 없는데 도와주는 사람 없이 어떻게 살겠니?"

미란다는 여전히 뜨거운 물주머니를 안고 체크무늬 순모 담요로 몸을 감싸고 금발이 뺨까지 흘러내리는 것에도 개의치 않고 소파에 몸을 깊숙이 묻고 누워 있었다. 여전히 박자를 맞추어 노래하는 듯한 어린애 같은 목소리로 말했다.

미란다의 부모님은 독일군에게 체포되었다. 그분들은 독일군의 유대인 박해를 믿지 않던 수많은 불행한 유대인들처럼 체포되었다. 그분들은 토리노의 추위를 견디며 버텼다. 그러다가 추위를 피하기 위해 보르디게라로 떠났다. 보르디게라는 작은 지방이어서 모두들 두 분을 알고 있었다. 그들 중 누군가가 두 분을 독일군에게 고발했고 독일군이 두 분을 체포했다.

미란다는 부모님이 보르디게라에 있다는 사실을 알았을 때 그곳에서는 모두들 두 분을 잘 알고 있으니 제발 거기를 떠나라는 편지를 썼다. 대도시가 훨씬 더 안전했다. 하지만 부모님은 사람들이 어리석은 짓은 하지 않을 거라는 답장을 보냈다.

"우리는 조용히 사는 사람들이야! 조용히 사는 사람들에게는 아무도 해코지를 할 수 없다!"

그분들은 가명이나 가짜 증명서에 대해 알고 싶어하지도 않았다.

그런 일은 잘못된 것으로 보였다. 그분들은 이렇게 말했다. "누가 우리를 건드린다는 거냐? 우린 조용히 사는 사람들이야!"

그렇게 해서 독일군들은 몸집이 작고 솔직하고 명랑하며 심장병을 앓는 미란다의 어머니와 키가 크고 육중하고 조용한 아버지를 데려가버렸다.

미란다는 부모님이 밀라노 감옥에 있다는 소식을 들었다. 그녀와 알베르토 오빠는 밀라노로 가서 편지와 양식과 옷들을 부모님에게 보내보려고 애썼다. 감옥의 내부와는 그 어떤 종류의 연락도 취할 수 없었다. 그 뒤 산비토레의 유대인들이 모두 알려지지 않은 목적지를 향해 떠난다는 사실을 알게 되었다.

오빠와 미란다 올케와 아이들은 가명을 써서 피렌체로 떠났다. 그들은 캄포 디 마르테 근처에 방 두 개를 얻었다. 남자 조카가 발진티푸스에 걸렸다. 그런데 폭격이 시작되었고 그들은 열이 나는 아이를 담요에 감싸서 대피소로 데려가야만 했다.

전쟁이 끝난 뒤 그들은 토리노로 돌아왔다. 알베르토 오빠는 병원을 열었다. 대기실은 항상 환자들로 붐볐다. 하얀 가운에 가슴에 청진기를 매단 알베르토 오빠는 가끔씩 응접실로 도망쳐 난방기에 몸을 녹이고 올케에게 커피를 만들게 했다.

오빠는 살이 쪘고 거의 대머리가 되었지만 머리끝에 여전히 제멋대로 난 부드러운 금발 머리칼이 한 움큼 남아 있었다. 오빠는 가끔씩 신경을 써서 살을 빼기로 결심했다. 오빠는 다이어트를 했고 기증받은 특별한 약을 직접 복용하기도 했다. 하지만 밤이 되면 배가 고팠다. 그러면 부엌으로 가서 먹다 남은 음식을 찾으려고 냉장고 안을 뒤졌다.

오빠네는 아주 크고 멋진 냉장고가 있었다. 언젠가 아드리아노가 병이 났을 때 알베르토 오빠가 치료해주었고 그 보답으로 냉장고를 사주었다. 항상 불평을 하는 미란다는 그 선물에 대해서도 불평을 늘어놓았다. “너무 커!” 그녀가 말했다. “대체 그 안에다 뭘 넣죠? 난 한 번에 버터 100그램씩밖에 사지 않아요.” 그들은 항상 아브루초의 유형지에 살 때를 회상했다. 항상 그때를 그리워했다. “유형지 로카 디 메초에서 얼마나 잘 지냈는지 몰라!” 알베르토 오빠가 말했다. “정말 잘 지냈죠!” 미란다가 말했다. “그때는 나도 게으르지 않았는데. 스키를 탔죠. 아이들과 함께 스키를 타러 갔어요! 아침이면 일찍 일어나서 난로에 불을 폈고. 머리도 안 아팠어요. 하지만 지금은 항상 피곤해!”

“당신은 그렇게 일찍 일어나진 않았어.” 알베르토 오빠가 말했다. “우리 너무 이상적으로 생각하지 말자고! 난로는 당신이 피우지 않았어. 일하는 여자가 왔잖아!”

“무슨 여자? 우린 일하는 여자를 쓴 적이 없는데!”

옛날에 철도원이라고 불리던 조카는 이제 소년이 되었다. 그 애는 우리 아이들과 함께 발렌티노 공원에서 축구를 하고 놀았다. 그 애는 몸집이 크고 금발에 목소리도 컸다. 그렇지만 그 큰 목소리 속에도 자기 어머니처럼 노래하는 듯한 울림이 들어 있었다.

“엄마,” 그 애가 말했다. “꼬마 사촌들과 발렌티노에 가도 돼요?”

“다치지 않게 조심해라!” 우리 어머니가 말했다.

미란다가 말했다. “걱정하지 마세요! 저 애들은 뱀처럼 신중하니까요!”

“그런데 꽤 예의 바른 편이야.” 알베르토와 미란다는 자기 아들에 대해 이렇게 말했다. "대체 누가 자기를 교육시켰는지 알기나 할까요? 우리라고 생각하지 않을걸요! 저 혼자 큰 줄 알 테지!"

"일요일에 산에 갈지도 모르겠어." 알베르토 오빠는 손을 비비면서 말했다.

알베르토도 지노 오빠처럼 산에 갔다. 하지만 지노 오빠의 방식, 그러니까 아버지가 우리에게 가르쳐준 방식대로 산에 가는 것은 아니었다. 지노는 혼자 산에 가거나 기껏해야 가끔 친구인 라세티와 함께 갔다. 그리고 산에 갈 때 느끼는 지노의 기쁨은 추위, 바람, 피로, 불편함, 조금 그리고 불편하게 자는 잠, 서둘러 먹는 약간의 음식 같은 것에 있었다. 알베르토 오빠는 반대로 친구들과 모임을 만들어 산에 갔다. 오빠는 늦게 일어났고 오랫동안 호텔의 홀에 앉아 잡담을 하고 담배를 피우고 따뜻한 레스토랑에서 따뜻하고 맛있는 음식을 먹었으며 오랫동안 슬리퍼를 신고 휴식을 취했다. 그러다가 마지막으로 스키를 탔다. 스키를 탈 때에는 알베르토 오빠도 어린 시절에 배운 대로 많은 노력을 기울이며 격렬하게 몸을 던져 스키를 탔다. 너무 신경을 집중하고 신중하게 노력하는 데다가 자기 힘을 측정할 줄도 몰라서 집으로 돌아올 때는 아주 지치고 신경질적이 되었으며 눈가에 깊은 주름이 잡혔다.

미란다로 말하자면, 그녀는 산에 대해 알고 싶어하지도 않았다. 그녀는 추위와 눈, 너무나 멋지게 스키를 탔다고 항상 그리워하는 로카 디 메초의 눈을 제외한 나머지 눈을 아주 싫어했기 때문이다.

"알베르토는 정말 멍청하다니까요!" 미란다가 말하곤 했다.

"산에 갈 때마다 즐겁게 놀다 올 거라고 기대하죠. 그런데 즐기기는커녕 피곤에 지쳐서 돌아와요! 대체 무슨 오락이 그래? 어떻게 지금도 무언가 즐기길 원할까요! 젊을 때부터 스키를 타고 무언가를 하면서 즐겼는데! 이제 우린 그렇게 젊지도 않아요. 이젠 더 이상 즐길 수 없어요!"

"'그 이외에도' 젊을 때부터 그런 일들을 했어요, '그 이외에도' 지금도 그런 일을 한다니까!"

"미란다는 왜 그렇게 날 억누르는지 몰라!" 알베르토 오빠가 말했다. "당신은 나를 억누른다고! 내 날개를 잘라버렸어!"

비토리오가 토리노에 들를 때면 가끔씩 밤에 알베르토 오빠네 집을 찾았다. 비토리오는 바돌리오 정부가 들어섰을 때 교도소에서 나왔다. 그는 레지스탕스 대장의 한 사람으로 피에몬테에서 활동했고 행동당의 당원이 되었다. 그는 지우아 교수의 딸인 리세타와 결혼했다. 행동당이 사라진 뒤 그는 사회주의자가 되었다. 국회의원으로 선출되었고 로마에서 살았다.

리세타는 우리가 함께 자전거를 타던 시절, 그리고 살가리의 소설을 내게 이야기해주던 시절과 그리 많이 달라지지는 않았다. 그녀는 여전히 말랐고 꼿꼿했으며 강렬한 눈빛에 창백한 얼굴로 눈 위까지 앞머리가 내려와 있었다. 그녀는 열네 살 때 위험한 모험들을 꿈꾸었다. 그리고 레지스탕스 기간에 자신이 꿈꾸었던 그 무엇을 경험하게 되었다. 그녀는 밀라노에서 체포되었고 빌라 트리스테에 수감되었다. 그 유명한 페리다*가 그녀를 심문했다. 그녀의 친구들이 간호사로 변장해서 탈출을 도와주었다. 그 후 그녀는 신분을 감추기

* 영화배우인 루이사 페리다(1914~1945). 빌라 트리스테 감옥에 수감된 레지스탕스 대원들을 고문한 것으로 유명하다. 1945년에 총살되었다.

위해 머리를 염색했다. 그런 탈출과 변장 속에서 리세타는 딸을 하나 낳게 되었다. 전쟁이 끝나고도 한참 동안 염색한 머리카락이 짧은 밤색 머리 사이에 그대로 남아 있었다.

리세타의 아버지 역시 국회의원이 되어 로마와 토리노를 왔다 갔다 했다. 그녀의 어머니인 지우아 부인은 여전히 계속 우리 어머니를 만나러 왔지만 두 분은 서로 다투었다. 어머니가 그녀를 너무 좌파라고 생각했기 때문이다. 두 분은 아시아의 국경에 관해 토론을 벌였고 어머니는 지우아 부인이 틀렸다는 것을 보이기 위해 손 닿는 곳에 있던 데 아고스티니의 달력에 그려진 지도를 가져와서 자료로 삼았다. 지우아 부인은 리세타의 어린 딸을 키우고 있었다. 리세타는 너무 어릴 때 무슨 일이 벌어진 건지 알아차릴 틈도 없이 낳은 딸, 갑자기 멈춰 서서 생각할 틈도 없이 꿈을 꾸던 소녀에서 어른의 삶 속으로 그녀를 떠밀어버린 자기 딸의 어머니 노릇을 하고 싶어하지 않았다.

리세타는 공산주의자였고 언제 어디서든 행동당의 위험한 잔류자들을 만났다. 이제 그녀가 PDA라고 부르는 행동당은 이미 존재하지 않았다. 하지만 그녀는 사방에서 어렴풋이 나타나는 그 그림자를 보았다. 알베르토와 미란다에게 이렇게 말했다.

"두 사람도 PDA죠! PDA의 정신을 갖고 있어요!"

그녀의 남편 비토리오는 둥근 실타래를 가지고 노는 새끼 고양이를 바라보듯 그녀를 바라보았다. 두툼한 어깨와, 고압적으로 툭 튀어나온 턱을 흔들면서 그녀를 보고 웃어댔다.

"이제 토리노에선 더 이상 살 수 없어요! 정말 지겨운 도시예요! PDA 같은 도시죠! 난 이제 토리노에서 살 수가 없어요!" 리세타가 말했다.

"당신 말이 맞아요!" 알베르토 오빠가 말했다. "권태로워 죽을 지경이지! 항상 똑같은 얼굴들뿐이라니까!"

"리세타는 정말 멍청해요!" 미란다가 말했다. "마치 사람들이 즐길 수 있는 장소가 어디 있기라도 한 듯이 말하네요! 이제 우린 즐기며 살 수 없다니까!"

"달팽이 요리나 먹으러 가지!" 알베르토 오빠가 손을 비비며 말했다. 그러면 두 사람은 집을 나서 카를로 펠리체 광장을 가로질러 밤 열 시가 되면 사람의 발길이 끊기고 희미한 불빛만이 비추는 회랑을 걸었다. 그들은 거의 비어 있는 식당에 들어갔다. 달팽이 요리는 없었다. 알베르토 오빠는 파스타 한 접시를 주문했다.

"당신 지금 다이어트 중 아니에요?" 미란다가 말했다. 그러면 알베르토가 말했다. "조용히 해! 당신은 내 날개를 부러뜨리는군!"

"알베르토가 얼마나 피곤한 사람인지 몰라요!" 아침이면 미란다는 어머니에게 불평을 쏟아놓았다. "항상 침착하지 못하고 항상 뭔가 하고 싶어해요! 항상 뭔가 먹으려 하거나 뭔가 마시려 하거나 어디든지 가고 싶어한다고요! 항상 즐기려고 한다니까요!"

"꼭 나 같구나." 어머니가 말했다. "나도 즐겁게 지내고 싶단다! 멋진 여행을 하고 싶어!"

"하지만 어머니!" 미란다가 말했다. "다들 집에서도 아주 잘 지내잖아요!"

"어쩌면 크리스마스에 산레모의 엘레나 언니 집에 갈지도 모르겠어요." 미란다가 말했다.

"그런데 갈지 안 갈지 모르겠어요. 가서 또 뭐 하겠어요? 집에 있는 게 더 좋을 거예요!"

"어머니, 제가 산레모 카지노에서 도박한 거 아세요?" 미란다가 산레모에서 돌아와서 어머니에게 이렇게 말했다. "돈을 잃었어요! 그 멍청한 알베르토도 잃었어요! 저희 둘이 10만 리라나 잃은 거 있죠!"

"미란다가 산레모 카지노에서 도박을 했대요. 그 애 둘이서 10만 리라를 잃었대요." 어머니는 아버지에게 이 말을 전했다.

"10만 리라!" 아버지가 소리를 질렀다. "그 애들이 대체 얼마나 어리석은지 한번 보라고! 다시는 도박하지 말라고 해! 내가 무조건 금지했다고 말해!"

그리고 지노 오빠에게 편지를 썼다. "그 어리석은 알베르토가 산레모의 카지노에서 큰돈을 잃었다는구나."

돈에 관한 아버지의 생각은 전쟁이 끝난 뒤에 더욱더 불확실하고 혼란스러워졌다. 한번은 아직 전쟁 중인데 알베르토 오빠에게 농축 우유 열 병을 사달라고 부탁했다. 알베르토 오빠는 암시장에서 한 병에 100리라 이상을 주고 아버지에게 우유를 사드렸다. 아버지는 오빠에게 얼마를 지불해야 하는지 물어보았다. "됐습니다." 알베르토가 말했다. "괜찮아요." 아버지는 오빠의 손에 40리라를 쥐어주고 이렇게 말했다. "나머지는 너 가져라."

"우리 인체트 주식이 하락세인 거 아세요?" 미란다가 어머니에게 말했다. "아마 그걸 팔아야 할 것 같아요!" 그리고 돈을 땄다거나 잃었다고 말할 때마다 그랬듯이 유쾌하고 예리하고 교활한 미소를 지었다.

"미란다가 인체트 주식을 팔 거라는데 당신도 알아요?" 어머니는 아버지에게 말했다.

"우리 주식도 파는 게 좋을 거라고 말했어요!"

"그 얼간이 같은 미란다가 대체 뭘 안다는 거야!" 아버지가 고함쳤다.

그렇지만 그 점에 대해 다시 생각했다. 그리고 지노 오빠에게 물었다.

"너도 내가 주식을 팔아야 한다고 생각하니? 미란다가 그렇게 말했다는구나. 너도 알다시피 미란다는 주식에 대해 뭐 좀 알잖니. 그 앤 아주 감각이 뛰어나. 불쌍한 그 애 아버지가 주식 중개인이었지."

지노 오빠가 말했다. "전 주식에 대해선 아무것도 모르는걸요!"

"그래, 맞다. 넌 주식에 대해선 아무것도 모르지! 우리 가족은 사업 감각이 별로 없어!"

"우린 돈 쓰는 것만 잘한다니까요." 어머니가 말했다.

"당신은 그렇지!" 아버지가 말했다. "분명히 말하지만 난 돈은 별로 쓰지 않는다고! 지금 입고 있는 이 옷도 7년째 입는 거야!"

"그런데 좀 봐요, 베피노!" 어머니가 말했다. "너무 낡고 털도 다 빠졌잖아요! 당신도 새 옷 한 벌 맞춰야 돼요!"

"난 그런 생각은 하지도 않아! 이 옷은 아직도 멀쩡하다고. 새 옷을 맞추어야 한다는 말을 또 하기만 하면 가만히 놔두지 않겠어!"

"지노도 절대 낭비를 하지 않아. 검소해! 너무 검소한 습관을 가지고 있어! 파올라도 돈을 너무 펑펑 써. 지노 말고 너희들은 모두 낭비벽이 심해! 너희들은 모두 과대망상 환자들이야!" 아버지가 말했다.

"지노는 다른 사람들에게는 돈을 잘 쓰고 자신에게는 검소해. 너희들 중에 지노가 제일 나아!" 아버지가 말했다.

가끔씩 파올라 언니가 피렌체에서 왔다. 언니는 혼자 자동차를 몰고 왔다. "너 혼자 왔냐? 자동차로?" 아버지가 언니에게 말했다. "잘못했다! 위험하잖니! 타이어라도 터지면 어떻게 하려고 그래? 로베르토와 함께 왔어야지! 로베르토는 자동차에 대해 잘 알잖니! 그 앤 어릴 때부터 자동차광이었어. 내 기억으로는 자동차 얘기 말고 다른 말은 하지도 않은 것 같은데!"

그러다가 이렇게 말했다. "어디 로베르토 이야기 좀 해보거라!"

로베르토는 이제 성인이 되어 대학에 다녔다.

"난 로베르토가 정말 좋다! 그 앤 성격이 아주 부드러워!" 아버지는 이렇게도 말했다. "그런데 여자를 너무 좋아하더구나. 결혼하겠다고나 안 하는지 주의해서 살펴봐! 결혼하겠다는 생각이 들지 않게 해!"

로베르토는 모터보트를 한 대 가지고 있어서 여름이면 친구 피에르 마리오와 함께 그 모터보트를 타고 바람을 쐬러 다니곤 했다. 한번은 모터가 고장 났는데 돌풍까지 불어와서 둘은 궁지에 몰리고 말았다.

"피에르 마리오와 단둘이서 모터보트를 타게 내버려두지 마라! 위험해!" 아버지가 파올라 언니에게 신신당부했다. "네가 강력하게 나가야 해! 넌 권위가 없어!"

"파올라는 자식 교육을 할 줄 모른다니까." 한밤중에 아버지는 어머니에게 말했다. "자식들을 너무 버릇없이 키워서 뭐든지 자기 맘대로 하려고 해! 돈을 너무 써! 과대망상증 환자들이야!"

"테르실라가 와 있네!" 파올라 언니가 다림질 방에 들어서면서 말했다.

"테르실라를 만나다니, 반가워요!"

테르실라는 일어서서 잇몸을 드러내며 미소를 지었고 파올라의 아이들인 리디아, 안나, 로베르토의 안부를 물었다.

테르실라는 우리 아이들에게 줄 바지를 만들었다. 어머니는 우리 아이들이 바지가 없을까 봐 항상 걱정했다. "이렇게 하지 않으면 엉덩이를 까놓고 살 거야!" 어머니가 말했다. '엉덩이를 까놓고' 살지도 모른다는 걱정 때문에 어머니는 항상 한 번에 대여섯 벌의 바지를 만들게 했다. 이 바지 문제 때문에 나와 어머니는 말다툼을 했다. "그렇게 바지를 많이 만들 필요가 없어요!" 내가 말했다. 그러면 어머니가 말했다. "봐라, 넌 소련 여자야! 넌 너무 금욕적인 생활을 하고 있어! 난 아이들을 제대로 키우고 싶다. 난 아이들이 엉덩이를 까놓고 사는 건 원치 않아."

파올라 언니가 집에 오면 어머니는 언니와 함께 외출했다. 팔짱을 끼고 아치가 이어지는 회랑 밑을 걸으며 수다를 떨고 쇼윈도를 구경했다.

어머니는 파올라 언니에게 내 흉을 보았다. "적극적이지 않아!" 어머니가 말했다. "말도 하지 않아! 게다가 정말 공산주의자야! 진짜 소련 여자라니까!"

"내게 아이들이 있어서 얼마나 천만다행이냐!" 어머니는 이렇게 말했다. 우리 아이들 이야기를 시작하려는 것이다.

"얼마나 사랑스러운지! 얼마나 내가 그 애들을 좋아하는지 아니! 난 세 녀석이 다 좋아서 누구를 골라야 할지 모르겠어!"

"아이들이 있어서 정말 다행이야. 그래서 난 따분하지 않다니까. 나탈리아 그 애는 아마 언제나 엉덩이를 까놓은 채 아이들을 내보낼 거야. 하지만 난 아니야. 난 그 애들을 제대로 키운다고! 테르실라를 부르잖아!"

늙은 재봉사 벨롬은 오래전에 죽었다. 이제 어머니는 회랑에 있는 마리아 크리스티나라는 양장점에서 옷을 맞추어 입었다. 스웨터와 셔츠는 파리시니 상점에서 샀다.

"파리시니 거야!" 어머니는 사놓은 셔츠를 파올라 언니에게 보여주면서 말했다. 식탁 위에 올라온 사과를 보고 "카르팡뒤 거야!"라고 말할 때와 똑같은 어투였다.

"가자." 파올라 언니에게 말했다.

"마리아 크리스티나 상점에 가자! 난 멋진 타예르*를 맞추고 싶어!"

"타예르는 맞추지 마세요." 파올라 언니가 말했다.

"벌써 여러 벌 있잖아요. 너무 스위스 여자처럼 옷을 입지 마세요! 그 대신 검은색으로 우아하게 코트를 해 입고 품위 있고 멋진 모자를 맞춰 밤에 프란체스 아주머니 집에 갈 때 쓰세요!"

어머니는 검은색 코트를 맞추었다. 하지만 어깨가 잘 맞지 않는다고 생각해서 집에서 테르실라에게 수선하게 했다. 그러고는 마찬가지로 그 코트를 입지 않았다. "너무 귀부인 같은데!" 어머니가 말했다. "나탈리나에게 선물이나 해야 할 것 같아!"

파올라 언니가 떠나자마자 어머니는 타예르를 맞추었다. 새 타예르를 입고 아침에 미란다에게 갔다.

* 여성 상하 정장 한 벌을 일컫는 프랑스어.

"어머 그런데, 어머니, 또 타예르를 새로 해 입으셨군요!"

미란다 올케가 말했다. 그러면 어머니는 대답했다.

"옷이 많으면 명예도 많은 거란다!"

토리노에는 파올라 언니의 친구들이 살고 있었다. 언니는 가끔씩 그 친구들을 만났다. 그리고 어머니는 여전히 그 친구들에게 약간의 질투심을 느꼈다.

"왜 혼자 오세요?" 파올라 언니 없이 혼자 집에 들어오는 어머니를 보고 미란다가 물었다. 그러면 어머니는 이렇게 대답했다. "파올라가 오늘은 일다와 함께 외출했어. 난 그 일다라는 애가 조금도 마음에 들지 않는구나. 별로 예쁘지도 않아. 키가 너무 커! 난 그렇게 큰 여자들은 싫어. 게다가 팔레스타인 얘기를 너무 많이 한다니까."

일다는 팔레스타인을 떠나왔지만 옛날과 똑같이 팔레스타인 이야기를 했다. 그녀의 동생 시온 세그레는 제약회사를 운영했다. 그와 알베르토 오빠는 계속 우정을 쌓아나갔다.

알베르토 오빠가 파올라 언니에게 말했다.

"오늘 밤에 일다하고 시온하고 달팽이 요리 먹으러 갈까?"

"난 달팽이 요리는 싫다." 어머니가 대답했다. 그래서 어머니는 집에 남아 텔레비전을 보았다. 아버지는 텔레비전을 경멸했고 그건 얼간이 같은 물건이라고 말했다. 그와 동시에 그 텔레비전은 지노 오빠의 선물이었기 때문에 어머니가 텔레비전 보는 것을 찬성했다. 게다가 밤에 어머니가 텔레비전을 보지 않고 소파에서 책을 읽으면 이렇게 말했다.

"어쩐 일로 텔레비전을 켜지 않는 거지? 텔레비전 켜! 그렇지 않으면 텔레비전이 있어도 아무 쓸모가 없잖아! 지노가 당신에게 선물한 건데 안 보면 안 되지! 당신이 지노에게 돈을 갖다 버리게 했으니 어찌 되었든 이젠 그걸 봐야 한다고!"

아버지는 밤이 되면 서재에서 책을 읽었다. 어머니는 일하는 여자와 함께 텔레비전을 보았다. 나탈리나가 떠난 후 어머니는 언제나 베네토 출신 여자를 고용했다. 모타 디 리벤자라는 고장에서 여자들을 데려왔다.

그 여자들 중의 한 사람이 어느 날 밤 피를 토했다. 우리는 모두 너무나 놀랐다. 그래서 다급하게 알베르토 오빠를 불렀는데 알베르토는 다음 날 엑스레이 촬영을 해야 한다고 말했다. 여자는 절망해서 눈물을 흘렸다. 하지만 알베르토는 그녀가 각혈한 것 같지는 않고 목이 긁힌 것 같다고 말해주었다.

사실 엑스레이 촬영 결과는 좋았다. 목에 긁힌 상처에서 피가 난 것이었다. 그런데도 그 여자는 여전히 눈물을 흘리며 절망하자 아버지가 말했다.

"프롤레타리아들은 저렇게 죽음을 두려워한다니까!"

어머니는 파올라 언니가 집으로 돌아갈 때마다 눈물을 흘리면서 포옹했다.

"네가 이렇게 가버리면 얼마나 아쉬운지 몰라! 이제 겨우 네가 우리 집에 있다는 것에 익숙해졌는데!"

그러면 파올라 언니가 말했다.

"피렌체 우리 집에 좀 오세요!"

"난 갈 수 없어." 어머니가 말했다. "아버지가 날 놓아주지 않아. 게다가 나탈리아가 회사에 나가니까 난 우리 아이들을 돌보아야 해."

파올라 언니는 어머니로부터 '우리 아이들'이라는 소리를 들을 때마다 화를 냈다. 그 애들에게 약간 질투심을 느꼈기 때문이다.

"그 애들은 엄마 애들이 아니에요! 엄마의 손자예요! 우리 아이들도 엄마 손자고요! 우리 집에 와서 우리 아이들과 조금만 지내세요!"

어머니는 가끔씩 피렌체에 갔다. "메리도 만나겠군!" 아버지가 어머니에게 말했다. "가자마자 메리를 찾아가도록 해!"

"틀림없이 만나러 갈게요." 어머니가 말했다. "나도 메리를 만나고 싶다고요! 나도 메리를 좋아해요!"

"메리는 진짜 호감 가는 사람이에요!" 어머니가 피렌체에서 돌아와서 말했다. "메리는 정말 착해요! 메리처럼 착한 사람은 본 적이 없다니까! 피렌체에서 정말 즐거웠어요. 난 피렌체가 좋아요. 파올라네 집도 어찌나 멋진지!"

"하지만 난 피렌체를 참을 수가 없어. 난 토스카나 지방을 참을 수가 없어." 아버지가 말했다. 전쟁 중이라 올리브를 구할 수 없을 때 파올라 언니는 아버지에게 올리브를 조금 보냈다. 피에솔레 언니네 집 근처에 올리브 나무가 있었기 때문이다. 그런데 아버지는 화를 냈다. "난 올리브 같은 건 필요 없다! 올리브를 참을 수가 없어! 토스카나를 참을 수가 없어! 친절함 따윈 필요 없어!"

"파올라가 당신에게 당나귀 같은 짓 안 했나?" 아버지가 어머니에게 물었다.

"아니에요! 불쌍한 파올라! 아침이면 내 침대로 식사를 가져다줬어요. 난 침대에서 따뜻하게 멋진 아침식사를 했고! 정말 잘 지냈다니까요!"

"다행이군! 가끔씩 파올라가 당나귀 같을 때가 있어서 말이야!"

"그런데 여기서도 어머니가 침대에서 아침식사 하는 걸 막는 사람은 아무도 없잖아요?" 미란다가 어머니에게 물었다.

"여기선 아니야. 여기선 일어나야 해! 난 일어나자마자 찬물로 개운하게 샤워를 해야 해. 그리고 몸을 잘 감싸고 잘 덮고 솔리테르를 쳐야 해. 그러는 동안 몸이 따뜻해지지!"

어머니는 식당에서 솔리테르를 쳤다. 내 딸 알레산드라가 아침에 일어나서 깨워주지 않아 학교에 지각하겠다고 얼굴을 찌푸리고 화를 내며 식당에 들어갔다.

"태풍 마리아가 몰려오네!"

"곧 멋진 여행을 할지 한번 볼까. 누가 내게 근사한 저택을 선물할지 한번 볼까. 지노가 아주 유명한 사람이 될지 한번 볼까."

"허튼소리!" 아버지가 지나가면서 말했다. "끝도 없이 허튼소리만 지껄이는군!"

아버지는 연구실에 가기 위해 비옷을 입었다. 이젠 동도 트기 전에 연구실에 가지는 않았다. 아침 여덟 시에 연구실에 나갔다. 문가에서 아버지는 어깨를 으쓱하며 말했다.

"누가 당신에게 저택을 선물할 거라는 거야? 당신은 정말 얼간이야!"

난 매일 밤 발보네 집에서 시간을 보냈다. 가끔씩 리세타가 찾아왔다. 비토리오는 토리노를 방문하는 일이 드물었고 토리노에 와도 옛 친구인 알베르토 오빠와 저녁 시간을 보내고 싶어해서 발보네 집에 오지 않았다.

리세타와 발보의 아내는 친구가 되었다. 발보의 아내 롤라는 레움베르토 대로에서 거만한 걸음걸이로 성큼성큼 걷거나 자기 창가에 서 있던 바로 그 아름답고 얄밉게 생긴 소녀였다. 롤라와 리세타는 내가 유형지에 가 있는 동안에 친구가 되었다. 롤라가 얄미운 짓을 그만두었을 때, 그리고 그녀와 내가 친구가 되었을 때 자기도 예전에 자신이 얄미운 애라는 것을 잘 알고 있었다고 말했다. 아니 할 수 있는 한 더 얄밉게 보이려고 애썼다고 설명해주었다. 그리고 자신의 영혼은 수줍음과 불확실함과 권태로움 때문에 경직되어 있었다고 했다. 그런데 너무나 놀랍게도 우리가 친구로 지내면서도 여전히 나는 항상 얄밉고 거만해서 그녀의 시선과 마주치면 불쾌했고 그 시선을 받으며 아주 잠시나마 그녀와 나를 혐오했던 그 옛날이, 그녀의 모습이 다시 생각나곤 한다. 그 이미지를 다시 생각하고 현재 내 친구의 친근하고 친자매 같은 모습을, 세상에서 내가 기대할 수 있는 가장 가깝고 혈육 같은 모습을 비교해본다.

내가 유형지에 있을 때 롤라는 잠깐 동안 출판사에서 비서로 일했다. 하지만 그녀는 최악의 비서였다. 그녀는 무슨 일이든 다 잊어버렸다. 그러다가 파시스트들에게 체포되었고 두 달 동안 갇혀 있었다. 독일군 점령 기간에 변장을 해가며 도망 다니다가 발보와 결혼했다. 그녀는 여전히 아름다웠다. 하지만 이제는 숱이 많은 머리를 단발로 잘라 철모를 뒤집어쓴 것 같던 옛날의 모습이 아니었다. 지금은 인디언 머리처럼 뺨으로 흘러내리게 머리를 풀어놓아서 태양과 비에 단련된 인디언 남자 같았다. 옛날의 그 딱딱하고 변화가 없던 모습은 근심스럽고 주름진 얼굴로, 악천후와 태양에 노출되어 단련된 얼굴로 변했다. 그렇지만 아직도 가끔씩 옛날의 그 거만한 모습, 흔들흔들 오만하게 걷던 옛날의 그 걸음걸이가 잠깐씩 나타나기도 했다.

아버지는 사람들이 롤라 이름을 말할 때마다 곧 그녀가 무척 아름답다고 했다.

"그 롤라 발보는 정말 아름다워! 에, 정말 아름다워!"

그리고 말했다. "발보 부부가 산에 가는 걸 아주 좋아한다더구나. 모투라와 아주 친하다고 하고."

모투라는 아버지가 존경하는 생물학자였다. 발보 부부와 모투라와의 우정으로 인해 아버지는 나의 저녁 시간에 대해 안심했다. 내가 밤에 외출할 때마다 어머니에게 이렇게 말했다.

"나탈리아가 어디 가는 거지? 발보네 집에 가는 건가? 발보 부부는 모투라하고 아주 친하지!"

또 이렇게 말했다. "어떻게 모투라하고 그렇게 친하게 되었을까?

어떻게 알게 되었지?"

아버지는 항상 어떤 사람이 다른 어떤 사람과 어떻게 친구가 되었는지 궁금해했다. "어떻게 그 사람을 알게 됐지? 어떻게 서로 알게 되었을까?" 아버지는 불안스럽게 물어보았다. "아, 어쩌면 산 때문인지도 몰라! 산에서 알게 되었을 거야!" 아버지는 그렇게 두 사람 관계의 출발점을 정해놓은 뒤에야 조용해졌다. 그리고 둘 중 한 사람을 존경하면 나머지 한 사람도 호의적으로 인정했다.

"리세타도 발보네 집에 가나? 리세타가 어떻게 그 사람들을 알았지?"

발보네는 레움베르토 대로 쪽에 살았다. 집은 일층에 있었고 문은 항상 열려 있었다. 사람들이 계속 들락거렸다. 발보의 친구들이었는데 그들은 발보와 함께 출판사에 가거나 발보가 카푸치노를 마시곤 하는 카페 플라티로 따라갔다. 그들은 발보와 함께 귀가해서 밤늦게까지 이야기를 나누었다. 만약 집에 와서 발보가 없어도 여느 때와 마찬가지로 응접실에 앉아 자기들끼리 이야기를 나누었고 복도를 거닐었고 서재의 책상에 걸터앉았다. 그들은 시간을 지키지 않는다든가, 저녁식사를 하러 집에 갈 생각도 않는다든가, 쉬지 않고 토론한다든가 하는 버릇을 발보에게서 배웠다.

롤라는 항상 사람들이 집에 드나드는 것에 아주 신물을 냈다. 그렇지만 자기가 해야 할 일은 변함없이 했다. 염려와 짜증이 뒤섞인 감정으로 아들을 돌보았다. 그녀 역시 리세타처럼 모든 게 불투명한 청소년기에서 돌연히, 그 어떤 연계성도 없이 몹시 힘겨운 어른들의 세계로 떠밀려왔기 때문에 어머니로서의 역할을 제대로 해내지 못했다.

그녀는 가끔씩 아들을 친정어머니나 시어머니에게 맡기고 아주 우아하게 차려입고 진주와 다른 보석으로 치장하고 외출을 해서 옛날처럼 천천히 눈을 반쯤 감고 매부리코로 공기를 가르며 걷는 것을 좋아했다. 집에 돌아와서 사람들이 아직도 현관의 긴 의자에, 또는 테이블 위에 걸터앉아 이야기를 하고 있으면 그녀는 화가 나서 목쉰 소리로 길게 소리를 질렀지만 아무도 신경 쓰지 않았다.

남편이 없을 때에는 부드러운 별명들로 남편을 칭했고 잠깐 그가 자리를 비우면 목쉰 소리로 길게 소리치듯이, 그러나 짝을 부르는 비둘기처럼 사랑스럽게 불평했다. 그러다가도 곧 그가 나타나기만 하면 금방 그를 나무랐다. 그 이유는 그가 항상 식사 시간에 늦게 온다거나 시장 볼 돈도 주지 않고 나가버렸다는 데, 혹은 대문이 항상 열려 있다거나 사람들이 너무 많이 드나든다고 그녀가 화를 낸 걸 가지고 남편이 잔소리했다는 데 있었다. 그렇게 그들은 다투기 시작했다. 발보는 빈틈없는 궤변으로 무장했지만 롤라는 화를 내는 것 이외에는 다른 무기가 없었다. 그리고 상대방의 잘잘못이 뒤섞여 다시 풀리지 않게 엉켜버렸다. 게다가 그들은 부부싸움을 할 때에도 단둘이 있을 수가 없었다. 그녀는 가끔씩 자기 집에 있는 발보의 친구들에게 빨리 꺼져버리라고 소리치며 욕을 퍼붓기도 했다. 하지만 그 친구들은 꿈쩍도 하지 않았고 조용히 싸움을 구경하면서 이 폭풍우가 지나가길 기다렸다.

발보는 식사 때 항상 똑같은 음식, 그러니까 버터를 넣은 리소토와 스테이크, 감자 한 알과 사과 한 알을 먹었다. 전쟁 중에 기생충이 생겨서 그는 이런 음식들을 먹어야만 했다. "스테이크 있나?" 그는 식탁에 앉으면서 불안한 듯 물었다. 그리고 스테이크를 확인하자마자 정신없이 먹기 시작했는데 음식을 먹으면서도 그가 식사할 때 꼭 함께 있던 친구들과 계속 이야기하고 다투고, 빈틈없는 궤변으로 자기 아내와 논쟁했다.

"발보는 짜증나는 사람이야!" 롤라가 친구들에게 푸념했다. "짜증나는 사람이라는 걸 발견했다니까! 그래, 스테이크 있어! 얼마나 지겨워, 항상 그 스테이크라니까! 달걀 프라이라도 한번 먹으면 어때!"

그리고 로마에서, 레지스탕스 시절에 단돈 한 푼도 없이 숨어 지낼 때 그녀가 버터와 스테이크와 쌀을 구하기 위해 암시장을 찾아온 시내를 뛰어다녀야만 했던 일을 다시 회상했다. 발보는 자기가 달걀 프라이를 먹으면 몸이 아프기 때문에 먹을 수 없다는 설명을 해주었다. 그러고는 진지하게 미친 듯이 자신이 먹고 있는 스테이크의 종류에는 무관심한 채 식사를 했다. 그게 그릴에 구운 스테이크이기만 하면 아무 의심도 없이 먹었다. "난 당신 친구들이 싫어요!" 롤라는 불평을 늘어놓았다. "그 사람들은 사생활도 없어요? 아내도 자식도 없어요? 아니 있다 하더라도 돌보지도 않겠죠! 매일 우리 집에 와서 살잖아요!"

토요일과 일요일에 집은 텅 비었다. 롤라는 아들을 시어머니에게 맡기고 남편과 함께 스키를 타러 갔다. "어제 발보가 얼마나 멋졌는지 몰라요!" 월요일 아침에 다시 나타난 발보의 친구들에게 이렇게 말했다. "너무 멋졌어요, 봤어야 하는데. 스키 선생처럼 잘 탄다니까요! 발레리노 같았어요! 발보가 하나도 따분하지 않았어요, 우린 정말 즐거웠다니까요! 그런데 이제 다시 지겨운 사람이 됐어!"

그녀와 남편은 가끔씩 클럽에 춤을 추러 갔다. "우린 정말 즐거웠어!" 클럽에 다녀온 뒤에 롤라가 말했다. "발보는 왈츠를 정말 잘 춰! 발보가 얼마나 경쾌하다고!" 그리고 드레스를 옷장에 걸면서 그때 사무실에 있는 남편에 대해 비둘기 같은 그 사랑스럽고도 목쉰 소리로 말했다.

발보는 가끔씩 롤라에게 이렇게 말했다. "새 이브닝드레스를 하나 사 입어. 즐거울 거야." 그녀는 남편을 즐겁게 해주려고 옷을 샀다. 그리고 곧 그 옷이 마음에 들지 않았다. 황당한 옷이어서 절대 자신이 입지 않으리라는 걸 알게 되었다. "그 멍텅구리!" 그녀는 말했다. "자기가 즐기우려고 아무 의미도 없는 옷을 사게 만들었어!"

롤라는 출판사에서 비서로 잠깐 일을 하고 난 뒤로 다시 일을 하지 않았다. 롤라와 그녀의 남편은 그녀가 최악의 비서였다는 사실에 동의했다. 하지만 또 그녀에게는 일이 있어야 한다는 점에도 동의했다. 그녀는 어떤 일을 해야 할지 잘 몰라서 적절한 일을 알아보아야 했다. 그래서 발보는 이 세상에 넘치고 넘치는 수백만 가지 일 중에서 롤라가 잘할 수 있는 일이 무엇일지 나에게도 물어보았다.

롤라는 항상 감옥에서 보낸 시간을 향수에 젖어 이야기했다. "내가 감옥에 있었을 때" 종종 이렇게 말했다. 감옥에서 그녀는 아주 편안했고 마침내 제자리를 찾은 듯이 차분해졌으며 열등감과 억압에서 해방된 기분이었다고 말했다. 그녀는 정치적인 이유로 수감된 유고슬라비아 처녀들이나 억류자들과도 친구가 되었다. 롤라는 그녀들이 공감할 말을 찾아내서 신임을 얻었다. 그래서 다른 여죄수들은 그녀에게 도움을 청하고 조언을 구하기 위해 그녀에게 다가왔다. 자신이 어떤 일을 할 수 있을지 발보와 대화를 하면 이야기는 항상 '감옥에 관한' 것으로 끝났다. 그녀에게는 감옥에 있을 때처럼 아주 편안하고 자유롭고 억압받지 않고 완전히 자기 노력의 주인이 된 기분을 느낄 수 있는 일자리를 찾아야 한다는 결론에 둘 다 이르렀다. 하지만 그런 일은 쉽게 찾아지지 않을 것 같았다. 얼마 뒤에 그녀가 병에 걸려 잠깐 동안 입원해야 했다. 그녀는 병원의 처녀 환자들 속에서 극적인 순간마다, 긴장과 위험의 순간 그리고 절박한 순간마다 뚜렷하게 발산되는 민중 지도자로서의 힘을 다소나마 되찾을 수 있었다.

리세타는 로마에서 일자리를 찾았다. 이탈리아-소련 협회에서 일했다. 그녀는 러시아어를 배웠다. 전쟁이 끝나자마자 그녀는 롤라와 나와 함께 러시아어 공부를 시작했다. 그녀는 러시아어를 계속 배웠고 우리는 중도에서 포기했다. 리세타는 매일 사무실에 출근했다. 그리고 집안일도 보살필 수 있었다. 이제 그녀는 자기 아이들에게도 신경을 썼다. 하지만 그런 티를 내지 않으려 했고 그 아이들이 아직 아주 어린데도 엄마에게서 완전히 독립되어 있는 척했다. 휴가 때에는 계속 토리노에 왔는데 아이들도 직접 데리고 왔다. 우리가 아이들은 어디에 있느냐고 물어보면 그녀는 신경을 쓰지 않는 듯한 무심한 태도로 아이들을 어디다 버려뒀는지 잘 기억이 나지 않는다고 말했다. 그녀는 자신의 말을 듣고 우리가 아이들만 길에 내보내 놀게 했다고 생각하면 좋아했다. 사실 아이들은 공원에서 할머니와 그 애들을 돌보는 유모와 함께 놀고 있었다. 날이 어두워지기가 무섭게 그녀는 자신도 깨닫지 못했고 자신에게도, 다른 그 누구에게도 고백하지는 않았지만 부드럽고 주의 깊고 이해심 많은 어머니가 되어 숄과 모자를 들고 아이들을 데리러 갔다.

한편으로 그녀는 남편과 정치적인 이유로 항상 논쟁을 벌이는 척했다. 사실 그녀는 남편에게 양처럼 순한 아내였고 근본적으로 남편과 다른 견해를 가질 수도 없었다. 게다가 그들의 정치적 견해 속에도 실제적인 차이점은 전혀 없었다. 행동당, 즉 PDA는 이미 그 옛날에 사라져버렸고 이제는 주위에 그 어떤 흔적도 남아 있지 않았다. 하지만 리세타는 항상 도처에, 특히 자기 집안에 스며들어 있는 그 그림자를 보았다고 말했다. 자기 아이들이 사고를 할 수 있게 되자마자 그 아이들과도 논쟁을 시작했다. 특히 잘난 척하고 빈정대며 어머니에게 신랄하게 말대꾸하는 큰딸과 논쟁을 벌였다. 그렇게 어머니와 딸은 고기 접시를 앞에 놓고 가난한 사람들과 부자들, 좌파와 우파, 스탈린, 사제들과 예수를 끌어내어 오랫동안 토론을 했다.

"그렇게 백작 부인처럼 굴지 마!" 리세타는 자기 친구인 롤라가 거울 앞에서 화장을 하고 보석으로 치장할 때면 이렇게 말했다. 그러다가 그녀 역시 아이라인을 약간 검게, 보일락말락하게 그리고 말았다. 그리고 넓은 레인코트를 입고 여자아이처럼 맨발에 샌들을 신은 홀쭉한 다리의 리세타와 큰 단추가 달린 꼭 끼는 검은 코트의 칼라에 브로치를 단 롤라는 레움베르토 대로로, 가로수 길로 나갔다. 롤라는 매부리코로 공기를 가르며 예전의 그 흔들흔들하고 거만한 걸음걸이로 걸었다.

그녀들은 출판사에 갔다. 복도에서 발보를 만났는데 그는 어떤 사제나 모투라 혹은 그를 따라 집에 왔던 누군가와 이야기를 하고 있었다. "사제들과 가까이 지내는 것 같아." 리세타가 발보에 대해 말했다. "사제가 너무 많아!"

발보에 대해서는 'PDA의 정신을 갖고 있다'고 하지는 않았다. 아니 발보는 리세타가 그렇게 부르지 않는 몇 안 되는 사람 가운데 하나였다. 발보는 가끔씩 오히려 그녀가 '약간 PDA' 성향이 있다고 비난했고 오늘날에도 여전히 떠돌아다니고 있는 최후의 PDA일지도 모른다고 비난했다. 하지만 리세타는 발보가 너무 가톨릭적이라고 비난했다. 그렇지만 이 때문에 발보를 용서해줄 용의가 있었다. 지나치게 가톨릭적이라면 그 누구라도 절대 용서해줄 수 없었을 텐데 말이다. 발보가 일요일이면 크로체의 책들을 가져다주면서 그 달변으로 그녀를 사로잡던 소녀 시절의 기억을 아직도 간직하고 있어서였다.

"백작이야! 결국 그 사람은 백작일 뿐이야! 결국 그 부부는 백작과 백작 부인일 뿐이지!" 리세타는 멀리 떨어진 로마에서 발보 부부를 생각하면서 이렇게 말했다. 로마에서 그녀는 좋아하는 친구들을 만났다. 그 친구들과 다투지는 않았지만 추억이라는 끈끈한 유대 관계로 묶이지도 않았다. 사실 그녀는 그 친구들에게 약간 싫증이 났다. 하지만 그 점을 스스로 인정하지 않았다. 발보가 그녀와 만났을 때 주장했던 모든 논점이 멀리서 보면 그가 귀족 가문 출신이며 가톨릭 신자라는 사실 때문에 뒤흔들리는 듯했다. 하지만 토리노에 올 때마다 발보의 집은 오만하게 그녀를 끌어들였다. 그렇지만 자신에게도 진실을 말할 수가 없었다. 그래서 이렇게 말했다. "그 사람들은 내 친구이고 난 그들을 좋아해. 그러니까 그들의 생각이 사실이든 거짓이든 나에겐 조금도 중요하지 않아. 발보가 그렇게 사제들을 좋아해도 난 아무 상관 없다고." 그녀의 솔직하고 부드럽고 어린아이 같은 성질 속에서 그녀의 의견이나 생각이 다른 사람들의 것과 뒤섞여, 마치 잎사귀가 많은 커다란 나무가 그렇듯, 싹을 틔우고 가지를 뻗어나갔고 그러면서 맑은 거울 같은 그녀의 영혼이 그녀의 시야에서 모습을 감추고 사라졌다.

모투라는 너무나 오랫동안 발보와 함께 있었기 때문에 출판사에서는 '모투라화化하다'라는 말이 생겼을 정도였다. "발보는 뭐 하지? 모투라화하는 중이지! 물론 모투라화하고 있지!" 우리는 그렇게 말하곤 했다. 모투라와 이야기를 나눈 뒤 발보는 사장에게 가서 과학 시리즈에 관한 모투라의 제안을 보고했다. 발보 본인은 과학 시리즈에 전혀 관심을 기울이려 하지 않았다. 발보는 법학과에 입학하기 전, 방향을 잡지 못하던 젊은 시절에 의과대학을 2년 다니기는 했지만 과학적 지식이라고는 손톱만큼도 없었다. 의학대학 2년에 대한 기억도 전혀 없었다. 모투라는, 그 옛날 해부학 시험을 봐야 했던 우리 아버지 말고는 발보가 아는 단 한 사람의 과학자였다. 하지만 모투라와의 대화를 통해 자극을 받아 읽어보지 못한 과학 서적들을 찾아보아야겠다는 생각에 잠깐 동안 그 붉은 코를 과학책의 여기저기에 들이밀어보았다. 그렇지만 그는 모투라와 대화하면서 모투라의 의견과 생각을 금방 이해할 수 있었다. 그는 순수한 기쁨 때문에 모투라와 이야기했으며 분명 어떤 판단이나 제안을 얻어내려는 목적은 없었다. 게다가 그는 사람들과 이야기할 때 분명한 목적을 절대 갖지 않았다. 설령 처음에 어떤 목적이 있었다 해도 그 후엔 곧 잊어버렸다. 그의 대화는 사심이 없고 순수하고 목적이 완전히 배제된 탐색의 방향으로 흘러갔다. 하지만 순전히 배설의 필요성 때문에 배설을 하면서도 들판에 거름을 주고 있다는 사실을 인식하는 사람처럼 그는 자신이 이해한 것의 일부분을 출판사로 흘러가게 했다. 그가 일에 대해 가지고 있는 개념은 출판사가 아닌 다른 곳에서는 생각할 수도, 묵인될 수도 없는 것이었다. 사실 그는 뒤에 다른 곳에서 다른 방식으로 일하는 법을 배웠다. 하지만 그 당시에는 그렇게 일했다. 밤늦게까지 피곤한 줄도 몰랐지만 잠자리에 들 때에는 완전히 녹초가 되어버렸다. 그때 그는 책을 한 권 썼다. 시간을 내서 책을 써야 했을 때도 자기가 어떤 책을 써야 할지 전혀 이해하지도 못했다. 하지만 어떤 시점에 가서는 그 책을 출판해야 했기 때문에 어쨌든 책을 쓰긴 했다. 그는 원고 교정을 볼 줄 몰라서 자기 원고를 몇 달이나 들여다보아도 실수를 발견하지 못했다. 그래서 다른 사람들에게 교정을 봐달라고 부탁했다.

나는 밤늦게까지 발보네 집에 머물렀다. 발보네 집의 고정 멤버로 발보의 친구 세 사람이 있었다. 콧수염을 기른 키 작은 사람, 얼굴이 약간 그람시*처럼 생긴 사람, 혈색이 좋고 곱슬머리이며 항상 웃고 있는 또 다른 사람, 이렇게 셋이었다. 항상 웃고 있던 그 사람은 나중에 출판사에서 일하게 되었고 과학 시리즈를 맡게 되었다. 사실 그가 어떤 종류의 과학과도 관련이 없다는 사실 때문만은 아니지만 그건 아주 이상한 일이었다. 하지만 그는 자신이 맡은 일을 아주 잘 해냈고 그 때문에 아주 오랫동안 그 자리를 지켰다. 뿐만 아니라 후에 이 시리즈의 책임자가 되었는데 그는 계속 온화하고 부드럽고 무방비 상태의 슬픈 미소를 지었으며 항상 팔을 벌리며 자기는 과학에 대해 아는 게 하나도 없다고 주장했다. 마침내 그는 출판사를 떠났고 과학 서적을 내는 출판사를 혼자 힘으로 차렸다.

발보는 잠깐 동안 친구들과의 토론이 중단되면 파베세와 나에게

* 안토니오 그람시(1891~1937). 이탈리아의 철학자, 정치 사상가. 1921년 이탈리아 공산당을 창설했으며, 파시스트 정권이 공산당을 불법 단체로 규정하면서 체포되어 11년간 옥고를 치렀다. 이때 쓰인 책이 네오 마르크시즘의 고전으로 일컬어지는 『옥중수고』이다.

우리의 글 쓰는 방법에 대한 자신의 의견을 말했다. 파베세는 소파에 앉아 불빛 아래에서 파이프 담배를 피우고 짓궂은 미소를 지으며 그 이야기를 들었다. 발보가 그에게 하는 말은 익히 들어 오래전부터 잘 알고 있었다.

그렇지만 파베세는 아주 즐거워하며 그 이야기를 들었다. 그와 친구인 우리와의 관계에는 풍자적인 요소가 항상 담겨 있었다. 그는 풍자를 통해 친구인 우리를 이렇다 저렇다 말하고 이해하곤 했다. 그런데 그가 가진 가장 아름다운 요소의 하나라고 할 수 있을 이 풍자는 그가 마음에 둔 일이나 그가 사랑하던 여인들과의 관계 속으로, 그의 책 속으로 들어가지 못했다. 오로지 우정 속에서만 그러한 풍자가 드러났는데 우정은 그에게는 자연스럽고 약간은 신경을 덜 써도 되는 감정이고 별 중요성을 부여하지 않는 그 어떤 것이었기 때문이다. 그는 결코 웃을 수 없는, 완전한 자신으로 결코 존재할 수 없는 열에 들뜬 정신 상태, 계산된 정신 상태로 사랑과 글쓰기에 뛰어들었다. 지금도 가끔씩 그를 떠올릴 때마다 가장 많이 기억나고 눈물 나게 하는 추억은 그의 풍자다. 이제 그런 풍자는 이 세상에 없기 때문이다. 그의 책 속에는 풍자의 그림자조차 남아 있지 않으며 눈 깜짝할 사이에 스쳐지나가는 그의 짓궂은 미소에서만 볼 수 있기 때문이다.

나로 말하자면, 누군가 내 책에 대해 말해주기를 갈망하고 있었다. 발보의 말은 가끔씩 예리한 통찰력이 담겨 있는 듯이 보였다. 하지만 난 그가 책을 겨우 몇 줄씩밖에 읽지 않는다는 걸 잘 알고 있었다. 그의 하루 일과에서는 책을 읽을 시간도 공간도 없었다. 하지만 그는 아주 기민하고 날카로운 직관으로 시간과 공간의 부족을 대체했다. 이 직관으로 인해 그는 단 몇 문장을 읽고도 판단을 내릴 수 있었다. 그와 별도로, 난 가끔씩 그의 판단 방식을 혐오하기도 했으며 피상적이라고 비난하기도 했다. 하지만 그는 개략적이고 피상적이지 않았으므로 내 생각은 완전히 틀린 것이었다. 그는 주의를 집중한 장시간의 독서에서는 더 완전하고 깊은 판단을 이끌어낼 수가 없었다. 다만 책과 사람들에 관한 그의 논평에서 현실적인 충고는 개략적이고 피상적이었다. 그는 다른 사람에게도 자기 자신에게도 현실적인 충고를 해주지 못했다. 내 책에 대해 논평하거나 내가 우울해 보일 때 내게 해준 현실적인 충고는, 그 당시 내가 속해 있던 공산당의 세포조직이나 지역 회합에 좀 더 적극적으로 참여하라는 것이었다. 그는 내가 현실 세계와 동떨어져 있다고 말했는데 그가 보기에 현실 세계의 통로를 열어줄 수 있는 방법은 바로 그런 것이었다. 게다가 전쟁이 끝난 그 무렵에 작가들은 좌익 정당을 통해 어둠의 고리를 깨뜨리고 나와 생생한 현실과 뒤섞여야 한다는 견해가 널리 퍼져 있었다. 그때는 그런 충고를 듣고 그의 생각이 틀렸다고 분명하게 말해줄 수 없었고 그저 몹시 불편하고 당황스러워하며 이야기를 들었다. 그렇지만 그 충고를 따랐고 그에게 고백할 수는 없었지만 내 영혼의 내면에서 쓸쓸하고 짜증스럽게 여기던 그 회합에 참석했다.

얼마 뒤에 실제 생활에 관한 발보의 충고는 하나도 따를 필요가 없다는 것을 알게 되었다. 현실 문제에 관한 한 그의 충고에서 자유로워질 필요가 있었다. 모든 실제적인 내용을 벗겨버리고 나면 그의 말들은 직설적이고 풍부했다. 하지만 그 당시 나는 어쩔 수 없이 한 걸음 한 걸음 그를 따라가게 되었고 차츰차츰 그가 저지른 똑같은 실수를 저질렀다. 파베세로 말하자면 그 역시 자기 나름대로 다른 실수를 범했지만 우리와 똑같은 실수를 범하지는 않았다. 그리고 우리와 다른 길을 거만하고 완고한 성질과 불행하고도 부드러운 영혼으로 혼자 걸어갔다.

파베세는 우리보다 훨씬 심각한 실수를 저질렀다. 우리는 충동이나 경솔, 어리석음 때문에 잘못을 저지른 반면 파베세의 실수는 신중함과 빈틈없는 생각, 계산, 지성에서 탄생했으니까. 우리가 저지르는 실수는 위험할 게 전혀 없었다. 하지만 그의 실수는 치명적이었다. 빈틈없이 생각했기에 잘못 접어든 길에서 되돌아 나오기가 힘들었다. 치밀하게 저지른 실수는 우리를 단단히 얽어매었다. 치밀함은 경솔함이나 무모함보다도 더 단단하게 우리들 속에 뿌리를 내린다. 그렇게 강하고 그렇게 단단하고 그렇게 깊게 우리를 얽어맨 그 매듭에서 어떻게 풀려날 수 있을까? 신중함이나 계산, 치밀함은 이성의 얼굴을 가지고 있었다. 답변할 말을 찾지 못해 동의할 수밖에 없는 이성의 얼굴, 이성의 씁쓸한 목소리를 가지고 있었다.

파베세는 우리가 모두 토리노를 비운 여름에 자살했다. 그는 산책 코스나 저녁 모임을 준비하고 계획하는 사람처럼 자기 죽음과 관련된 상황을 준비하고 계산했다. 그는 산책이나 저녁 모임에 예상치 못한 우연한 일이 벌어지는 것을 좋아하지 않았다. 그와 나, 발보 부부와 출판사 사장이 언덕으로 산책을 나갔을 때 무슨 일 때문에 그가 계획해놓은 경로에서 벗어나거나, 어떤 사람이 약속 시간에 늦게 도착하거나 갑자기 계획이 바뀌거나 예상치 않은 사람이 우리와 합류하거나 그가 미리 골라놓은 식당 대신 길에서 우연히 만난 어떤 사람의 집으로 식사를 하러 가야 하는 돌발적인 상황이 벌어지면 그는 몹시 화를 냈다. 예기치 않은 일은 그를 불편하게 했다.

그는 몇 년 동안 자살하겠다고 이야기했다. 아무도 그의 말을 믿지 않았다. 버찌를 먹으며 나와 레오네를 만나러 왔을 때, 독일군이 프랑스를 점령했을 때 이미 자살에 관해 이야기했다. 프랑스 때문도, 독일군 때문도, 이탈리아를 뒤덮은 전쟁 때문도 아니었다. 전쟁을 두려워하긴 했지만 전쟁 때문에 자살할 정도는 아니었다. 어쨌든 그는 오래전에 전쟁이 끝났는데도 계속 전쟁을 두려워했다. 그뿐만이 아니라 우리 모두 마찬가지였다. 전쟁이 끝나자마자 곧 다시 새로운 전쟁에 관해 생각하는 일이 벌어졌다. 그는 우리들 그 누구보다도 전쟁을 두려워했다. 그에게 두려움이란 예기치 못한 알 수 없는 회오리바람으로, 그의 명석한 사고에는 무시무시하게 비쳐졌다. 인생이라는 버려진 강둑에 밀려오는 어둡게 소용돌이치는 유독한 강물이었다. 결국 현실적으로는 자살할 만한 이유가 전혀 없었다. 하지만 여러 가지 동기를 함께 혼합하여 거기서 신속하고 정확하게 합계를 내고 다시 혼합해보고 다시 살펴보아도 결과가 똑같고 그래서 정확하다는 걸 자신의 그 짓궂은 미소로 인정했다. 그는 자신의 삶 이외에도 우리의 미래를 보았고 그의 책들과 그에 관한 추억에 대해 사람들이 어떤 태도를 취할지 보았다. 삶을 사랑해서 거기서 떨어질 수 없는 사람처럼, 죽음을 생각하긴 하지만 죽음이 아니라 삶을 상상하는 사람처럼 죽음 그 이후를 바라보았다. 그렇지만 그는 삶을 사랑하지 않았다. 삶을 사랑해서가 아니라 상황을 용의주도하게 준비하기 위해서 자신의 죽음 그 이후를 응시했다. 죽은 뒤에라도 돌연 갑작스러운 일이 일어나서 놀라지 않기 위해서였다.

발보는 로마로 이사 갔고 출판사를 그만두었다. 그는 터무니없는 계획과 실수들로 몇 년을 허비했다. 그러다 마침내 진짜 일을 찾았다. 그도 다른 사람들처럼 일하는 법을 배웠다. 하지만 그는 여전히 식사 시간을 잊어버렸고 출판사에서처럼 사무실이 텅 빈 뒤에야 식사를 하러 갔다. 그래서 그는 다른 사람들보다 훨씬 더 많이 일했지만 그걸 알아차리지 못했고 밤이 되면 지쳐 있는 자신을 발견하고는 깜짝 놀랐다.

이제 발보 부부의 아이들은 세 명으로 늘어났다. 그래서 그들은 진짜 부모가 되어보려고 애썼는데 두 사람 모두 그럴 만한 능력이 없어서 그들에게 부담스러운 일이 되었다. 매일 서로의 무능력을 비난하는 게 습관이 되어버렸다. 두 사람 다 아이들을 교육시킬 만한 능력이 있다고 주장할 수 없었다. 하지만 그들은 각각 상대방에게 지금의 모습이 아닌 다른 것이 되어주길 요구했다. 발보는 아이들에게 자기가 자신 있는 과목, 즉 지리를 가르쳐보려고 애썼다. 비록 그의 말대로 그가 학창 시절에 뛰어난 모범생이긴 했지만 학교에서 배운 다른 과목들이 전혀 생각나지 않아서였다.

그는 절대 아이들과 역사적인 문제에 손을 대지 않았다. 역사를 몰라서이기도 했지만 역사적 사실 속에 정치적인 평가나 견해가 끼어들지 모른다는 두려움이 더 컸다. 그리고 그는 자기 아이들에게 이미 공식화된 평가를 알려주고 싶어하지 않았다. 그는 아이들 스스로가 자기 의견을 가지고 평가를 해야 한다고 생각했다. 그 옛날부터 어떤 평가를 내리고 의견을 말할 때 친구들에게 도전적이고 공격적이던 발보 같은 사람에게 이런 면이 있다는 게 아주 신기했다. 그는 의견을 받아들일 때, 즉 다른 사람들의 의견을 자신의 것으로 만들고 그것들을 용해해서 다시 혼합하고 자기 생각의 흔적을 그곳에 새길 때에도 늘 도전적이고 공격적이었다.

그러니까 롤라와 그녀의 남편은 아이들 앞에서 절대 정치 이야기를 하지 않았다. 롤라가 당파주의를 혐오했고 아이들과 복잡한 주제를 건드리는 걸 자제해야 한다고 생각했기 때문이다. 그리고 둘 다 자신들의 생각이 아이들의 것과 뒤섞여 아이들에게 법률의 권위에 대한 불신과 불안을 심어줄까 봐 아이들 앞에서는 감옥에 대한 이야기도 꺼내지 않았다.

롤라로 말하자면, 그녀는 지금 자기 아이들과는 전혀 다른 이상적인 아이들을 머릿속에 그리면서 매 순간마다 게으르고 어수선하고 부주의한 자기 아이들과 이상 속의 아이들을 비교했다. 그래서 야비하고 혼란스럽게 아이들을 야단치기만 했다. 하지만 야단을 겁내는 아이들은 아무도 없어서 그저 집안 분위기만 불편하고 시끄럽고 혼돈에 빠진 듯이 혼란스러웠다. 동시에 지금의 발보와는 전혀 다른 데다가 발보에게 그렇게 되어달라고 할 수도 없는 이상적인 남편상도 그렸다. 그리고 가끔씩 예전에 매일같이 집에 드나들던 사람들에 대해 불평을 터뜨릴 때와 똑같이 남편과 아이들에게 목쉰 소리를 과장되고 길게 질러댔다.

로마에서는 토리노의 레움베르토 대로와 달리 들락날락하는 사람들이 없었다. 뿐만 아니라 이제 그들에겐 친구도 몇 안 되었고 너무 늦은 시간에 돌아다니는 것도 자제했다. 발보는 때로는 특별히 나눌 이야기가 없는 사람들, 갑자기 입을 다물거나 농담으로 대화를 이끌어나가는 사람들과도 교제했다. 예전의 그 고압적이던 말투는 그의 내면에 가라앉아버렸다. 이제 그는 정확한 목적을 향해 자신의 지성을 돌렸고 하루 중 어떤 특정한 순간들과 분명한 사람들 쪽으로 그 지성을 이끌어갔으며 밤이 되면 셔터를 내리듯이 침묵에 잠겨들었다.

아직도 가끔씩 발보와 롤라는 자기들끼리 여행할 때나 휴가에 아이들을 데리고 갈 때 예전 습관대로 낮과 밤의 시간들을 즐겼고 자유롭게 쉬었다. 빈둥거리며 길거리에서 놀기도 했고 클럽에 춤추러 가기도 했다. 발보는 자신의 즐거움을 위해 롤라에게 옷과 구두를 사게 하기도 했다.

롤라 역시 마침내 일을 찾았다. 그녀가 일을 선택한 게 아니라 일을 포기하고 있던 어떤 순간에 일이 그녀의 발밑으로 떨어졌다. 만약 선택 가능성이 있었다면 그녀는 아마 다른 일을 선택했을지도 모른다. 그 일은 그녀가 자기 인생에서 가장 훌륭하고 높게 평가하는 감옥과는 조금도 닮은 데가 없었다. 그렇지만 그녀는 그 일을 성공적으로 잘 해냈고 지성을 약간 발휘하기도 했다. 물론 그녀의 무질서, 조바심, 초조감, 싸우고 싶은 욕망도 함께. 특히 그녀가 일 때문에 팸플릿과 소포를 부치러 가끔씩 드나드는 우체국 창구 앞에 서면 싸우고 싶은 욕망이 터져나오곤 했다.

그녀는 어떤 판사들과 함께 일했다. 일은 대개 집에서 했다. 일을 하는 동안 그녀는 시중드는 여자와 아이들에게 소리쳐 명령하고 시어머니와 친구들에게 전화하고 옷 치수를 쟀다. 이 일은 혼란에 혼란을 더했다. 가끔 소포를 포장하는 일도 했다. 그러다가 소포를 포장하는 일에 능숙하고 유능한 이상적인 아이들을 머릿속에 그리고 있던 그녀는 갑자기 자기 아이들에게 이 일을 시켜야겠다고 결정했다. 그래서 고함을 쳤다. "루카!"

그러면 게으름에 빠져 있고 왕자처럼 느릿느릿 움직이며 모든 일에 무관심한 뚱뚱한 루카가 온몸에 잉크를 묻히고 나타났다. 그녀는 빨리 스무 개의 소포들을 포장하라고 루카에게 명령했다. 루카는 태어나서 단 한 번도 소포를 포장해본 적이 없었다. 그녀는 루카의 손에 종이 뭉치와 포장용 끈을 넘겨주었다. 루카는 그 끈을 가지고 천천히 아무 목적도 없이 생각에 잠겨 포장하는 것도 잊은 채 게으르게 집 안을 왔다 갔다 했다. 그러다가 마침내 롤라가 갑자기 고함을 퍼붓고 그의 손에서 끈을 빼앗으면 왕자처럼 위엄 있게 침묵을 지키다가 그제야 침묵에서 벗어나 무표정한 초록색 눈으로 당당하게 어머니를 쳐다보았다.

발보 부부는 겨울이 되면 여전히 스키를 타러 다녔다. 이젠 아이들을 데리고 갔다. 하지만 로마 근교의 산은 낮고 바람이 많이 불고 사람이 많다고 무시해서 북쪽으로 가야만 했다. 그들은 세스트리에레나 스위스에도 갔다. 눈 덮인 설원에서 롤라는 자유로웠다. 함께 일하는 판사들을 잊어버렸고 아이들의 교육 문제, 어쩌면 올리브기름을 너무 많이 사용하는지도 모르는 하녀를 잊어버렸고 불쾌감이라든가 영원한 울분 같은 것도 생각하지 않았다. 하지만 그 자유를 얻기 위해서는 먼저 로마에서 어찌할 수 없는 혼란 속에서 며칠을 보내야만 했다. 짐을 쌌다 풀었다 하느라고, 스웨터를 잊어버려서, 이랬다저랬다 하는 롤라의 명령 때문에 벌어지는 혼란이었고 그 한가운데에 얼이 빠진 하녀와 잉크로 얼룩진 루카가 어찌해야 할지 몰라 가만히 서 있었고 전화벨이 울리면 롤라는 판사들과 약속을 정했다.

롤라는 여름에는 오스티아에 해수욕을 하러 갔다. 그녀는 혼자 그곳에 갔다. 발보는 바다를 별로 좋아하지 않았으며 아이들은 대개 보이스카우트 캠프를 따라 로마를 떠났기 때문이다. 그녀는 우연히 만난 사람들과 그곳에 갔는데 단순히 자동차를 가지고 그녀를 데리러 오고 집에 다시 데려다주게 할 목적으로 이용하는 사람들이었다. 그녀는 우연히 만나는 이 사람들과 이야기를 나누었는데 이 대화는 그녀를 짜증나게 하지도 즐겁게 하지도 않았다. 그녀의 기질 속에는 즐거움이나 권태와 무관한 사교적인 성향도 들어 있었는데 그런 성향은 대개 자동차로 동행을 한다거나 실내장식업자 주소를 알아내는 등, 즉각 눈에 보이는 이득과 연결되었다. 그녀는 먼 곳에 사는 실내장식업자나 비용은 적게 들지만 전화가 없는 목수들, 우연히 알게 된 사람들 때문에 적은 돈을 들이고도 옷감을 살 수 있는 오지의 상점들을 찾아다니느라 실제 생활이 더 복잡해졌다. 어쨌든 오스티아의 바닷가에서 멀리까지 수영을 하고 햇볕에 물기를 말렸다. 의사들이 그녀가 예전에 앓았던 병 때문에 햇볕을 너무 많이 쬐지 말라고 충고했는데도 믿어지지 않을 정도로 피부를 갈색으로 태우며 혼자 즐겼다. 그녀는 예전의 그 병을 아주 두려워했지만 그렇다고 바다와 태양과 모래를 피할 정도는 아니었다. 오후 네 시가 되면 식사하러 돌아와서 집으로 전화를 걸어 남편에게 그 목쉰 소리로 부드럽게 말했다. 자유를 누리고 휴가를 즐기는 그날 아침부터 평화로워진 기분이었다. 그녀는 여름과 더위를 사랑했고 아이들은 캠핑을 갔고, 자신은 수영복을 입고 맨발로 집 안을 돌아다니는 그 시간을 사랑했다.

나는 계속 토리노에 살았다. 하지만 로마에 자주 갔고 완전히 로마로 이사 갈 준비를 했다. 난 재혼을 했는데 남편이 로마에서 강의를 했다. 우리는 집을 구했고 얼마 후 아이들을 데리고 내려가서 계속 로마에 살 계획이었다.

난 발보 부부를 만나러 가곤 했다. 우리는 여전히 친구였고 옛날 이야기를 했다. 내가 발보에게 말했다.

"자아비판하던 때 기억나?" 전쟁이 끝난 후에 우리 사이에서는 자아비판이 유행이었다. 즉 잘못을 저지른 뒤 그것들을 큰 소리로 분석하고 해부하는 것이었다. 우리는 실수에 실수를 더했다. 음악이 오페라의 언어들과 뒤섞여 그 의미가 불분명해지고 언어들이 영광의 리듬 속에서 변화해가듯, 자아비판은 이미 저지른 실수들과 합쳐지고 뒤섞여버렸다.

내가 또 말했다. "우리가 정치 집회 열던 때 생각나?"

롤라는 남편의 정치 집회를 회상하면 아직도 고통으로 괴로워했다. 깃발들이 세차게 펄럭이고 사람들이 가득 찬 광장에 마련된 나무 단상에 선 왜소한 남편이 눈앞에 다시 나타나는 것 같았다. 그는 그곳에서 가끔씩 둘째손가락으로 머리 윗부분을 긁적이며 우유부단한 목소리로 이야기를 늘어놓았다. 냉기가 올라오고 어둠이 밀려왔는데도 그는 여전히 애매모호하고 따지기 좋아하는 사고의 흔적을 따라가는 데 열중해서 이야기를 듣는 사람들이 자기를 따라 돌더미로 뒤덮인 구불구불한 길과 가보지 않고 그냥 지나쳤던 곳을 다시 걸어가야 한다고 설득했다. 사람들은 보통 때처럼 그저 무심히 들으면서 박수를 칠 수 있는, 종소리처럼 크게 울려퍼지는 연설을 기다렸으나 허사였다. 그래도 사람들은 다른 집회에서와 마찬가지로 박수를 쳤는데 동정심이나 확고한 신뢰감 때문이었다. 어쩌면 그렇게라도 하면 그가 말을 마칠지도 모른다는 기대 때문이었는지도 모른다.

아버지노 그 당시 정치 집회를 한 번 열었다. 아버지는 인민전선의 후보자 명단에 아버지의 이름을 올려놓아도 좋겠느냐는 제의를 받았다. 인민전선은 공산주의자와 사회주의자들이 함께 만든 당이었다. 아버지는 승낙했다. 인민전선에서 아버지에게 적어도 정치 집회를 한 번쯤은 열어야 한다고 말했다. 아버지의 의견을 말하라고 권했다. 아버지를 극장에 데려가서 무대로 오르게 했다. 아버지는 이런 말로 연설을 시작했다.

"과학은 진리를 탐구하는 학문입니다."

아버지는 20여 분 동안 과학 이야기만 했다. 사람들은 어리둥절해서 입을 다물었다. 그러다가 아버지는 갑자기 과학 연구는 러시아보다 미국이 훨씬 더 앞서간다고 말했다. 사람들은 더욱더 당황해서 입을 다물었다. 그러다가 어느 순간 우연히 아버지가 즐겨 말하듯 무솔리니를 프레다피오*의 당나귀라고 불렀다. 그러자 요란한 박수가 터져나왔다. 이번에는 아버지가 놀라고 당황해서 주위를 돌아보

* 무솔리니의 고향.

았다. 아버지의 정치 집회는 이랬다.

그 집회에 참석했던 발보는 그 기억을 떠올리면서 웃음을 터뜨렸다. 발보는 아버지를 아주 좋아했다. 2년 동안의 의과대학 생활에서 기억나는 거라고는 우리 아버지밖에 없었다. 학기 초에 대학 앞에서 신입생들끼리 싸움이 벌어졌는데 아버지가 모여 있는 사람들을 뚫고 지나가려고, 돌진하는 가축 떼에게 달려드는 들소처럼 고개를 숙이고 그 사람들 속으로 뛰어들었다고 발보가 말했다.

내가 기억하기로는, 아버지는 전쟁 때 거리에서 폭격을 만나도 그렇게 고개를 숙이고 들소처럼 달렸다. 아버지는 대피소로 내려가지 않았고 경보 사이렌이 울리면 대피소 대신 집 쪽으로 달리기 시작했다. 비행기들의 굉음과 소음 속에서 아버지는 고개를 숙이고 벽 쪽에 붙어 달렸는데 위험을 사랑했기 때문에 위험 속에서 행복감을 느꼈다.

"얼간이들 같으니!" 얼마 뒤에 아버지는 말했다.

"내가 대피소로 간다고 상상하지도 마! 죽음 같은 건 하나도 두렵지 않아!"

내가 토리노를 떠나 로마에 가서 살겠다고 어머니에게 알리자 어머니는 아주 불만스러워했다.

"내 아이들을 데려가려는 거구나!" 어머니가 말했다. "봐라, 넌 정말 못된 애야!"

"그 앤 아이들에게 누더기 옷을 입혀 나다니게 할 거다." 어머니는 미란다에게 말했다.

"단추도 다 떨어진 옷을 입혀 나다니게 할 거야! 엉덩이를 까놓고 살게 할 거야!"

어머니는 유형지로 우리를 만나러 오던 시절을 떠올렸다. 그때 난 바구니에 수선할 옷을 가득 담아가지고 부엌에 앉아 있었는데, 수선을 할 줄 몰랐다. 잠깐 동안 바느질을 하다가 그냥 놔두고 이렇게 말했다.

"더 못 꿰매겠네. 바늘을 잃어버렸어요."

오래전부터 난 나를 위한 집도, 이불을 넣어둘 장롱도, 수선을 하지는 않았지만 수선해야 할 옷이 담긴 바구니도 마련하지 않았다. 나는 부모님과 함께 살았고 모든 일을 어머니가 알아서 했다.

여름이면 아이들을 산에 데려가야겠다고 생각하는 분들도 아버지와 어머니였다. 두 분은 항상 가던 페를로토아의 그 집, 앞에 초원이 있는 그 집을 세 얻어 아이들을 데리고 갔다. 난 혼자 도시에 머물렀다. 출판사 문을 닫는 며칠 동안만 도시를 떠날 뿐이었다.

"등산 가자!" 아버지는 산에서 이른 아침에 그 낡은 상의를 입고 등산 양말에 징이 박힌 등산화를 신고 말했다.

"자, 가자. 등산 가자! 게으름 피우면 안 돼! 너희들 풀밭에만 있으면 좋지 않아!"

9월에 도시로 다시 돌아왔다. 그리고 어머니는 테르실라를 불러 바지와 학교에서 입을 스목과 잠옷과 코트를 만들게 했다.

"난 아이들을 제대로 키우고 싶다! 우리 집 아이들을 제대로 키우는 걸 좋아하지! 물건이 모두 제자리에 있으면 얼마나 좋아! 그 애들이 따뜻하게 지낼 생각을 하면 정말 기운이 난단다!"

어머니는 밤이면 아이들에게 『집 없는 아이』*를 읽어주었다.

"『집 없는 아이』가 얼마나 재미있는지 아니!" 어머니는 항상 그렇게 말했다. "내가 제일 좋아하는 책 중의 하나야."

"콜롬비 후작 부인의 책들도 정말 멋지지." 어머니가 말했다. "그 책이 이제는 출판되지 않아서 유감이야. 너희 사장에게 한번 말해보렴." 어머니가 내게 말했다. "콜롬비 후작 부인의 책을 재출간하자고 해봐. 정말 멋지다니까!"

나는 아이들에게 『천사의 시』**를 선물했다. 어렸을 때 파올라 언니가 내게 그 책을 읽어주었는데 그때 언니는 눈물이 날 정도로 아

* 프랑스 소설가 엑토르 말로의 동화.

** 영국 소설가 플로렌스 몽고메리의 소설. 1966년에 영화로 만들어졌다.

주 슬프고 감동적이고 불행하게 끝나는 이야기들을 좋아했다. 어머니는 『천사의 시』를 좋아하지 않았다. 어머니는 그 책이 너무 슬프다고 생각했다. "『집 없는 아이』가 훨씬 더 재미있다니까." 어머니가 말했다. "비교할 게 못 돼. 『천사의 시』는 너무 감상적이야. 마음에 들지 않아. 하지만 『집 없는 아이』를 봐! 카피! 비탈리 씨! 예쁜 배내옷이 거짓말을 했어! 아버지와 어머니를 존경해라! 예쁜 배내옷이 진실을 알려줬잖니!"

어머니는 계속해서 『집 없는 아이』의 등장인물과 각 장의 제목을 나열했다. 어머니는 그 책들을 우리에게 하도 많이 읽어주어서, 게다가 지금은 우리 아이들에게 읽어주고 있어서 내용을 다 외웠다. 하루저녁에 한 장씩 읽어주면서 계속 극적인 방향으로 진행되지만 절대 불행하게 끝나는 법이 없는 동화 속 사건들의 매력에 빠져들었다. 카피라는 개의 매력에 빠져들었고 개를 사랑하는 어머니는 카피를 아주 좋아했다.

"나도 그런 개 한 마리 길러봤으면 좋겠구나! 하지만 아버지가 어디 내가 그런 개를 기르게 내버려두겠니!"

"멋진 사자 한 마리 갖고 싶구나! 난 사자도 아주 좋아하거든! 맹수는 다 좋단다!"

어머니는 이렇게 말했다. 그러고는 기회가 있을 때마다 아이들 핑계를 대면서 서커스장으로 달려갔다. "토리노에 동물원이 없는 게 정말 유감이야. 매일 거기 갔을 텐데 말이야. 난 정말 멋진 맹수들을 직접 보고 싶다니까!"

"『천사의 시』는 아니야. 별로 멋지지 않아."

어머니가 말했다. "파올라가 어릴 때 좋아하던 책이지. 파올라와 마리오는 슬픈 이야기에 미쳐 있었으니까. 지금은 다행히도 그런 시기가 다 지나가버렸지!"

"마리오와 파올라는 어릴 때부터 아주 친했지." 아버지는 이렇게 말했다.

"당신도 그 애들이 그 불쌍한 테르니와 항상 수다 떨던 거 생각나지! 프루스트에 미쳐서 언제나 그 이야기만 했지. 그런데 지금은 파올라와 마리오 사이가 너무 냉담해. 이젠 얼굴도 마주 보려 하지 않는다니까. 마리오는 파올라가 부르주아라고 생각하지. 당나귀들 같으니라고!"

"네가 번역한 프루스트 책은 언제 나오니?" 어머니가 내게 말했다. "프루스트 읽어본 지가 얼마나 오래됐는데. 그래도 기억은 하고 있어. 아주 멋지지! 마담 베르뒤랭이 생각나. 오데트! 스완! 마담 베르뒤랭은 아마 약간 드루실라 같았을 거야!"

내가 재혼해서 몇 달 뒤 로마로 가자 어머니는 얼마 동안 나에게 원망 같은 걸 품었다. 하지만 원망이라는 감정은 어머니의 영혼 속에 그렇게 씁쓸하고 깊은 뿌리를 내리지는 못했다. 난 로마와 토리노를 왔다 갔다 했다. 영원히 토리노를 떠날 준비를 하는 중이었다.

마음속으로 출판사와 토리노에 작별을 고했다. 로마 지사에서 계속 출판사 일을 하려고 마음먹고 있었다. 하지만 토리노와는 굉장히 다를 거라고 생각했다. 나는 레움베르토 대로에 있는 그 출판사, 몇 미터만 가면 카페 플라티가 있고, 발보가 토리노에 살 때에는 몇 미터만 가면 발보네 집이 있던 그 출판사를 사랑했다. 몇 미터 떨어지지 않은 곳에 파베세가 죽은 회랑 밑의 그 호텔이 있는.

난 출판사에서 함께 작업하던 사람들을 사랑했다. 다른 사람들이 아닌 바로 그들을 사랑했다. 다른 사람들 틈에서 일을 잘 해나갈 수 있을까 생각했다. 사실 로마에 살게 되었을 때 출판사 사장과 나의 그 옛 동료들 없이는 일을 할 수가 없어서 출판사를 그만두었다.

내 남편 가브리엘레는 서둘러 아이들을 데리고 로마로 내려오라는 편지를 썼다. 그는 발보의 친구가 되었고 밤에 혼자 있을 때면 발보 부부를 찾아갔다.

"그런데 너 로마에서는 바느질하는 걸 배워야 한다!" 어머니가 말했다. "그렇지 않으면 바느질 잘하는 여자를 찾아야 해! 테르실라처럼 집에 와줄 수 있는 양재사를 찾아보렴. 롤라에게 물어봐. 롤라에겐 틀림없이 단골 양재사가 있을 거야! 아니면 아델레 라세티에게 물어보렴! 아델레 라세티를 만나러 가야 한다. 정말 좋은 사람이야! 난 아델레가 너무 좋더라!"

"아델레 라세티네 주소를 적어줘." 아버지가 말했다. "내가 직접 적어주마! 잊어버리면 안 된다! 우리 사촌, 그러니까 그 불쌍한 에토레 삼촌의 아들 주소도 적어주마! 정말 훌륭한 의사가 됐지! 전화를 해보렴!"

"로마에 가자마자 아델레를 찾아가봐라." 아버지가 말했다. "찾아가지 않으면 혼날 줄 알아! 아델레에게 당나귀처럼 굴지 마라! 너희들은 모두 다 당나귀야. 지노는 좀 덜한데 너희들은 모두 사람들에게 당나귀같이 행동하지! 마리오 녀석도 당나귀야. 프란체스가 파리에서 마리오를 만나러 갔을 때도 틀림없이 당나귀처럼 굴었을 거야. 틀림없이 별로 적극적이지 않았을 거야. 그리고 보통 때처럼 집이 아주 난장판이었다는 걸 프란체스에게 듣고 알게 되었지!"

"옛날에 마리오가 얼마나 정리정돈을 잘했는지 생각해봐요!" 어머니가 말했다. "너무 깔끔해서 지겨울 정도였는데, 실비오 같았어요!"

"하지만 이젠 변했어. 정리정돈을 못한다는 걸 프란체스를 통해서 알게 되었지. 당신하고 아이들은 너무 어수선해!" 아버지가 말했다.

"난 아니에요. 내가 얼마나 정리정돈을 잘하는데." 어머니가 말했다. "내 옷장 좀 한번 봐요."

"무슨 소리야! 당신이 제일 엉망진창인데! 내 겨울 옷을 아직도 안 찾아놨지!"

"찾아놨어요! 어디다 두었는지 잘 알고 있다고요! 그런데 누구 줘버리려고 따로 놓아두었어요. 너무 낡아서 이젠 입을 수가 없어요, 베피노!"

"갖다 버리기만 해봐! 새 옷을 사는 건 상상도 할 수 없어! 곧 죽을 텐데, 새 옷을 맞추다니 무슨 소리야!"

"리에주에 갈 때 맞춘 거잖아요! 전쟁통에도 계속 입고 다녔잖아요! 그 옷을 입은 지 거의 10년이 다 됐어요!"

"그걸 입고 다닌 햇수가 무슨 상관이야? 아직도 새 옷인데! 난 당신과 아이들처럼 돈을 갖다 버리지 않아! 당신하고 아이들은 모두 과대망상증 환자들이야!"

"불쌍한 우리 어머니도," 아버지가 말했다. "항상 내게 좋은 옷을 맞추어야 한다고 고집하셨지. 방데네 집에 갈 때 보기 흉하게 하고 가는 걸 원치 않으셨어! 불쌍한 내 사촌 에토리노는 아주 멋졌거든. 어머니는 내가 에토리노 곁에 서서 못생겨 보이길 원치 않으셨던 거지!"

"방데네 집에서는," 아버지가 말했다. "식사 때 오륙십 명을 초대하기도 했어. 마차 행렬이 줄을 이었지. 하인 베포가 테이블 시중을 들었어. 한번은 그가 계단에서 굴러떨어지는 바람에 접시가 무더기로 깨져버렸지. 불쌍한 내 동생 체사레는 그 식사가 끝나고 몸무게를 달아보면 오륙 킬로그램이나 더 나갔다니까!"

"불쌍한 내 동생 체사레는 너무 뚱뚱했어. 너무 많이 먹었어. 난 알베르토가 저렇게 많이 먹다가 그 불쌍한 체사레처럼 뚱뚱해질까봐 걱정이야!"

"모두 너무 많이 먹었어요. 그때는 너무 많이 먹었어요. 돌체타 할머니가 얼마나 많이 먹었는지 생각나죠!"

"하지만 불쌍한 우리 어머니는 조금밖에 드시지 않았어, 마른 분이셨지. 불쌍한 어머니는 젊었을 때 정말 아름다우셨지. 머리가 정말 아름다웠어. 모두들 어머니의 머리가 너무 아름답다고 말했다고. 어머니도 오륙십 명씩 초대해서 저녁식사를 대접하셨지. 부드러운 아이스크림과 단단한 아이스크림이 나왔어. 모두들 정말 많이 먹었지."

"우리 사촌 레지나는 그런 만찬 때 아주 우아했어. 아름다웠지. 오, 레지나는 정말 아름다웠어!"

"무슨 소리예요, 베피노, 레지나는 아름답게 치장한 거라고요!" 어머니가 말했다.

"아니야, 당신이 잘못 알았어. 정말 아름다웠다고! 불쌍한 체사레도 레지나를 아주 좋아했지. 그런데 젊을 때부터 너무 말랐어. 너무 말랐지. 우리 어머니도 레지나가 너무 말랐다고 말씀하셨거든!"

"우리 미치광이 삼촌도 가끔 당신 어머니 저녁식사에 초대되어 가셨죠." 어머니가 말했다.

"가끔, 그래도 자주 오시지는 않았지. 미치광이 삼촌은 약간 잘난 척해서 그런 식사가 너무 부르주아적이고 반동적이라고 생각했지. 당신 삼촌은 약간 잘난 척했어."

"그래도 얼마나 호감이 가는 분이셨는데요!" 어머니가 말했다. "미치광이 삼촌은 정말 호감이 가고 재치 있는 분이었어요! 실비오 같았어요! 실비오는 삼촌을 많이 닮았죠!"

"친애하는 리프만 씨." 어머니가 말했다. "삼촌이 어떻게 말했는지 당신도 기억나죠? 그리고 항상 '고아들에게 축복을!'이라고 말씀하셨어요. 수많은 정신병자들이 자기 부모들 때문에 미친 거라고 삼촌이 말씀하셨죠. 고아들에게 축복을, 삼촌은 항상 그렇게 말씀하셨어요. 간단히 말해 삼촌은 아직 태동하지도 않은 정신분석학을 이해하고 계셨던 거죠."

"친애하는 리프만 씨." 어머니가 말했다. "그 말이 귀에 생생해요!"

"불쌍한 우리 어머니는 마차를 한 대 가지고 계셨지." 아버지가 말했다. "매일 마차를 타고 산책을 나가셨어."

"항상 지노와 마리오를 마차에 태워 데리고 다니셨죠." 어머니가 말했다. "그런데 그 애들이 조금 가다가 토하기 시작했어요. 가죽 냄새가 구역질 났던 거죠. 그래서 마차를 온통 더럽혔고 어머니는 화를 내셨어요!"

"불쌍한 분!" 아버지가 말했다. "마차를 사용하지 못하게 되었을 때 얼마나 낙담하셨던지!"

"불쌍한 분!" 아버지가 말했다.

"내가 스피츠베르겐 섬에서 돌아올 때 고래 피로 뒤범벅이 된 옷 보따리를 잔뜩 가지고 왔거든. 거기서 고래의 뇌척수 신경세포를 찾으려고 고래 두개골 속에 들어갔다가 나왔으니까. 어머니는 그 옷에 손도 대지 않으려 했어. 난 그걸 다락방에 처박아두었지. 무시무시한 악취가 풍겼어!"

"뇌척수 신경세포를 찾을 수가 없었어." 아버지가 말했다. "우리 어머니는 이렇게 말씀하셨지. '그 애가 소득도 없이 좋은 옷들만 다 더럽혀놨어!'"

"베피노, 당신이 어쩌면 제대로 찾아보지 않았을 수도 있어요!" 어머니가 말했다. "어쩌면 다시 찾을 수 있을지도 몰라요!"

"무슨 소리야! 당신은 정말 얼간이구먼! 그건 단순한 일이 아니야! 당신은 당장에라도 그 섬으로 나를 집어던지겠군그래. 당신은 정말 당나귀야!"

"기숙학교에 다닐 때 나도 고래에 관해 배웠다고요. 학교에서는 자연의 역사도 잘 가르쳤어요. 난 그 과목을 아주 좋아했죠. 그런데 우리 기숙학교에서는 미사를 너무 많이 드렸어. 항상 고해성사를 해야 했죠. 가끔 어떤 죄를 고해해야 할지 몰라 난처할 때도 있었어요. 그래서 이렇게 말했어요. '전 하얀 눈을 훔쳤어요!' '전 하얀 눈을 훔쳤어요!' 오, 내 기숙학교 생활은 너무나 멋졌죠! 정말 즐거웠어요!"

"일요일마다," 어머니가 말했다. "바르비손 삼촌 집에 갔어요. 바르비손 삼촌의 누이들은 너무 미신을 믿어서 행복한 여자들이라고 불렸죠. 바르비손 삼촌의 진짜 이름은 페레고예요. 삼촌 친구들이 이런 시를 지었죠."

> 한밤이고 아침이고 페레고네 집과
> 포도주 창고를 보면 정말 신나지.

"이런, 다시 바르비손 삼촌 이야기로 돌아왔군!" 아버지가 말했다. "도대체 그 이야기를 몇 번이나 들었는지 모르겠군!"

필리포 투라티
정치인

필리포 투라티
(가운데)**와**
카를로 로셀리
(오른쪽)

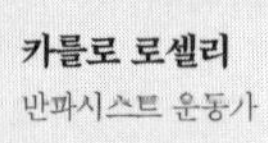

카를로 로셀리
반파시스트 운동가

주세페 레비
아버지

주세페 · 리디아
부모님

드루실라 탄치 · 에우제니오 몬탈레
이모와 이모부

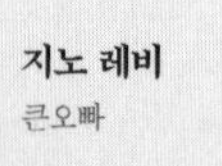

지노 레비
큰오빠

아드리아노 올리베티 · 파올라 레비
형부와 언니

아드리아노 올리베티

말년의 비토리오 포아
알베르토 오빠 친구
· 정치인

리세타 포아
비토리오 포아의 아내 · 나탈리아 긴츠부르그의 친구 · 정치인

말년의 나탈리아 긴츠부르그(왼쪽)**와 비토리오 포아**(가운데)

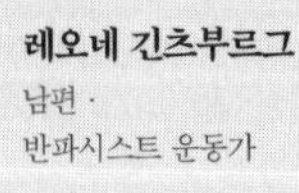

레오네 긴츠부르그
남편 · 반파시스트 운동가

레오네 긴츠부르그 · 나탈리아 긴츠부르그

나탈리아 긴츠부르그

줄리오 에이나우디
남편 친구 · 에이나우디 출판사 사장

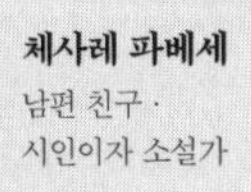

체사레 파베세
남편 친구 · 시인이자 소설가

카를로 긴츠부르그
나탈리아와 레오네의 아들 · 20세기 후반의 역사가

옮긴이 해제

'가족의 밀어'로 빚은 가족의 이야기

이현경

자전, 가족의 이야기, 역사

나탈리아 긴츠부르그의 『가족어 사전』은 프리모 레비의 『주기율표』와 조르조 바사니의 『핀치 콘티니 가의 정원』과 더불어 파시즘이 지배하던 시대의 이탈리아를 가장 잘 보여주는 작품으로 꼽힌다. 세 작가 모두 유대인으로 반파시스트 운동에 직간접적으로 관여하며 체험을 생생하게 글로 옮겨놓았다. 특히 여성인 긴츠부르그는 『가족어 사전』에서 역사적 사건을 일상적인 차원에서, 개인의 행동이나 언어, 생각 등을 통해 이야기로 풀어놓는다.

1962년에 집필되어 1963년에 발표된 『가족어 사전』*Lessico famigliare*은 이탈리아 교과서에 실릴 정도로 널리 알려진 긴츠부르그의 대표작이다. 그녀는 1930년대부터 1950년대에 이르는, 이탈리아 현대사에서 가장 중요한 시기에 벌어진 가족에게 있었던 사건들을 통해 그녀 삶의 긴 여정을 되돌아본다. 작가의 친정인 레비 집안에서 가족들끼리 쓰는 말들(또는 이야기들)을 중심으로 전개되는 이 작품에서 '말'은 끈끈한 관계를 확인해주는 주요한 도구이며 가족의 삶을 연결하는 매개이다. 그리고 파시즘과 제2차 세계대전이라는 격랑을 헤치며 살아간 가족의 이야기는 비단 가족의 이야기로 끝나는 것이 아니라 역사·사회적 사건들과 맞닿는다.

긴츠부르그는 네오리얼리즘 시대에 토리노에서 활동을 시작한 다른 작가들과는 달리 파시즘이나 전쟁을 작품의 주제로 한 사실주의적인 작품을 쓰지 않았고 어떤 문학적 사조에도 관여하지 않았지만, 자전 소설인 『가족어 사전』에서는 다른 어떤 작품보다도 생생하게 파시즘 시대와 전쟁 시기, 전후의 이탈리아를 묘사한다. 긴츠부르그에게 글쓰기는 상처를 치유하는 하나의 방법이었다. 『가족어 사전』은 과거의 기억을 복원하고 개인적·역사적 아픔과 고통을 극복하려는 문학적 시도로서, 새로운 글쓰기의 전환점이 되었다. 긴츠부르그는 자전적 글쓰기를 통해 가족의 의미를 상기하면서 개인사와 맞물려 있는 역사와 사회를 관조한다.

상처와 고통의 치유 또는 자기 발견으로서의 글쓰기

나탈리아 긴츠부르그는 1916년에 시칠리아에서 5남매 중 막내로 태어났다. 그녀는 열일곱 살 되던 해인 1933년에 쓴 첫 단편소설 「부재」를 시작으로 시와 소설, 수필과 희곡에 이르기까지 다양한 장르의 작품을 발표하며 전후 이탈리아의 대표적인 작가로 자리 잡았다. 결혼 전의 성은 레비인데, 1938년 러시아 출신의 레오네 긴츠부르그와 결혼한 뒤부터 나탈리아 긴츠부르그라는 이름으로 작품을 발표했고 레오네가 죽고 난 뒤, 1950년 가브리엘레 발디니와 재혼하고서도 긴츠부르그라는 성을 그대로 사용했다.

나탈리아의 가족은 그녀가 세 살 때 토리노로 이사하여 1950년까지 토리노에 산다. 그녀의 아버지 주세페 레비는 트리에스테 출신의 유대인이었고, 어머니는 밀라노 출신의 가톨릭교도였다. 그러나 부모는 종교 생활을 하지 않았고 자식들에게 세례를 받게 하지도 않았다.

나탈리아의 어린 시절은 '고립'과 '고독'으로 표현할 수 있다. 막내였던 나탈리아는 나이 차이가 큰 언니와 성性이 다른 오빠들과 어울리지 못했다. 게다가 토리노 대학 생물학 교수였던 아버지는 학교에 가면 병에 옮을 수 있다는 이유로 나탈리아를 학교에 보내지 않았다. 나탈리아는 집에서 어머니와 함께 초등학교 과정을 마쳐야 했다. 이로 인해 그녀는 '가난한 사람들은 학교에 가고 부자들은 집에서 가정교사와 공부한다'는 '왜곡된 생각'을 갖게 되었다. 그리고 종교가 없다는 사실에서 일종의 특권의식 같은 것을 느끼기도 했다. 그녀는 그 어느 세계에도 속하지 않고 배제된, 세상에 부재하는 존재라는 의식을 가지게 된다.

그러나 자신이 특별하다는 의식은 늘 '돈이 없다'고 말하는 부모와 풍족하지 못한 집안 환경과 충돌했다. 이로 인해 나탈리아는 특권의식과 함께 굴욕감을 느끼고 이것은 자존심과 수치심이라는 대립되는 감정으로 모습을 바꾼다. 이런 상황 속에서 어린 시절부터 자신의 마음속에 깊은 굴을 만들고 그 속에서 상상의 세계를 만들어나갔다. 거기에 사물을 깊이 관찰하고 세상의 일들이 벌어지는 원인을 규명해보려는 타고난 성질이 더해졌으며, 이는 자신을 탐구해보려는 성향으로 발전한다.

나탈리아는 분열된 의식 속에서 초등학교 과정을 마친 뒤 또래 아이들과 중학교에 다니게 된다. 또래들과 어울려본 적이 거의 없는 그녀는 그때까지 약자에게는 고압적이고 강자에게는 약한 모습을 보였다. 또 고집스러우면서도 지나칠 정도로 소심했다. 친구를 갈망하면서도 친구의 요구를 수용하지 못했다. 나탈리아는 가족이 속하지 않은 세계를 '다른' 세계라고 생각했는데, '다른' 세계에서 온 친구들은 이미 오래전부터 공동생활을 해왔기 때문에 서로 알며 지냈고 자유롭게 학교생활을 했다. 나탈리아만 언제나 교실에서 혼자였다. 나탈리아는 자신이 그렇게 소외되는 이유를 하나씩 생각해보았다. 가족, 교육, 삶의 방식 같은 중요한 문제도 있었지만, '전화도 없고, 발코니에 꽃 한 송이 없고, 벽지가 찢어진 집'이나, '돈이 없지만' 놀랍게도 가난하지는 않은 집안, 언제라도 심지어 부활절이나 자식들 생일에도 버럭버럭 화를 내는 아버지 같은 아주 평범한 이유들도 떠올랐다. 부모와 자식 간의 관계, 그리고 가정의 울타리 내에서 또한 울타리를 벗어나 자식들이 받은 교육의 문제는 나탈리아 긴츠부르그의 작품에 지속적으로 등장하는 주제이다.

가족의 울타리를 벗어나면서 더욱 심해진 소외감과 고독은 중학교에서 고등학교까지 나탈리아를 따라다니는데, 이 시기에 그녀는 본격적으로 글을 쓰기 시작한다. 고등학교 1학년 때 낙제를 하게 되자 그 상처와 굴욕감을 극복하기 위해 소설을 쓰기 시작한 것이다. 그녀는 어릴 때부터 시를 썼다. 나탈리아의 집에서 시를 쓴다는 것은 자연스럽고 거의 생리적인 현상과도 같았다. 일상화된 시 쓰기와 달리 산문을 쓰는 일은 훨씬 더 의식적인 노력이 필요했다. 나탈리아에게 소외와 고독에서 벗어날 수 있는 길은 글을 쓰는 것밖에 없었다. 침묵하는 생활을 하고 있었지만 의사소통에 대한 욕구가 강렬했고, 소심함과 굴욕감 때문에 타인과 대화를 하지 못하던 나탈리아에게 글로 자신의 마음을 토로하는 일은 다른 일보다 쉬웠다. 첫 번째 단편소설 「부재」도 그렇게 탄생했다.

이때부터 글쓰기는 그녀의 상처를 치유해주는 역할을 한다. 글쓰기는 고독과 소외감뿐만 아니라 굴욕감까지 극복할 수 있는 수단이 되어, 나탈리아는 자신의 글에 삶에 대한 긴장, 자신과 타인을 알고 싶어하는 열망을 담는다. 그리고 조용히 자신의 내면과 주변을 주시하며 관찰력을 키워나간다. 파시즘 통치 아래 있던 주변 세계는 불안하게 진동했는데, 나탈리아는 그러한 움직임을 하나도 놓치지 않는다. 파시즘 체제가 확고해지면서 주위 친구들은 파시스트 단체에 가입하고 제복을 입었지만 나탈리아는 예외였다. 파시즘에 물든 외부 세계와의 단절로 인해 소외감을 느끼기도 했지만, 가족들이 모두 반파시스트이며 자신도 고귀한 소수에 속해 있다는 데에 큰 자부심을 느꼈다.

첫 단편소설을 『솔라리아』*Solaria*에 보내면서, 나탈리아는 러시아 출신의 유대인 레오네 긴츠부르그와 알게 된다. 긴츠부르그는 토리노 대학에서 러시아 문학을 가르쳤고 줄리오 에이나우디와 함께 에이나우디 출판사를 세웠는데, 반파시스트 운동의 핵심 인물로 지목되어 1936년 투옥된다. 나탈리아의 오빠인 마리오는 체포를 피해 스위스로 탈출하고, 또 다른 오빠인 알베르토는 투옥된다. 나탈리아는 가족과 친지들의 체포와 투옥으로 반파시즘에 대한 의식을 심화, 성숙시키며 막내인 자신을 보호해주었던 가족이라는 울타리 너머를 생각하게 된다.

레오네가 감옥에서 나온 뒤 두 사람은 결혼을 하지만 레오네는 토리노에 사건이 생길 때마다 체포되곤 했다. 그 무렵 인종법 때문에 유대인에 대한 박해가 시작되어 나탈리아의 부모도 벨기에에 가 있었다. 1940년 전쟁이 발발하면서 레오네와 나탈리아는 두 아이를 데리고 아브루초 지방으로 쫓겨났다. 이곳은 나탈리아의 작품에 자주 등장하는데, 불행하면서도 한편으로 행복했던 그 시기의 추억은 작가의 뇌리에 깊게 각인되었다. 이 지방에서 나탈리아는 새로운 세계, 즉 자신이 떠나온 세계와는 또 다른 세계를 발견했다. 박해를 받는 사람들에게 말이 아닌 침묵으로써 도움을 주며 진실하고 진지한 인간성을 보여주는 그 지방 사람들에게 깊은 감동을 받았다. 이제 그녀는 옛날처럼 혼자가 아니었다. 이곳에서 나탈리아는 첫 장편소설 『도시로 가는 길』을 발표하는데 검열을 피하기 위해 알레산드라 토르님파르테라는 가명을 사용한다.

전쟁이 끝나자 레오네가 먼저 로마로 돌아가고 나탈리아는 유배지에서 태어난 막내를 포함한 세 아이와 함께 아브루초에 남는다. 곧이어 독일군의 침공으로 유배지에서 죽음의 위기를 맞지만 마을 사람의 도움으로 로마로 돌아오게 되고 레오네와 재회한다. 그러나 불과 28일 뒤 레오네는 다시 체포되어 감옥에서 죽음을 맞이한다. 나탈리아의 삶은 가혹한 시련으로 점철되어 있었다. 그러나 나탈리아는 이를 극복할 힘을 지니고 있었다. 그 시련을 글로 옮겨놓을 수 있는 저력이 있었다. 기억과 회상을 통해 그 경험을 글로 옮겨 객관화시키면서 상처와 고통으로부터 벗어나고자 했다.

글쓰기는 나탈리아에게 특권이 아니라, 삶 자체였다. 그냥 땅에 발을 디디고 사는 것과 같았다. 그것이 의무인지 기쁨인지를 묻는 일은 불필요하다. 그녀에게 글쓰기는 자기 자신을 발견해가는 것이며, 실수로 길을 잃기도 하고 충동적 감정에 끌려가기도 하고 때로는 어두운 길을 때로는 밝은 길을 걸어가기도 하지만 결국은 성숙함에 도달하는 길이었다. 이와 같은 글쓰기를 통해서 나탈리아 긴츠부르그는 우리에게 삶의 다양한 측면들, 때로는 직관과 의지가 투쟁하고 허구와 진실이 대립하지만 본질적으로는 조화를 이루는 모습을 보여준다.

기억과 역사의 경계를 가로질러

『가족어 사전』은 '기억'에 의지해 쓴 작품이다. 나탈리아는 자신이 태어나 결혼하기까지, 세상으로 독립해 나올 때까지 부모의 집에서 보낸 시간을 회상한다. 사실상 문학은 기억의 소산이다. 그런데 작가의 개별적이고 특수한 기억으로 재현되는 문학적 기억은 공동체의 관점을 지닌 역사적 기억과는 다르다. 역사적 기억이 저장된 과거를 되도록 있는 그대로 인출한다면, 문학적 기억은 이를 활성화하여 묘사하고 서술한다. 역사적 기억이 개별적 기억을 탈마법화한다면, 문학적 기억은 오히려 마법화한다. 그래서 역사적 기억이 모두에게 속하면서 역설적으로 아무에게도 속하지 않는 반면, 문학적 기억은 특수한 개인의 문제를 다루지만 모든 이의 문제가 될 수 있다. 문학적 기억은 주로 회상으로 형상화된다. 회상하는 기억작용은 저장하는 기억작용과 다른 특성을 지니는데, 저장된 기억이 지식이나 역사라고 한다면 회상하는 기억은 개인적인 경험이다. 회상은 근본적으로 재구성하는 것으로, 치환과 변형, 왜곡, 가치 전도를 피할 수 없다.

작가가 아무리 있는 그대로의 사건을 전달한다고 해도 작가가 그것을 회상하는 순간 기억은 변형된다. 소설은 작가의 의도적 기억의 산물인 것이다.

나탈리아가 말한 기억은 바로 회상하는 기억인 문학적 기억이다. 나탈리아는 기억을 있는 그대로 불러내서 현실에 대한 객관적이고 충실한 그림을 그리려 한 게 아니라, 그녀식으로 그리고 그녀가 원하는 대로 현실을 되살려내고자 한다. 그 결과 기억작용에 개입하는 망각으로 인한 공백 역시 피할 수 없다. 그러니까 『가족어 사전』이 비록 기억의 책이기는 하나, 그것은 저장되어 있는 기억을 인출해서 연대기적으로 나열하는 것이 아니며, 기억을 선택하고 재편해서, 다시 말하면 작가의 상상력을 가미해서 쓴 작품이다. 하지만 일단 기억하고 있는 사실들을 묘사할 때 나탈리아는 고집스러울 정도로 충실하게 재현한다. 그 어떤 이유로든 허구를 허용하지 않으며 기억의 신비주의를 철저히 배제한다. 이는 『이것이 인간인가』를 쓸 때의 프리모 레비의 태도와 흡사하다. 오히려 레비의 『주기율표』 중 가족사를 다룬 「아르곤」, 「철」에서는 긴츠부르그의 영향이 읽히기도 한다.

『가족어 사전』은 토리노에 살던 레비 가족의 이야기이다. 이야기가 펼쳐지는 시대는 이탈리아 현대사에서 가장 격동적인 시대였기 때문에, 나탈리아 가족에게 벌어진 일들은 그 당시의 역사적 사건들과 연결된다. 이 작품에 실명으로 등장하는 인물들은 실제의 가족, 친지, 친구나 지인들이다. 그리고 그들에게 벌어지는 개인적인 사건은 공적인 사건과 역사와 뒤섞인다. 무솔리니의 등장, 파시즘, 인종법, 반파시스트 운동, 제2차 세계대전과 그 이후의 사건이 이 작품에 담겨 있다.

나탈리아 긴츠부르그는 토리노 출신의 작가들인 체사레 파베세, 이탈로 칼비노, 벱페 페놀리오 등과 같은 시대에 에이나우디 출판사를 중심으로 활동했지만, 레지스탕스 소설은 쓰지 않았다. 그렇지만 『가족어 사전』에 등장하는 인물들이 거의 모두 반파시스트였기 때문에 그들의 이야기가 곧 반파시즘, 레지스탕스의 역사가 된다. 나탈리아는 집안 분위기 때문에 아홉 살 무렵 이미 파시즘이 만들어내는 위기감을 인식하고 있었다. 나탈리아의 아버지 주세페 레비는 노골적으로 파시즘에 반대했는데 그것은 나탈리아의 오빠들도 마찬가지였다. 나탈리아 부모는 그 무렵 사회주의자로 이탈리아 사회당을 창설한 필리포 투라티를 일주일이 넘게 집 안에 숨겨주었고, 그 덕분에 투라티는 이탈리아를 탈출할 수 있었다. 이 사건은 어린 나탈리아에게 깊은 인상을 남기기도 한다. 어른들은 나탈리아에게 그가 투라티가 아니라 페라리라고 말한다. 그래서 나탈리아는 그가 투라티이자 페라리일 것이라고 생각한다. 그렇게 진실과 거짓이 작가의 머릿속에서 뒤섞인다. 나탈리아의 오빠들이나 그 친구들도 반파시즘 운동을 하다가 체포되거나 국외로 망명한다. 인종법의 공포로 사회 분위기는 더 불안해지고 사람들은 절망에 빠진다. 불안과 고통으로 점철되었던 과거의 기억을 떠올려 복원하는 과정에서 나탈리아는 기억들에 매몰되지 않고 독자와 같은 시선으로 자신과 자신에게 벌어진 일들을 바라본다. 그녀는 주변 인물들에게 벌어지는 사건을 무심한 듯이 이야기하지만 여성적인 시선으로 작은 사실 하나도 놓치지 않고 예리하게 포착한다. 그리고 이를 소박하고 진실한 글쓰기로 옮겨놓는다. 나탈리아가 일상적인 언어로 묘사하는 개인의 이야기는 보다 광범위하고 비극적인 이탈리아 현대사의 일부이다. 다시 말해 지극히 개인적인 기억이 역사적인 기억으로 확장되어, 이제 더 이상 개인의 기억이 아닌 공동체의 기억으로 자리 잡는다.

'가족의 밀어'로 빚은 가족의 이야기

책의 원제 『Lessico famigliare』에서 'lessico'는 원래 '사전'이라는 뜻이지만 이 책에서는 레비 가족만이 알 수 있는 특별한 의미를 담은 '가족의 밀어密語'(가족의 말)를 뜻한다. 모든 가정에는 그 식구들끼리만 통하는 고유한 언어가 있다. 나탈리아 긴츠부르그는 바로 그런 가족의 밀어를 활용해서 가족사를 재구성한다. 이탈로 칼비노는 점심과 저녁 식사 때 식탁에서 주고받는 대화와 농담, 자유롭고 재치 있는 말들, 기회가 있을 때마다 되풀이되는 문장들이 레비 가족을 만들어낸다고 말한 바 있다. 그때 말해지는 언어는 그곳에 속한 사람들만 이해할 수 있는 언어이자 기억의 그물이다.

나탈리아 긴츠부르그는 부모와 형제들이 반복적으로 사용하던 언어를 되살려내면서 우리가 가족이라고 부르는 것의 본질적인 특징과 정체를 찾으려고 한다. 그것은 우리가 가족의 울타리를 벗어나 독립적 삶을 살아가는 동안에도 우리를 떠나지 않는다. 나탈리아 긴츠부르그에게 그것은 바로 가족과 연결된 언어, 즉 가족의 감정적 기반이 되는 '가족의 밀어'이다. 특히 소설에서 이 밀어를 통해 생생하게 묘사된 인물은 나탈리아의 아버지 주세페 레비와 오빠 마리오 레비일 것이다.

나탈리아는 대부분 조심스럽고 겸손하게 인물을 표현하는데, 이 두 인물을 묘사할 때만큼은 거침없고 생생하다. 아버지는 '얼간이',

'니그로', '살라미 소시지', '당나귀' 같은 말을 자주 쓰는데, 이것들은 아버지의 기대에 부응하지 못하는 사람들을 지칭할 때 쓰는 말이다. 그리고 아버지와 관련된 용어 중 '메초라도'가 있다. 메초라도는 아직 요구르트가 등장하기 전에 아버지가 만들어 먹던 초보 단계의 요구르트이다. 메초라도를 만드는 유산균을 가족들은 '메초라도의 엄마'라고 불렀다. 여름휴가를 갈 때도 메초라도를 종이로 잘 싸서 짐 속에 꼭 챙겨 넣었다. 메초라도를 잊어버리고 가져가지 않으면 아버지는 호통을 쳤다. 아버지는 화를 잘 내고 권위적이고 괴팍하며 제멋대로이고, 반항적인 자식들을 올바른 길로 인도해야 한다는 강박관념에 사로잡힌 인물로 그려지지만, 결코 미워할 수 없는 매력 있는 인물이기도 하다.

나탈리아 형제들은 언제나 아주 보잘것없는 이유로, 즉 아버지의 신발이 없다든가, 책이 제자리가 아닌 곳에 있다든가, 전등이 깨졌다든가, 식사 시간에 조금 늦었다든가, 음식이 탔다든가 하는 이유로 갑작스럽게, 그것도 너무 자주 감정을 폭발시키는 아버지를 끔찍해하면서 산다. 나탈리아의 둘째오빠 마리오는 이런 아버지에게 노골적으로 반항하는데, 파시즘 체제를 극도로 싫어하면서도 아버지에 대한 반항심 때문에 무솔리니를 옹호해서 아버지와 격렬한 말다툼을 벌이기도 한다. 오빠들은 자기들끼리도 별일 아닌 일로 주먹을 휘두르며 싸우곤 했다. 피를 흘릴 정도로 격렬하게 싸우는 형제들을 뜯어말리는 건 아버지였는데, 아버지의 중재 역시 폭력적이기는 마찬가지였다. 나탈리아는 그렇게 싸우던 오빠들과 아버지를 떠올리면 지금도 두렵다고 고백한다. 마리오 오빠는 늘 이유 없는 분노에 사로잡혀 있었다. 한번은 아버지에게 심하게 꾸중을 듣고 식탁에서 빵 자르는 칼로 손등을 그어버리기도 했다. 식구들은 마리오 오빠가 기분이 좋지 않을 때 '시무룩하게', '달덩이 같은 얼굴'로 있다고 말하곤 했다.

직설적이고 화를 거침없이 표출하는 아버지 옆에 어머니 리디아가 있었다. "어머니는 그 어떤 일이든 받아들이고 덮어버릴 줄 알았으며 당신의 유쾌한 성격 덕택에 어떤 상황에서도 사람 속에 숨어 있는 선량함과 유쾌함을 되살려냈다. 때로는 짧은 한숨을 내쉬면서 고통과 불행을 어둠 속으로 던져버리기도 했다."(60쪽) 어머니는 나탈리아 긴츠부르그 작품의 다른 여성 인물처럼 우아하면서도 유약하지만 늘 유쾌하고 낙천적이다. 어머니는 노래와 시를 좋아했고, 원칙과 규율을 중시하는 아버지와 달리 자유롭고 감성적이고 느긋하다. 어머니를 묘사할 때 볼 수 있듯이 『가족어 사전』을 전반적으로 지배하는 분위기는 '유머'이다. 아버지나 오빠들을 묘사할 때나 다소 비극적인 사건을 이야기할 때도 나탈리아 긴츠부르그는 무겁지 않은 언어로 아이러니를 활용하여 코미디에서 경험할 수 있는 웃음을 독자에게 선사한다.

아버지와 어머니를 시작으로 '가족어 사전'이 만들어지고, 이 사전은 자식들이 자라면서 새로운 친구를 사귀고 결혼으로 새 가족이 생기면서 더 풍부해진다. 『가족어 사전』에는 레비 가족의 친구와 지인들이 실명으로 등장하는데, 이탈리아의 유명 기업 올리베티 사를 설립한 카밀로 올리베티와 그의 아들 아드리아노, 에이나우디 출판사를 설립한 줄리오 에이나우디, 핵물리학자 프랑코 라세티, 신문기자이자 작가이며 정치인인 비토리오 포아, 전후 이탈리아의 중요한 시인이자 소설가인 체사레 파베세, 작가이자 철학자인 펠리체 발보

등의 인물이 나탈리아 가족들과 다층적으로 연결되고 교류한다.

작가는 이 인물들의 한 면만을 부각시키지 않고 일상에서 느끼는 기쁨과 절망과 비극을 섬세하게 그림으로써, 그들이 그러한 감정을 느낄 수밖에 없는 그 당시의 역사·사회적 배경들까지 폭넓게 다룬다. 작가가 경험한 파시즘과 레지스탕스와 전쟁, 그리고 전쟁 후의 삶이 이 인물들을 통해 이야기된다.

『가족어 사전』은 자전적 이야기지만, 정작 나탈리아 긴츠부르그 자신의 이야기는 극도로 절제되어 있다. "기억을 하고 있지만 일부러 빠뜨리고 쓰지 않은 일도 많은데 대부분 나와 직접 관련이 있는 이야기다"(6쪽)라고 밝힌 것처럼 작가 본인과 관련된 부분은 상당히 공백으로 남아 있다. 그럼에도 나탈리아 긴츠부르그는 『가족어 사전』을 통해 과거의 우리, 그리고 지금의 우리를 존재하게 하고 우리의 삶을 증명해주는 이들은 바로 가족, 그리고 가족처럼 친밀하게 지내는 사람들이라는 점을 다시 한번 깨닫게 한다.